SolidWorks 2010 中文版
快速入门与应用

赵罘　王平　编著

电子工业出版社
Publishing House of Electronics Industry

北京·BEIJING

内 容 简 介

SolidWorks 是世界上第一套基于 Windows 系统开发的三维 CAD 软件，该软件以参数化特征造型为基础，具有功能强大、易学、易用等特点。

本书针对 SolidWorks 2010 中文版系统地介绍了草图绘制、特征设计、曲面建模、钣金设计、装配体设计、有限元分析和工程图设计等方面的功能。内容安排上采用由浅入深、循序渐进的原则。在具体写作上，首先介绍相应章节的基础知识，然后利用一个内容较全面的范例来使读者了解具体的操作步骤，该操作步骤翔实、图文并茂，引领读者一步一步完成模型的创建，使读者既快又深入地理解 SolidWorks 软件中的一些抽象的概念和功能。

本书可作为广大工程技术人员的 SolidWorks 自学教程和参考书籍，也可作为大专院校计算机辅助设计课程的实训教材。随书附光盘一张，包含书中的实例素材文件和操作视频录像文件。

图书在版编目（CIP）数据

SolidWorks 2010 中文版快速入门与应用 / 赵罘，王平编著. —北京：电子工业出版社，2010.4

ISBN 978-7-121-10504-3

Ⅰ．S…　Ⅱ．①赵…　②王…　Ⅲ．计算机辅助设计—应用软件，SolidWords 2010　Ⅳ. TP391.72

中国版本图书馆 CIP 数据核字（2010）第 041507 号

策划编辑：陈韦凯
责任编辑：陈韦凯
印　　刷：北京东光印刷厂
装　　订：三河市皇庄路通装订厂
出版发行：电子工业出版社
　　　　　北京市海淀区万寿路 173 信箱　邮编　100036
开　　本：787×1092　1/16　印张：28　字数：716 千字
印　　次：2010 年 4 月第 1 次印刷
印　　数：4 000 册
定　　价：56.00 元（含光盘 1 张）

前　言

SolidWorks 公司是一家专业从事三维机械设计、工程分析、产品数据管理软件研发和销售的国际性公司。其产品 SolidWorks 是世界上第一套基于 Windows 系统开发的三维 CAD 软件，它有一套完整的 3D MCAD 产品设计解决方案，即在一个软件包中为产品设计团队提供了所有必要的机械设计、验证、运动模拟、数据管理和交流工具。该软件以参数化特征造型为基础，具有功能强大、易学、易用等特点，是当前最优秀的三维 CAD 软件之一。

本书采用通俗易懂、循序渐进的方法讲解 SolidWorks 2010 的基本内容和操作步骤。本书主要内容包括：

（1）介绍 SolidWorks 软件基础。包括基本功能、操作方法和常用模块的功用。

（2）草图绘制。讲解草图的绘制和修改方法。

（3）特征建模。讲解 SolidWorks 软件大部分的特征建模命令。

（4）装配体设计。讲解装配体的具体设计方法和步骤。

（5）工程图设计。讲解装配图和零件图的设计。

（6）曲面建模。讲解曲线和曲面的建立过程。

（7）钣金焊件建模。讲解钣金和焊件的建模步骤。

（8）模具和管路设计。讲解模具设计和管路设计。

（9）渲染和动画制作。讲解图片渲染和动画制作。

（10）仿真分析。讲解有限元分析、流体分析、公差分析和数控加工分析。

参与本书编著工作的有赵罘、王平、张梦霞、刘良宝、陶春生、龚堰珏、郑玉彬、李家田、郭新愿、秦志峰、刘斌、吴雪、林建龙、刘玉德、薛宝华、杨晓晋、刘晔辉、卢社海、马昊学，由赵罘、王平担任主编。

本书适合 SolidWorks 的初、中级用户，可以作为理工科高等院校相关专业的学生用书和 CAD 专业课程实训教材、技术培训教材，也可供工业企业的产品开发和技术部门人员自学。

由于作者水平所限，本书错误之处在所难免，欢迎广大读者批评指正，来信请发往：zhaoffu@163.com。

赵　罘

2010 年 2 月 1 日

目　　录

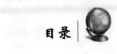

第 1 章　基础知识

本章主要介绍了中文版 SolidWorks 2010 的特点及其界面、菜单栏的功能、简单的文件操作等，并讲解了获取帮助信息的方法，使读者对中文版 SolidWorks 2010 有一个大体的了解。

本章内容安排如下：

➢ 概述

➢ 用户界面

➢ 基本操作

➢ 参考坐标系

➢ 参考基准轴

➢ 参考基准面

➢ 参考点

➢ 范例

➢ 本章小结

1.1 概述

下面针对 SolidWorks 的背景及其主要设计特点进行简单介绍。

1.1.1 背景

20 世纪 90 年代初，国际微型计算机（简称微机）市场发生了根本性的变化，微机性能大幅提高，而价格一路下滑，微机卓越的性能足以运行三维 CAD 软件。为了开发世界空白的基于微机平台的三维 CAD 系统，1993 年 PTC 公司的技术副总裁与 CV 公司的副总裁成立 SolidWorks 公司，并于 1995 年成功推出了 SolidWorks 软件。在 SolidWorks 软件的促动下，1998 年开始，国内、外也陆续推出了相关软件；原来运行在 UNIX 操作系统的工作站 CAD 软件，也从 1999 年开始，将其程序移植到 Windows 操作系统中。

SolidWorks 采用的是智能化的参变量式设计理念以及 Microsoft Windows 图形化用户界面，具有表现卓越的几何造型和分析功能，操作灵活，运行速度快，设计过程简单、便捷，被业界称为"三维机械设计方案的领先者"，受到广大用户的青睐，在机械制图和结构设计领域已经成为三维 CAD 设计的主流软件。利用 SolidWorks，设计师和工程师们可以更有效地为产品建模以及模拟整个工程系统，加速产品的设计和生产周期，从而完成更加富有创意的产品制造。

1.1.2 主要设计特点

SolidWorks 是一款参变量式 CAD 设计软件。所谓参变量式设计，是将零件尺寸的设计用参数描述，并在设计修改的过程中通过修改参数的数值改变零件的外形。SolidWorks 中的参数不仅代表了设计对象的相关外观尺寸，并且具有实质上的物理意义。例如，可以将系统参数（如体积、表面积、重心、三维坐标等）或者用户自己按照设计流程需求所定义的用户定义参数（如密度、厚度等具有设计意义的物理量或者字符）加入到设计构思中以表达设计思想。这不仅从根本上改变了设计的理念，而且将设计的便捷性向前推进了一大步。

SolidWorks 在 3D 设计中的特点有：

- SWIFT 智能特征技术：自动处理耗时的细节工作和技术，能诊断和解决与特征的顺序、配合、草图关系和尺寸应用相关的问题。
- 直观的用户界面：提供可以定制的全套可视功能，以及通过鼠标实现的控制功能。
- 轻松转换 DWG 文件： SolidWorks 为 AutoCAD 用户提供了数据转换工具和帮助文档，可以将 DWG 文件顺利地转换为 3D 模型。
- 零件建模：通过 Instant3D，能以最快、最方便的方式创建和修改 3D 零件几何体。只需通过单击和拖动操作，即可准确地创建特征乃至剖视图，以及调整它们的尺寸。
- RealView®图形显示模式：以高清晰度直观显示设计和进行交流。无需进行渲染，即可对零件、装配体和成品快速进行完全动态的逼真展示。
- 高级曲面和复杂形状建模：使用自由形特征，可以方便而直观地创建新几何体或导入和操作新曲面。

- 钣金设计工具：可以使用折叠、折弯、法兰、切口、标签、斜接、放样的折弯、绘制的折弯、褶边等工具从头创建钣金零件。

- 焊件设计：绘制框架的布局草图，并选择焊件轮廓，SolidWorks 将自动生成 3D 焊件设计。

- 模具设计工具：使用 SolidWorks 时，可以导入 IGES、STEP、Parasolid®、ACIS®和其他格式的零件几何体来开始进行模具设计。利用一整套工具和检查功能来创建、验证和执行模具设计，可以减少制造错误，加速型心和型腔、装配体特征以及唇缘和凹槽特征的设计。

- 装配体建模：当创建装配体时，可以通过选取各个曲面、边线、曲线和顶点来配合零部件；创建零部件间的机械关系；进行干涉、碰撞和孔对齐检查；以及在滑轮和链轮运动间建立关联。还可以自动装配扣件与附属硬件；自动装配常用零部件、相应硬件以及所需的特征；以及使用 MateXpert 解决零部件过约束之类的冲突。

- 仿真装配体运动：只需单击和拖动零部件，即可检查装配体运动情况是否正常，以及是否存在碰撞。

- 大型装配体管理工具：使用"轻化"模式可减少打开和处理大型装配体所需的时间。通过 SpeedPak 技术，可以创建装配体的简化版本，从而加快装配体操作和工程图创建的速度。

- 创建 2D 工程图：使用熟悉的 DWGeditor 界面绘制 2D 工程图，并在其中编辑和维护现有的 DWG 数据文件。

- 数据转换：方便地导入和使用现有数据以及来自外部源的数据。SolidWorks 提供了支持 DWG、DXF™、Pro/ENGINEER®、IPT （Autodesk Inventor®）、Mechanical Desktop®、Unigraphics®、PAR （Solid Edge®）、CADKEY®、IGES、STEP、Parasolid、SAT （ACIS）、VDA-FS、VRML、STL、TIFF、JPG、Adobe® Illustrator®、Rhinocerous®、IDF 和 HSF （Hoops） 格式的转换程序。

- 设计重复使用：可在 SolidWorks Toolbox、3D ContentCentral 的自定义设计库中快速搜索已经生成的零部件，然后，只需将这些零件拖放到新设计中即可。

- 材料明细表。可以基于设计自动生成完整的材料明细表（BOM），从而节约大量的时间。BOM 具有关联性，更改设计时，BOM 将自动更新；反之亦然。

- 零件验证。 SolidWorks Simulation 工具能帮助新用户和专家确保其设计具有耐用性、安全性和可制造性。此外，可以使用 SolidWorks FloXpress™ 对设计进行优化，以体现水流和气流效应。

- eDrawings 文件：提供准确且每个人都能够理解的 2D 和 3D 模型（甚至动画）。

- 特征识别：FeatureWorks®能帮助更为高效地共享和使用 2D 和 3D 模型。

- 标准零件库：通过 SolidWorks Toolbox、SolidWorks Design ClipArt 和 3D ContentCentral，可以即时访问标准零件库。

- 照片级渲染：使用 PhotoWorks™ 和 PhotoView 360 来利用 SolidWorks 3D 模型进行演示或虚拟及材质研究。

- 利用扫描数据：可使用 ScanTo3D 将手工制作的模型的数字扫描数据导入 SolidWorks 中。

- 步路系统：可使用 SolidWorks Routing 自动处理和加速管筒、管道、电力电缆、缆束和电力导管的设计过程。

● ECAD 到 MCAD 转换：CircuitWorks 允许用户在 SolidWorks 与 ECAD 系统之间导入和导出印刷电路板（PCB）设计。

1.2 用户界面

启动中文版 SolidWorks 2010，首先出现启动界面，如图 1-1 所示，然后进入中文版 SolidWorks 2010 的用户界面。

图 1-1　启动界面

中文版 SolidWorks 2010 的用户界面如图 1-2 所示，主要由菜单栏、工具栏（包括标准工具栏、应用工具栏等）、管理器窗口、图形区域、状态栏、任务窗口和详细信息 7 部分组成。

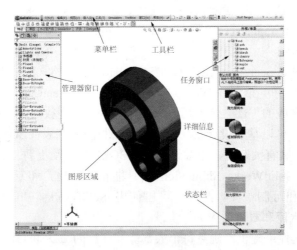

图 1-2　用户界面

1.2.1 菜单栏

中文版 SolidWorks 2010 的菜单栏如图 1-3 所示，包括【文件】、【编辑】、【视图】、【插入】、【工具】、【窗口】和【帮助】7 个菜单。下面分别进行介绍。

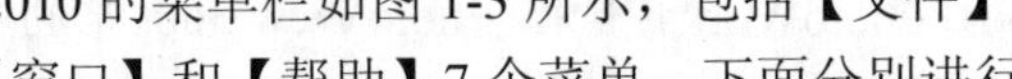

文件(F)　编辑(E)　视图(V)　插入(I)　工具(T)　窗口(W)　帮助(H)

图 1-3　菜单栏

1．【文件】菜单

【文件】菜单包括【新建】、【打开】、【保存】和【打印】等命令，如图 1-4 所示。

2．【编辑】菜单

【编辑】菜单包括【剪切】、【复制】、【粘帖】、【删除】以及【压缩】、【解除压缩】等命令，如图 1-5 所示。

3．【视图】菜单

【视图】菜单包括显示控制的相关命令，如图 1-6 所示。

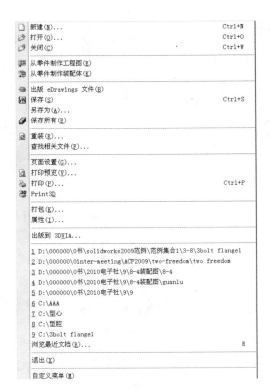

图 1-4　【文件】菜单　　　　图 1-5　【编辑】菜单　　图 1-6　【视图】菜单

4．【插入】菜单

【插入】菜单包括【凸台/基体】、【切除】、【特征】、【阵列/镜向】、【扣合特征】、【曲面】、【钣金】、【模具】等命令，如图 1-7 所示。

5．【工具】菜单

【工具】菜单包括多种工具命令，如【草图绘制实体】、【几何关系】、【测量】、【质量特性】、【检查】等，如图 1-8 所示。

6．【窗口】菜单

【窗口】菜单包括【视口】、【新建窗口】、【层叠】等命令，如图 1-9 所示。

图 1-7 【插入】菜单　　　　　图 1-8 【工具】菜单　　　　　图 1-9 【窗口】菜单

7. 【帮助】菜单

　　【帮助】菜单命令（如图 1-10 所示）可以提供各种信息查询，例如，【SolidWorks 帮助】命令可以展开 SolidWorks 软件提供的在线帮助文件，【API 帮助主题】命令可以展开 SolidWorks 软件提供的 API 在线帮助文件，这些均可作为用户学习中文版 SolidWorks 2010 的参考。

　　此外，用户还可以通过快捷键访问菜单命令或者自定义菜单命令。在 SolidWorks 中单击鼠标右键，可以激活与上下文相关的快捷菜单，如图 1-11 所示。快捷菜单可以在图形区域、FeatureManager（特征管理器）设计树中使用。

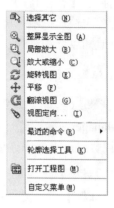

图 1-10 【帮助】菜单　　　　　图 1-11 快捷菜单

1.2.2 工具栏

工具栏位于菜单栏的下方，一般分为两排：上排一般为【标准】工具栏，如图 1-12 所示；下排一般为【CommandManager（命令管理器）】工具栏，如图 1-13 所示。用户可以根据需要通过【工具】菜单中的【自定义】命令，在【自定义】对话框中自行定义工具栏的显示。

图 1-12 【标准】工具栏

图 1-13 【CommandManager】工具栏

1.2.3 状态栏

状态栏显示了正在操作中的对象所处的状态，如图 1-14 所示。

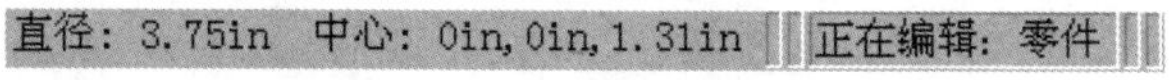

直径：3.75in　中心：0in,0in,1.31in　　正在编辑：零件

图 1-14 状态栏

状态栏中提供的信息如下：

（1）当用户将鼠标指针拖动到工具按钮上或者单击菜单命令时进行简要说明。

（2）如果用户对要求重建的草图或者零件进行更改，显示 🔳 （重建模型）图标。

（3）当用户进行草图相关操作时，显示草图状态及鼠标指针的坐标。

（4）为所选实体进行常规测量，如边线长度等。

（5）显示用户正在装配体中编辑的零件的信息。

（6）在用户使用【系统选项】对话框中的【协作】选项时，显示可以用来访问【重装】对话框的图标。

（7）当用户选择了【暂停自动重建模型】命令时，显示"重建模型暂停"。

（8）显示或者关闭快速提示，可以单击、、、等图标。

（9）如果保存通知以分钟进行，显示最近一次保存后至下次保存前之间的时间间隔。

1.2.4 管理器窗口

管理器窗口包括（特征管理器设计树）、（PropertyManager（属性管理器））和（ConfigurationManager（配置管理器））3 个选项卡，其中【特征管理器设计树】和【属性管理器】使用比较普遍，下面进行详细介绍。

1.【特征管理器设计树】

【特征管理器设计树】可以提供激活零件、装配体或者工程图的大纲视图，使观察零件或者装配体的生成以及检查工程图图纸和视图变得更加容易，如图 1-15 所示。

【特征管理器设计树】和图形区域为动态链接，可以在任意窗口中选择特征、草图、工程视图和构造几何体。

2.【属性管理器】

当用户选择在【属性管理器】中所定义的实体或者命令时，弹出相应的属性设置。【属性管理器】可以显示草图、零件或者特征的属性，如图 1-16 所示。

图 1-15　【特征管理器设计树】　　　　图 1-16　【属性管理器】

1.2.5 任务窗口

任务窗口包括【SolidWorks 资源】、【设计库】、【文件检索库】、【查看调色板】等选项卡，如图 1-17 所示。

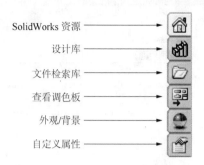

图 1-17　任务窗口选项卡图标

1.3　基本操作

本节着重介绍中文版 SolidWorks 2010 的一些基本操作。

1.3.1　文件的基本操作

文件的基本操作由【文件】菜单下的命令控制。

1. 【新建】命令

选择【文件】|【新建】菜单命令，弹出【新建 SolidWorks 文件】对话框，如图 1-18 所示。

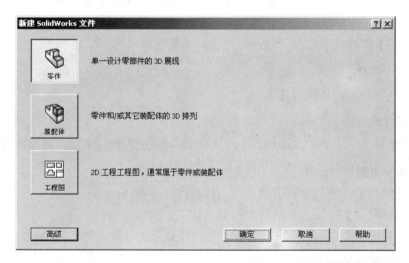

图 1-18　【新建 SolidWorks 文件】对话框

2. 【打包】命令

此命令用来在将文件打包后进行保存。选择【文件】|【打包】菜单命令，弹出【打包】对话框，如图 1-19 所示。文件打包可以减少其所占空间，如果是装配体文件，更可以将相关零件打包为一个压缩文件，方便以后使用。

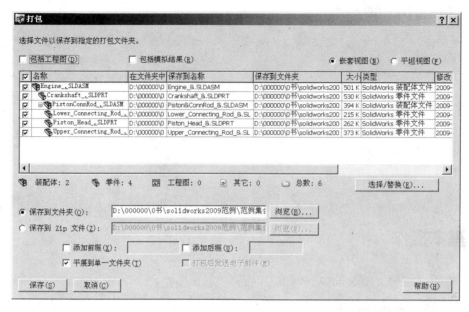

图 1-19 【打包】对话框

1.3.2 选择的基本操作

在中文版 SolidWorks 2010 中，为了帮助选择，在鼠标指针指向实体时，实体会高亮显示。鼠标指针形状根据实体类型的不同而改变，由鼠标指针形状可以知道其几何关系和实体类型，如顶点、边线、面、端点、中点、重合、交叉线等几何关系，或者直线、矩形、圆等实体类型。

单击【标准】工具栏中的 ⬚ （选择）按钮，进入选择状态。

1．选择单个实体

单击图形区域中的实体可将其选中。

2．选择多个实体

如果需要选择多个实体，在选择第 1 个实体后，按住键盘上的 Ctrl 键再次进行选择。

3．利用鼠标右键进行选择

（1）【选择环】：使用鼠标右键连续选择相连边线组成的环。

（2）【选择其他】：要选择被其他项目遮住或者隐藏的项目。

（3）【选择中点】：可以选择实体的中点以生成其他实体，如基准面或者基准轴。

4．在【特征管理器设计树】中选择

（1）在【特征管理器设计树】中单击相应的名称，可以选择模型中的特征、草图、基准面、基准轴等。

（2）在选择的同时按住键盘上的 Shift 键，可以在【特征管理器设计树】中选择多个连续项目。

（3）在选择的同时按住键盘上的 Ctrl 键，可以在【特征管理器设计树】中选择多个非连续项目。

5．在草图或者工程图文件中选择

在草图或者工程图文件中，可以使用 （选择）按钮进行以下操作：

（1）选择草图实体。

（2）拖动草图实体或者端点以改变草图形状。

（3）选择草图实体的边线或者面。

（4）拖动选框以选择多个草图实体。

（5）选择尺寸并拖动到新的位置。

6．使用【选择过滤器】工具栏选择

【选择过滤器】工具栏（如图 1-20 所示）有助于在图形区域或者工程图图纸区域中选择特定项。例如， （过滤面）只允许面的选择。单击【标准】工具栏中的 （切换选择过滤器工具栏）按钮，可使【选择过滤器】工具栏显现。

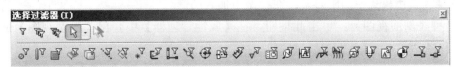

图 1-20　【选择过滤器】工具栏

1.3.3　视图的基本操作

在 SolidWorks 中视图的基本操作包括两个方面，一是以不同的视角观察模型而得到的视角视图，二是模型的显示方式视图。【视图】工具栏如图 1-21 所示。

图 1-21　【视图】工具栏

1．视图显示操作

SolidWorks 提供了 9 种视角的视图方向，包括 （前视）、 （后视）、 （左视）、 （右视）、 （上视）、 （下视）、 （等轴测）、 （上下二等角轴测）和 （左右二等角轴测），如图 1-22 所示。当在设计过程中选定了模型的任意平面后，为了方便观察和设计，可以选择 （正视于）（即与屏幕平行）方向。

选择视图类型的方法有以下几种：

（1）单击【视图】工具栏中的相应按钮。

（2）单击【视图】工具栏中 （视图定向）按钮，弹出【方向】对话框（在设计过程中按键盘空格键，也可以弹出【方向】对话框），如图 1-23 所示。

图 1-22　视图方向　　　　　图 1-23　【方向】对话框

2. 模型显示操作

可以通过单击【视图】工具栏中的按钮，实现不同方式下的模型显示。SolidWorks 提供了以下几种显示方式。

（1）⬚（线架图）：模型采用线框方式显示，无论隐藏线还是可见线都以相同的实线显示，可见性差，但是显示速度快。

（2）⬚（隐藏线可见）：实体模型以线框模式显示，隐藏线以灰色线段或者虚线显示。

（3）⬚（消除隐藏线）：实体模型以线框模式显示，隐藏线不显示。

（4）⬛（带边线上色）：实体模型以渲染模式显示，效果逼真，但速度较慢。

（5）⬛（上色）：着色显示模型。

（6）⬛（透视图）：采用透视方式显示模型，即真实感视图。

（7）⬛（上色模式中的阴影）：在模型中加入阴影。

（8）⬛（剖面视图）：单击此按钮，在【属性管理器】中弹出【剖面视图】属性设置框，如图 1-24 所示。

图 1-24　【剖面视图】属性设置框

1.4　参考坐标系

SolidWorks 使用带原点的坐标系统。当用户选择基准面或者打开 1 个草图并选择某一面时，将生成 1 个新的原点，与基准面或者所选面对齐。原点可以用作草图实体的定位点，并有助于定向轴心透视图。原点有助于 CAD 数据的输入与输出、电脑辅助制造、质量特征的计算等。

1.4.1　原点

零件原点显示为蓝色，代表零件的（0，0，0）坐标。当草图处于激活状态时，草图原点显示为红色，代表草图的（0，0，0）坐标。可以将尺寸标注和几何关系添加到零件原点中，但不能添加到草图原点中。有如下几种原点：

（1）⌊：蓝色，表示零件原点，每个零件文件中均有 1 个零件原点。

（2）⌊：红色，表示草图原点，每个新草图中均有 1 个草图原点。

（3）<span></span>：表示装配体原点。

（4）<span></span>：表示零件和装配体文件中的视图引导。

1.4.2　参考坐标系的属性设置

单击【参考几何体】工具栏中的<span></span>（坐标系）按钮（或者选择【插入】|【参考几何体】|【坐标系】菜单命令），在【属性管理器】中弹出【坐标系】属性设置框，如图 1-25 所示。

（1）<span></span>（原点）：定义原点。单击其选择框，在图形区域中选择零件或者装配体中的 1 个顶点、点、中点或者默认的原点。

（2）【X 轴】、【Y 轴】、【Z 轴】：定义各轴。单击其选择框，在图形区域中按照以下方法之一定义所选轴的方向：

- 单击顶点、点或者中点，则轴与所选点对齐。
- 单击线性边线或者草图直线，则轴与所选的边线或者直线平行。
- 单击非线性边线或者草图实体，则轴与选择的实体上所选位置对齐。
- 单击平面，则轴与所选面的垂直方向对齐。

（3）<span></span>【反转轴方向】：单击可反转轴的方向。

图 1-25　【坐标系】属性设置框

1.4.3　修改和显示参考坐标系

1. 将参考坐标系平移到新的位置

在【特征管理器设计树】中，用鼠标右键单击已生成的坐标系的图标，在弹出的菜单中选择【编辑特征】命令，在【属性管理器】中弹出【坐标系】属性设置框，在【选择】选项组中，单击<span></span>（原点）选择框，在图形区域中单击想将原点平移到的点或者顶点处，单击<span></span>（确定）按钮，原点被移动到指定的位置上。

2. 切换参考坐标系的显示

要切换坐标系的显示，可以选择【视图】|【坐标系】菜单命令。菜单命令左侧的图标下沉，表示坐标系可见。

1.5　参考基准轴

参考基准轴的用途较多，在生成草图几何体或者圆周阵列时常使用参考基准轴，概括起来为以下 3 项：

（1）基准轴可以作为圆柱体、圆孔、回转体的中心线。

（2）作为参考轴，辅助生成圆周阵列等特征。

（3）将基准轴作为同轴度特征的参考轴。

1.5.1 临时轴

每 1 个圆柱和圆锥面都有 1 条轴线。临时轴是由模型中的圆锥和圆柱隐含生成的，临时轴常被设置为基准轴。

可以设置隐藏或者显示所有临时轴。选择【视图】|【临时轴】菜单命令，此时菜单命令左侧的图标下沉（如图 1-26 所示），表示临时轴可见，图形区域显示如图 1-27 所示。

图 1-26 选择【临时轴】菜单命令 　　　图 1-27 显示临时轴

1.5.2 参考基准轴的属性设置

单击【参考几何体】工具栏中的 （基准轴）按钮或者选择【插入】|【参考几何体】|【基准轴】菜单命令，在【属性管理器】中弹出【基准轴】属性设置框，如图 1-28 所示。

在【选择】选项组中进行选择以生成不同类型的基准轴，有如下 5 种选项：

（1） （一直线/边线/轴）：选择 1 条草图直线或者边线作为基准轴，或者双击选择临时轴作为基准轴，如图 1-29 所示。

图 1-28 【基准轴】属性设置框 　　图 1-29 选择临时轴作为基准轴

（2） （两平面）：选择两个平面，利用两个面的交叉线作为基准轴。

（3） （两点/顶点）：选择两个顶点、两个点或者中点之间的连线作为基准轴。

（4） （圆柱/圆锥面）：选择 1 个圆柱或者圆锥面，利用其轴线作为基准轴。

（5） （点和面/基准面）：选择 1 个平面，然后选择 1 个顶点，由此所生成的轴通过所选择的顶点垂直于所选的平面。

1.5.3 显示参考基准轴

选择【视图】|【基准轴】菜单命令，可以看到菜单命令左侧的图标下沉，如图 1-30 所示，表示基准轴可见（再次选择该命令，该图标恢复即为关闭基准轴的显示）。

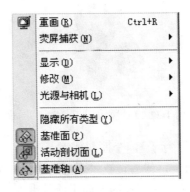

图 1-30 选择【基准轴】菜单命令

1.6 参考基准面

在【特征管理器设计树】中默认提供前视、上视以及右视基准面，除了默认的基准面外，可以生成参考基准面。

在 SolidWorks 中，参考基准面的用途很多，总结为以下几项：

（1）作为草图绘制平面。

（2）作为视图定向参考。

（3）作为装配时零件相互配合的参考面。

（4）作为尺寸标注的参考。

（5）作为模型生成剖面视图的参考面。

（6）作为拔模特征的参考面。

参考基准面的属性设置方法为：单击【参考几何体】工具栏中的 （基准面）按钮（或者选择【插入】|【参考几何体】|【基准面】菜单命令），在【属性管理器】中弹出【基准面】属性设置框，如图 1-31 所示。

在【第一参考】选项组中，选择需要生成的基准面类型及项目。主要有如下几种选项：

（1） （平行）：通过模型的表面生成 1 个基准面，如图 1-32 所示。

（2） （重合）：通过 1 个点、线和面生成基准面。

（3） （两面夹角）：通过 1 条边线（或者轴线、草图线等）与 1 个面（或者基准面）以一定夹角生成基准面，如图 1-33 所示。

图 1-31 【基准面】属性设置框   图 1-32 通过平面生成 1 个基准面   图 1-33 两面夹角生成基准面

（4）（等距距离）：在平行于 1 个面（或者基准面）的指定距离生成等距基准面。首先选择 1 个平面（或者基准面），然后设置"距离"数值，如图 1-34 所示。

（5）【反转】：选择此选项，在相反的方向生成基准面。

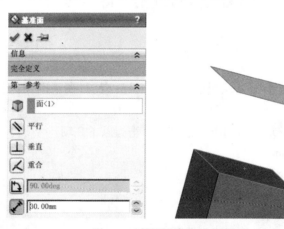

图 1-34 等距距离生成基准面

（6）（垂直）：可以生成垂直于 1 条边线、轴线或者平面的基准面，如图 1-35 所示。

图 1-35 垂直于平面生成基准面

1.7　参考点

SolidWorks 可以生成多种类型的参考点以用作构造对象，还可以在彼此间已指定距离分割的曲线上生成指定数量的参考点。

单击【参考几何体】工具栏中的 ✳（点）按钮（或者选择【插入】|【参考几何体】|【点】菜单命令），在【属性管理器】中弹出【点】的属性设置框，如图 1-36 所示。在【选择】选项组中，单击 ⬡（参考实体）选择框，在图形区域中选择用以生成点的实体；选择要生成的点的类型，可以单击 ⦿（圆弧中心）、🔲（面中心）、✖（交叉点）、📐（投影）等按钮；单击 📏（沿曲线距离或多个参考点）按钮，可以沿边线、曲线或者草图线段生成 1 组参考点，输入距离或者百分比数值即可，参数含义如下：

（1）【距离】：按照设置的距离生成参考点数。

（2）【百分比】：按照设置的百分比生成参考点数。

（3）【均匀分布】：在实体上均匀分布的参考点数。

（4）📏（参考点数）：设置沿所选实体生成的参考点数。

属性设置完成后，单击 ✔（确定）按钮，生成参考点，如图 1-37 所示。

图 1-36　【点】属性设置框

图 1-37　生成参考点

1.8　范例

下面结合现有模型，介绍生成参考几何体的具体方法。

1.8.1　生成参考坐标系

操作步骤如下：

（1）启动中文版 SolidWorks 2010，单击【标准】工具栏中的 📂（打开）按钮，弹出【打开】对话框，在配书光盘的"模型文件\1"文件夹中选择【1.SLDPRT】，单击【打开】按钮，在图形区域中显示出模型，如图 1-38 所示。

（2）生成坐标系。单击【参考几何体】工具栏中的 📐（坐标系）按钮，在【属性管理器】中弹出【坐标系】属性设置框。在图形区域中单击模型上方的 1 个顶点，则点的名称显示在 📐（原点）选择框中，如图 1-39 所示。

图 1-38　模型

图 1-39　定义原点

（3）定义各轴。单击【X 轴】、【Y 轴】、【Z 轴】选择框，在图形区域中选择线性边线，指示所选轴的方向与所选的边线平行，单击【Z 轴】下的 （反转 Z 轴方向）按钮，反转轴的方向，如图 1-40 所示，单击 （确定）按钮，即生成坐标系 1。

图 1-40　定义各轴

1.8.2　生成参考基准轴

操作步骤如下：

（1）单击【参考几何体】工具栏中的 （基准轴）按钮，在【属性管理器】中弹出【基准轴】属性设置框。

（2）单击 （圆柱/圆锥面）按钮，选择模型的曲面，检查 （参考实体）选择框中列出的项目，如图 1-41 所示，单击 （确定）按钮，即生成基准轴 1。

图 1-41　选择曲面

1.8.3 生成参考基准面

操作步骤如下：

（1）单击【参考几何体】工具栏中的 （基准面）按钮，在【属性管理器】中弹出【基准面】属性设置框。

（2）单击 （两面夹角）按钮，在图形区域中选择模型的右侧面及其上边线，在 （参考实体）选择框中显示出选择的项目名称，设置【角度】数值为 45.00deg，如图 1-42 所示，在图形区域中显示出新的基准面的预览，单击 （确定）按钮，即生成基准面 1。

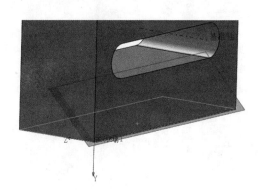

图 1-42 单击【两面夹角】按钮

（3）单击【参考几何体】工具栏中的 （活动剖切面）按钮，在【属性管理器】中弹出【活动剖切面】属性设置，并提示用户需要在绘图区中选择平面或基准面。

（4）单击绘图区中模型的前表面，一个可动的坐标系将显示在所选择的平面上，如图 1-43 所示，将鼠标按住垂直于所选表面的轴，向后移动，松开鼠标，活动剖切面将放置在相应的位置，同时，活动剖切面上所切割的实体模型将以剖面线形式显示出来，如图 1-44 所示。

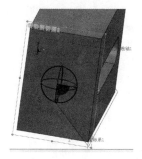

图 1-43 显示并移动坐标系

图 1-44 生成活动剖切面

本 章 小 结

　　本章主要介绍了中文版 SolidWorks 2010 的软件界面和基本操作，以及生成参考几何体的方法，这是使用 SolidWorks 2010 进行建模的基础。

第 2 章　草图绘制

　　在进行 SolidWorks 零件设计时，绝大多数的特征命令都需要建立相应的草图，因此，草图绘制在 SolidWorks 三维零件的模型生成中非常重要。SolidWorks 的参变量式设计特性也是在草图绘制中通过指定参数而体现的。

本章内容安排如下：

➢ 绘制草图基础知识
➢ 草图图形元素
➢ 草图编辑
➢ 3D 草图
➢ 几何关系
➢ 尺寸标注
➢ 范例
➢ 本章小结

2.1 绘制草图基础知识

草图是三维造型设计的基础，是由直线、圆弧、曲线等基本几何元素组成的几何图形，任何模型都是先从草图开始生成的。草图分为二维和三维两种，其中大部分 SolidWorks 特征都是从二维草图绘制开始的。

2.1.1 图形区域

1. 【草图】工具栏

【草图】工具栏中的工具按钮作用于图形区域中的整个草图，其中的按钮为常用的绘图命令，如图 2-1 所示。

图 2-1　【草图】工具栏

2. 状态栏

当草图处于激活状态时，在图形区域底部的状态栏中会显示出有关草图状态的帮助信息，如图 2-2 所示。对状态栏中显示的信息介绍如下：

| 19.37mm | 26.1mm | 0mm | 欠定义 | | 正在编辑：草图1 |

图 2-2　状态栏

（1）绘制实体时显示鼠标指针位置的坐标。

（2）显示"过定义"、"欠定义"或者"完全定义"等草图状态。

（3）如果在工作时草图网格线为关闭状态，信息提示正处于草图绘制状态，例如："正在编辑：草图 n"（n 为草图绘制时的标号）。

2.1.2 草图选项

1. 设置草图的系统选项

选择【工具】|【选项】菜单命令，弹出【系统选项】对话框。选择【草图】选项并进行设置，如图 2-3 所示，最后单击【确定】按钮。对【系统选项-草图】对话框中的选项介绍如下：

（1）【使用完全定义草图】：选择此选项，草图用来生成特征之前必须完全定义。

（2）【在零件/装配体草图中显示圆弧中心点】：选择此选项，圆弧中心点显示在草图中。

（3）【在零件/装配体草图中显示实体点】：选择此选项，草图实体的端点以实心原点的方式显示。该原点的颜色反映草图实体的状态（即黑色为"完全定义"，蓝色为"欠定义"，红色为"过定义"，绿色为"当前所选定的草图"）。

（4）【提示关闭草图】：选择此选项时，如果生成 1 个具有开环轮廓的草图进行后面的操作，而该草图可以用模型的边线封闭，系统会弹出提示信息，询问："封闭草图至模型边线?"可以选择用模型的边线封闭草图轮廓，并可以选择封闭草图的方向。

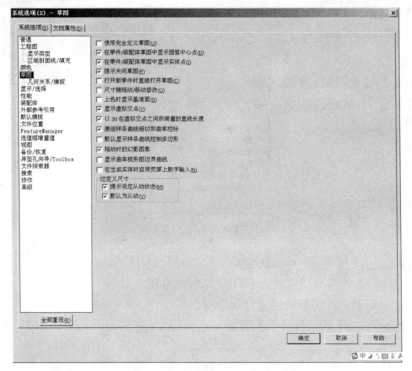

图 2-3　【系统选项-草图】对话框

（5）【打开新零件时直接打开草图】：选择此选项，新零件窗口在前视基准面中打开，可以直接使用草图绘制图形区域和草图绘制工具。

（6）【尺寸随拖动/移动修改】：选择此选项，可以通过拖动草图实体或者在【移动】或者【复制】的属性设置中移动实体以修改尺寸值，拖动完成后，尺寸会自动更新；也可以通过选择【工具】|【草图设定】|【尺寸随拖动/移动修改】菜单命令使用该选项。

（7）【上色时显示基准面】：选择此选项，在上色模式下编辑草图时，基准面看起来似乎被上了颜色。

（8）【显示虚拟交点】：选择此选项，在两个实体的虚拟交点处生成 1 个草图点。

（9）【以 3d 在虚拟交点之间所测量的直线长度】：从虚拟交点处测量直线长度，而不是从三维草图中的端点。

（10）【激活样条曲线相切和曲率控标】：为相切和曲率显示样条曲线控标。

（11）【默认显示样条曲线控制多边形】：显示空间中用于操纵对象形状的一系列控制点以操纵样条曲线的形状。

（12）【拖动时的幻影图象】：在拖动草图时显示草图实体原有位置的幻影图像。

（13）【显示曲率梳形图边界曲线】：显示或隐藏随曲率检查梳形图所用的边界曲线。

（14）【在生成实体时启用荧屏上数字输入】：在生成草图绘制实体时显示数字输入字段来指定大小。

（15）【过定义尺寸】选项组：可以设置如下两个选项：

● 　【提示设定从动状态】：选择此选项，当一个过定义尺寸被添加到草图中时，会弹出对话框询问尺寸是否应为"从动"。

● 【默认为从动】：选择此选项，当 1 个过定义尺寸被添加到草图中时，尺寸默认为"从动"。

2．【草图设定】菜单

选择【工具】|【草图设定】菜单命令，弹出【草图设定】菜单栏，如图 2-4 所示，在此菜单栏中可以使用草图的各种设定，菜单栏中有如下选项。

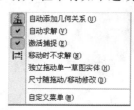

图 2-4　【草图设定】菜单栏

（1）【自动添加几何关系】：在添加草图实体时自动建立几何关系。

（2）【自动求解】：在生成零件时自动计算求解草图几何体。

（3）【激活捕捉】：可以激活快速捕捉功能。

（4）【移动时不求解】：可以在不解出尺寸或者几何关系的情况下，在草图中移动草图实体。

（5）【独立拖动单一草图实体】：在拖动时可以从其他实体中独立拖动单一草图实体。

（6）【尺寸随拖动/移动修改】：拖动草图实体或者在【移动】或【复制】的属性设置中将其移动以覆盖尺寸。

2.1.3　草图绘制工具

与草图绘制相关的工具有【草图绘制实体】、【草图工具】、【草图设定】等，可通过下列 3 种方法使用这些工具：

（1）在【草图】工具栏中单击需要的按钮。

（2）选择【工具】|【草图绘制实体】菜单命令。有一些工具只有菜单命令，而没有相应的工具栏按钮。

（3）在草图绘制状态中使用快捷菜单。在用鼠标右键单击时，只有适用的草图绘制工具和标注几何关系工具才会显示在快捷菜单中。

2.1.4　绘制草图的流程

绘制草图时的流程很重要，必须考虑先从哪里入手开始绘制复杂的草图，在基准面或者平面上绘制草图时如何选择基准面等因素。绘制草图的大体流程为：

（1）选择基准面或者某一面后，单击【草图】工具栏中的 （草图绘制）按钮或者选择【插入】|【草图绘制】菜单命令。

（2）选择切入点。设计零件基体特征时经常会面临这样的选择。在一般情况下，利用 1个复杂轮廓草图生成拉伸特征，与利用 1 个较简单的轮廓草图生成拉伸特征、再添加几个额外的特征，具有相同的结果。一般而言，最好是使用简单的草图几何体，然后添加更多的特征以生成较复杂的零件。较简单的草图在草图生成、维护、修改以及尺寸的添加等方面更加便捷。

（3）绘制草图实体。使用各种草图绘制工具生成草图实体，如直线、矩形、圆、样条曲线等。

（4）在【属性管理器】中对所绘制的草图进行属性的设置，或者单击【草图】工具栏中的 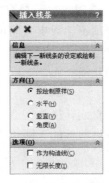（智能尺寸）按钮和 ⊥（添加几何关系）按钮，添加尺寸和几何关系。

（5）关闭草图。完成草图绘制后检查草图，然后单击【草图】工具栏中的（退出草图）按钮，退出草图绘制状态。

2.2 草图图形元素

下面介绍绘制草图常用的几种几何图形元素的使用方法。

2.2.1 直线

1.【插入线条】的属性设置

单击【草图】工具栏中的（直线）按钮或者选择【工具】|【草图绘制实体】|【直线】菜单命令，在【属性管理器】中弹出【插入线条】属性设置框，如图 2-5 所示，鼠标指针变为形状。

图 2-5 【插入线条】属性设置框

在【插入线条】的属性设置框中可以编辑所绘制直线的以下属性：

（1）【方向】选项组：

- 【按绘制原样】：使用单击鼠标左键并拖动鼠标指针的方法绘制 1 条任意方向的直线，然后释放鼠标；也可以使用单击鼠标左键并拖动鼠标指针的方法绘制 1 条任意方向的直线后，继续绘制其他任意方向的直线，然后用鼠标左键双击结束绘制。
- 【水平】：绘制水平线，直到释放鼠标。
- 【竖直】：绘制竖直线，直到释放鼠标。
- 【角度】：以一定角度绘制直线，直到释放鼠标（此处的角度是相对于水平线而言）。

（2）【选项】选项组：

- 【作为构造线】：可以将实体直线转换为构造几何体的直线。
- 【无限长度】：生成 1 条可剪裁的无限长的直线。

2.【线条属性】的属性设置

在图形区域中选择绘制的直线，在【属性管理器】中弹出【线条属性】属性设置框，用以编辑该直线的属性，如图 2-6 所示。对【线条属性】设置框中的选项介绍如下：

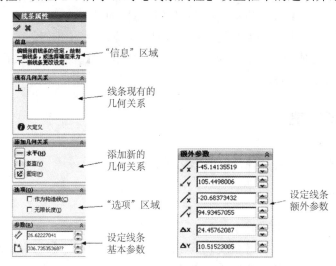

图 2-6 【线条属性】属性设置框

（1）【现有几何关系】选项组：该选项组显示现有的几何关系，即草图绘制过程中自动推理或者手动使用【添加几何关系】选项组参数生成的现有几何关系。

（2）【添加几何关系】选项组：该选项组可以将新的几何关系添加到所选草图实体中，其中只列举了所选直线实体可以使用的几何关系，如：【水平】、【竖直】和【固定】等。

（3）【选项】选项组：

● 【作为构造线】：可以将实体直线转换为构造几何体的直线。

● 【无限长度】：可以生成 1 条可剪裁的无限长的直线。

（4）【参数】选项组：

● ✐（长度）：设置该直线的长度。

● ◿（角度）：相对于网格线的角度，水平角度为 180°，竖直角度为 90°，逆时针为正向。

（5）【额外参数】选项组：

● ╱x（开始 X 坐标）：开始点的 x 坐标。

● ╱y（开始 Y 坐标）：开始点的 y 坐标。

● ╱x（结束 X 坐标）：结束点的 x 坐标。

● ╱y（结束 Y 坐标）：结束点的 y 坐标。

● Δx（Delta X）：开始点和结束点 x 坐标之间的偏移。

● Δy（Delta Y）：开始点和结束点 y 坐标之间的偏移。

2.2.2 圆

1. 绘制圆

单击【草图】工具栏中的 ⊙（圆）按钮或者选择【工具】|【草图绘制实体】|【圆】菜单命令，在【属性管理器】中弹出【圆】属性设置框，如图 2-7 所示，此时鼠标指针变为 ⊙ 形状。该属性设置框中的选项介绍如下：

图 2-7 【圆】属性设置框（绘制圆）

（1）【圆类型】选项组：

- ：绘制基于中心的圆。
- ：绘制基于周边的圆。

（2）【参数】选项组：

- （X 坐标置中）：设置圆心 x 坐标。
- （Y 坐标置中）：设置圆心 y 坐标。
- （半径）：设置圆的半径。

2．【圆】的属性设置

在图形区域中选择绘制的圆，在【属性管理器】中弹出【圆】属性设置框，可以编辑其属性，如图 2-8 所示。此属性设置框与图 2-7 相比，增加了如下选项：

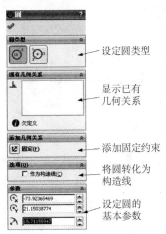

图 2-8 【圆】属性设置框

（1）【现有几何关系】选项组：可以显示现有的几何关系以及所选草图实体的状态信息。

（2）【添加几何关系】选项组：可以将新的几何关系添加到所选的草图实体圆中。

（3）【选项】选项组：可以选择【作为构造线】选项，将实体圆转换为构造几何体的圆。

2.2.3 圆弧

单击【草图】工具栏中的 （圆弧）按钮或者选择【工具】|【草图绘制实体】|【圆

弧】菜单命令，在【属性管理器】中弹出【圆弧】属性设置框，如图 2-9 所示，此时鼠标指针变为 形状。

图 2-9 【圆弧】属性设置框

在【圆弧】属性设置框的【参数】选项组中有如下参数：

- （X 坐标置中）：设置圆心 x 坐标。
- （Y 坐标置中）：设置圆心 y 坐标。
- （开始 X 坐标）：设置开始点 x 坐标。
- （开始 Y 坐标）：设置开始点 y 坐标。
- （结束 X 坐标）：设置结束点 x 坐标。
- （结束 Y 坐标）：设置结束点 y 坐标。
- （半径）：设置圆弧的半径。
- （角度）：设置端点到圆心的角度。

圆弧有【圆心/起/终点画弧】、【切线弧】和【3 点圆弧】3 种类型，也即 3 种绘制圆弧的方法。

1)【圆心/起/终点画弧】绘图法

（1）单击【草图】工具栏中的 （圆心/起/终点画弧）按钮或者选择【工具】|【草图绘制实体】|【圆心/起/终点画弧】菜单命令，鼠标指针变为 形状。

（2）确定圆心。在图形区域中单击鼠标左键以放置圆弧圆心，拖动鼠标指针放置起点、终点。单击鼠标左键，显示圆周参考线。拖动鼠标指针以确定圆弧的长度和方向，单击鼠标左键确定。

（3）设置圆弧属性，单击 （确定）按钮，完成圆弧的绘制。

2)【切线弧】绘图法

（1）单击【草图】工具栏中的 （切线弧）按钮或者选择【工具】|【草图绘制实体】|【切线弧】菜单命令。

（2）在直线、圆弧、椭圆或者样条曲线的端点处单击鼠标左键，在【属性管理器】中弹出【圆弧】属性设置框，鼠标指针变为 形状。拖动鼠标指针以绘制所需的形状，单击鼠标左键确定。

（3）设置圆弧的属性，单击 （确定）按钮，完成圆弧的绘制。

3)【3 点圆弧】绘图法

（1）单击【草图】工具栏中的 （3 点圆弧）按钮或者选择【工具】|【草图绘制实

体】|【3 点圆弧】菜单命令，在【属性管理器】中弹出【圆弧】属性设置框，鼠标指针变
为 ⤸ 形状。

（2）在图形区域中单击鼠标左键以确定圆弧的起点位置。将鼠标指针拖动到圆弧结束
处，再次单击鼠标左键以确定圆弧的终点位置。拖动圆弧以设置圆弧的半径，必要时可以反
转圆弧的方向，单击鼠标左键确定。

（3）设置圆弧的属性，单击 ✔（确定）按钮，完成圆弧的绘制。

2.2.4　椭圆和椭圆弧

使用【椭圆（长短轴）】命令可以生成 1 个完整椭圆；使用【部分椭圆】命令可以生成
1 个椭圆弧。

单击【草图】工具栏中的 ⊘（椭圆）按钮或者选择【工具】|【草图绘制实体】|【椭
圆】菜单命令，在【属性管理器】中弹出【椭圆】属性设置框，如图 2-10 所示，此时鼠标指
针变为 ⤸ 形状。

椭圆（长短轴）

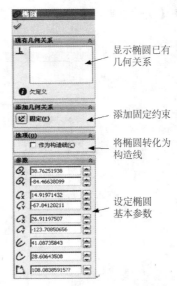

显示椭圆已有
几何关系

添加固定约束

将椭圆转化为
构造线

设定椭圆
基本参数

部分椭圆

图 2-10　【椭圆】属性设置框

在【参数】选项组中有如下参数：
- （X 坐标置中）：设置椭圆圆心的 x 坐标。
- （Y 坐标置中）：设置椭圆圆心的 y 坐标。
- （半径 1）：设置椭圆长轴的半径。
- （半径 2）：设置椭圆短轴的半径。

绘制椭圆的方法如下：

（1）选择【工具】|【草图绘制实体】|【椭圆（长短轴）】菜单命令，在【属性管理器】
中弹出【椭圆】属性设置框，鼠标指针变为 ⤸ 形状。

（2）在图形区域中单击鼠标左键以放置椭圆中心；拖动鼠标指针并单击鼠标左键以定义
椭圆的长轴（或者短轴）；拖动鼠标指针并再次单击鼠标左键以定义椭圆的短轴（或者
长轴）。

（3）设置椭圆的属性，单击 ✔（确定）按钮，完成椭圆的绘制。

绘制椭圆弧的方法如下：

（1）选择【工具】|【草图绘制实体】|【部分椭圆】菜单命令，在【属性管理器】中弹出【椭圆】属性设置框，鼠标指针变为 形状。

（2）在图形区域中单击鼠标左键以放置椭圆弧的中心位置；拖动鼠标指针并单击鼠标左键以定义椭圆弧的第 1 个轴；拖动鼠标指针并单击鼠标左键以定义椭圆弧的第 2 个轴，保留圆周引导线；围绕圆周拖动鼠标指针以定义椭圆弧的范围。

（3）设置椭圆弧属性，单击 ✔（确定）按钮，完成椭圆弧的绘制。

2.2.5　矩形和平行四边形

使用【矩形】命令可以生成水平或者竖直的矩形；使用【平行四边形】命令可以生成任意角度的平行四边形。

单击【草图】工具栏中的 （矩形）按钮或者选择【工具】|【草图绘制实体】|【矩形】菜单命令，在【属性管理器】中弹出【矩形】属性设置框，如图 2-11 所示，此时鼠标指针变为 形状。

图 2-11　【矩形】属性设置框

【矩形】属性设置框中的选项介绍如下：

（1）【矩形类型】选项组：

- （边角矩形）：绘制标准矩形草图。
- （中心矩形）：绘制一个包括中心点的矩形。
- （3 点边角矩形）：以所选的角度绘制一个矩形。
- （3 点中心矩形）：以所选的角度绘制带有中心点的矩形。
- （平行四边形）：绘制标准平行四边形草图。

（2）【参数】选项组：

- x：点的 x 坐标。
- y：点的 y 坐标。

2.2.6　抛物线

使用【抛物线】命令可以生成各种类型的抛物线。

选择【工具】|【草图绘制实体】|【抛物线】菜单命令，在【属性管理器】中弹出【抛物线】属性设置框，如图 2-12 所示，此时鼠标指针变为 ⅏ 形状。

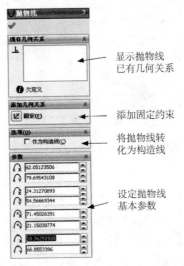

显示抛物线已有几何关系

添加固定约束

将抛物线转化为构造线

设定抛物线基本参数

图 2-12　【抛物线】属性设置框

【抛物线】属性设置框中【参数】选项组中的参数介绍如下：

- ⌒（开始 X 坐标）：设置开始点的 x 坐标。
- ⌒（开始 Y 坐标）：设置开始点的 y 坐标。
- ⌒（结束 X 坐标）：设置结束点的 x 坐标。
- ⌒（结束 Y 坐标）：设置结束点的 y 坐标。
- ⌒（X 坐标置中）：将 x 坐标置中。
- ⌒（Y 坐标置中）：将 y 坐标置中。
- ⌒（极点 X 坐标）：设置极点的 x 坐标。
- ⌒（极点 Y 坐标）：设置极点的 y 坐标。

2.2.7　多边形

使用【多边形】命令可以生成带有任何数量边的等边多边形。可通过内切圆或者外接圆的直径定义多边形的大小，还可以指定旋转角度。

选择【工具】|【草图绘制实体】|【多边形】菜单命令，鼠标指针变为 ⌀ 形状，在【属性管理器】中弹出【多边形】属性设置框，如图 2-13 所示。

【多边形】属性设置框的【参数】选项组中的参数介绍如下：

- ⬡（边数）：设定多边形中的边数，一多边形可有 3～40 个边。
- （内切圆）：在多边形内显示内切圆以定义多边形的大小，圆为构造几何线。
- （外接圆）：在多边形外显示外接圆以定义多边形的大小，圆为构造几何线。
- ⊕（X 坐标置中）：为多边形的中心显示 x 坐标。

- ⬠（Y 坐标置中）：为多边形的中心显示 y 坐标。
- ⬡（圆直径）：显示内切圆或外接圆的直径。
- ◺（角度）：显示旋转角度。
- 【新多边形】：生成另一多边形。

图 2-13　【多边形】属性设置框

绘制多边形的具体方法为：

（1）选择【工具】|【草图绘制实体】|【多边形】菜单命令，鼠标指针变为 ◊ 形状，在【属性管理器】中弹出【多边形】属性设置框。

（2）在【参数】选项组的 ⬠（边数）数值框中设置多变形的边数，或者在绘制多边形之后修改其边数，单击【内切圆】或者【外接圆】单选按钮，并在 ⬡（圆直径）数值框中设置圆直径数值。在图形区域中单击鼠标左键以放置多边形的中心，然后拖动鼠标指针定义多边形。

（3）设置多边形的属性，单击 ✔（确定）按钮，完成多边形的绘制。

2.2.8 点

使用【点】命令，可以将点插入到草图和工程图中。

单击【草图】工具栏中的 ＊（点）按钮或者选择【工具】|【草图绘制实体】|【点】菜单命令，鼠标指针变为 ＊ 形状，在【属性管理器】中弹出【点】属性设置框，如图 2-14 所示。

图 2-14　【点】属性设置框

【点】属性设置框中的【参数】选项组中有如下参数：

- ▪x（X 坐标）：点的 x 方向坐标。
- ▪Y（Y 坐标）：点的 y 方向坐标。

2.2.9 样条曲线

样条曲线的点可以少至 3 点，中间的点为型值点（或者通过点），两端的点为端点。可以通过拖动样条曲线的型值点或者端点以改变其形状，也可以在端点处指定相切，还可以在 3D 草图绘制中绘制样条曲线，新绘制的样条曲线默认为"非成比例的"。

单击【草图】工具栏中的 ~（样条曲线）按钮或者选择【工具】|【草图绘制实体】|【样条曲线】菜单命令，鼠标指针变为 ~ 形状，在【属性管理器】中弹出【样条曲线】属性设置框，如图 2-15 所示。

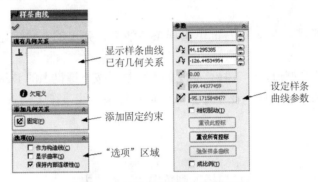

图 2-15 【样条曲线】属性设置框

【样条曲线】属性设置框的【参数】选项组中有如下参数：

- ~ （样条曲线控制点数）：滚动查看样条曲线的点时，相应的曲线点序数在框中出现。
- ~ （X 坐标）：设置样条曲线端点的 x 坐标。
- ~ （Y 坐标）：设置样条曲线端点的 y 坐标。
- ~ （相切重量 1）、~ （相切重量 2）：相切量。通过修改样条曲线点处的样条曲线曲率度数来控制相切向量。
- ~ （相切径向方向）：通过修改相对于 x、y、z 轴的样条曲线倾斜角度来控制相切方向。
- 【相切驱动】：选择此选项，可以激活【相切重量 1】、【相切重量 2】和【相切径向方向】等参数。
- 【重设此控标】：将所选样条曲线控标重返到其初始状态。
- 【重设所有控标】：将所有样条曲线控标重返到其初始状态。
- 【弛张样条曲线】：可以显示样条曲线的控制多边形，然后拖动控制多边形上的任何节点以更改其形状。
- 【成比例】：成比例的样条曲线在拖动端点时会保持形状，整个样条曲线会按比例调整大小，可以为成比例样条曲线的内部端点标注尺寸和添加几何关系。

改变样条曲线有如下几种方式：

（1）改变样条曲线的形状：选择样条曲线，控标出现在型值点和线段端点上，可以使用以下方法改变样条曲线：

- 拖动控标以改变样条曲线的形状。

● 添加或者移除样条曲线型值点以改变样条曲线的形状。

● 用鼠标右键单击样条曲线，在弹出的菜单中选择【插入样条曲线型值点】命令。

● 在样条曲线上通过控制多边形改变样条曲线的形状。控制多边形是空间中用于操纵对象形状的一系列控制点（即节点）。拖动控制点而不是样条曲线点将使修改区域局部化，使用户可以更精确地控制样条曲线的形状。在打开的草图中，用鼠标右键单击样条曲线，在弹出的菜单中选择 🖉（显示控制多边形）命令，就可以显示出控制多边形了。控制多边形可以用于在 SolidWorks 中生成的可调整的样条曲线，而不能用于输入的和转换的样条曲线。控制多边形可以在二维或者三维样条曲线中使用。

（2）简化样条曲线：用鼠标右键单击样条曲线，在弹出的菜单中选择 ⚡（简化样条曲线）命令。

（3）删除样条曲线型值点：选择要删除的点，然后按下键盘上的 Delete 键。

（4）改变样条曲线的属性：在图形区域中选择样条曲线，在【样条曲线】属性设置框中编辑其属性。

2.2.10 槽口

使用【槽口】命令，可以将槽口插入到草图和工程图中。

单击【草图】工具栏中的 ▣（槽口）按钮或者选择【工具】|【草图绘制实体】|【槽口】菜单命令，在【属性管理器】中弹出【槽口】属性设置框，如图 2-16 所示。

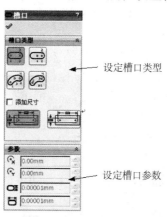

图 2-16 【槽口】的属性设置

【槽口】属性设置框中的选项介绍如下：

（1）【槽口类型】选项组：

● ▭（直槽口）：用两个端点绘制直槽口。

● ▭（中心点直槽口）：从中心点绘制直槽口。

● ▱（三点圆弧槽口）：在圆弧上用 3 个点绘制圆弧槽口。

● ▱（中心点圆弧槽口）：用圆弧的中心点和圆弧的两个端点绘制圆弧槽口。

● 【添加尺寸】：显示槽口的长度和圆弧尺寸。

● ▭（中心到中心）：以两个中心间的长度作为直槽口的长度尺寸。

● ▭（总长度）：以槽口的总长度作为直槽口的长度尺寸。

（2）【参数】选项组。如果槽口不受几何关系约束，则可指定以下参数的任何适当组合来定义槽口。所有槽口均包括：

- ⌖：槽口中心点的 X 坐标。
- ⌖：槽口中心点的 Y 坐标。
- ▭：槽口宽度。
- ▭：槽口长度。

圆弧槽口还包括：

- ⌒：圆弧半径。
- ⌒：圆弧角度。

2.2.11 文字

使用【文字】命令，可以将文字插入到草图和工程图中。

单击【文字】工具栏中的 𝐀（文字）按钮或者选择【工具】|【草图绘制实体】|【文字】菜单命令，在【属性管理器】中弹出【草图文字】属性设置框，如图 2-17 所示。

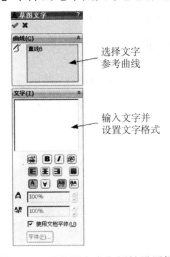

选择文字参考曲线

输入文字并设置文字格式

图 2-17 【草图文字】属性设置框

【草图文字】属性设置框中的参数介绍如下：

（1）【曲线 】选项组中只有 1 个选择框，即 ⌒（选择边线、曲线、草图、及草图段）：所选实体的名称显示在框中。

（2）【文字】选项组：

- 【文字】：在文字框中输入文字。
- 𝐁 𝐈 ⑧（样式）：可选取单个字符或字符组来应用加粗、斜体或旋转。
- ▤ ▤ ▤ ▤（对齐）：调整文字左对齐、居中、右对齐或两端对齐。对齐只可用于沿曲线、边线或草图线段的文字。
- 𝐀 𝐀 𝐀𝐁 𝐁𝐀（反转）：以竖直反转方向及返回，或水平反转方向及返回来反转文字。
- 𝐀（宽度因子）：按指定的百分比均匀加宽每个字符。
- 𝐀𝐁（间距）：按指定的百分比更改每个字符之间的间距。

- 【使用文档字体】：消除勾选后可选取另一种字体。
- 【字体】：单击以打开字体对话框并选择一字体样式和大小。

2.3 草图编辑

SolidWorks 为用户提供了比较完整的辅助绘图工具，使草图的后期修改更为方便。

2.3.1 剪切、复制、粘贴草图

在草图绘制中，可以在同一草图中或者在不同草图之间进行剪切、复制、粘贴 1 个或多个草图实体的操作，可以复制整个草图并将其粘贴到当前零件的 1 个面上，或者粘贴到另一个草图、零件、装配体或工程图文件中（目标文件必须是打开的）。要在同一文件中复制或者复制到另一个文件，可以在【特征管理器设计树】中选择、拖动草图实体，在拖动时按住键盘上的 Ctrl 键。

要在同一草图内部移动，可以在【特征管理器设计树】中选择、拖动草图实体，在拖动时按住键盘上的 Shift 键，也可以按照以下步骤复制、粘贴 1 个或者多个草图实体。

2.3.2 移动、旋转、缩放、复制草图

如果要移动、旋转、按比例缩放、复制草图，可以选择【工具】|【草图工具】菜单命令，然后选择以下命令：

- （移动）：移动草图。
- （旋转）：旋转草图。
- （缩放比例）：按比例缩放草图。
- （复制）：复制草图。

下面进行详细的介绍。

1. 移动和复制

使用 （移动）命令可以将实体移动一定距离，或者以实体上某一点为基准，将实体移至已有的草图点。使用【移动】命令的方法为：

（1）选择要移动的草图。

（2）选择【工具】|【草图绘制工具】|【移动】菜单命令，在【属性管理器】中弹出【移动】的属性设置框。在【参数】选项组中，单击【从/到】单选按钮，再单击【起点】中的 （基准点）选择框，在图形区域中选择移动的起点，然后拖动鼠标指针定义草图实体要移到的位置，如图 2-18 所示。也可以单击【X/Y】单选按钮，然后设置Δx（Delta X）和ΔY（Delta Y）数值以定义草图实体移动的位置，其中：

- Δx（Delta X）：表示开始点和结束点 x 坐标之间的偏移。
- ΔY（Delta Y）：表示开始点和结束点 y 坐标之间的偏移。

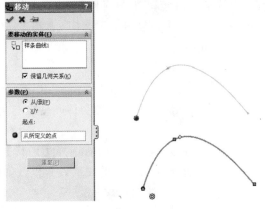

图 2-18　移动草图

（3）如果单击【重复】按钮，将按照相同距离继续修改草图实体的位置，单击 <img>（确定）按钮，草图实体被移动。

【复制】命令的使用方法与【移动】相同，在此不做赘述。

2．旋转

使用 <img>（旋转）命令可以使实体沿旋转中心旋转一定角度。使用【旋转】命令的方法为：

（1）选择要旋转的草图。选择【工具】|【草图绘制工具】|【旋转】菜单命令。

（2）在【属性管理器】中弹出【旋转】的属性设置框。在【参数】选项组中，单击【旋转中心】中的 <img>（基准点）选择框，然后在图形区域中单击鼠标左键以放置旋转中心。在 <img>（基准点）选择框中显示【旋转所定义的点】，如图 2-19 所示。

（3）在 <img>（角度）数值框中设置旋转角度，或者将鼠标指针在图形区域中任意拖动，单击 <img>（确定）按钮，草图实体被旋转。

3．按比例缩放

使用 <img>（按比例缩放）命令可以将实体放大或缩小一定的倍数，或者生成一系列尺寸成等比例的实体。使用【按比例缩放】命令的方法为：

（1）选择要按比例缩放的草图。选择【工具】|【草图绘制工具】|【缩放比例】菜单命令，在【属性管理器】中弹出【比例】属性设置框，如图 2-20 所示。

图 2-19　【旋转】属性设置框　　　　　　　　图 2-20　【比例】属性设置框

（2）在"比例缩放点"中选取基准点，在 （比例因子）中设定比例大小，并设置 （复制数）数值，可以将草图按比例缩放并复制。

（3）单击 ✔（确定）按钮，草图实体被成比例缩放。

2.3.3 剪裁草图

使用 ❦（剪裁）命令可以裁剪或者延伸某一草图实体，使之与另一个草图实体重合，或者删除某一草图实体。

单击【草图】工具栏中的 ❦（剪裁实体）按钮或者选择【工具】|【草图绘制工具】|【剪裁】菜单命令，在【属性管理器】中弹出【剪裁】的属性设置框，如图2-21所示。

图2-21 【剪裁】属性设置框

在【选项】选项组中：

（1）（强劲剪裁）：延伸草图实体。拖动鼠标指针时，剪裁1个或者多个草图实体到最近的草图实体并与该草图实体交叉。

（2）（边角）：修改所选的两个草图实体，直到它们以虚拟边角交叉。沿其自然路径延伸1个或者两个草图实体时就会生成虚拟边角。

（3）（在内剪除）：剪裁交叉于两个所选边界上或者位于两个所选边界之间的开环实体，例如，椭圆等闭环草图实体将会生成1个边界区域，方式与选择两个开环实体作为边界相同。

（4）（在外剪除）：剪裁位于两个所选边界之外的开环草图实体。

（5）（剪裁到最近端）：删除草图实体，直到与另一草图实体（如直线、圆弧、圆、椭圆、样条曲线、中心线等）或者模型边线的交点处。

在草图上移动鼠标指针 ，直到希望剪裁（或者删除）的草图实体以红色高亮显示，然后单击草图实体。如果草图实体没有和其他草图实体相交，则整个草图实体被删除。草图剪裁也可以删除草图实体剩下的部分。

2.3.4 延伸草图

使用 （延伸）命令可以延伸草图实体以增加草图实体的长度，如直线、圆弧或者中心线等。草图延伸通常用于将一个草图实体延伸到另一个草图实体。使用【延伸】命令的方法为：

（1）选择【工具】|【草图绘制工具】|【延伸】菜单命令。

（2）将鼠标指针拖动到要延伸的草图实体上，如直线、圆弧或者中心线等，所选草图实体显示为红色，绿色的直线或者圆弧指示草图实体将延伸的方向。如果预览指示的延伸方向错误，将鼠标指针拖动到直线或者圆弧的另一半上并观察新的预览。

（3）单击该草图实体接受直线或者圆弧的新预览，草图实体延伸到与下一个可用的草图实体相交。

2.3.5　分割、合并草图

（分割实体）命令是通过添加分割点将 1 个草图实体分割成两个草图实体。使用【分割实体】命令的方法为：

（1）打开包含需要分割实体的草图。

（2）选择【工具】|【草图绘制工具】|【分割实体】菜单命令，或者在图形区域中用鼠标右键单击草图实体，在弹出的快捷菜单中选择【分割实体】命令。当鼠标指针位于被分割的草图实体上时，会变成 形状。

（3）单击草图实体上的分割位置，该草图实体被分割成两个草图实体，并且这两个草图实体之间会添加 1 个分割点，如图 2-22 所示。要合并草图实体，则单击分割点，然后按键盘上的 Delete 键即可。

图 2-22　分割点

2.3.6　派生草图

可以从属于同一零件的另一草图派生草图，或者从同一装配体中的另一草图派生草图。从现有草图派生草图时，这两个草图将保持相同的特性。对原始草图所做的更改将反映到派生草图中。通过拖动派生草图和标注尺寸，将草图定位在所选的面上。派生的草图是固定链接的，它作为单一实体被拖动。更改原始草图时，派生的草图会自动更新。

如果要解除派生草图与原始草图之间的链接，则在【特征管理器设计树】中用鼠标右键单击派生草图或者零件的名称，然后在弹出的快捷菜单中选择【解除派生】命令。链接解除后，即使对原始草图进行修改，派生的草图也不会再自动更新。

使用【派生草图】命令的方法为：

（1）选择需要派生新草图的草图。

（2）按住键盘上的 Ctrl 键并单击将放置新草图的面。

（3）选择【插入】|【派生草图】菜单命令，草图在所选面的基准面上出现。

2.3.7　转换实体引用

使用【转换实体引用】命令可以将其他特征上的边线投影到草图平面上，此边线可以是作为等距的模型边线，也可以是作为等距的外部草图实体。使用【转换实体引用】命令的方法为：

（1）单击【标准】工具栏中的 （选择）按钮，在图形区域中选择模型面或者边线、环、曲线、外部草图轮廓线、一组边线、一组曲线等。

（2）单击【草图】工具栏中的 （草图绘制）按钮，进入草图绘制状态。

（3）单击【草图】工具栏中的 （转换实体引用）按钮或者选择【工具】|【草图绘制工具】|【转换实体引用】菜单命令，将模型面转换为草图实体，如图 2-23 所示。

图 2-23　将模型面转换为草图实体

【转换实体引用】命令将自动建立以下几何关系：

- 在新的草图曲线和草图实体之间的边线上建立几何关系，如果草图实体更改，曲线也会随之更新。
- 在草图实体的端点上生成内部固定几何关系，使草图实体保持"完全定义"状态。当使用【显示/删除几何关系】命令时，不会显示此内部几何关系，拖动这些端点可以移除几何关系。

2.3.8　等距实体

使用 （等距实体）命令可以将其他特征的边线以一定的距离和方向偏移，偏移的特征可以是 1 个或者多个草图实体、1 个模型面、1 条模型边线或者外部草图曲线。

选择 1 个草图实体或者多个草图实体、1 个模型面、1 条模型边线或者外部草图曲线等，单击【草图】工具栏中的 （等距实体）按钮或者选择【工具】|【草图绘制工具】|【等距实体】菜单命令，在【属性管理器】中弹出【等距实体】属性设置框，如图 2-24 所示。

图 2-24　【等距实体】属性设置框

在【参数】选项组中：

- （等距距离）：设置等距数值，或者在图形区域中移动鼠标指针以定义等距距离。
- 【添加尺寸】：在草图中包含等距距离，不会影响到包含在原有草图实体中的任何尺寸。
- 【反向】：更改单向等距的方向。
- 【选择链】：生成所有连续草图实体的等距实体。
- 【双向】：在两个方向生成等距实体。

- 【制作基体结构】：将原有草图实体转换为构造性直线。
- 【顶端加盖】：通过选择【双向】选项并添加顶盖以延伸原有非相交草图实体，可以单击【圆弧】或者【直线】单选按钮作为延伸顶盖的类型。

2.4　3D 草图

3D 草图由系列直线、圆弧以及样条曲线构成。3D 草图可以作为扫描路径，也可以用作放样或者扫描的引导线、放样的中心线等。

2.4.1　简介

1. 3D 草图坐标系

生成 3D 草图时，在默认情况下，通常是相对于模型中默认的坐标系进行绘制的。如果要切换到另外两个默认基准面中的 1 个，则单击所需的草图绘制工具，然后按键盘上的 Tab 键，当前草图基准面的原点显示出来。如果要改变 3D 草图的坐标系，则单击所需的草图绘制工具，按住键盘上的 Ctrl 键，然后单击 1 个基准面、1 个平面或者 1 个用户定义的坐标系。如果选择 1 个基准面或者平面，3D 草图基准面将进行旋转，使 x、y 草图基准面与所选项目对正。如果选择 1 个坐标系，3D 草图基准面将进行旋转，使 x、y 草图基准面与该坐标系的 x、y 基准面平行。在开始 3D 草图绘制前，将视图方向改为【等轴测】，因为在此方向中 x、y、z 方向均可见，可以更方便地生成 3D 草图。

2. 空间控标

当使用 3D 草图绘图时，一个图形化的助手可以帮助定位方向，此助手被称为空间控标。在所选基准面上定义直线或者样条曲线的第 1 个点时，空间控标就会显示出来。使用空间控标可以提示当前绘图的坐标，如图 2-25 所示。

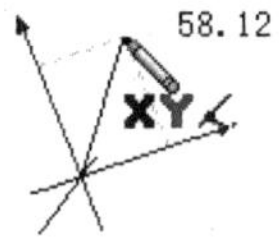

图 2-25　空间控标

3. 3D 草图的尺寸标注

使用 3D 草图时，先按照近似长度绘制直线，然后再按照精确尺寸进行标注。选择两个点、1 条直线或者两条平行线，可以添加 1 个长度尺寸。选择 3 个点或者两条直线，可以添加 1 个角度尺寸。

4. 直线捕捉

在 3D 草图中绘制直线时，可以使直线捕捉到零件中现有的几何体，如模型表面或者顶点及草图点。如果沿 1 个主要坐标方向绘制直线，则不会激活捕捉功能；如果在 1 个平面上绘制直线，且系统推理捕捉到 1 个空间点，则会显示 1 个暂时的 3D 图形框以指示不在平面上的捕捉。

2.4.2　3D 直线

当绘制直线时，直线捕捉到的 1 个主要方向（即 x、y、z）将分别被约束为水平、竖直或者沿 z 轴方向（相对于当前的坐标系为 3D 草图添加几何关系），但并不一定要求沿着这 3 个主要方向之一绘制直线，可以在当前基准面中与 1 个主要方向成任意角度进行绘制。如果直线端点捕捉到现有的几何模型，可以在基准面之外进行绘制。

一般是相对于模型中的默认坐标系进行绘制。如果需要转换到其他两个默认基准面，则选择草图绘制工具，然后按键盘上的 Tab 键，当前草图基准面的原点显示出来。绘制 3D 直线的方法为：

（1）单击【草图】工具栏中的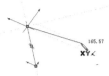（3D 草图）按钮或者选择【插入】|【3D 草图】菜单命令，进入 3D 草图绘制状态。

（2）单击【草图】工具栏中的◣（直线）按钮，在【属性管理器】中弹出【插入线条】的属性设置框。在图形区域中单击鼠标左键开始绘制直线，此时出现空间控标，帮助在不同的基准面上绘制草图（如果想改变基准面，可按键盘上的 Tab 键）。

图 2-26　绘制 3D 直线

（3）拖动鼠标指针至直线段的终点处。如果要继续绘制直线，可以选择线段的终点，然后按键盘上的 Tab 键转换到另一个基准面。

（4）拖动鼠标指针直至出现第 2 段直线，然后释放鼠标，如图 2-26 所示。

2.4.3　3D 圆角

绘制 3D 圆角的方法为：

（1）单击【草图】工具栏中的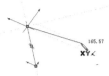（3D 草图）按钮或者选择【插入】|【3D 草图】菜单命令，进入 3D 草图绘制状态。

（2）单击【草图】工具栏中的◠（绘制圆角）按钮或者选择【工具】|【草图绘制工具】|【圆角】菜单命令，在【属性管理器】中弹出【绘制圆角】属性设置框。在【圆角参数】选项组中，设置◥（半径）数值，如图 2-27 所示。

（3）选择两条相交的线段或者选择其交叉点，即可绘制出圆角，如图 2-28 所示。

图 2-27　【绘制圆角】属性设置框

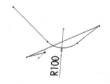

图 2-28　绘制圆角

2.4.4　3D 样条曲线

绘制 3D 样条曲线的方法为：

（1）单击【草图】工具栏中的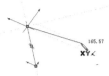（3D 草图）按钮或者选择【插入】|【3D 草图】菜单命令，进入 3D 草图绘制状态。

（2）单击【草图】工具栏中的〜（样条曲线）按钮或者选择【工具】|【草图绘制实体】|【样条曲线】菜单命令。在图形区域中单击鼠标左键以放置第 1 个点，拖动鼠标指针定义曲线的第 1 段，在【属性管理器】中弹出【样条曲线】属性设置框，如图 2-29 所示，它比二维的【样条曲线】的属性设置多了◨（Z 坐标）参数。

（3）每次单击鼠标左键时，都会出现空间控标来帮助在不同的基准面上绘制草图（如果想改变基准面，可按键盘上的 Tab 键）。

（4）重复前面的步骤，直到完成 3D 样条曲线的绘制。

图 2-29 【样条曲线】属性设置框

2.4.5 3D 草图点

绘制 3D 草图点的方法为：

（1）单击【草图】工具栏中的 （3D 草图）按钮或者选择【插入】|【3D 草图】菜单命令，进入 3D 草图绘制状态。

（2）单击【草图】工具栏中的 *（点）按钮或者选择【工具】|【草图绘制实体】|【点】菜单命令。在图形区域中单击鼠标左键以放置点，在【属性管理器】中弹出【点】的属性设置框，它比二维的【点】的属性设置框多了 （Z 坐标）参数。

（3）【点】命令保持激活，可以继续插入点。如果需要改变【点】的属性，可以在 3D草图中选择 1 个点，然后在【点】的属性设置框中编辑其属性。

2.4.6 面部曲线

当使用从其他软件导入的文件时，可以从 1 个面或者曲面上提取 iso-参数（UV）曲线，然后使用 （面部曲线）命令进行局部清理。

由此生成的每个曲线都将成为单独的 3D 草图。然而如果使用【面部曲线】命令时正在编辑 3D 草图，那么所有提取的曲线都将被添加到激活的 3D 草图中。

输入 1 个零件，提取 iso-参数曲线的步骤如下：

（1）选择【工具】|【草图绘制工具】|【面部曲线】菜单命令，然后选择 1 个面或者曲面。

（2）在【属性管理器】中弹出【面部曲线】的属性设置框，曲线的预览显示在面上，不同的颜色表示曲线的不同方向，与【面部曲线】属性设置框中的颜色相对应。该面的名称显示在【选择】选项组的 （面）选择框中，如图 2-30 所示。

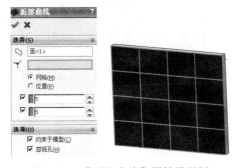

图 2-30 【面部曲线】属性设置框

（3）在【选择】选项组中，可以单击【网格】或者【位置】两个单选按钮之一。在【选项】选项组中，可以选择【约束于模型】和【忽视孔】。

（4）单击 ✔ （确定）按钮，生成面部曲线。

2.5 几何关系

2.5.1 几何关系概述

绘制草图时使用几何关系可以更容易地控制草图形状，表达设计意图，充分体现人机交互的便利。几何关系与捕捉是相辅相成的，捕捉到的特征就是具有某种几何关系的特征。表 2-1 详细说明了各种几何关系要选择的草图实体及使用后的效果。

表 2-1　几何关系选项与效果

图标	几何关系	要选择的草图实体	使用后的效果
―	水平	1 条或者多条直线，两个或者多个点	使直线水平，使点水平对齐
│	竖直	1 条或者多条直线，两个或者多个点	使直线竖直，使点竖直对齐
╱	共线	两条或者多条直线	使草图实体位于同一条无限长的直线上
◯	全等	两段或者多段圆弧	使草图实体位于同一个圆周上
⊥	垂直	两条直线	使草图实体相互垂直
∥	平行	两条或者多条直线	使草图实体相互平行
⌔	相切	直线和圆弧、椭圆弧或者其他曲线，曲面和直线，曲面和平面	使草图实体保持相切
◎	同心	两个或者多段圆弧	使草图实体共用 1 个圆心
╱	中点	1 条直线或者 1 段圆弧和 1 个点	使点位于圆弧或者直线的中心
✕	交叉点	两条直线和 1 个点	使点位于两条直线的交叉点处
✕	重合	1 条直线、1 段圆弧或者其他曲线和 1 个点	使点位于直线、圆弧或者曲线上
=	相等	两条或者多条直线，两段或者多段圆弧	使草图实体的所有尺寸参数保持相等
⊡	对称	两个点、两条直线、两个圆、椭圆或者其他曲线和 1 条中心线	使草图实体保持相对于中心线对称
⬚	固定	任何草图实体	使草图实体的尺寸和位置保持固定，不可更改
⬚	穿透	1 个基准轴、1 条边线、直线或者样条曲线和 1 个草图点	草图点与基准轴、边线或者曲线在草图基准面上穿透的位置重合
◁	合并	两个草图点或者端点	使两个点合并为 1 个点

2.5.2 添加几何关系

⊥ （添加几何关系）命令是为已有的实体添加约束，此命令只能在草图绘制状态中使用。

生成草图实体后，单击【尺寸/几何关系】工具栏中的 ⊥ （添加几何关系）按钮或者选择【工具】|【几何关系】|【添加】菜单命令，在【属性管理器】中弹出【添加几何关系】属性设置框，可以在草图实体之间或者在草图实体与基准面、轴、边线、顶点之间生成几何关系，如图 2-31 所示。

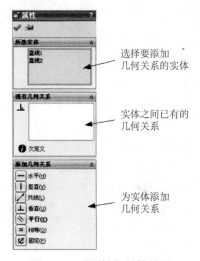

图 2-31　【属性】属性设置

生成几何关系时，其中至少必须有 1 个项目是草图实体，其他项目可以是草图实体或者边线、面、顶点、原点、基准面、轴，也可以是其他草图的曲线投影到草图基准面上所形成的直线或者圆弧。

2.5.3　显示/删除几何关系

（显示/删除几何关系）命令用来显示已经应用到草图实体中的几何关系，或者删除不再需要的几何关系。

单击【尺寸/几何关系】工具栏中的（显示/删除几何关系）按钮，可以显示手动或者自动应用到草图实体的几何关系，并可以用来删除不再需要的几何关系，还可以通过替换列出的参考引用修正错误的草图实体。

2.6　尺寸标注

绘制完成草图后，需要标注草图的尺寸。

2.6.1　智能尺寸

通常在绘制草图实体时标注尺寸数值，按照此尺寸数值生成零件特征，然后将这些尺寸数值插入到各个工程视图中。工程图中的尺寸标注是与模型相关联的，模型中的更改会反映在工程图中，在工程图中更改插入的尺寸也会改变模型；还可以在工程图文件中添加尺寸数值，但是这些尺寸数值是"参考"尺寸，并且是"从动"尺寸，不能通过编辑其数值改变模型。然而当更改模型的标注尺寸数值时，参考尺寸的数值也会随之发生改变。

在默认情况下，插入的尺寸显示为黑色，包括零件或者装配体文件中显示为蓝色的尺寸（如拉伸深度等），参考尺寸显示为灰色，并带有括号。当尺寸被选中时，尺寸箭头上出现圆形控标。单击箭头控标，箭头向外或者向内翻转（如果尺寸有两个控标，可以单击任一控标）。

使用（智能尺寸）命令可以给草图实体和其他对象标注尺寸。智能尺寸的形式取决于所选定的实体项目。对于某些形式的智能尺寸（如点到点、角度、圆等），尺寸所放置的位置也会影响其形式。在 ◆（智能尺寸）命令被激活时，可以拖动或者删除尺寸。

1．标注线性尺寸的方法

标注线性尺寸的方法为：

（1）单击【尺寸/几何关系】工具栏中的 ◆（智能尺寸）按钮或者选择【工具】|【标注尺寸】|【智能尺寸】菜单命令，也可以在图形区域中单击鼠标右键，然后在弹出的菜单中选择【智能尺寸】命令。默认尺寸类型为平行尺寸。

（2）定位智能尺寸项目。移动鼠标指针时，智能尺寸会自动捕捉到最近的方位。当预览显示想要的位置及类型时，可以单击鼠标右键锁定该尺寸。智能尺寸项目有下列几种：

- 直线或者边线的长度：选择要标注的直线，拖动到标注的位置。
- 直线之间的距离：选择两条平行直线，或者 1 条直线与 1 条平行的模型边线。
- 点到直线的垂直距离：选择 1 个点以及 1 条直线或者模型上的 1 条边线。
- 点到点距离：选择两个点，然后为每个尺寸选择不同的位置，生成如图 2-32 所示的距离尺寸。

（3）单击鼠标左键确定尺寸数值所要放置的位置。

2．标注角度尺寸的方法

要生成两条直线之间的角度尺寸，可以先选择两条草图直线，然后为每个尺寸选择不同的位置。要在两条直线或者 1 条直线和模型边线之间放置角度尺寸，可以先选择两个草图实体，然后在其周围拖动鼠标指针，显示智能尺寸的预览。由于鼠标指针位置的改变，要标注的角度尺寸数值也会随之改变。

标注角度尺寸的方法为：

（1）单击【尺寸/几何关系】工具栏中的 ◆（智能尺寸）按钮。

（2）单击其中 1 条直线，再单击另一条直线或者模型边线，拖动鼠标指针显示角度尺寸的预览。

（3）单击鼠标左键确定所需尺寸数值的位置，生成如图 2-33 所示的角度尺寸。

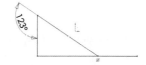

图 2-32　生成点到点的距离尺寸　　　　图 2-33　生成角度尺寸

3．标注圆弧尺寸的方法

标注圆弧尺寸时，默认尺寸类型为半径。如果要标注圆弧的实际长度，可以选择圆弧及其两个端点。

标注圆弧尺寸的方法为：

（1）单击【尺寸/几何关系】工具栏中的 ◆（智能尺寸）按钮。

（2）单击圆弧，再单击圆弧的两个端点，拖动鼠标指针显示圆弧长度的预览。

（3）单击鼠标左键确定所需尺寸数值的位置，生成如图 2-34 所示的圆弧尺寸数值。

4．标注圆形尺寸的方法

以一定角度放置圆形尺寸，尺寸数值显示为直径尺寸。将尺寸数值竖直或者水平放置，尺寸数值会显示为线性尺寸。如果要修改线性尺寸的角度，则单击该尺寸数值，然后拖动文字上的控标，尺寸以 15°的增量进行捕捉。

标准圆形尺寸的方法为：

（1）单击【尺寸/几何关系】工具栏中的 $\diamondsuit$（智能尺寸）按钮。

（2）选择圆形，拖动鼠标指针显示圆形直径的预览。

（3）单击鼠标左键确定所需尺寸数值的位置，生成如图 2-35 所示的圆形尺寸。

图 2-34　生成圆弧尺寸　　　图 2-35　生成圆形尺寸

2.6.2　自动标注草图尺寸

使用自动标注草图尺寸的方法为：

（1）保持草图处于激活状态，单击【尺寸/几何关系】工具栏中的 $\overset{\frown}{\leftarrow}$（完全定义草图）按钮或者选择【工具】｜【标注尺寸】｜【完全定义草图】菜单命令，在【属性管理器】中弹出【完全定义草图】的属性设置框。

（2）在【要完全定义的实体】选项组中，单击【草图中所有实体】单选按钮，可以标注所有草图实体的尺寸，单击【计算】按钮，显示出标注的尺寸，如图 2-36 所示；如果单击【所选实体】单选按钮，则通过单击图形区域中的实体来标注尺寸。

（3）在【几何关系】选择组中，可以选择要标注尺寸的多种几何关系，单击 $\checkmark$（确定）按钮，尺寸根据所做的设置显示在草图中。

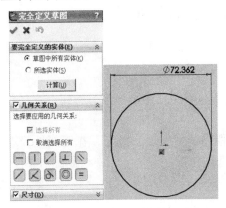

图 2-36　自动标注所有的尺寸

2.6.3　修改尺寸

要修改尺寸，可以双击草图的尺寸，在弹出的【修改】对话框中进行设置，如图 2-37 所示，然后单击 $\checkmark$（保存当前的数值并退出此对话框）按钮完成操作。

图 2-37　【修改】对话框

2.7 范例

下面通过 1 个具体范例来讲解草图的绘制方法，最终效果如图 2-38 所示。

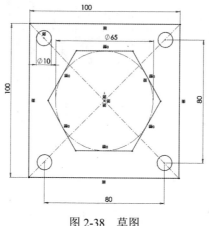

图 2-38 草图

2.7.1 进入草图绘制状态

具体步骤为：

（1）启动中文版 SolidWorks 2010，单击【标准】工具栏中的 □（新建）按钮，弹出【新建 SolidWorks 文件】对话框，单击【零件】按钮，单击【确定】按钮，生成新文件。

（2）单击【草图】工具栏中的 ✎（草图绘制）按钮，进入草图绘制状态。在【特征管理器设计树】单击【前视基准面】图标，使前视基准面成为草图绘制平面。

2.7.2 绘制草图

具体步骤为：

（1）单击【草图】工具栏中的 ▣（中心矩形）按钮，拖动鼠标指针绘制矩形草图，如图 2-39 所示。

（2）单击【草图】工具栏中的 ⊙（圆）按钮，在【属性管理器】中弹出【圆】的属性设置框。单击【中央创建】单选按钮，在图形区域中绘制圆形草图，如图 2-40 所示。

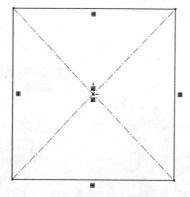

图 2-39 绘制矩形草图

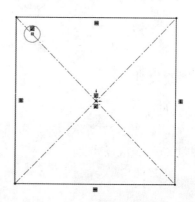

图 2-40 绘制圆形草图

（3）选择绘制的圆形草图，选择【工具】|【草图工具】|【复制】菜单命令。在【属性管理器】中弹出【复制】的属性设置框。在【参数】选项组中，单击【从/到】单选按钮，在图形区域中单击鼠标左键以确定起点的位置，然后拖动复制的草图实体将其定位在多边形的左侧，复制出 3 个圆，如图 2-41 所示。

（4）单击【草图】工具栏中的 ⊕（多边形）按钮，在【属性管理器】中弹出【多边形】的属性设置框。选择 6 边形，在图形区域中绘制多边形草图，如图 2-42 所示。

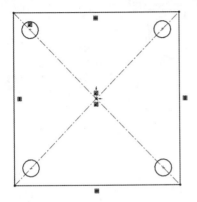
图 2-41　复制出 3 个圆

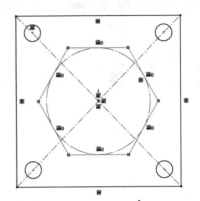
图 2-42　绘制多边形

2.7.3　标注尺寸

具体步骤为：

（1）单击【尺寸/几何关系】工具栏中的 ◇（智能尺寸）按钮，标注各个尺寸，如图 2-43 所示。

（2）双击草图的尺寸，在弹出的【修改】对话框中修改尺寸数值，将圆的中心与边线之间的距离设置为整数，修改后的效果如图 2-44 所示。

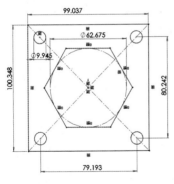
图 2-43　标注尺寸

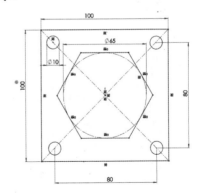
图 2-44　修改尺寸后的效果

（3）至此，草图范例全部完成，将其保存为 02.SLDPRT。

本 章 小 结

　　二维草图是三维实体的基础，三维实体可以被视为二维截面在第三度空间中的变化。因此在生成实体之前必须先绘制出实体模型的截面，再利用拉伸、旋转等命令生成三维实体模型。

第 3 章　基本特征建模

　　在 SolidWorks 建模中，基本特征包括拉伸凸台/基体特征（简称拉伸特征）、拉伸切除特征、旋转凸台/基体特征（简称旋转特征）、扫描特征、放样特征、筋特征、孔特征、圆角特征、倒角特征和抽壳特征。

本章内容安排如下：

➢ 拉伸凸台/基体特征

➢ 拉伸切除特征

➢ 旋转凸台/基体特征

➢ 扫描特征

➢ 放样特征

➢ 筋特征

➢ 孔特征

➢ 圆角特征

➢ 倒角特征

➢ 抽壳特征

➢ 范例

➢ 本章小结

3.1 拉伸凸台/基体特征

3.1.1 拉伸凸台/基体特征的知识点

选择【插入】|【凸台／基体】|【拉伸】菜单命令或者单击【特征】工具栏中的 (拉伸凸台／基体）按钮，在【属性管理器】中弹出【拉伸】属性设置框，如图 3-1 所示。

1.【从】选项组

该选项组用来设置特征拉伸的"开始条件"，其选项包括"草图基准面"、"曲面/面/基准面"、"顶点"和"等距"，如图 3-2 所示。

图 3-1 【拉伸】属性设置框　　　　图 3-2 "开始条件"下拉选项

（1）"草图基准面"：从草图所在的基准面作为基础开始拉伸。

（2）"曲面/面/基准面"：从这些实体之一作为基础开始拉伸。操作时必须为"曲面/面/基准面"选择有效的实体，实体可以是平面或者非平面，平面实体不必与草图基准面平行，但草图必须完全包含在非平面曲面或者平面的边界内。

（3）"顶点"：从选择的顶点处开始拉伸。

（4）"等距"：从与当前草图基准面等距的基准面上开始拉伸，等距距离可以手动输入。

2.【方向1】选项组

（1）"终止条件"下拉选框：设置特征拉伸的终止条件，其选项如图 3-3 所示。单击 (反向）按钮，可以沿预览中所示的相反方向拉伸特征。

图 3-3 【终止条件】选项

- "给定深度"：设置给定的 $\overset{\text{\tiny D1}}{\nearrow}$（深度）数值以终止拉伸。
- "成形到一顶点"：拉伸到在图形区域中选择的顶点处。
- "成形到一面"：拉伸到在图形区域中选择的 1 个面或者基准面处。
- "到离指定面指定的距离"：拉伸到在图形区域中选择的 1 个面或者基准面处，然后设置 $\overset{\text{\tiny D1}}{\nearrow}$（等距距离）数值。
- "成形到实体"：拉伸到在图形区域中所选择的实体或者曲面实体处。在装配体中拉伸时，可以使用此选项以延伸草图到所选的实体处。如果拉伸的草图超出所选实体或者曲面实体之外，此选项可以执行面的自动延伸以终止拉伸。
- "两侧对称"：设置 $\overset{\text{\tiny D1}}{\nearrow}$（深度）数值，按照所在平面的两侧对称距离生成拉伸特征。

（2）$\nearrow$（拉伸方向）：在图形区域中选择方向向量，并以垂直于草图轮廓的方向拉伸草图。

（3）$\overset{\text{\tiny }}{\square}$（拔模开/关）：可以设置【拔模角度】数值，如果有必要，选择【向外拔模】选项。

3. 【薄壁特征】选项组

该选项组中的参数可以控制拉伸的 $\overset{\text{\tiny }}{\nearrow}$（厚度）（不是 $\overset{\text{\tiny D1}}{\nearrow}$（深度））数值。薄壁特征基体是做钣金零件的基础。

（1）"类型"下拉选框：定义【薄壁特征】拉伸的类型，如图 3-4 所示，有如下选项：

- "单向"：以同一 $\overset{\text{\tiny }}{\nearrow}$（厚度）数值，沿 1 个方向拉伸草图。
- "两侧对称"：以同一 $\overset{\text{\tiny }}{\nearrow}$（厚度）数值，沿相反方向拉伸草图。
- "双向"：以不同 $\overset{\text{\tiny }}{\nearrow}$（方向 1 厚度）、$\overset{\text{\tiny }}{\nearrow}$（方向 2 厚度）数值，沿相反方向拉伸草图。

（2）【顶端加盖】（如图 3-5 所示）：为薄壁特征拉伸的顶端加盖，生成 1 个中空的零件（仅限于闭环的轮廓草图）。

图 3-4　【类型】选项　　　　图 3-5　选择【顶端加盖】选项

3.1.2　拉伸凸台/基体特征的案例操作

【案例 3-1-1】运用"从草图基准面开始拉伸"，将草图 1 中已存在的半径为 30mm 的圆拉伸成一高为 10mm 的圆柱体。

◎	实例素材	实例素材\第 3 章\3-1-1 草图 1.SLDPRT
	最终效果	最终效果\第 3 章\3-1-1 拉伸 1.SLDPRT

具体操作步骤如下：

（1）打开"3-1-1 草图 1.SLDPRT"零件图，移动鼠标指针到绘图区域选择草图 1 轮廓，或者在特征管理树中选中草图 1，此时被选中的草图 1 轮廓呈蓝色，如图 3-6 所示。

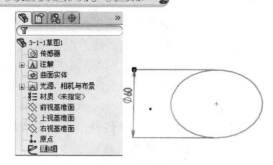

图 3-6　选择草图

（2）单击特征工具栏中的（拉伸凸台/基体）按钮，启动拉伸功能，系统弹出拉伸属性管理器，在"开始条件"（即【从】选项组）的下拉列表框中选择"草图基准面"，在"终止条件"（即【方向 1】选项组）列表框中选择"给定深度"，方向为默认设置，深度图标后面的数值框中输入 10mm，如图 3-7 所示。

（3）完成各种设置以后，单击属性管理器或者绘图区域中的按钮，完成拉伸，如图 3-8 所示。

图 3-7　拉伸属性　　　　　　　　　　　图 3-8　拉伸完成

【案例 3-1-2】运用"从草图基准面开始拉伸"，将草图中已存在的半径为 30mm 的圆拉伸直到一个平面，这个平面平行于草图基准面且穿越指定的顶点。

	实例素材	实例素材\第 3 章\3-1-2 草图 2.SLDPRT
	最终效果	最终效果\第 3 章\3-1-2 拉伸 2.SLDPRT

具体操作步骤如下：

（1）打开"3-1-2 草图 2.SLDPRT"零件图，移动鼠标指针到绘图区域选择草图 1 轮廓，或者在特征管理树中选中草图 1，此时被选中的草图 1 轮廓呈蓝色，如图 3-9 所示。

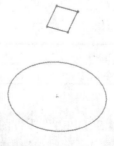

图 3-9　选择草图

（2）单击特征工具栏中的 （拉伸凸台/基体）按钮，启动拉伸功能，系统弹出拉伸属性管理器，在"开始条件"的下拉列表框中选择"草图基准面"，在"终止条件"下拉列表框中选择"成形到一顶点"，然后在图形区域中选中与草图平面平行的一平面上的一点，如图 3-10 中红色点所示。

（3）完成各种设置以后，单击属性管理器或者绘图区域中的 按钮，完成拉伸，如图 3-11 所示。

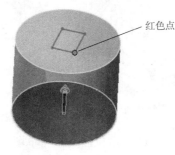

图 3-10　拉伸属性设置　　　　　　　　图 3-11　拉伸完成

【案例 3-1-3】运用"从草图基准面开始拉伸"，将草图中已存在的半径为 30mm 的圆拉伸直到一个指定平面。

	实例素材	实例素材\第 3 章\3-1-3 草图 3.SLDPRT
	最终效果	最终效果\第 3 章\3-1-3 拉伸 3.SLDPRT

具体操作步骤如下：

（1）打开"3-1-3 草图 3.SLDPRT"零件图，移动鼠标指针到绘图区域选择草图 1 轮廓，或者在特征管理树中选中草图 1，此时被选中的草图 1 轮廓呈蓝色，如图 3-12 所示。

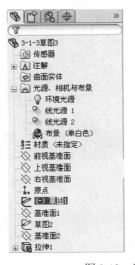
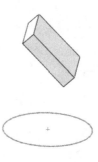

图 3-12　选择草图

（2）单击特征工具栏中的 （拉伸凸台/基体）按钮，启动拉伸功能，系统弹出拉伸属性管理器，在"开始条件"的下拉列表框中选择"草图基准面"，在"终止条件"下拉列表框中选择"成形到一面"，然后在图形区域中选中一平面，如图 3-13 中红色面所示。

（3）完成各种设置以后，单击属性管理器或者绘图区域中的 ✔ 按钮，完成拉伸，如图3-14所示。

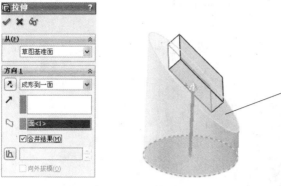

红色面

图3-13　拉伸属性设置

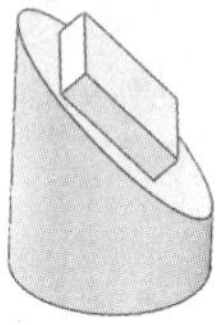

图3-14　拉伸完成

【案例 3-1-4】运用"从草图基准面开始拉伸"，将草图中已存在的半径为 30mm 的圆拉伸直到离一个指定平面特定距离处以生成特征。

	实例素材	实例素材\第 3 章\3-1-4 草图 4.SLDPRT
	最终效果	最终效果\第 3 章\3-1-4 拉伸 4.SLDPRT

具体操作步骤如下：

（1）打开"3-1-4 草图 4.SLDPRT"零件图，移动鼠标指针到绘图区域选择草图 1 轮廓，或者在特征管理树中选中草图 1，此时被选中的草图 1 轮廓呈蓝色，如图3-15所示。

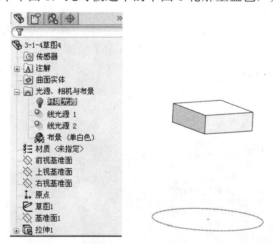

图3-15　选择草图

（2）单击特征工具栏中的 （拉伸凸台/实体）按钮，启动拉伸功能，系统弹出拉伸属性管理器，在"开始条件"的下拉列表框中选择"草图基准面"，在"终止条件"下拉列表框中选择"到离指定面指定的距离"，然后在图形区域中选中方块实体底面，如图3-16 中红色面所示，深度图标 后面的数值框中输入 10mm，如图3-16 所示。

（3）完成各种设置以后，单击属性管理器或者绘图区域中的 ✔ 按钮，完成拉伸，如图3-17所示。

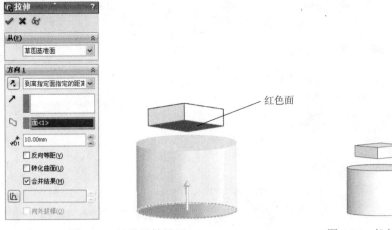

图 3-16　拉伸属性设置　　　　　　图 3-17　拉伸完成

【案例 3-1-5】　运用"从草图基准面开始拉伸",将草图中已存在的半径为 30mm 的圆拉伸直到一个指定实体以生成特征。

◎	实例素材	实例素材\第 3 章\3-1-5 草图 5.SLDPRT
	最终效果	最终效果\第 3 章\3-1-5 拉伸 5.SLDPRT

具体操作步骤如下:

(1) 打开"3-1-5 草图 5.SLDPRT"零件图,移动鼠标指针到绘图区域选择草图 1 轮廓,或者在特征管理树中选中草图 1,此时被选中的草图 1 轮廓呈蓝色,如图 3-18 所示。

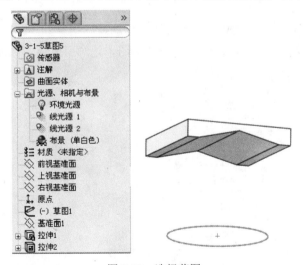

图 3-18　选择草图

(2) 单击特征工具栏中的 （拉伸凸台/基体）按钮,启动拉伸功能,系统弹出拉伸属性管理器,在"开始条件"的下拉列表框中选择"草图基准面",在"终止条件"下拉列表框中选择"成形到实体",然后在图形区域中选中整个实体,如图 3-19 中红色实体所示。

(3) 完成各种设置以后,单击属性管理器或者绘图区域中的 按钮,完成拉伸,如图 3-20 所示。

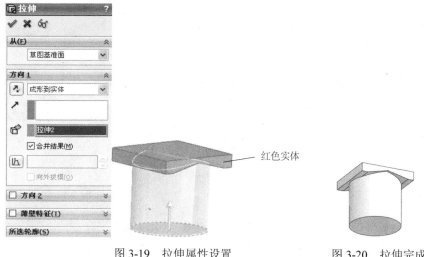

图 3-19　拉伸属性设置　　　　　　　图 3-20　拉伸完成

【案例 3-1-6】运用"从草图基准面开始拉伸",将草图中已存在的半径为 30mm 的圆向两侧各拉伸 10mm 形成圆柱体。

	实例素材	实例素材\第 3 章\3-1-6 草图 6.SLDPRT
	最终效果	最终效果\第 3 章\3-1-6 拉伸 6.SLDPRT

具体操作步骤如下:

（1）打开"3-1-6 草图 6.SLDPRT"零件图,移动鼠标指针到绘图区域选择草图 1 轮廓,或者在特征管理树中选中草图 1,此时被选中的草图 1 轮廓呈蓝色,如图 3-21 所示。

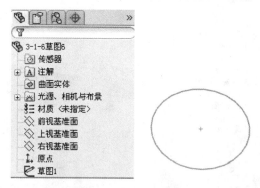

图 3-21　选择草图

（2）单击特征工具栏中的 （拉伸凸台/基体）按钮,启动拉伸功能,系统弹出拉伸属性管理器,在"开始条件"的下拉列表框中选择"草图基准面",在"终止条件"下拉列表框中选择"两侧对称",深度图标 后面的数值框中输入 20mm,如图 3-22 所示。

（3）完成各种设置以后,单击属性管理器或者绘图区域中的 按钮,完成拉伸,如图 3-23所示。

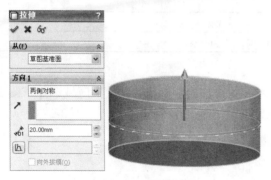

图 3-22 拉伸属性设置

图 3-23 拉伸完成

3.2 拉伸切除特征

3.2.1 拉伸切除特征的知识点

选择【插入】|【切除】|【拉伸】菜单命令或者单击【特征】工具栏中的 （拉伸切除）按钮，在【属性管理器】中弹出【切除-拉伸】属性设置框，如图 3-24 所示。

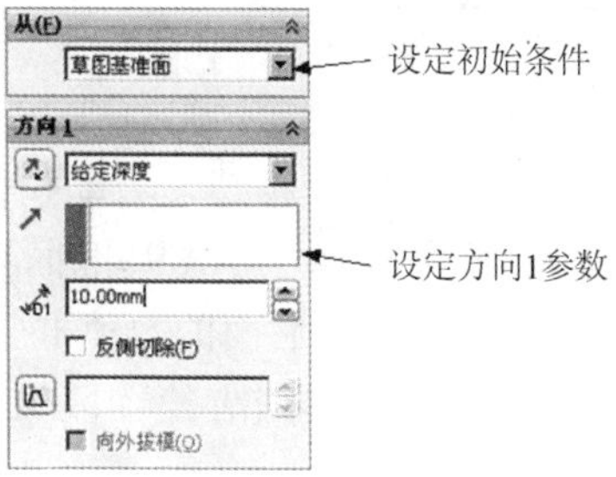

图 3-24 【切除-拉伸】属性设置框

该属性设置框与【拉伸】的属性设置框基本一致。不同的地方是，在【方向 1】选项组中多了【反侧切除】选项。

【反侧切除】（仅限于拉伸的切除）选项用于移除轮廓外的所有部分，如图 3-25 所示。在默认情况下，从轮廓内部移除，如图 3-26 所示。

图 3-25 反侧切除

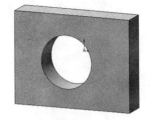

图 3-26 默认切除

3.2.2 拉伸切除特征的案例操作

【案例 3-2-1】 运用"从草图基准面开始拉伸"，在一个半径为 30mm 的圆柱体的一侧端面上有一个半径为 10mm 的草图圆，将此草图轴向拉伸 10mm，在圆柱体端面上形成一个凹进去的深为 10mm 的孔。

⊚	实例素材	实例素材\第 3 章\3-2-1 草图 1.SLDPRT
	最终效果	最终效果\第 3 章\3-2-1 拉伸切除 1.SLDPRT

具体操作步骤如下：

（1）打开"3-2-1 草图 1.SLDPRT"零件图，移动鼠标指针到绘图区域选择草图 2 轮廓，或者在特征管理树中选中草图 2，此时被选中的草图 2 轮廓呈蓝色，如图 3-27 所示。

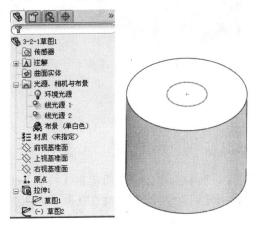

图 3-27　选择草图

（2）单击特征工具栏中的 ⬚（拉伸切除）按钮，启动拉伸切除功能，系统弹出拉伸属性管理器，在"开始条件"的下拉列表框中选择"草图基准面"，在"终止条件"下拉列表框中选择"给定深度"，方向向下，深度图标 ⬚D1 后面的数值框中输入 10mm，如图 3-28 所示。

（3）完成各种设置以后，单击属性管理器或者绘图区域中的 ✔ 按钮，完成拉伸切除，如图 3-29 所示。

图 3-28　拉伸切除属性设置

图 3-29　拉伸切除完成

【案例 3-2-2】运用"从草图基准面开始拉伸"，在一个半径为 30mm 的圆柱体的一侧端面上有一个半径为 10mm 的草图圆，将此草图轴向拉伸，在圆柱体端面上形成一个贯通的孔。

⊚	实例素材	实例素材\第 3 章\3-2-2 草图 2.SLDPRT
	最终效果	最终效果\第 3 章\3-2-2 拉伸切除 2.SLDPRT

具体操作步骤如下：

（1）打开"3-2-2 草图 2.SLDPRT"零件图，移动鼠标指针到绘图区域选择草图 2 轮廓，或者在特征管理树中选中草图 2，此时被选中的草图 2 轮廓呈蓝色，如图 3-30 所示。

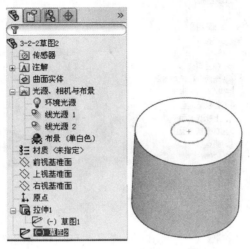

图 3-30　选择草图

（2）单击特征工具栏中的 （拉伸切除）按钮，启动拉伸切除功能，系统弹出拉伸属性管理器，在"开始条件"的下拉列表框中选择"草图基准面"，在"终止条件"下拉列表框中选择"完全贯穿"，如图 3-31 所示。

（3）完成各种设置以后，单击属性管理器或者绘图区域中的 ✔ 按钮，完成拉伸切除，如图 3-32 所示。

图 3-31　拉伸切除属性设置　　　　图 3-32　拉伸切除完成

【案例 3-2-3】　运用"从草图基准面开始拉伸"，在一个半径为 30mm 的圆柱体的一侧端面上有一个半径为 10mm 的草图圆，将此草图轴向拉伸切除圆柱体直到下一个不与其他特征接触的端面为止，形成一个通孔。

◎	实例素材	实例素材\第 3 章\3-2-3 草图 3.SLDPRT
	最终效果	最终效果\第 3 章\3-2-3 拉伸切除 3.SLDPRT

具体操作步骤如下：

（1）打开"3-2-3 草图 3.SLDPRT"零件图，移动鼠标指针到绘图区域选择草图 3 轮廓，或者在特征管理树中选中草图 3，此时被选中的草图 3 轮廓呈蓝色，如图 3-33 所示。

图 3-33 选择草图

（2）单击特征工具栏中的 ⬜（拉伸切除）按钮，启动拉伸切除功能，系统弹出拉伸属性管理器，在"开始条件"的下拉列表框中选择"草图基准面"，在"终止条件"下拉列表框中选择"成形到下一面"，如图 3-34 所示。

（3）完成各种设置以后，单击属性管理器或者绘图区域中的 ✔ 按钮，完成拉伸切除，如图 3-35 所示。

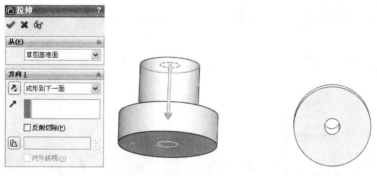

图 3-34 拉伸切除属性设置   图 3-35 拉伸切除完成

【案例 3-2-4】运用"从草图基准面开始拉伸"，在一个半径为 30mm 的圆柱体的一侧端面上有一个半径为 10mm 的草图圆，将此草图轴向拉伸切除圆柱体直到一个平面为止，这个平面平行于草图基准面且穿越指定的顶点。

	实例素材	实例素材\第 3 章\3-2-4 草图 4.SLDPRT
	最终效果	最终效果\第 3 章\3-2-4 拉伸切除 4.SLDPRT

具体操作步骤如下：

（1）打开"3-2-4 草图 4.SLDPRT"零件图，移动鼠标指针到绘图区域选择草图 3 轮廓，或者在特征管理树中选中草图 3，此时被选中的草图 3 轮廓呈蓝色，如图 3-36 所示。

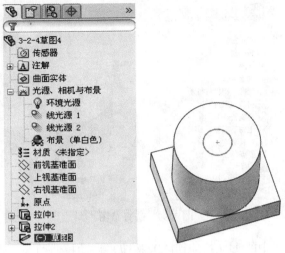

图 3-36 选择草图

（2）单击特征工具栏中的（拉伸切除）按钮，启动拉伸切除功能，系统弹出拉伸属性管理器，在"开始条件"的下拉列表框中选择"草图基准面"，在"终止条件"下拉列表框中选择"成形到一顶点"，然后在图形区域中选择一个顶点，如图 3-37 中红色点所示。

（3）完成各种设置以后，单击属性管理器或者绘图区域中的 ✔ 按钮，完成拉伸切除，如图 3-38 所示。

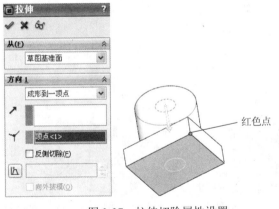

图 3-37 拉伸切除属性设置

图 3-38 拉伸切除完成

【案例 3-2-5】运用"从草图基准面开始拉伸"，在一个半径为 30mm 的圆柱体的一侧端面上有一个半径为 20mm 的草图圆，将此草图轴向拉伸切除圆柱体直到指定面为止，形成一个孔。

⊙	实例素材	实例素材\第 3 章\3-2-5 草图 5.SLDPRT
	最终效果	最终效果\第 3 章\3-2-5 拉伸切除 5.SLDPRT

具体操作步骤如下：

（1）打开"3-2-5 草图 5.SLDPRT"零件图，移动鼠标指针到绘图区域选择草图 3 轮廓，或者在特征管理树中选中草图 3，此时被选中的草图 3 轮廓呈蓝色，如图 3-39 所示。

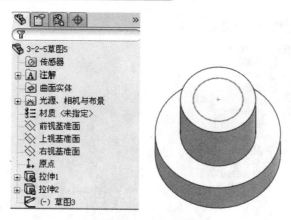

图 3-39　选择草图

（2）单击特征工具栏中的▣（拉伸切除）按钮，启动拉伸切除功能，系统弹出拉伸属性管理器，在"开始条件"的下拉列表框中选择"草图基准面"，在"终止条件"下拉列表框中选择"成形到一面"，然后在图形区域中选择另一个圆柱体的一侧端面，如图 3-40 中红色面所示。

（3）完成各种设置以后，单击属性管理器或者绘图区域中的✔按钮，完成拉伸切除，如图 3-41 所示。

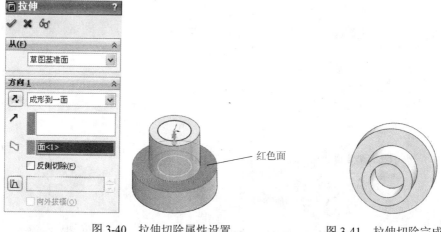

图 3-40　拉伸切除属性设置　　　　　图 3-41　拉伸切除完成

【案例 3-2-6】运用"从草图基准面开始拉伸"，在一个半径为 30mm 的圆柱体的一侧端面上有一个半径为 20mm 的草图圆，将此草图轴向拉伸切除圆柱体直到离指定面特定距离为止，形成一个孔。

| ◎ | 实例素材 | 实例素材\第 3 章\3-2-6 草图 6.SLDPRT |
| | 最终效果 | 最终效果\第 3 章\3-2-6 拉伸切除 6.SLDPRT |

具体操作步骤如下：

（1）打开"3-2-6 草图 6.SLDPRT"零件图，移动鼠标指针到绘图区域选择草图 2 轮廓，或者在特征管理树中选中草图 2，此时被选中的草图 2 轮廓呈蓝色，如图 3-42 所示。

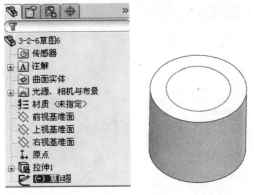

图 3-42　选择草图

（2）单击特征工具栏中的 （拉伸切除）按钮，启动拉伸切除功能，系统弹出拉伸属性管理器，在"开始条件"的下拉列表框中选择"草图基准面"，在"终止条件"下拉列表框中选择"到离指定面指定的距离"，然后在图形区域中选择圆柱体的另一侧端面，如图 3-43 中红色面所示，深度图标 后面的数值框中输入 30mm。

（3）完成各种设置以后，单击属性管理器或者绘图区域中的 按钮，完成拉伸切除，如图 3-44 所示。

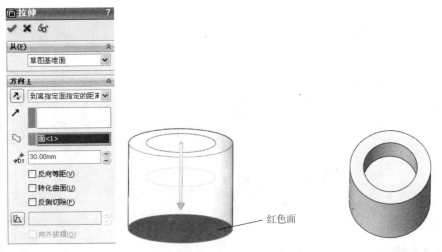

图 3-43　拉伸切除属性设置　　　　　　图 3-44　拉伸切除完成

【案例 3-2-7】运用"从草图基准面开始拉伸"，在一个半径为 30mm 的圆柱体的一侧端面上有一个半径为 20mm 的草图圆，将此草图轴向拉伸切除圆柱体直到与指定的实体相交为止，形成一个孔。

	实例素材	实例素材\第 3 章\3-2-7 草图 7.SLDPRT
	最终效果	最终效果\第 3 章\3-2-7 拉伸切除 7.SLDPRT

具体操作步骤如下：

（1）打开"3-2-7 草图 7.SLDPRT"零件图，移动鼠标指针到绘图区域选择草图 4 轮廓，或者在特征管理树中选中草图 4，此时被选中的草图 4 轮廓呈蓝色，如图 3-45 所示。

图 3-45　选择草图

（2）单击特征工具栏中的 （拉伸切除）按钮，启动拉伸切除功能，系统弹出拉伸属性管理器，在"开始条件"的下拉列表框中选择"草图基准面"，在"终止条件"下拉列表框中选择"成形到实体"，然后在图形区域中选择与圆柱体接触的实体，如图 3-46 中红色实体所示。

（3）完成各种设置以后，单击属性管理器或者绘图区域中的  按钮，完成拉伸切除，如图 3-47 所示。

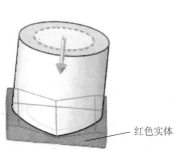

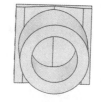

图 3-46　拉伸切除属性设置　　　　　　　图 3-47　拉伸切除完成

【案例 3-2-8】运用从草图基准面开始拉伸，在长方体一个面上有一个草图圆与此面垂直相交，将此草图沿与平面平行方向对称拉伸，切除部分长方体。

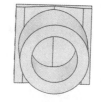	实例素材	实例素材\第 3 章\3-2-8 草图 8.SLDPRT
	最终效果	最终效果\第 3 章\3-2-8 拉伸切除 8.SLDPRT

具体操作步骤如下：

（1）打开"3-2-8 草图 8.SLDPRT"零件图，移动鼠标指针到绘图区域选择草图 2 轮廓，或者在特征管理树中选中草图 2，此时被选中的草图 2 轮廓呈蓝色，如图 3-48 所示。

（2）单击特征工具栏中的 （拉伸切除）按钮，启动拉伸切除功能，系统弹出拉伸属性管理器，在"开始条件"的下拉列表框中选择"草图基准面"，在"终止条件"下拉列表框中选择"两侧对称"，深度图标 后面的数值框中输入 40mm，如图 3-49 所示。

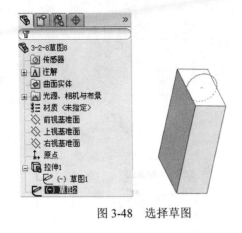

图 3-48　选择草图

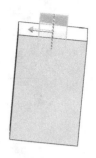

图 3-49　拉伸切除属性设置

（3）完成各种设置以后，单击属性管理器或者绘图区域中的 <img> 按钮，完成拉伸切除，如图 3-50 所示。

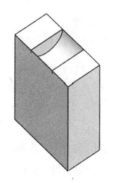

图 3-50　拉伸切除完成

3.3　旋转凸台/基体特征

3.3.1　旋转凸台/基体特征的知识点

选择【插入】|【凸台/基体】|【旋转】菜单命令或者单击【特征】工具栏中的 <img>（旋转凸台/基体）按钮，在【属性管理器】中弹出【旋转】的属性设置框，如图 3-51 所示。

1.【旋转参数】选项组

（1） <img>（旋转轴）：选择旋转所围绕的轴，根据所生成的旋转特征的类型，此轴可以为中心线、直线或者边线。

（2）"旋转类型"下拉选框：从草图基准面中定义旋转方向，其选项如图 3-52 所示。

- "单向"：沿单一方向生成旋转特征。
- "两侧对称"：从草图基准面沿顺时针和逆时针两个方向生成旋转特征，此旋转轴位于旋转角度的中央。
- "双向"：从草图基准面沿顺时针和逆时针两个方向生成旋转特征，可以设置 <img>（方向 1 角度）和 <img>（方向 2 角度）数值，两个角度的总和不能超过 360°。

（3） <img>（反向）：单击该按钮，反转旋转方向。

图 3-51 【旋转】属性设置框　　　　图 3-52 【旋转类型】选项

（4）（角度）：设置旋转角度，默认的角度为 360°，角度以顺时针方向从所选草图开始测量。

2．【薄壁特征】选项组

该选项组主要用来设置旋转厚度的方向，有如下 3 个选项：

● "单向"：以同一（方向 1 厚度）数值，从草图沿单一方向添加薄壁特征的体积。如果有必要，单击（反向）按钮反转薄壁特征体积添加的方向。

● "两侧对称"：以同一（方向 1 厚度）数值，并以草图为中心，在草图两侧使用均等厚度的体积添加薄壁特征。

● "双向"：在草图两侧添加不同厚度的薄壁特征的体积。设置（方向 1 厚度）数值，从草图向外添加薄壁特征的体积；设置（方向 2 厚度）数值，从草图向内添加薄壁特征的体积。

3．【所选轮廓】选项组

在使用多轮廓生成旋转特征时使用此选项。

单击（所选轮廓）选择框，拖动鼠标指针，在图形区域中选择适当轮廓，此时显示出旋转特征的预览，可以选择任何轮廓生成单一或者多实体零件，单击（确定）按钮，生成旋转特征。

3.3.2 旋转凸台/基体特征的案例操作

【案例 3-3-1】运用"从草图基准面开始旋转"，将一个多边形绕着指定的旋转轴沿一个方向旋转 360°形成凸台。

⊙	实例素材	实例素材\第 3 章\3-3-1 草图 1.SLDPRT
	最终效果	最终效果\第 3 章\3-3-1 旋转 1.SLDPRT

具体操作步骤如下：

（1）打开"3-3-1 草图 1.SLDPRT"零件图，移动鼠标指针到绘图区域选择草图 1 轮廓，或者在特征管理树中选中草图 1，此时被选中的草图 1 轮廓呈蓝色，如图 3-53 所示。

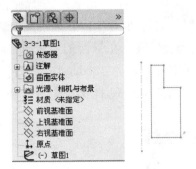

图 3-53　选择草图

（2）单击特征工具栏中的 （旋转凸台/基体）按钮，启动旋转功能，系统弹出旋转属性管理器，选择草图中的中心线为旋转轴，在  旁的"旋转方向"下拉列表框中选择"单向"，旋转角度图标 后面的数值框中输入 360deg，如图 3-54 所示。

（3）完成各种设置以后，单击属性管理器或者绘图区域中的 按钮，完成旋转，如图3-55 所示。

图 3-54　旋转属性设置　　　　　图 3-55　旋转完成

【案例 3-3-2】运用"从草图基准面开始旋转"，将一个多边形绕着指定的旋转轴沿对称方向各旋转 90°形成凸台。

	实例素材	实例素材\第 3 章\3-3-2 草图 2.SLDPRT
	最终效果	最终效果\第 3 章\3-3-2 旋转 2.SLDPRT

具体操作步骤如下：

（1）打开"3-3-2 草图 2.SLDPRT"零件图，移动鼠标指针到绘图区域选择草图 1 轮廓，或者在特征管理树中选中草图 1，此时被选中的草图 1 轮廓呈蓝色，如图 3-56 所示。

图 3-56　选择草图

（2）单击特征工具栏中的 ⊕ （旋转凸台/基体）按钮，启动旋转功能，系统弹出旋转属性管理器，选择草图中的中心线为旋转轴，在 ↻ 旁的"旋转方向"下拉列表框中选择"两侧对称"，旋转角度图标 ↥ 后面的数值框中输入180deg，如图3-57所示。

（3）完成各种设置以后，单击属性管理器或者绘图区域中的 ✔ 按钮，完成旋转，如图3-58所示。

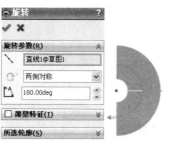

图3-57　旋转属性设置　　　　图3-58　旋转完成

【案例 3-3-3】运用"从草图基准面开始旋转"，将一个多边形绕着指定的旋转轴沿一个方向旋转90°，沿另一个方向旋转45°形成凸台。

	实例素材	实例素材\第3章\3-3-3 草图 3.SLDPRT
	最终效果	最终效果\第3章\3-3-3 旋转 3.SLDPRT

具体操作步骤如下：

（1）打开"3-3-3 草图 3.SLDPRT"零件图，移动鼠标指针到绘图区域选择草图 1 轮廓，或者在特征管理树中选中草图 1，此时被选中的草图 1 轮廓呈蓝色，如图3-59所示。

图3-59　选择草图

（2）单击特征工具栏中的 ⊕ （旋转凸台/基体）按钮，启动旋转功能，系统弹出旋转属性管理器，选择草图中的中心线为旋转轴，在 ↻ 旁的"旋转方向"下拉列表框中选择"双向"，方向 1 角度图标 ↥ 后面的数值框中输入 90deg，方向 2 角度图标 ↥ 后面的数值框中输入 45deg，如图3-60所示。

（3）完成各种设置以后，单击属性管理器或者绘图区域中的 ✔ 按钮，完成旋转，如图3-61所示。

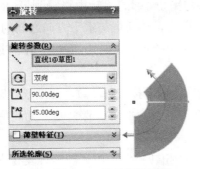

图 3-60　旋转属性设置　　　　　图 3-61　旋转完成

3.4　扫描特征

3.4.1　扫描特征的知识点

选择【插入】|【凸台/基体】|【扫描】菜单命令或者单击【特征】工具栏中的 （扫描）按钮，在【属性管理器】中弹出【扫描】的属性设置框，如图 3-62 所示。

1．【轮廓和路径】选项组

（1） （轮廓）：其设置用来生成扫描的草图轮廓，在图形区域中或者【特征管理器设计树】中选择草图轮廓。基体或者凸台的扫描特征轮廓应为闭环，曲面扫描特征的轮廓可以为开环或者闭环。

（2） （路径）：用于设置轮廓扫描的路径。路径可以是开环或者闭环的，是包含在草图中的 1 组曲线、1 条曲线或者 1 组模型边线，但路径的起点必须位于轮廓的基准面上。

2．【选项】选项组

（1）【方向/扭转控制】：控制轮廓在沿路径扫描时的方向，其选项如图 3-63 所示。

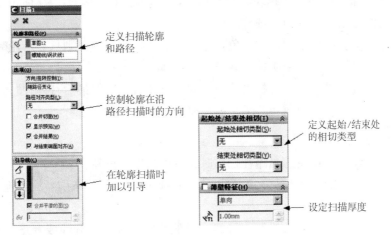

图 3-62　【扫描】属性设置框

- "随路径变化"：轮廓相对于路径时刻保持同一角度。
- "保持法向不变"：使轮廓总是与起始轮廓保持平行。

- "随路径和第一引导线变化"：中间轮廓的扭转由路径到第 1 条引导线的向量决定，在所有中间轮廓的草图基准面中，该向量与水平方向之间的角度保持不变。
- "随第一和第二引导线变化"：中间轮廓的扭转由第 1 条引导线到第 2 条引导线的向量决定。
- "沿路径扭转"：沿路径扭转轮廓。可以按照角度数、弧度或者旋转圈数定义扭转。
- "以法向不变沿路径扭曲"：在沿路径扭曲时，保持与开始轮廓平行而沿路径扭转轮廓。

（2）【路径对齐类型】（在设置"方向/扭转控制"为"随路径变化"时可用）：当路径上出现少许波动或者不均匀波动使轮廓不能对齐时，可以将轮廓稳定下来，其选项如图 3-64 所示。

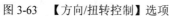

图 3-63　【方向/扭转控制】选项　　　图 3-64　【路径对齐类型】选项

- "无"：垂直于轮廓而对齐轮廓，不进行纠正。
- "最小扭转"（只对于 3D 路径）：阻止轮廓在随路径变化时自我相交。
- "方向向量"：为方向向量所选择的方向对齐轮廓，选择设置方向向量的实体。
- "所有面"：当路径包括相邻面时，使扫描轮廓在几何关系可能的情况下与相邻面相切。

（3）【合并切面】：如果扫描轮廓具有相切线段，可以使所产生的扫描中的相应曲面相切，保持相切的面可以是基准面、圆柱面或者锥面。

（4）【显示预览】：显示扫描的上色预览；取消选择此选项，则只显示轮廓和路径。

（5）【合并结果】：将多个实体合并成 1 个实体。

（6）【与结束端面对齐】：将扫描轮廓延伸到路径所遇到的最后 1 个面。扫描的面被延伸或者缩短以与扫描端点处的面相匹配，而不要求额外几何体。

3.【引导线】选项组

（1）　（引导线）：在轮廓沿路径扫描时加以引导以生成特征。

（2）　（上移）、　（下移）：调整引导线的顺序。选择 1 条引导线并拖动鼠标指针以调整轮廓顺序。

（3）【合并平滑的面】：改进带引导线扫描的性能，并在引导线或者路径不是曲率连续的所有点处分割扫描。

（4）　（显示截面）：显示扫描的截面。单击　箭头，按照截面数查看轮廓并进行删减操作。

4．【起始处/结束处相切】选项组

（1）【起始处相切类型】：其选项如图 3-65 所示。

● "无"：不应用相切。

● "路径相切"：垂直于起始点路径而生成扫描。

（2）【结束处相切类型】：与【起始处相切类型】的选项相同，如图 3-66 所示，不再赘述。

图 3-65　【起始处相切类型】选项　　　　图 3-66　【结束处相切类型】选项

5．【薄壁特征】选项组

该选项组用于生成薄壁特征扫描，如图 3-67 所示。其下拉菜单中有 3 个类型选项，如图 3-68 所示，分别介绍如下：

使用实体特征的扫描　　　　　　使用薄壁特征的扫描

图 3-67　生成薄壁特征扫描　　　　　　图 3-68　【类型】选项

● "单向"：设置同一 ⚒（厚度）数值，以单一方向从轮廓生成薄壁特征。

● "两侧对称"：设置同一 ⚒（厚度）数值，以两个方向从轮廓生成薄壁特征。

● "双向"：设置不同 ⚒（厚度 1）、⚒（厚度 2）数值，以相反的两个方向从轮廓生成薄壁特征。

3.4.2　扫描特征的案例操作

【案例 3-4-1】将一个直径为 10mm 的草图圆截面沿着指定的路径进行扫描，并使截面与路径始终保持垂直。

	实例素材	实例素材\第 3 章\3-4-1 草图 1.SLDPRT
	最终效果	最终效果\第 3 章\3-4-1 扫描 1.SLDPRT

具体操作步骤如下：

（1）打开"3-4-1 草图 1.SLDPRT"零件图，该零件图中包含两个草图：其中草图 1 为扫描的路径，如图 3-69 中蓝色曲线所示；草图 2 为需要扫描的截面轮廓，如图 3-69 中蓝色圆所示。

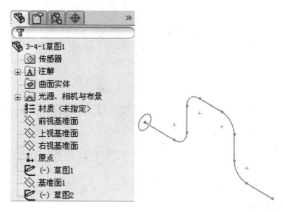

图 3-69　打开草图

（2）单击特征工具栏中的（扫描凸台/基体）按钮，启动扫描功能，系统弹出扫描属性管理器，在【轮廓和路径】选项组下，（轮廓）选择草图 2，（路径）选择草图 1。在【选项】选项组下，在【方向/扭转控制】下拉列表框中选择"随路径变化"，在【路径对齐类型】下拉列表框中选择"无"，如图 3-70 所示。

（3）完成各种设置以后，单击属性管理器或者绘图区域中的按钮，完成扫描，如图 3-71 所示。

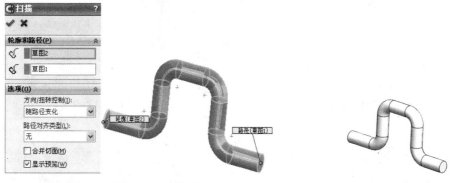

图 3-70　扫描属性设置　　　　　　　　　　图 3-71　扫描完成

【案例 3-4-2】将一个直径为 10mm 的草图圆截面沿着指定的路径进行扫描，使截面总是与起始截面保持平行。

	实例素材	实例素材\第 3 章\3-4-2 草图 2.SLDPRT
	最终效果	最终效果\第 3 章\3-4-2 扫描 2.SLDPRT

具体操作步骤如下：

（1）打开"3-4-2 草图 2.SLDPRT"零件图，其中草图 1 为扫描的路径，如图 3-72 中蓝色曲线所示；草图 2 为需要扫描的截面轮廓，如图 3-72 中蓝色圆所示。

（2）单击特征工具栏中的（扫描凸台/基体）按钮，启动扫描功能，系统弹出扫描属性管理器，在【轮廓和路径】选项组下，（轮廓）选择草图 2，（路径）选择草图 1。在【选项】选项组下，在【方向/扭转控制】下拉列表框中选择"保持法向不变"，在【起始处相切类型】下拉列表框中选择"无"，如图 3-73 所示。

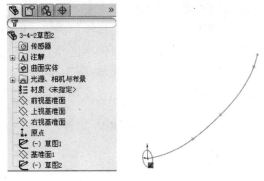

图 3-72　打开草图

（3）完成各种设置以后，单击属性管理器或者绘图区域中的 ✔ 按钮，完成扫描，如图 3-74 所示。

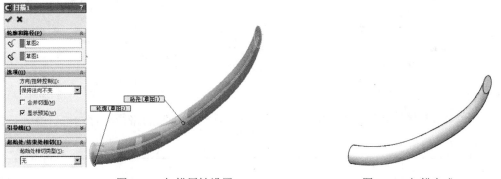

图 3-73　扫描属性设置　　　　　　　　　　图 3-74　扫描完成

【案例 3-4-3】将一个直径为 10mm 的草图圆截面沿着指定的路径进行扫描，并使扫描的外轮廓线与一条指定的引导线相同。

实例素材	实例素材\第 3 章\3-4-3 草图 3.SLDPRT
最终效果	最终效果\第 3 章\3-4-3 扫描 3.SLDPRT

具体操作步骤如下：

（1）打开"3-4-3 草图 3.SLDPRT"零件图，其中草图 1 为扫描的路径，如图 3-75 中蓝色直线所示；草图 2 为需要扫描的截面轮廓，如图 3-75 中蓝色圆所示；草图 3 为引导线，如图 3-75 中蓝色曲线所示。

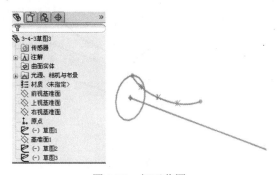

图 3-75　打开草图

（2）单击特征工具栏中的 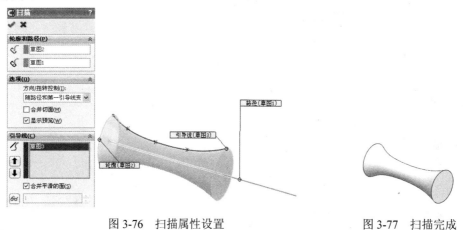（扫描凸台/基体）按钮，启动扫描功能，系统弹出扫描属性管理器，在【轮廓和路径】选项组下，（轮廓）选择草图 2，（路径）选择草图 1。在【选项】选项组下，在【方向/扭转控制】下拉列表框中选择"随路径和第一引导线变化"。在【引导线】选项组下，（引导线）选择草图 3，如图 3-76 所示。

（3）完成各种设置以后，单击属性管理器或者绘图区域中的 按钮，完成扫描，如图 3-77 所示。

图 3-76　扫描属性设置　　　　　　　　　　　　图 3-77　扫描完成

【案例 3-4-4】将一个直径为 10mm 的草图圆截面沿着指定的路径进行扫描，并使扫描的外轮廓线由两条指定引导线决定。

⊙	实例素材	实例素材\第 3 章\3-4-4 草图 4.SLDPRT
	最终效果	最终效果\第 3 章\3-4-4 扫描 4.SLDPRT

具体操作步骤如下：

（1）打开"3-4-4 草图 4.SLDPRT"零件图，其中草图 1 为扫描的路径，如图 3-78 中长的蓝色直线所示；草图 2 为需要扫描的截面轮廓，如图 3-78 中蓝色圆所示；草图 3 为引导线一，如图 3-78 中蓝色曲线所示；草图 4 为引导线二，如图 3-78 中短的蓝色直线所示。

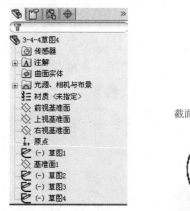
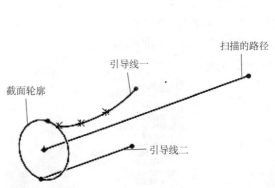

图 3-78　打开草图

（2）单击特征工具栏中的 （扫描凸台/基体）按钮，启动扫描功能，系统弹出扫描属性管理器，在【轮廓和路径】选项组下，（轮廓）选择草图 2，（路径）选择草图 1。在

【选项】选项组下，在【方向/扭转控制】下拉列表框中选择"随第一和第二引导线变化"，在【引导线】选项组下，✔（引导线）选择草图 3 和草图 4，如图 3-79 所示。

（3）完成各种设置以后，单击属性管理器或者绘图区域中的 ✔ 按钮，完成扫描，如图 3-80 所示。

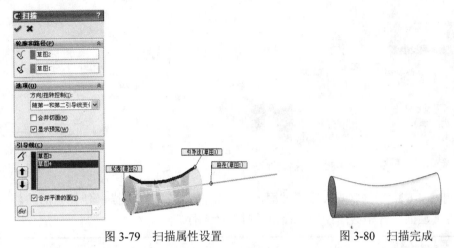

图 3-79　扫描属性设置　　　　　　　　　图 3-80　扫描完成

【案例 3-4-5】将一个正六边形截面沿着指定的路径进行扫描，并使扫描的外轮廓线扭转 180°。

◎	实例素材	实例素材\第 3 章\3-4-5 草图 5.SLDPRT
	最终效果	最终效果\第 3 章\3-4-5 扫描 5.SLDPRT

具体操作步骤如下：

（1）打开"3-4-5 草图 5.SLDPRT"零件图，其中草图 1 为扫描的路径，如图 3-81 中长的蓝色曲线所示；草图 2 为需要扫描的截面轮廓，如图 3-81 中蓝色正六边形所示。

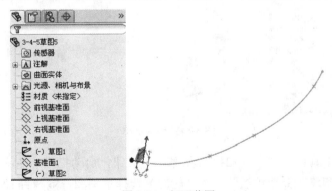

图 3-81　打开草图

（2）单击特征工具栏中的 ✔（扫描凸台/基体）按钮，启动扫描功能，系统弹出扫描属性管理器，在【轮廓和路径】选项组下，✔（轮廓）选择草图 2，✔（路径）选择草图 1。在【选项】选项组下，在【方向/扭转控制】下拉列表框中选择"沿路径扭转"，在【定义方式】下拉列表框中选择"度数"，然后在 ✔ 旁的"角度"文本框中输入 180deg，如图 3-82 所示。

（3）完成各种设置以后，单击属性管理器或者绘图区域中的 ✔ 按钮，完成扫描，如图 3-83 所示。

图 3-82 扫描属性设置 　　　　图 3-83 扫描完成

【案例 3-4-6】将一个正六边形截面沿着指定的路径进行扫描，使扫描的外轮廓线扭转 180°，并使截面与开始截面在沿路径扭转时保持平行。

	实例素材	实例素材\第 3 章\3-4-6 草图 6.SLDPRT
	最终效果	最终效果\第 3 章\3-4-6 扫描 6.SLDPRT

具体操作步骤如下：

（1）打开"3-4-6 草图 6.SLDPRT"零件图，其中草图 1 为扫描的路径，如图 3-84 中长的蓝色曲线所示：草图 2 为需要扫描的截面轮廓，如图 3-84 中蓝色正六边形所示。

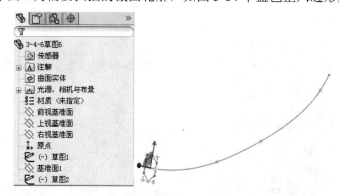

图 3-84 打开草图

（2）单击特征工具栏中的 ⑤ （扫描凸台/基体）按钮，启动扫描功能，系统弹出扫描属性管理器，在【轮廓和路径】选项组下，⑤ （轮廓）选择草图 2，⑥ （路径）选择草图 1。在【选项】选项组下，在【方向/扭转控制】下拉列表框中选择"以法向不变沿路径扭曲"，在【定义方式】下拉列表框中选择"度数"，然后在 ⑥ 旁的"角度"文本框中输入 180deg，如图 3-85 所示。

（3）完成各种设置以后，单击属性管理器或者绘图区域中的 ✔ 按钮，完成扫描，如图 3-86 所示。

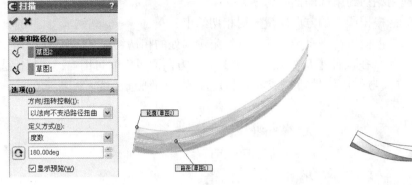

图 3-85　扫描属性设置　　　　　　　图 3-86　扫描完成

3.5　放样特征

3.5.1　放样特征的知识点

选择【插入】|【凸台/基体】|【放样】菜单命令或者单击【特征】工具栏中的 （放样）按钮，在【属性管理器】中弹出【放样】属性设置框，如图 3-87 所示。

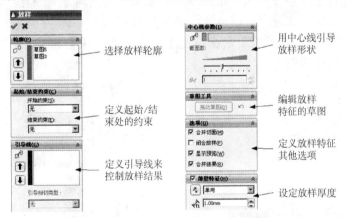

图 3-87　【放样】属性设置框

1. 【轮廓】选项组

（1） （轮廓）：用来生成放样的轮廓，可以选择要放样的草图轮廓、面或者边线。

（2） （上移）、 （下移）：调整轮廓的顺序。

2. 【起始/结束约束】选项组

（1）【开始约束】、【结束约束】：应用约束以控制开始和结束轮廓的相切，其选项如图 3-88 所示。

图 3-88　【开始约束】、【结束约束】选项

- "无"：不应用相切约束（即曲率为零）。
- "方向向量"：根据所选的方向向量应用相切约束。
- "垂直于轮廓"：应用在垂直于开始或者结束轮廓处的相切约束。

（2）↗（方向向量）（在设置【开始/结束约束】为"方向向量"时可用）：根据所选实体而应用相切约束，放样与所选线性边线或者轴相切，或者与所选面或者基准面的法线相切，如图 3-89 所示。

图 3-89 设置【开始约束】为"方向向量"时的参数

（3）【拔模角度】（在设置【开始/结束约束】为"方向向量"或者"垂直于轮廓"时可用）：为起始或者结束轮廓应用拔模角度，如图 3-90 所示。

（4）【起始/结束处相切长度】（在设置【开始/结束约束】为"无"时不可用）：控制对放样的影响量，如图 3-91 所示。

图 3-90 【拔模角度】参数　　　图 3-91 【起始/结束处相切长度】参数

（5）【应用到所有】：显示 1 个为整个轮廓控制所有约束的控标；取消选择此选项，显示可允许单个线段控制约束的多个控标。

3. 【引导线】选项组

（1）【引导线感应类型】：控制引导线对放样的影响力，其选项如图 3-92 所示。

- "到下一引线"：只将引导线延伸到下一引导线。
- "到下一尖角"：只将引导线延伸到下一尖角。
- "到下一边线"：只将引导线延伸到下一边线。
- "整体"：将引导线影响力延伸到整个放样。

（2）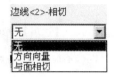（引导线）：选择引导线来控制放样。

（3）⬆（上移）、⬇（下移）：调整引导线的顺序。

（4）【边线<n>-相切】：控制放样与引导线相交处的相切关系（n 为所选引导线标号），其选项如图 3-93 所示。

图 3-92　【引导线感应类型】选项　　图 3-93　【边线<n>-相切】选项

- "无"：不应用相切约束。
- "方向向量"：根据所选的方向向量应用相切约束。
- "与面相切"（在引导线位于现有几何体的边线上时可用）：在位于引导线路径上的相邻面之间添加边侧相切，从而在相邻面之间生成更平滑的过渡。

（5）↗（方向向量）（在设置【边线<n>-相切】为"方向向量"时可用）：根据所选的方向向量应用相切约束，放样与所选线性边线或者轴相切，也可以与所选面或者基准面的法线相切。

（6）【拔模角度】（在设置【边线<n>-相切】为"方向向量"或者"垂直于轮廓"时可用）：只要几何关系成立，将拔模角度沿引导线应用到放样。

4．【中心线参数】选项组

（1）✐（中心线）：使用中心线引导放样形状。

（2）【截面数】：在轮廓之间并围绕中心线添加截面。

（3）👓（显示截面）：显示放样截面。单击 ⬍ 箭头显示截面，也可以键入截面数，然后单击👓（显示截面）按钮跳转到该截面。

5．【草图工具】选项组

使用【Selection Manager（选择管理器）】帮助选择草图实体。

（1）【拖动草图】：激活拖动模式，当编辑放样特征时，可以从任何已经为放样定义了轮廓线的 3D 草图中拖动 3D 草图线段、点或者基准面，3D 草图在拖动时自动更新。如果需要退出草图拖动状态，再次单击【拖动草图】按钮即可。

（2）↺（撤销草图拖动）：撤销先前的草图拖动并将预览返回到其先前状态。

6．【选项】选项组（如图 3-94 所示）

（1）【合并切面】：如果对应的线段相切，则保持放样中的曲面相切。

（2）【闭合放样】：沿放样方向生成闭合实体，选择此选项会自动连接最后 1 个和第 1 个草图实体。

（3）【显示预览】：显示放样的上色预览；取消选择此选项，则只能查看路径和引导线。

（4）【合并结果】：合并所有放样要素。

7.【薄壁特征】选项组

选择类型以生成薄壁放样特征，如图3-95所示。

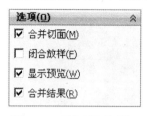

图3-94　【选项】选项组　　　　　图3-95　【薄壁特征】类型选项

（1）"单向"：设置同一（厚度）数值，以单一方向从轮廓生成薄壁特征。

（2）"两侧对称"：设置同一（厚度）数值，以两个方向从轮廓生成薄壁特征。

（3）"双向"：设置不同（厚度1）、（厚度2）数值，以两个相反的方向从轮廓生成薄壁特征。

3.5.2　放样特征的案例操作

【案例 3-5-1】不应用任何相切约束对两个正六边形进行放样，结果实体的轮廓线为直线。

⊙	**实例素材**	实例素材\第 3 章\3-5-1 草图 1.SLDPRT
	最终效果	最终效果\第 3 章\3-5-1 放样 1.SLDPRT

具体操作步骤如下：

（1）打开"3-5-1 草图 1.SLDPRT"零件图，其中的草图 1 为放样开始轮廓，如图 3-96 中蓝色的大正六边形所示；草图 2 为放样结束轮廓，如图 3-96 中蓝色小正六边形所示。

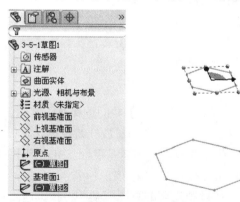

图 3-96　打开草图

（2）单击特征工具栏中的（放样）按钮，启动放样功能，系统弹出放样属性管理器，在【轮廓】选项组下，（轮廓）选择草图 1 和草图 2。在【起始/结束约束】选项组下，在【开始约束】下拉列表框中选择"无"，在【结束约束】下拉列表框中选择"无"，如图 3-97所示。

（3）完成各种设置以后，单击属性管理器或者绘图区域中的 ✔ 按钮，完成放样，如图 3-98 所示。

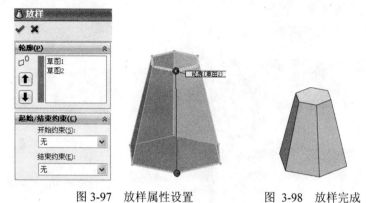

图 3-97 放样属性设置　　　　图 3-98 放样完成

【案例 3-5-2】对两个正六边形进行放样，并使开始轮廓处的切线与指定的向量平行。

	实例素材	实例素材\第 3 章\3-5-2 草图 2.SLDPRT
	最终效果	最终效果\第 3 章\3-5-2 放样 2.SLDPRT

具体操作步骤如下：

（1）打开"3-5-2 草图 2.SLDPRT"零件图，其中的草图 2 为放样开始轮廓，如图 3-99 中大正六方体的上表面所示；草图 3 为放样结束轮廓，如图 3-99 中蓝色小正六边形所示。

图 3-99 打开草图

（2）单击特征工具栏中的 🔔（放样）按钮，启动放样功能，系统弹出放样属性管理器，在【轮廓】选项组下，□⁰（轮廓）选择草图 2 和草图 3。在【起始/结束约束】选项组下，在【开始约束】下拉列表框中选择"方向向量"，然后在 🔁 旁的"角度"文本框中输入 0deg，在【结束约束】下拉列表框中选择"无"，如图 3-100 所示。

（3）完成各种设置以后，单击属性管理器或者绘图区域中的 ✔ 按钮，完成放样，如图 3-101 所示。

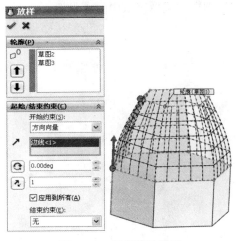

图 3-100　放样属性设置　　　　　　　图 3-101　放样完成

【案例 3-5-3】对两个正六边形进行放样，并使开始轮廓处和结束轮廓处的切线与开始和结束的轮廓线对应垂直。

	实例素材	实例素材\第 3 章\3-5-3 草图 3.SLDPRT
	最终效果	最终效果\第 3 章\3-5-3 放样 3.SLDPRT

具体操作步骤如下：

（1）打开"3-5-3 草图 3.SLDPRT"零件图，其中的草图 1 为放样开始轮廓，如图 3-102 中蓝色的大正六边形所示；草图 2 为放样结束轮廓，如图 3-102 中蓝色小正六边形所示。

图 3-102　打开草图

（2）单击特征工具栏中的 （放样）按钮，启动放样功能，系统弹出放样属性管理器，在【轮廓】选项组下， （轮廓）选择草图 1 和草图 2。在【起始/结束约束】选项组下，在【开始约束】下拉列表框中选择"垂直于轮廓"，在【结束约束】下拉列表框中选择"垂直于轮廓"，其余设置如图 3-103 所示。

（3）完成各种设置以后，单击属性管理器或者绘图区域中的 ✔ 按钮，完成放样，如图 3-104 所示。

图 3-103　放样属性设置

图 3-104　放样完成

【案例 3-5-4】对两个正六边形进行放样，并使开始轮廓处与指定的平面相切。

	实例素材	实例素材\第 3 章\3-5-4 草图 4.SLDPRT
	最终效果	最终效果\第 3 章\3-5-4 放样 4.SLDPRT

具体操作步骤如下：

（1）打开"3-5-4 草图 4.SLDPRT"零件图，其中的草图 2 为放样开始轮廓，如图 3-105 中大正六方体的上表面所示；草图 3 为放样结束轮廓，如图 3-105 中蓝色小正六边形所示。

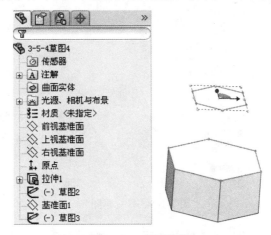

图 3-105　打开草图

（2）单击特征工具栏中的 （放样）按钮，启动放样功能，系统弹出放样属性管理器，在【轮廓】选项组下，　（轮廓）选择草图 2 和草图 3。在【起始/结束约束】选项组下，在【开始约束】下拉列表框中选择"与面相切"，图形区域中自动选中相切的面，如图 3-106 中蓝色面所示，在【结束约束】下拉列表框中选择"无"，其余设置如图 3-106 所示。

（3）完成各种设置以后，单击属性管理器或者绘图区域中的 ✔ 按钮，完成放样，如

图 3-107 所示。

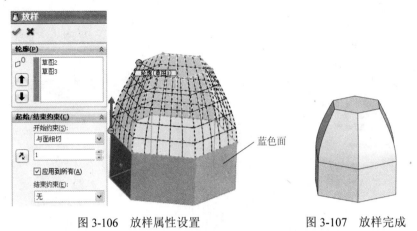

图 3-106　放样属性设置　　　　图 3-107　放样完成

【案例 3-5-5】对两个不同半径圆形截面进行放样，并使开始轮廓与结束轮廓分别与各自接触的实体曲率相同。

	实例素材	实例素材\第 3 章\3-5-5 草图 5.SLDPRT
	最终效果	最终效果\第 3 章\3-5-5 放样 5.SLDPRT

具体操作步骤如下：

（1）打开"3-5-5 草图 5.SLDPRT"零件图，图形区域中有两个凸台实体，大凸台实体为放样 1，小凸台实体为放样 2，如图 3-108 所示。

图 3-108　打开草图

（2）单击特征工具栏中的按钮，启动放样功能，系统弹出放样属性管理器，在【轮廓】选项组下，选择大凸台实体的上表面"面<1>"和和小凸台实体的下表面"面<2>"。在【起始/结束约束】选项组下，在【开始约束】下拉列表框中选择"与面的曲率"，在【结束约束】下拉列表框中选择"与面的曲率"，其余设置如图 3-109 所示。

（3）完成各种设置以后，单击属性管理器或者绘图区域中的![icon]按钮，完成放样，如图 3-110 所示。

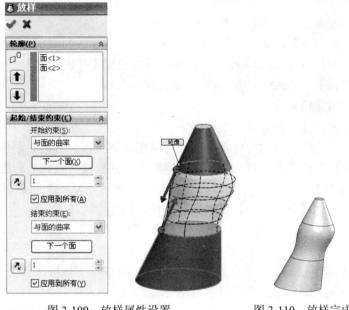

图 3-109　放样属性设置　　　　图 3-110　放样完成

3.6　筋特征

3.6.1　筋特征的知识点

选择【插入】|【特征】|【筋】菜单命令或者单击【特征】工具栏中的 (筋) 按钮，在【属性管理器】中弹出【筋】属性设置框，如图 3-111 所示。

设定筋特征参数

使用部分草图生成筋特征

图 3-111　【筋】属性设置框

（1）【厚度】：在草图边缘添加筋的厚度。

● （第一边）：只延伸草图轮廓到草图的一边。

● （两侧）：均匀延伸草图轮廓到草图的两边。

● （第二边）：只延伸草图轮廓到草图的另一边。

（2）🔧（筋厚度）：设置筋的厚度。

（3）【拉伸方向】：设置筋的拉伸方向。

● 🔲（平行于草图）：平行于草图生成筋拉伸。

● 🔲（垂直于草图）：垂直于草图生成筋拉伸。

（4）【反转材料方向】：更改拉伸的方向。

（5）🔲（拔模开/关）：添加拔模特征到筋，可以设置【拔模角度】。

（6）【向外拔模】（在🔲（拔模开/关）被选择时可用）：生成向外拔模角度；取消选择此选项，将生成向内拔模角度。

（7）【类型】（在【拉伸方向】中单击🔲（垂直于草图）按钮时可用）。

● 【线性】：生成与草图方向垂直而延伸草图轮廓（直到与边界汇合）的筋。

● 【自然】：生成沿草图轮廓延伸以相同轮廓方式延续（直到筋与边界汇合）的筋。

（8）【下一参考】（在【拉伸方向】中单击🔲（平行于草图）按钮且单击🔲（拔模开/关）按钮时可用）：切换草图轮廓，可以选择拔模所用的参考轮廓。

3.6.2　筋特征的案例操作

【案例 3-6-1】运用筋特征功能，草图中已经存在一条与实体特征相交的草图线段，在草图轮廓与实体之间加入向第一边方向厚度为 10mm 的筋。

◎	实例素材	实例素材\第 3 章\3-6-1 草图 1.SLDPRT
	最终效果	最终效果\第 3 章\3-6-1 筋 1.SLDPRT

具体操作步骤如下：

（1）打开"3-6-1 草图 1.SLDPRT"零件图，移动鼠标指针到绘图区域选择草图 3 轮廓，或者在特征管理树中选中草图 3，此时被选中的草图 3 轮廓呈蓝色，如图 3-112 所示。

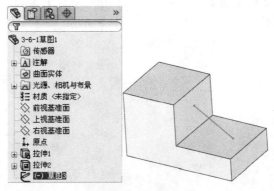

图 3-112　选择草图

（2）单击特征工具栏中的🔲（筋）按钮，启动筋功能，系统弹出筋属性管理器，在【参数】选项组下，选择生筋方式为🔲（第一边），输入🔧（筋厚度）值为 10mm，选择拉伸方向为🔲（平行于草图），如图 3-113 所示。

（3）完成各种设置以后，单击属性管理器或者绘图区域中的✔按钮，完成筋特征，如图 3-114 所示。

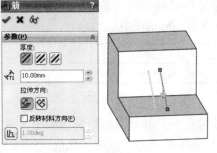
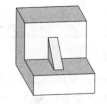

图 3-113　筋特征属性设置　　　　图 3-114　筋特征完成

【案例 3-6-2】运用筋特征功能，草图中已经存在一条与实体特征相交的草图线段，在草图轮廓与实体之间加入向两边方向厚度为 10mm 的筋。

	实例素材	实例素材\第 3 章\3-6-2 草图 2.SLDPRT
	最终效果	最终效果\第 3 章\3-6-2 筋 2.SLDPRT

具体操作步骤如下：

（1）打开"3-6-2 草图 2.SLDPRT"零件图，移动鼠标指针到绘图区域选择草图 3 轮廓，或者在特征管理树中选中草图 3，此时被选中的草图 3 轮廓呈蓝色，如图 3-115 所示。

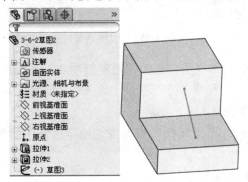

图 3-115　选择草图

（2）单击特征工具栏中的 按钮，启动筋功能，系统弹出筋属性管理器，在【参数】选项组下，选择生筋方式为 ，输入 值为 10mm，选择拉伸方向为 ，如图 3-116 所示。

（3）完成各种设置以后，单击属性管理器或者绘图区域中的 ![](按钮，完成筋特征，如图 3-117 所示。

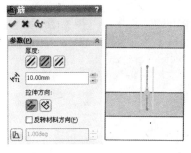
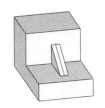

图 3-116　筋特征属性设置　　　　图 3-117　筋特征完成

【案例 3-6-3】运用筋特征功能，草图中已经存在一条与实体特征相交的草图线段，在草图轮廓与实体之间加入向第二边方向厚度为 10mm 的筋。

	实例素材	实例素材\第 3 章\3-6-3 草图 3.SLDPRT
	最终效果	最终效果\第 3 章\3-6-3 筋 3.SLDPRT

具体操作步骤如下：

（1）打开"3-6-3 草图 3.SLDPRT"零件图，移动鼠标指针到绘图区域选择草图 3 轮廓，或者在特征管理树中选中草图 3，此时被选中的草图 3 轮廓呈蓝色，如图 3-118 所示。

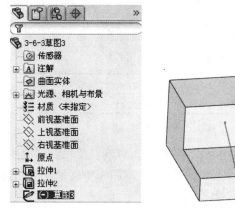

图 3-118　选择草图

（2）单击特征工具栏中的 （筋）按钮，启动筋功能，系统弹出筋属性管理器，在【参数】选项组下，选择生筋方式为 （第二边），输入 （筋厚度）值为 10mm，选择拉伸方向为 （平行于草图），如图 3-119 所示。

（3）完成各种设置以后，单击属性管理器或者绘图区域中的 按钮，完成筋特征，如图 3-120 所示。

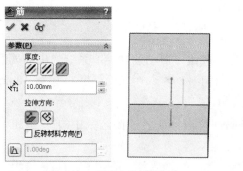

图 3-119　筋特征属性设置

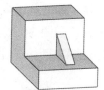

图 3-120　筋特征完成

3.7 孔特征

3.7.1 孔特征的知识点

1. 简单直孔

选择【插入】|【特征】|【孔】|【简单直孔】菜单命令，在【属性管理器】中弹出

【孔】属性设置框，如图 3-121 所示。

（1）【从】选项组，其选项如图 3-122 所示。

图 3-121　【孔】属性设置框　　　图 3-122　【从】选项组选项

- "草图基准面"：从草图所在的同一基准面开始生成简单直孔。
- "曲面/面/基准面"：从这些实体之一开始生成简单直孔。
- "顶点"：从所选择的顶点位置处开始生成简单直孔。
- "等距"：从与当前草图基准面等距的基准面上生成简单直孔。

（2）【方向 1】选项组。

- "终止条件"下拉选框：与拉伸切除特征的设置一致。
- ↗（拉伸方向）：用于在除了垂直于草图轮廓以外的其他方向拉伸孔。
- ↧D1（深度）或者【等距距离】：在设置"终止条件"为"给定深度"或者"到离指定面指定的距离"时可用（在选择"给定深度"选项时，此选项为【深度】；在选择"到离指定面指定的距离"选项时，此选项为【等距距离】）。
- ⊘（孔直径）：设置孔的直径。
- ⩘（拔模开/关）：添加拔模到孔，可以设置【拔模角度】。选择【向外拔模】选项，则生成向外拔模。

2．异型孔

单击【特征】工具栏中的 🔘（异型孔向导）按钮或者选择【插入】|【特征】|【孔】|【向导】菜单命令，在【属性管理器】中弹出【孔规格】属性设置框，如图 3-123 和图 3-124 所示。

图 3-123　【孔规格】属性设置框 1　　　图 3-124　【孔规格】属性设置框 2

（1）【孔规格】的属性设置包括两个选项卡。

● 【类型】：设置孔类型参数。

● 【位置】：在平面或者非平面上找出异型孔向导孔，使用尺寸和其他草图绘制工具定位孔中心。

（2）【收藏】选项组。

用于管理可以在模型中重新使用的常用异型孔清单，如图 3-125 所示。

● 🔧（应用默认/无常用类型）：重设到【没有选择最常用的】及默认设置。

● 🔧（添加或更新常用类型）：将所选异型孔向导孔添加到常用类型清单中。如果需要添加常用类型，单击🔧（添加或更新常用类型）按钮，弹出【添加或更新常用类型】对话框，输入名称，如图 3-126 所示，单击【确定】按钮。如果需要更新常用类型，单击🔧（添加或更新常用类型）按钮，弹出【添加或更新常用类型】对话框，输入新的或者现有名称。

图 3-125 【收藏】选项组　　图 3-126 【添加或更新常用类型】对话框

● 🔧（删除常用类型）：删除所选的常用类型。

● 🔧（保存常用类型）：保存所选的常用类型。

● 🔧（装入常用类型）：载入常用类型。

（3）【孔类型】选项组。

【孔类型】选项组会根据孔类型而有所不同，孔类型包括🔧（柱孔）、🔧（锥孔）、🔧（孔）、🔧（螺纹孔）、🔧（管螺纹孔）、🔧（旧制孔）。

● 【标准】：选择孔的标准，如"Ansi Inch"或者"JIS"等。

● 【类型】：选择孔的类型，以"Ansi Inch"标准为例，其选项如图 3-127 所示。

（4）【孔规格】选项组。

● 【大小】：为螺纹件选择尺寸大小。

● 【配合】（在单击【柱孔】和【锥孔】按钮时可用）：为扣件选择配合形式。其选项如图 3-128 所示。

（5）【截面尺寸】选项组（在单击【旧制孔】按钮时可用）；双击任一数值可以进行编辑。

（6）【终止条件】选项组如图 3-129 所示，该选项组中的参数根据孔类型的变化而有所不同。

● 🔧（盲孔深度）（在设置【终止条件】为"给定深度"时可用）：设定孔的深度。对于【螺纹孔】，可以设置【螺纹线类型】和🔧（螺纹线深度），如图 3-130 所示；对于【管螺纹孔】，可以设置🔧（螺纹线深度），如图 3-131 所示。

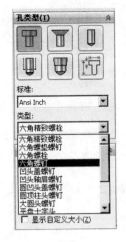

柱孔

锥孔

孔

螺纹孔

管螺纹孔

图 3-127 【类型】选项

图 3-128 【配合】选项　　　　图 3-129 【终止条件】选项组中的选项

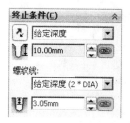

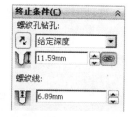

图 3-130 设置【螺纹孔】的【终止条件】 图 3-131 设置【管螺纹孔】的【终止条件】
为"给定深度" 为"给定深度"

- ⅂（顶点）（在设置【终止条件】为"成形到一顶点"时可用）：将孔特征延伸到选择的顶点处。

- ▢（面/曲面/基准面）（在设置【终止条件】为"成形到一面"或者"到离指定面指定的距离"时可用）：将孔特征延伸到选择的面、曲面或者基准面处。

- ⬦（等距距离）（在设置【终止条件】为"到离指定面指定的距离"时可用）：将孔特征延伸到从所选面、曲面或者基准面设置等距距离的平面处。

（7）【选项】选项组（如图 3-132 所示）：该选项组包括 ⬢（螺钉间隙）、⬢（近端锥孔直径）、⬢（近端锥孔角度）、⬢（下头锥孔直径）、⬢（下头锥孔角度）、⬢（远端锥孔直径）、⬢（远端锥孔角度）等选项，可以根据孔类型的不同而发生变化。

（8）【自定义大小】选项组（如图 3-133 所示）：该选项组会根据孔类型的不同而发生变化。

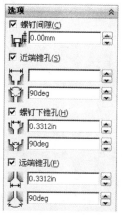

图 3-132 【选项】选项组 图 3-133 【自定义大小】选项组

3.7.2 孔特征的案例操作

【案例 3-7-1】运用打孔特征功能，在长方体上表面任意位置打一个贯通的柱孔。

	实例素材	实例素材\第 3 章\3-7-1 草图 1.SLDPRT
	最终效果	最终效果\第 3 章\3-7-1 孔 1.SLDPRT

具体操作步骤如下：

（1）打开"3-7-1 草图 1.SLDPRT"零件图，如图 3-134 所示。

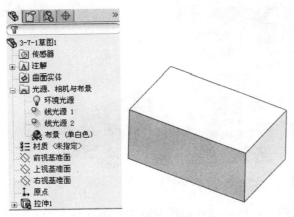

图 3-134 打开草图

（2）单击特征工具栏中的 （孔向导）按钮，启动打孔功能，系统弹出孔规格属性管理器，选择【类型】选项卡，在【孔类型】选项组下，选择孔类型为 （柱孔）。选择【孔位置】选项卡，然后在图形区域中选择长方体的上表面任何一点，其他设置使用默认值，如图3-135 所示。

（3）完成各种设置以后，单击属性管理器或者绘图区域中的 按钮，完成孔特征，如图3-136 所示。

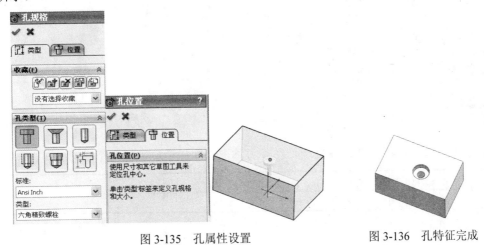

图 3-135　孔属性设置　　　　　　　　　　图 3-136　孔特征完成

【案例 3-7-2】运用打孔特征功能，在长方体上表面任意位置打一个贯通的锥孔。

	实例素材	实例素材\第 3 章\3-7-2 草图 2.SLDPRT
	最终效果	最终效果\第 3 章\3-7-2 孔 2.SLDPRT

具体操作步骤如下：

（1）打开"3-7-2 草图 2.SLDPRT"零件图，如图 3-137 所示。

（2）单击特征工具栏中的 （孔向导）按钮，启动打孔功能，系统弹出孔规格属性管理器，选择【类型】选项卡，在【孔类型】选项组下，选择孔类型为 （锥孔）。选择【孔位置】选项卡，然后在图形区域中选择长方体的上表面任何一点，其他设置使用默认值，如图3-138 所示。

图 3-137　打开草图

（3）完成各种设置以后，单击属性管理器或者绘图区域中的 ✔ 按钮，完成孔特征，如图 3-139 所示。

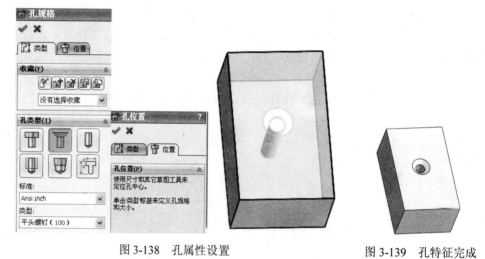

图 3-138　孔属性设置　　　　　　　　　　　图 3-139　孔特征完成

【案例 3-7-3】运用打孔特征功能，在长方体上表面任意位置打一个贯通的孔。

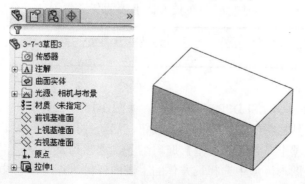（ロゴ）	实例素材	实例素材\第 3 章\3-7-3 草图 3.SLDPRT
	最终效果	最终效果\第 3 章\3-7-3 孔 3.SLDPRT

具体操作步骤如下：

（1）打开"3-7-3 草图 3.SLDPRT"零件图，如图 3-140 所示。

图 3-140　打开草图

（2）单击特征工具栏中的 （孔向导）按钮，启动打孔功能，系统弹出孔规格属性管理器，选择【类型】选项卡，在【孔类型】选项组下，选择孔类型为 （孔）。选择【孔位置】选项卡，然后在图形区域中选择长方体的上表面任何一点，其他设置使用默认值，如图3-141 所示。

（3）完成各种设置以后，单击属性管理器或者绘图区域中的 ✔ 按钮，完成孔特征，如图3-142 所示。

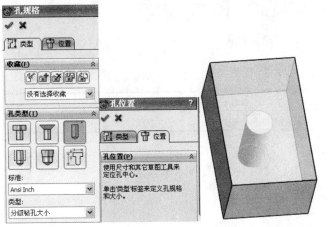

图 3-141　孔属性设置　　　　　　　　　　　图 3-142　孔特征完成

【案例 3-7-4】运用打孔特征功能，在长方体上表面任意位置打一个贯通的螺纹孔。

	实例素材	实例素材\第 3 章\3-7-4 草图 4.SLDPRT
	最终效果	最终效果\第 3 章\3-7-4 孔 4.SLDPRT

具体操作步骤如下：

（1）打开"3-7-4 草图 4.SLDPRT"零件图，如图 3-143 所示。

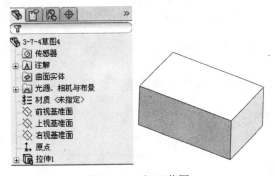

图 3-143　打开草图

（2）单击特征工具栏中的 （孔向导）按钮，启动打孔功能，系统弹出孔规格属性管理器，选择【类型】选项卡，在【孔类型】选项组下，选择孔类型为 （螺纹孔）。选择【位置】选项卡，然后在图形区域中选择长方体的上表面任何一点，其他设置使用默认值，如图3-144 所示。

（3）完成各种设置以后，单击属性管理器或者绘图区域中的 ✔ 按钮，完成孔特征，如图3-145 所示。

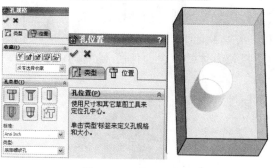

图 3-144　孔属性设置　　　　　图 3-145　孔特征完成

【案例 3-7-5】运用打孔特征功能，在长方体上表面任意位置打一个贯通的管螺纹孔。

	实例素材	实例素材\第 3 章\3-7-5 草图 5.SLDPRT
	最终效果	最终效果\第 3 章\3-7-5 孔 5.SLDPRT

具体操作步骤如下：

（1）打开"3-7-5 草图 5.SLDPRT"零件图，如图 3-146 所示。

图 3-146　打开草图

（2）单击特征工具栏中的 （孔向导）按钮，启动打孔功能，系统弹出孔规格属性管理器，选择【类型】选项卡，在【孔类型】选项组下，选择孔类型为 （管螺纹孔）。选择【位置】选项卡，然后在图形区域中选择长方体的上表面任何一点，其他设置使用默认值，如图 3-147 所示。

（3）完成各种设置以后，单击属性管理器或者绘图区域中的 按钮，完成孔特征，如图 3-148 所示。

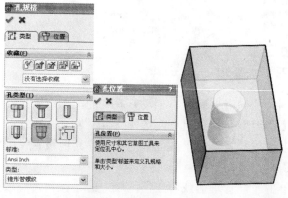

图 3-147　孔属性设置　　　　　图 3-148　孔特征完成

【案例 3-7-6】运用打孔特征功能，在长方体上表面任意位置打一个贯通的简单直孔。

实例素材	实例素材\第 3 章\3-7-6 草图 6.SLDPRT
最终效果	最终效果\第 3 章\3-7-6 孔 6.SLDPRT

具体操作步骤如下：

（1）打开"3-7-6 草图 6.SLDPRT"零件图，如图 3-149 所示。

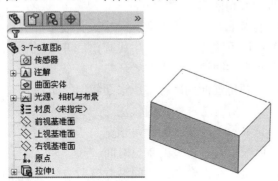

图 3-149　打开草图

（2）单击特征工具栏中的 （孔向导）按钮，启动打孔功能，系统弹出孔规格属性管理器，选择【类型】选项卡，在【孔类型】选项组下，选择孔类型为 （旧制孔），在【类型】下拉列表中选择【简单直孔】。选择【位置】选项卡，然后在图形区域中选择长方体的上表面任何一点，其他设置使用默认值，如图 3-150 所示。

（3）完成各种设置以后，单击属性管理器或者绘图区域中的 按钮，完成孔特征，如图 3-151 所示。

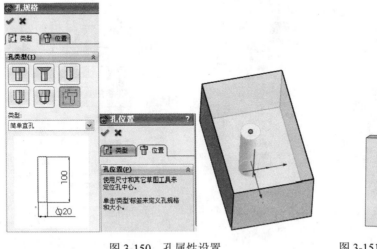

图 3-150　孔属性设置　　　　　　图 3-151　孔特征完成

3.8　圆角特征

3.8.1　圆角特征的知识点

选择【插入】|【特征】|【圆角】菜单命令，在【属性管理器】中弹出【圆角】的属

性设置框。在【手工】模式中，【圆角类型】选项组如图 3-152 所示。

1. 等半径

在整个边线上生成具有相同半径的圆角。单击【等半径】单选按钮，属性设置如图 3-153 所示。

（1）【圆角项目】选项组：

- ↗（半径）：设置圆角的半径。
- ⬡（边线、面、特征和环）：在图形区域中选择要进行圆角处理的实体。
- 【多半径圆角】：以不同边线的半径生成圆角，可以使用不同半径的 3 条边线生成圆角，但不能为具有共同边线的面或者环指定多个半径。
- 【切线延伸】：将圆角延伸到所有与所选面相切的面。
- 【完整预览】：显示所有边线的圆角预览。
- 【部分预览】：只显示 1 条边线的圆角预览。
- 【无预览】：可以缩短复杂模型的重建时间。

（2）【逆转参数】选项组：在混合曲面之间沿着模型边线生成圆角并形成平滑的过渡。

- ↗（距离）：在顶点处设置圆角逆转距离。
- ⊻（逆转顶点）：在图形区域中选择 1 个或者多个顶点。
- ⊻（逆转距离）：以相应的 ↗（距离）数值列举边线数。
- 【设定未指定的】：应用当前的 ↗（距离）数值到 ⊻（逆转距离）下没有指定距离的所有项目。
- 【设定所有】：应用当前的 ↗（距离）数值到 ⊻（逆转距离）下的所有项目。

图 3-152 【圆角类型】选项组　　　图 3-153 单击【等半径】单选按钮后的属性设置

（3）【圆角选项】选项组：

- 【通过面选择】：应用通过隐藏边线的面选择边线。
- 【保持特征】：如果应用 1 个大到可以覆盖特征的圆角半径，则保持切除或者凸台特征使其可见。
- 【圆形角】：生成含圆形角的等半径圆角。必须选择至少两个相邻边线使其圆角化，圆形角在边线之间有平滑过渡，可以消除边线汇合处的尖锐接合点。

（4）【扩展方式】选项组：控制在单一闭合边线（如圆、样条曲线、椭圆等）上圆角在与边线汇合时的方式。

- 【默认】：由应用程序选择【保持边线】或者【保持曲面】选项。
- 【保持边线】：模型边线保持不变，而圆角则进行调整。
- 【保持曲面】：圆角边线调整为连续和平滑，而模型边线更改以与圆角边线匹配。

2. 变半径

生成含可变半径值的圆角，使用控制点帮助定义圆角。单击【变半径】单选按钮，属性设置如图 3-154 所示。

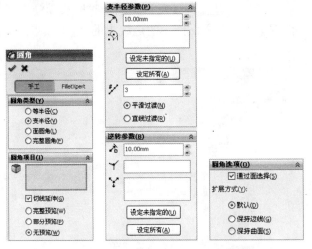

图 3-154　单击【变半径】单选按钮后的属性设置

（1）【圆角项目】选项组：该选项组中的 5 个选项含义与【等半径】类型的【圆角项目】相应选项含义相同，不再赘述。

（2）【变半径参数】选项组：

- （半径）：设置圆角半径。
- （附加的半径）：列举在【圆角项目】选项组的 （边线、面、特征和环）选择框中选择的边线顶点，并列举在图形区域中选择的控制点。
- （实例数）：设置边线上的控制点数。
- 【平滑过渡】：生成圆角，当 1 条圆角边线接合于 1 个邻近面时，圆角半径从某一半径平滑地转换为另一半径。
- 【直线过渡】：生成圆角，圆角半径从某一半径线性转换为另一半径，但是不将切边与邻近圆角相匹配。

3. 面圆角

用于混合非相邻、非连续的面。单击【面圆角】单选按钮，属性设置如图 3-155 所示。

（1）【圆角项目】选项组：

- （半径）：设置圆角半径。
- （面组 1）：在图形区域中选择要混合的第 1 个面或者第 1 组面。
- （面组 2）：在图形区域中选择要与【面组 1】混合的面。

（2）【圆角选项】选项组：

- 【通过面选择】：应用通过隐藏边线的面选择边线。

- 【包络控制线】：选择模型上的边线或者面上的投影分割线，作为决定圆角形状的边界，圆角的半径由控制线和要圆角化的边线之间的距离来控制。
- 【曲率连续】：解决不连续问题并在相邻曲面之间生成更平滑的曲率。如果需要核实曲率连续性的效果，可以显示斑马条纹，也可以使用曲率工具分析曲率。曲率连续圆角不同于标准圆角，它们有 1 个样条曲线横断面，而不是圆形横断面，曲率连续圆角比标准圆角更平滑，因为边界处在曲率中无跳跃。
- 【等宽】：生成等宽的圆角。
- 【辅助点】：在可能不清楚在何处发生面混合时解决模糊选择的问题。单击【辅助点】选择框，然后单击要插入面圆角的边线上的 1 个顶点，圆角在靠近辅助点的位置处生成。

图3-155　单击【面圆角】单选按钮后的属性设置

4．完整圆角

生成相切于 3 个相邻面组（1 个或者多个面相切）的圆角。单击【完整圆角】单选按钮，属性设置如图3-156所示，其【圆角项目】选项组中有 3 个选框：

- （边侧面组 1）：选择第 1 个边侧面。
- （中央面组）：选择中央面。
- （边侧面组 2）：选择与 （边侧面组 1）相反的面组。

以上介绍了【手工】模式中的参数设置，此外还有【FilletXpert】模式。在【FilletXpert】模式中，可以帮助管理、组织和重新排序圆角。

使用【添加】选项卡生成新的圆角，使用【更改】选项卡修改现有圆角。选择【添加】选项卡，其参数如图3-157所示，分别介绍如下：

（1）【圆角项目】选项组：

- （边线、面、特征和环）：在图形区域中选择要圆角处理的实体。
- （半径）：设置圆角半径。

（2）【选项】选项组：

- 【通过面选择】：在上色或者 HLR 显示模式中应用隐藏边线的选择。
- 【切线延伸】：将圆角延伸到所有与所选边线相切的边线。

- 【完整预览】：显示所有边线的圆角预览。
- 【部分预览】：只显示 1 条边线的圆角预览。
- 【无预览】：可以缩短复杂圆角的显示时间。

选择【更改】选项卡，其参数如图 3-158 所示，分别介绍如下：

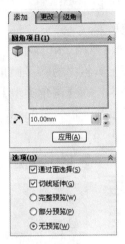

图 3-156　单击【完整圆角】单选按钮后的属性设置　　图 3-157　【添加】选项卡

（1）【要更改的圆角】选项组：
- （圆角面）：选择要调整大小或者删除的圆角，可以在图形区域中选择个别边线，从包含多条圆角边线的圆角特征中删除个别边线或者调整其大小，或者以图形方式编辑圆角，而不必知道边线在圆角特征中的组织方式。
- （半径）：设置新的圆角半径。
- 【调整大小】：将所选圆角修改为设置的半径值。
- 【移除】：从模型中删除所选的圆角。

（2）【现有圆角】选项组只有 1 个选项，即【按大小分类】：按照大小过滤所有圆角。从【过滤面组】选择框中选择圆角大小以选择模型中包含该值的所有圆角，同时将它们显示在 （圆角面）选择框中，如图 3-159 所示。

图 3-158　【更改】选项卡　　　　图 3-159　【过滤面组】选择框

3.8.2 圆角特征的案例操作

【案例 3-8-1】运用圆角特征功能，在长方体一条边线上生成半径为 10mm 的等半径的圆角特征。

	实例素材	实例素材\第 3 章\3-8-1 草图 1.SLDPRT
	最终效果	最终效果\第 3 章\3-8-1 圆角 1.SLDPRT

具体操作步骤如下：

（1）打开"3-8-1 草图 1.SLDPRT"零件图，如图 3-160 所示。

（2）单击特征工具栏中的 （圆角）按钮，启动圆角功能，系统弹出圆角属性管理器，选择"手工"选项卡，在【圆角类型】选项组下，选择【等半径】选项。在【圆角项目】选项组下，输入 （半径）值为 10mm，然后在图形区域中选择长方体上一条边线，其他设置使用默认值，如图 3-161 所示。

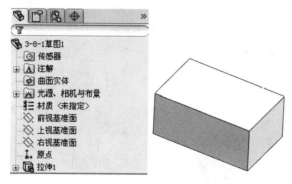

图 3-160　打开草图

（3）完成各种设置以后，单击属性管理器或者绘图区域中的 按钮，完成圆角特征，如图 3-162 所示。

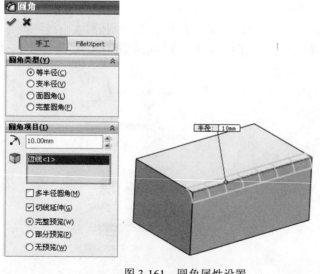

图 3-161　圆角属性设置

图 3-162　圆角特征完成

【案例 3-8-2】运用圆角特征功能，在长方体一条边线上生成半径不等的圆角特征。

	实例素材	实例素材\第 3 章\3-8-2 草图 2.SLDPRT
	最终效果	最终效果\第 3 章\3-8-2 圆角 2.SLDPRT

具体操作步骤如下：

（1）打开"3-8-2 草图 2.SLDPRT"零件图，如图 3-163 所示。

（2）单击特征工具栏中的 （圆角）按钮，启动圆角功能，系统弹出圆角属性管理器，选择【手工】选项卡，在【圆角类型】选项组下，选择【变半径】选项，然后在图形区域中选择长方体上一条边线，如图 3-164 中蓝色边线所示。在【变半径参数】选项组下，输入 （实例数）值为 3，在 （附加的半径）中单击各个变半径特征点，然后在 （半径）中输入对应点处的半径值，具体半径值如图 3-164 中所示，其他设置使用默认值。

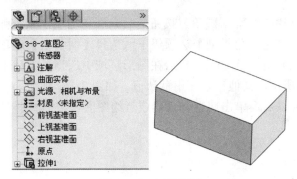

图 3-163　打开草图

（3）完成各种设置以后，单击属性管理器或者绘图区域中的 按钮，完成圆角特征，如图 3-165 所示。

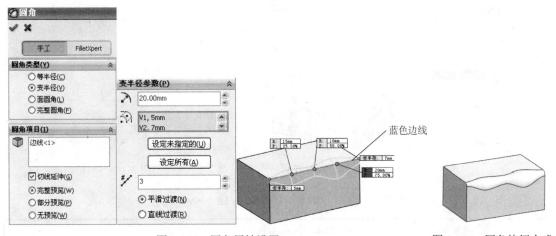

图 3-164　圆角属性设置　　　　　　　图 3-165　圆角特征完成

【案例 3-8-3】运用圆角特征功能，对长方体两个面的交线生成半径为 10mm 的等半径的圆角特征。

	实例素材	实例素材\第 3 章\3-8-3 草图 3.SLDPRT
	最终效果	最终效果\第 3 章\3-8-3 圆角 3.SLDPRT

具体操作步骤如下：

（1）打开"3-8-3 草图 3.SLDPRT"零件图，如图 3-166 所示。

图 3-166　打开草图

（2）单击特征工具栏中的 <img>（圆角）按钮，启动圆角功能，系统弹出圆角属性管理器，选择【手工】选项卡，在【圆角类型】选项组下，选择【面圆角】选项。在【圆角项目】选项组下，输入 <img>（半径）值为 10mm，然后在图形区域中选择长方体上相邻的两个面，如图 3-167 中红色和蓝色面所示，其他设置使用默认值，如图 3-167 所示。

（3）完成各种设置以后，单击属性管理器或者绘图区域中的 <img> 按钮，完成圆角特征，如图 3-168 所示。

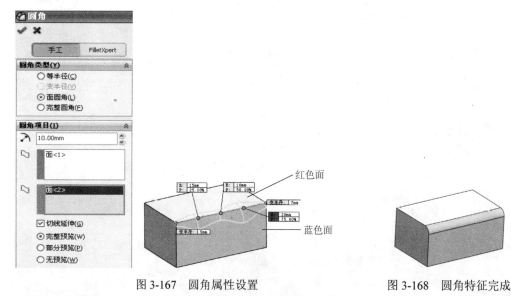

图 3-167　圆角属性设置　　　　　　　　　图 3-168　圆角特征完成

【案例 3-8-4】运用圆角特征功能，生成相切于长方体 3 个相邻面组的圆角。

	实例素材	实例素材\第 3 章\3-8-4 草图 4.SLDPRT
	最终效果	最终效果\第 3 章\3-8-4 圆角 4.SLDPRT

具体操作步骤如下：

（1）打开"3-8-4 草图 4.SLDPRT"零件图，如图 3-169 所示。

（2）单击特征工具栏中的 <img>（圆角）按钮，启动圆角功能，系统弹出圆角属性管理器，选择【手工】选项卡，在【圆角类型】选项组下，选择【完整圆角】选项。在【圆角项目】

选项组下，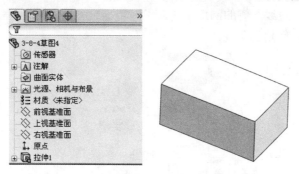（面组 1）选择面<1>，（面组 2）选择面<6>，（中央面组）选择面<5>，分别如图 3-170 中蓝色、红色和紫色面所示，其他设置使用默认值，如图 3-170 所示。

图 3-169　打开草图

（3）完成各种设置以后，单击属性管理器或者绘图区域中的✔按钮，完成圆角特征，如图 3-171 所示。

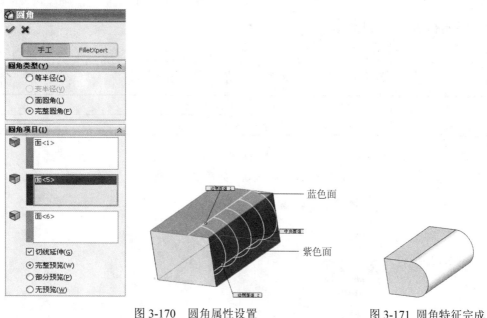

图 3-170　圆角属性设置　　　　　图 3-171　圆角特征完成

3.9　倒角特征

3.9.1　倒角特征的知识点

选择【插入】|【特征】|【倒角】菜单命令，在【属性管理器】中弹出【倒角】的属性设置框，如图 3-172 所示，其有如下参数：

（1）（边线和面或顶点）：在图形区域中选择需要倒角的实体。

（2）【角度距离】：在所选倒角边线的一侧输入距离值和角度值。

（3）【距离-距离】：在所选倒角边线的一侧输入两个距离值，或单击相等距离并指定一个数值。

（4）【顶点】：在所选顶点的每侧输入 3 个距离值，或单击相等距离并指定一个单一数值。

（5） ✗ᵒ（距离）：边线一侧的倒角距离。

（6） 📐（角度）：倒角的角度。

图 3-172　【倒角】属性设置框

3.9.2　倒角特征的案例操作

【案例 3-9-1】运用倒角特征功能，在长方体一条边线上生成截面为一条直角边为20mm、斜边与这条直角边夹角为 45°的直角三角形的倒角。

	实例素材	实例素材\第 3 章\3-9-1 草图 1.SLDPRT
	最终效果	最终效果\第 3 章\3-9-1 倒角 1.SLDPRT

具体操作步骤如下：

（1）打开"3-9-1 草图 1.SLDPRT"零件图，如图 3-173 所示。

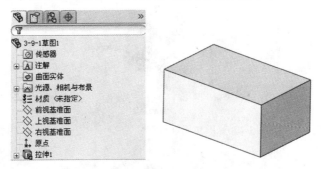

图 3-173　打开草图

（2）单击特征工具栏中的 📐（倒角）按钮，启动倒角功能，系统弹出倒角属性管理器。在【倒角参数】选项组下，选择【角度距离】选项，📦（边线和面或顶点）选择长方体边线<1>，如图 3-174 中蓝色线所示，距离图标 ✗ᵒ 后面的数值框中输入 20mm，角度图标 📐 后面的数值框中输入 45deg，如图 3-174 所示。

（3）完成各种设置以后，单击属性管理器或者绘图区域中的 ✔ 按钮，完成倒角特征，如图 3-175 所示。

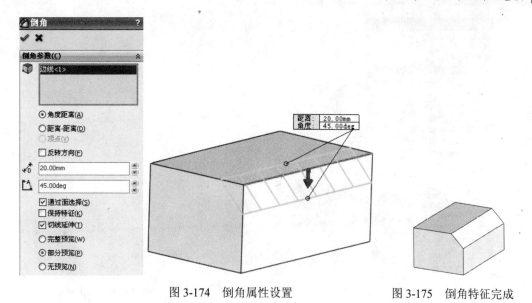

图 3-174　倒角属性设置　　　　图 3-175　倒角特征完成

【案例 3-9-2】运用倒角特征功能，在长方体一条边线上生成截面为两个直角边分别为 10mm 和 20mm 的直角三角形的倒角。

	实例素材	实例素材\第 3 章\3-9-2 草图 2.SLDPRT
	最终效果	最终效果\第 3 章\3-9-2 倒角 2.SLDPRT

具体操作步骤如下：

（1）打开"3-9-2 草图 2.SLDPRT"零件图，如图 3-176 所示。

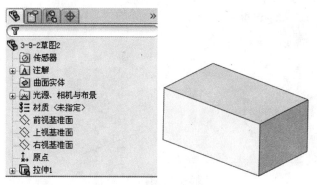

图 3-176　打开草图

（2）单击特征工具栏中的（倒角）按钮，启动倒角功能，系统弹出倒角属性管理器。在【倒角参数】选项组下，选择【距离-距离】选项，（边线和面或顶点）选择长方体边线 <1>，如图 3-177 中蓝色线所示，距离 1 图标后面的数值框中输入 10mm，距离 2 图标后面的数值框中输入 20mm，如图 3-177 所示。

（3）完成各种设置以后，单击属性管理器或者绘图区域中的按钮，完成倒角特征，如图 3-178 所示。

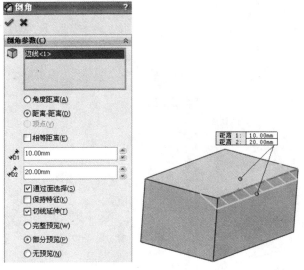

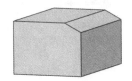

图 3-177　倒角属性设置　　　　图 3-178　倒角特征完成

【案例 3-9-3】　运用倒角特征功能，在长方体一个顶点处向相邻的 3 条边线方向生成倒角。

	实例素材	实例素材\第 3 章\3-9-3 草图 3.SLDPRT
	最终效果	最终效果\第 3 章\3-9-3 倒角 3.SLDPRT

具体操作步骤如下：

（1）打开"3-9-3 草图 3.SLDPRT"零件图，如图 3-179 所示。

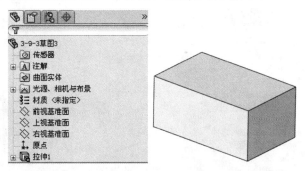

图 3-179　打开草图

（2）单击特征工具栏中的 （倒角）按钮，启动倒角功能，系统弹出倒角属性管理器。在【倒角参数】选项组下，选择【顶点】选项， （边线和面或顶点）选择长方体顶点 <1>，如图 3-180 中蓝色点所示，距离 1 图标 后面的数值框中输入 10mm ，距离 2 图标 后面的数值框中输入 20mm，距离 3 图标 后面的数值框中输入 30mm，如图 3-180 所示。

（3）完成各种设置以后，单击属性管理器或者绘图区域中的 按钮，完成倒角特征，如图 3-181 所示。

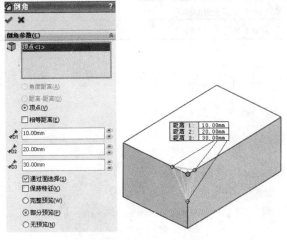

图 3-180　倒角属性设置　　　图 3-181　倒角特征完成

3.10　抽壳特征

3.10.1　抽壳特征的知识点

选择【插入】|【特征】|【抽壳】菜单命令，在【属性管理器】中弹出【抽壳】的属性设置框，如图 3-182 所示。

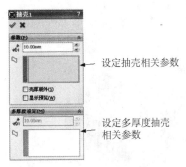

设定抽壳相关参数

设定多厚度抽壳
相关参数

图 3-182　【抽壳】属性设置框

1.　【参数】选项组

（1）　(厚度)：设置保留面的厚度。

（2）　(移除的面)：在图形区域中可以选择 1 个或者多个面。

（3）　【壳厚朝外】：增加模型的外部尺寸。

（4）　【显示预览】：显示抽壳特征的预览。

2.　【多厚度设定】选项组

(多厚度面)：在图形区域中选择 1 个面，为所选面设置　(多厚度)数值。

3.10.2　抽壳特征的案例操作

【案例 3-10-1】运用抽壳功能，将长方体抽壳生成一个壁厚为 10mm 的开放空腔。

	实例素材	实例素材\第 3 章\3-10-1 草图 1.SLDPRT
	最终效果	最终效果\第 3 章\3-10-1 抽壳 1.SLDPRT

具体操作步骤如下：

（1）打开“3-10-1 草图 1.SLDPRT”零件图，如图 3-183 所示。

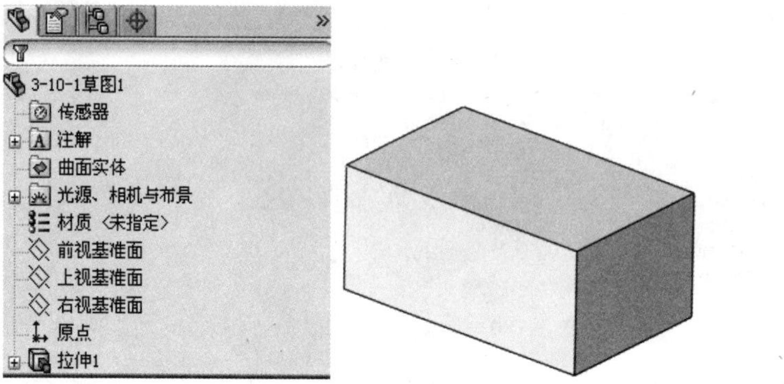

图 3-183　打开草图

（2）单击特征工具栏中的（抽壳）按钮，启动抽壳功能，系统弹出抽壳属性管理器。在【参数】选项组下，（移除的面）选择长方体面<1>，如图 3-184 中蓝色面所示，厚度图标后面的数值框中输入 10mm ，如图 3-184 所示。

（3）完成各种设置以后，单击属性管理器或者绘图区域中的按钮，完成抽壳特征，如图 3-185 所示。

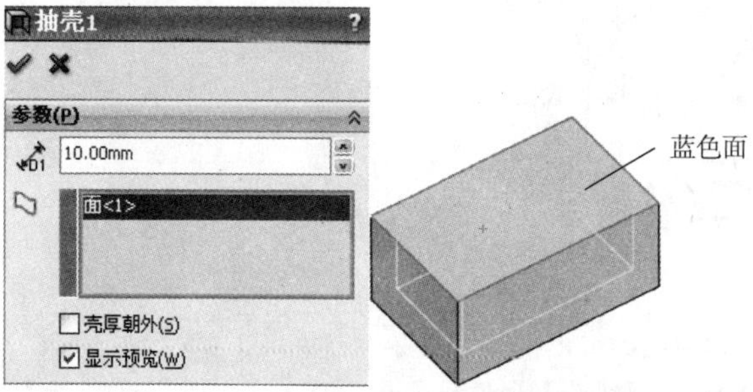

图 3-184　抽壳属性设置

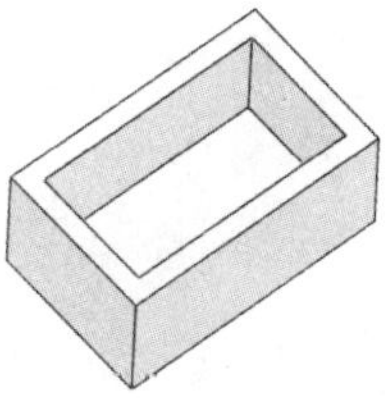

图 3-185　抽壳特征完成

3.11　范例

下面应用本章所讲解的知识完成 1 个模型的制作，最终效果如图 3-186 所示。

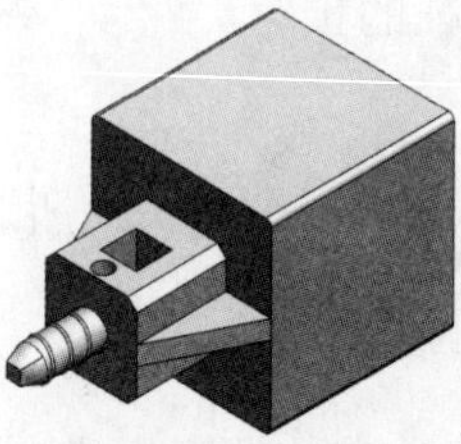

图 3-186　模型

主要步骤如下：

- 生成拉伸特征。
- 生成拉伸切除特征。
- 生成旋转特征。
- 生成扫描特征。
- 生成放样特征。
- 生成孔特征。
- 生成筋特征。
- 生成圆角特征。
- 生成倒角特征。
- 生成抽壳特征。

下面逐步介绍其具体操作。

3.11.1　生成拉伸特征

具体操作步骤如下：

（1）启动中文版 SolidWorks 2010，单击【标准】工具栏中的 □（新建）按钮，弹出【新建 SolidWorks 文件】对话框，单击【零件】按钮，再单击【确定】按钮，如图 3-187 所示。

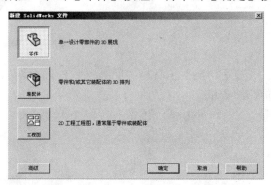

图 3-187　【新建 SolidWorks 文件】对话框

（2）选择【文件】|【另存为】菜单命令，弹出【另存为】对话框，在【文件名】文本框中输入"03"，单击【保存】按钮，如图 3-188 所示。

图 3-188　【另存为】对话框

（3）单击【特征管理器设计树】中的【前视基准面】图标，使【前视基准面】成为草图绘制平面。单击【标准视图】工具栏中的 ⚓ （正视于）按钮，并单击【草图】工具栏中的 ✎ （草图绘制）按钮，进入草图绘制状态。单击【草图】工具栏中的 □ （矩形）按钮和 ◆ （智能尺寸）按钮，绘制草图并标注尺寸，如图 3-189 所示。

（4）选择矩形草图，单击【特征】工具栏中的 ⬚ （拉伸凸台/基体）按钮，在【属性管理器】中弹出【拉伸】的属性设置框。在【方向 1】选项组中，设置【终止条件】为【给定深度】，设置 ⬚ （深度）为 100mm，单击 ✔ （确定）按钮，生成拉伸特征，如图 3-190 所示。

（5）单击模型的上表面，使其成为草图绘制平面。单击【标准视图】工具栏中的 ⚓ （正视于）按钮，并单击【草图】工具栏中的 ✎ （草图绘制）按钮，进入草图绘制状态。单击【草图】工具栏中的 □ （矩形）按钮和 ◆ （智能尺寸）按钮，绘制草图并标注尺寸，如图 3-191 所示。

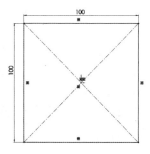

图 3-189　绘制草图并标注尺寸

图 3-190　生成拉伸特征

（6）选择矩形草图，单击【特征】工具栏中的 ⬚ （拉伸凸台/基体）按钮，在【属性管理器】中弹出【拉伸】的属性设置框。在【方向 1】选项组中，设置"终止条件"为"给定深度"，设置 ⬚ （深度）为 50mm，单击 ✔ （确定）按钮，生成拉伸特征，如图 3-192 所示。

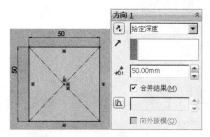

图 3-191　绘制草图并标注尺寸

图 3-192　生成拉伸特征

3.11.2　生成拉伸切除特征

具体操作步骤如下：

（1）单击零件上部分的侧面，使其成为草图绘制平面。单击【标准视图】工具栏中的 ⚓ （正视于）按钮，并单击【草图】工具栏中的 ✎ （草图绘制）按钮，进入草图绘制状态。单击【草图】工具栏中的 □ （矩形）按钮和 ◆ （智能尺寸）按钮，绘制草图并标注尺寸，如图 3-193 所示。

（2）单击【特征】工具栏中的 ⬚ （拉伸切除）按钮，在【属性管理器】中弹出【切除-拉伸】的属性设置框。在【方向 1】选项组中，设置"终止条件"为"完全贯穿"，⬚ （深度）为 10mm，单击 ✔ （确定）按钮，生成拉伸切除特征，如图 3-194 所示。

图 3-193　绘制草图并标注尺寸　　　图 3-194　生成拉伸切除特征

3.11.3　生成旋转特征

具体操作步骤如下：

（1）单击【特征管理器设计树】中的【前视基准面】图标，使【前视基准面】成为草图绘制平面。单击【标准视图】工具栏中的 ![icon]（正视于）按钮，并单击【草图】工具栏中的 ![icon]（草图绘制）按钮，进入草图绘制状态。单击【草图】工具栏中的 ![icon]（矩形）按钮和 ![icon]（智能尺寸）按钮，绘制草图并标注尺寸，如图 3-195 所示。

（2）单击【特征】工具栏中的 ![icon]（旋转凸台/基体）按钮，在【属性管理器】中弹出【旋转】的属性设置框。在【旋转参数】选项组中，单击 ![icon]（旋转轴）选择框，在图形区域中选择草图中的中心竖直线，选择【合并结果】选项，单击 ![icon]（确定）按钮，生成旋转特征，如图 3-196 所示。

图 3-195　绘制草图并标注尺寸　　　图 3-196　生成旋转特征

3.11.4　生成扫描特征

具体操作步骤如下：

（1）单击【特征管理器设计树】中的【上视基准面】图标，使【上视基准面】成为草图绘制平面。单击【标准视图】工具栏中的 ![icon]（正视于）按钮，并单击【草图】工具栏中的 ![icon]（草图绘制）按钮，进入草图绘制状态。单击【草图】工具栏中的 ![icon]（圆形）按钮和 ![icon]（智能尺寸）按钮，绘制草图并标注尺寸，如图 3-197 所示。

（2）单击模型的上表面，使其成为草图绘制平面。单击【标准视图】工具栏中的 ![icon]（正视于）按钮，并单击【草图】工具栏中的 ![icon]（草图绘制）按钮，进入草图绘制状态。单击【草图】工具栏中的 ![icon]（转换实体引用）按钮绘制草图，如图 3-198 所示。

图 3-197　绘制草图并标注尺寸　　　图 3-198　绘制草图

（3）选择【插入】|【曲线】|【螺旋线/涡状线】菜单命令，弹出【螺旋线】的属性设置框，在【定义方式】中选择"螺距和圈数"，在【参数】选项组中，设置【螺距】为10mm，【圈数】为2.7，【起始角度】为0deg，单击 ✔（确定）按钮，如图3-199所示。

（4）选择【插入】|【凸台/基体】|【扫描】菜单命令，在【属性管理器】中弹出【扫描】的属性设置框。在【轮廓和路径】选项组中，单击 ☝（轮廓）按钮，在图形区域中选择草图中的圆曲线，单击 ☝（路径）按钮，在图形区域中选择草图中的螺旋线；在【选项】选项组中，设置【方向/扭转控制】为"随路径变化"，单击 ✔（确定）按钮，如图3-200所示。

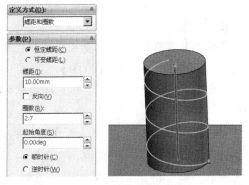

图 3-199 生成螺旋线

图 3-200 扫描特征

3.11.5 生成放样特征

具体操作步骤如下：

（1）单击【参考几何体】工具栏中的 ◇（基准面）按钮，在【属性管理器】中弹出【基准面】的属性设置框。

（2）在图形区域中选择模型的上侧面，单击 ⬈（距离）按钮，在文本栏中输入 10mm，在图形区域中显示出新的基准面的预览，单击 ✔（确定）按钮，生成基准面 1，如图 2-201所示。

（3）单击【特征管理器设计树】中的【基准面 1】图标，使其成为草图绘制平面。单击【标准视图】工具栏中的 ⬥（正视于）按钮，并单击 草图绘制（草图绘制）按钮，进入草图的绘制模式。使用【草图】工具栏中的 口（矩形）按钮和 ◇（智能尺寸）按钮，绘制如图 3-202所示的草图。单击 ⬈（退出草图）按钮，退出草图绘制状态。

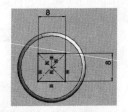

图 3-201 生成基准面 1   图 3-202 绘制草图

（4）选择【插入】|【凸台/基体】|【放样】菜单命令，在【属性管理器】中弹出【放样】的属性设置框。在【轮廓】选项组中，在图形区域中选择刚刚绘制的草图 8 和圆柱模型的上表面，单击 ✔（确定）按钮，如图 3-203 所示，生成放样特征。

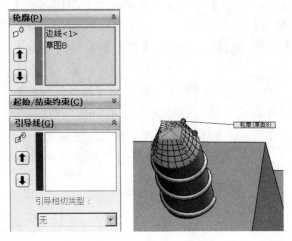

图 3-203　生成放样特征

3.11.6　生成孔特征

具体操作步骤如下：

（1）单击模型上段立方体的前侧面，使其处于被选择状态。

（2）选择【插入】|【特征】|【孔】|【简单直孔】菜单命令，在【属性管理器】中弹出【孔】的属性设置框。在【方向 1】选项组中，设置 （深度）为 50mm， （孔直径）为 10mm，在图形区域中模型的后侧面单击鼠标左键，显示出简单直孔的预览，单击 ✔（确定）按钮，生成简单直孔特征，如图 3-204 所示。

（3）修改简单直孔的位置。在【特征管理器设计树】中，用鼠标右键单击生成简单直孔的草图的图标，在弹出的菜单中选择【编辑草图】命令，进入草图编辑状态，单击【草图】工具栏中的 （智能尺寸）按钮，对草图进行尺寸标注，如图 3-205 所示，单击 ✔（确定）按钮，尺寸标注修改完成。

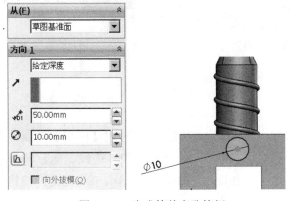

图 3-204　生成简单直孔特征

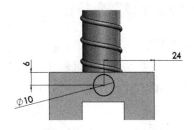

图 3-205　修改简单直孔的尺寸

3.11.7　生成筋特征

具体操作步骤如下：

（1）单击【特征管理器设计树】中的【上视基准面】图标，使【上视基准面】成为草图绘制平面。单击【标准视图】工具栏中的按钮，并单击【草图】工具栏中的按钮，进入草图绘制状态。单击【草图】工具栏中的按钮，绘制直线草图，如图3-206所示。

（2）单击【特征】工具栏中的按钮，在【属性管理器】中弹出【筋】的属性设置框。在【参数】选项组中，设置为10mm，在【拉伸方向】中单击按钮，如图3-207所示，单击按钮，生成筋特征，如图3-208所示。

图3-206　绘制草图　　　图3-207　【筋】属性设置框　　　图3-208　生成筋特征

（3）单击【草图】工具栏中的按钮，绘制直线草图，如图3-209所示。

（4）单击【特征】工具栏中的按钮，在【属性管理器】中弹出【筋】属性设置框。在【参数】选项组中，设置![]【筋厚度】为10mm，在【拉伸方向】中单击按钮，如图3-210所示，单击按钮，生成筋特征，如图3-211所示。

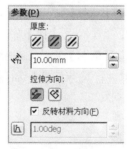

图3-209　绘制草图　　　图3-210　【筋】属性设置框　　　图3-211　生成筋特征

3.11.8　生成圆角特征

具体操作步骤如下：

单击【特征】工具栏中的按钮，在【属性管理器】中弹出【圆角】的属性设置框。在【圆角项目】选项组中，设置为3mm，单击选择框，在图形区域中选择模型的4条边线，如图3-212所示，单击按钮，生成圆角特征，如图3-213所示。

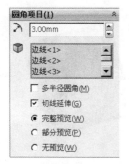

图 3-212　【圆角】属性设置框　　　图 3-213　生成圆角特征

3.11.9　生成倒角特征

具体操作步骤如下：

单击【特征】工具栏中的 ◢（倒角）按钮，在【属性管理器】中弹出【倒角】的属性设置框。在【倒角参数】选项组中，单击 ◻（边线、面、特征和环）选择框，在图形区域中选择模型的 4 条边线，选择【角度距离】，在 ◢（距离）文本框中输入 5mm，如图 3-214 所示，单击 ✔（确定）按钮，生成倒角特征。

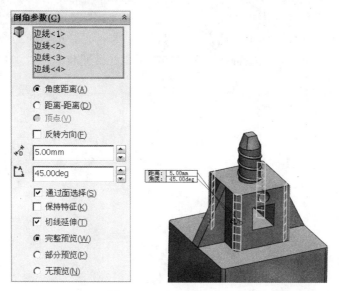

图 3-214　生成倒角特征

3.11.10　生成抽壳特征

具体操作步骤如下：

（1）单击模型的下表面，使其处于被选择状态。

（2）选择【插入】|【特征】|【抽壳】菜单命令，在【属性管理器】中弹出【抽壳】的属性设置框。在【参数】选项组中，设置 ◢（厚度）为 2mm，单击 ✔（确定）按钮，生成抽壳特征，如图 3-215 所示，完成模型的制作。

图 3-215　　生成抽壳特征

本 章 小 结

　　拉伸特征是将草图沿某一方向进行拉伸操作；拉伸切除特征是将草图沿某一方向进行拉伸切除操作；旋转特征是将草图沿某一轴线进行旋转操作；扫描特征和放样特征都可以生成表面复杂的模型。扫描特征通过沿着 1 条路径移动草图轮廓生成基体、凸台、切除或者曲面；放样特征与扫描特征的区别在于放样特征至少需要两个或者更多封闭的草图轮廓，而且所有的草图轮廓不必都处于平行的面上；筋特征生成相当于机械零件中的加强筋；孔特征可以在模型表面生成直孔。圆角特征一般是为铸造类零件的边线添加圆角；倒角特征是在零件的边缘生成倒角；抽壳特征可以掏空零件，使选择的面敞开，而在其他面上生成薄壁特征。灵活使用这些特征，对建立机械零件模型非常有用。

第 **4** 章　高级特征建模

生成形状复杂的模型可以使用高级特征命令，它包括线性阵列、圆周阵列、曲线驱动的阵列、草图驱动的阵列、表格驱动的阵列、弯曲特征、压凹特征、变形特征和圆顶特征等。

本章内容安排如下：

➢　草图阵列

➢　特征阵列

➢　零部件阵列

➢　镜像

➢　弯曲特征

➢　压凹特征

➢　变形特征

➢　圆顶特征

➢　包覆特征

➢　自由形特征

➢　分割特征

➢　拔模特征

➢　本章小结

4.1 草图阵列

4.1.1 草图线性阵列

1. 草图线性阵列的功能

选择【工具】|【草图绘制工具】|【线性阵列】菜单命令，在【属性管理器】中弹出【线性阵列】的属性设置框，如图 4-1 所示。

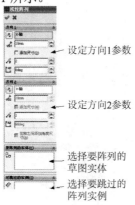

设定方向1参数

设定方向2参数

选择要阵列的草图实体

选择要跳过的阵列实例

图 4-1 【线性阵列】属性设置框

其中：

（1）【方向 1】、【方向 2】选项组：分别显示了沿 x 轴和沿 y 轴线性阵列的特征参数。

- （反向）：可以改变线性阵列的排列方向。
- （间距）：线性阵列 x、y 轴相邻两个特征参数之间的距离。
- 【添加尺寸】：形成线性阵列后，在草图上自动标注特征尺寸。
- （数量）：经过线性阵列后草图最后形成的总个数。
- （角度）：线性阵列的方向与 x、y 轴之间的夹角。

（2）【可跳过的实例】选项组。该选项组中只有 1 个参数，即 （要跳过的部分）：生成线性阵列时跳过在图形区域中选择的阵列实例。

其他属性设置不再赘述。

2. 生成草图线性阵列的案例操作

【案例 4-1-1】在已经存在的草图圆基础上，将草图圆以线性排列方式进行复制，使原草图产生多个副本。

	实例素材	实例素材\第 4 章\4-1-1 草图.SLDPRT
	最终效果	最终效果\第 4 章\4-1-1 草图线性阵列.SLDPRT

具体操作步骤如下：

（1）打开"4-1-1 草图.SLDPRT"零件图，移动鼠标指针到绘图区域选择草图 1 轮廓，或者在特征管理树中选中草图 1，鼠标右击，在下拉快捷菜单中选择 （编辑草图）选项，进入编辑草图环境，如图 4-2 所示。

（2）单击【草图】工具栏中的 ▦ （线性草图阵列）按钮或执行【工具】|【草图工具】| ▦ （线性草图阵列）命令，系统弹出线性阵列属性管理器。

（3）设置线性草图阵列属性参数，如图 4-3 所示。

① 在【方向 1】选项组下，🡵 （方向 1）文本框中选择 "X-轴"，🡒D1 （间距）文本框中输入值 50mm，⁂# （数量）文本框中输入值 5，📐A1 （角度）文本框中输入值 0deg。

② 在【方向 2】选项组下，🡵 （方向 2）文本框中选择 "Y-轴"，🡒D2 （间距）文本框中输入值 50mm，⁂# （数量）文本框中输入值 3，📐A2 （角度）文本框中输入值 90deg。

③ 在【要阵列的实体】选项组下，🔲 （要阵列的实体）文本框选择图形区域中的草图圆。

图 4-2　打开草图

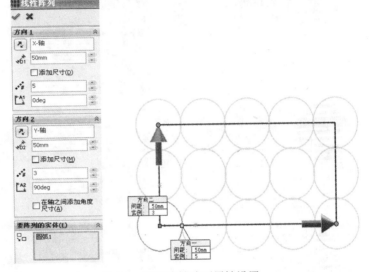

图 4-3　草图线性阵列属性设置

（4）单击 ✔ 按钮，完成草图线性阵列特征的创建，如图 4-4 所示。

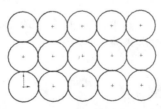

图 4-4　创建草图线性阵列特征

4.1.2　草图圆周阵列

1．草图圆周阵列的功能

对于基准面、零件或者装配体上的草图实体，使用 ❀ （圆周阵列）菜单命令可以生成草图圆周阵列。选择【工具】|【草图工具】|【圆周阵列】菜单命令，在【属性管理器】中弹出【圆周阵列】的属性设置框，如图 4-5 所示。

其中：

（1）【参数】选项组，其中有如下参数：

● 🔄 （反向旋转）：草图圆周阵列围绕原点旋转的方向。

- ⊙（中心 X）：草图圆周阵列旋转中心的横坐标。
- ⊙（中心 Y）：草图圆周阵列旋转中心的纵坐标。
- ❋（数量）：经过圆周阵列后草图最后形成的总个数。
- ⌂（间距）：完成圆周阵列所需要的总角度。
- ↗（半径）：圆周阵列的旋转半径。
- ✏（圆弧角度）：圆周阵列旋转中心与要阵列的草图重心之间的夹角。
- 【等间距】：圆周阵列中草图之间的夹角是相等的。
- 【添加尺寸】：形成圆周阵列后，在草图上自动标注出特征尺寸（如圆周阵列旋转的角度等）。

图 4-5　【圆周阵列】属性设置框

（2）【可跳过的实例】选项组。其中只有 1 个选项，即❋（要跳过的部分）：生成圆周阵列时跳过在图形区域中选择的阵列实例。

其他属性设置不再赘述。

2. 生成草图圆周阵列的案例操作

【案例 4-1-2】在已经存在的草图圆基础上，将草图圆以圆周排列方式进行复制，使原草图产生多个副本。

◎	实例素材	实例素材\第 4 章\4-1-2 草图.SLDPRT
	最终效果	最终效果\第 4 章\4-1-2 草图圆周阵列.SLDPRT

具体操作步骤如下：

（1）打开"4-1-2 草图.SLDPRT"零件图，移动鼠标指针到绘图区域选择草图 1 轮廓，或者在特征管理树中选中草图 1，鼠标右击，在下拉快捷菜单中选择 ✐（编辑草图）选项，进入编辑草图环境，如图 4-6 所示。

（2）单击【草图】工具栏中的 （圆周草图阵列）按钮或执行【工具】|【草图工具】| （圆周草图阵列）命令，系统弹出圆周阵列属性管理器。

（3）圆周草图阵列属性参数设置，如图 4-7 所示。

① 在【参数】选项组下， （旋转中心）文本框中选择草图圆的圆心， （中心 X）文本框中输入值 60mm， （中心 Y）文本框中输入值 0， （数量）文本框中输入值 6， （角度）文本框中输入值 360deg。

② 在【要阵列的实体】选项组下， （要阵列的实体）文本框选择图形区域中的草图圆。

图 4-6　打开草图　　　　　图 4-7　草图圆周阵列属性设置

（4）单击 按钮，完成草图圆周阵列特征的创建，如图 4-8 所示。

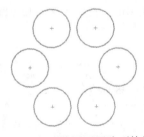

图 4-8　创建草图圆周阵列特征

4.2　特征阵列

特征阵列与草图阵列相似，都是复制一系列相同的要素。不同之处在于草图阵列复制的是草图，特征阵列复制的是结构特征；草图阵列得到的是 1 个草图，而特征阵列得到的是 1 个复杂的零件。

特征阵列包括线性阵列、圆周阵列、表格驱动的阵列、草图驱动的阵列和曲线驱动的阵列等。选择【插入】|【阵列/镜向】菜单命令，弹出特征阵列的菜单，如图 4-9 所示。

图4-9 特征阵列的菜单

4.2.1 特征线性阵列

特征的线性阵列是在1个或者几个方向上生成多个指定的源特征。

1. 特征线性阵列的功能

单击【特征】工具栏中的 (线性阵列)按钮或者选择【插入】|【阵列/镜向】|【线性阵列】菜单命令,在【属性管理器】中弹出【线性阵列】的属性设置框,如图4-10所示。

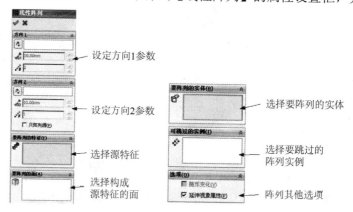

图4-10 【线性阵列】属性设置框

其中:

(1)【方向1】、【方向2】选项组:分别指定两个线性阵列的方向。

- 旁的"阵列方向"选框:设置阵列方向,可以选择线性边线、直线、轴或者尺寸。
- (反向):改变阵列方向。
- D_1、D_2(间距):设置阵列实例之间的间距。
- (实例数):设置阵列实例之间的数量。
- 【只阵列源】:只使用源特征而不复制【方向1】选项组的阵列实例在【方向2】选项组中生成的线性阵列。

(2)【要阵列的特征】选项组:可以使用所选择的特征作为源特征以生成线性阵列。

(3)【要阵列的面】选项组:可以使用构成源特征的面生成阵列。在图形区域中选择源特征的所有面,这对于只输入构成特征的面而不是特征本身的模型很有用。

(4)【要阵列的实体】选项组:可以使用在多实体零件中选择的实体生成线性阵列。

(5)【可跳过的实例】选项组:可以在生成线性阵列时跳过在图形区域中选择的阵列实例。

(6)【选项】选项组:

- 【随形变化】:允许重复时更改阵列。

● 　【延伸视象属性】：将 SolidWorks 的颜色、纹理和装饰螺纹数据延伸到所有阵列实例。

2. 生成特征线性阵列的案例操作

【案例 4-2-1】将源特征以线性排列方式进行复制，使源特征产生多个副本。

	实例素材	实例素材\第 4 章\4-2-1 草图.SLDPRT
	最终效果	最终效果\第 4 章\4-2-1 特征线性阵列.SLDPRT

具体操作步骤如下：

（1）打开 "4-2-1 草图.SLDPRT" 零件图，如图 4-11 所示。

（2）单击【特征】工具栏中的 (线性阵列) 按钮或执行【插入】|【阵列/镜像】| (线性阵列) 命令，系统弹出线性阵列属性管理器。

（3）设置特征线性阵列属性参数，如图 4-12 所示。

① 在【方向 1】选项组下， 旁的 "方向 1" 选框中选择图形区域中长方体实体上表面的一条较长的边线， (间距) 文本框中输入值 90mm， (数量) 文本框中输入值 2。

② 在【方向 2】选项组下， 旁的 "方向 2" 选框中选择图形区域中长方体实体上表面的另一条边线， (间距) 文本框中输入值 60mm， (数量) 文本框中输入值 2。

③ 在【要阵列的特征】选项组下， (要阵列的特征) 文本框选择管理器设计树中的 "拉伸 2" 特征，即切除拉伸形成的孔特征。

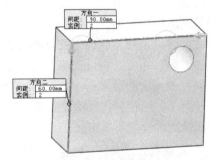

图 4-11　打开草图　　　　　　　　图 4-12　特征线性阵列属性设置

（4）单击 按钮，完成特征线性阵列的创建，如图 4-13 所示。

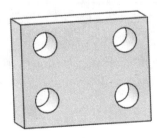

图 4-13　创建特征线性阵列

4.2.2 特征圆周阵列

特征的圆周阵列是将源特征围绕指定的轴线复制多个特征。

1．特征圆周阵列的功能

单击【特征】工具栏中的 ✿（圆周阵列）按钮或选择【插入】|【阵列/镜向】|【圆周阵列】菜单命令，在【属性管理器】中弹出【圆周阵列】的属性设置框，如图 4-14 所示。

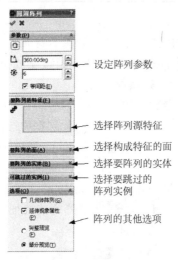

设定阵列参数

选择阵列源特征

选择构成特征的面
选择要阵列的实体
选择要跳过的
阵列实例

阵列的其他选项

图 4-14 【圆周阵列】属性设置框

其中：

（1） ⟳ 旁的"阵列轴"选框：在图形区域中选择轴、模型边线或者角度尺寸，作为生成圆周阵列所围绕的轴。

（2） ⟲（反向）：改变圆周阵列的方向。

（3） ⟁（角度）：设置每个实例之间的角度。

（4） ✿（实例数）"：设置源特征的实例数。

（5）【等间距】：自动设置总角度为 360°。

其他属性设置不再赘述。

2．生成特征圆周阵列的案例操作

【案例 4-2-2】将源特征以圆周排列方式进行复制，使源特征产生多个副本。

◉	实例素材	实例素材\第 4 章\4-2-2 草图.SLDPRT
	最终效果	最终效果\第 4 章\4-2-2 特征圆周阵列.SLDPRT

具体操作步骤如下：

（1）打开"4-2-2 草图.SLDPRT"零件图，如图 4-15 所示。

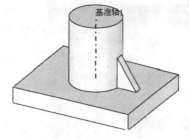

图 4-15　打开草图

（2）单击【特征】工具栏中的 （圆周阵列）按钮或执行【插入】|【阵列/镜像】|（圆周阵列）命令，系统弹出圆周阵列属性管理器。

（3）设置特征圆周阵列属性参数，如图 4-16 所示。

① 在【参数】选项组下，圆旁的"阵列轴"选框中选择管理器设计树中的"基准轴1"，（角度）文本框中输入值 90deg，（数量）文本框中输入值 4。

② 在【要阵列的特征】选项组下，（要阵列的特征）文本框选择管理器设计树中的"筋 1"特征。

（4）单击 按钮，完成特征圆周阵列特征的创建，如图 4-17 所示。

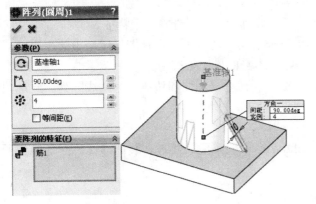

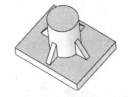

图 4-16　特征圆周阵列属性设置　　　　图 4-17　创建特征圆周阵列特征

4.2.3　表格驱动的阵列

【表格驱动的阵列】命令可以使用 x、y 坐标来对指定的源特征进行阵列。

1. 表格驱动的阵列的功能

选择【插入】|【阵列/镜向】|【表格驱动的阵列】菜单命令，弹出【由表格驱动的阵列】对话框，如图 4-18 所示。

其中：

（1）【读取文件】：输入含 x、y 坐标的阵列表或者文字文件。单击【浏览】按钮，选择阵列表（*.SLDPTAB）文件或者文字（*.TXT）文件以输入现有的 x、y 坐标。

（2）【参考点】：指定在放置阵列实例时 x、y 坐标所适用的点。

● 【所选点】：将参考点设置到所选顶点或者草图点。

● 【重心】：将参考点设置到源特征的重心。

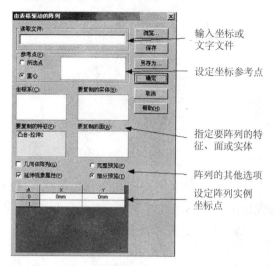

图 4-18 【由表格驱动的阵列】对话框

（3）【坐标系】：设置用来生成表格阵列的坐标系，包括原点、从【特征管理器设计树】中选择所生成的坐标系。

- 【要复制的实体】：根据多实体零件生成阵列。
- 【要复制的特征】：根据特征生成阵列，可以选择多个特征。
- 【要复制的面】：根据构成特征的面生成阵列，选择图形区域中的所有面，这对于只输入构成特征的面而不是特征本身的模型很有用。

（4）【几何体阵列】：只使用特征的几何体（如面和边线等）生成阵列。此选项可以加速阵列的生成及重建，对于具有与零件其他部分合并的特征，不能生成几何体阵列，几何体阵列在选择了【要复制的实体】时不可用。

（5）【延伸视象属性】：将 SolidWorks 的颜色、纹理和装饰螺纹数据延伸到所有阵列实体。

2. 生成表格驱动的阵列的案例操作

【案例 4-2-3】通过手工向表格中输入坐标点值，使源特征在这些输入坐标处复制产生多个副本。

	实例素材	实例素材\第 4 章\4-2-3 草图.SLDPRT
	最终效果	最终效果\第 4 章\4-2-3 表格驱动阵列.SLDPRT

具体操作步骤如下：

（1）打开"4-2-3 草图.SLDPRT"零件图，如图 4-19 所示。

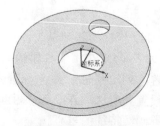

图 4-19 打开草图

（2）单击【特征】工具栏中的 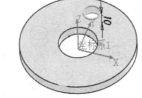（表格驱动的阵列）按钮或执行【插入】|【阵列/镜像】| ▦（表格驱动的阵列）命令，系统弹出【由表格驱动的阵列】对话框。

（3）在【参考点】选项下，单击选择【重心】选项，在【坐标系】文本框中选择管理器设计树中生成的坐标系"坐标系 1"，在【要复制的特征】文本框中选择管理器设计树中的拉伸切除特征"拉伸 2"，在坐标表格中输入各个阵列特征位置点处的坐标值，具体值如图4-20 中所示。

（4）单击 ✔ 按钮，完成表格驱动阵列特征的创建，如图 4-21 所示。

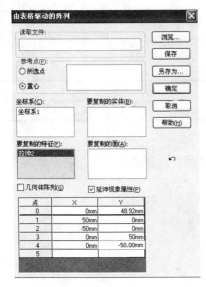

图 4-20　表格驱动阵列属性设置

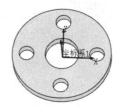

图 4-21　创建表格驱动阵列特征

4.2.4　草图驱动的阵列

草图驱动的阵列是通过草图中的特征点复制源特征的 1 种阵列方式。

1．草图驱动的阵列的功能

选择【插入】|【阵列/镜向】|【草图驱动的阵列】菜单命令，在【属性管理器】中弹出【由草图驱动的阵列】属性设置框，如图 4-22 所示。

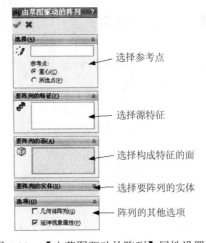

图 4-22　【由草图驱动的阵列】属性设置框

其中：

（1） （参考草图）：在【特征管理器设计树】中选择草图用作阵列。

（2）【参考点】有两个子选项：

● 【重心】：根据源特征的类型决定重心。

● 【所选点】：在图形区域中选择 1 个点（如草图原点、顶点或者另一草图点）作为参考点。

其他属性设置不再赘述。

2．生成草图驱动的阵列的案例操作

【案例 4-2-4】将源特征复制到指定位置，指定位置以草图点的形式表示，使源特征产生多个副本。

	实例素材	实例素材\第 4 章\4-2-4 草图.SLDPRT
	最终效果	最终效果\第 4 章\4-2-4 草图驱动阵列.SLDPRT

具体操作步骤如下：

（1）打开"4-2-4 草图.SLDPRT"零件图，其中 4 个蓝色点即为要阵列的特征放置点，如图 4-23 所示。

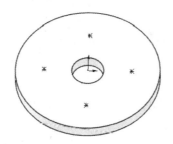

图 4-23　打开草图

（2）单击【特征】工具栏中的 （草图驱动的阵列）按钮或执行【插入】|【阵列/镜像】| （草图驱动的阵列）命令，系统弹出由草图驱动的阵列属性管理器。

（3）在【选择】选项组下， （参考草图）文本框中选择管理器设计树中的"草图 3"，如图 4-24 中 4 个蓝色点所示，【参考点】单选框处选择【重心】选项。在【要阵列的特征】选项组下， （要阵列的特征）文本框选择管理器设计树中的拉伸切除特征"拉伸 2"。

（4）单击 按钮，完成草图驱动阵列特征的创建，如图 4-25 所示。

 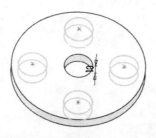 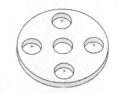

图 4-24　草图驱动阵列属性设置　　　　图 4-25　创建草图驱动阵列特征

4.2.5　曲线驱动的阵列

曲线驱动的阵列是通过草图中的平面或者 3D 曲线复制源特征的 1 种阵列方式。

1．曲线驱动的阵列的功能

选择【插入】|【阵列/镜向】|【曲线驱动的阵列】菜单命令，在【属性管理器】中弹出【曲线驱动的阵列】属性设置框，如图 4-26 所示。

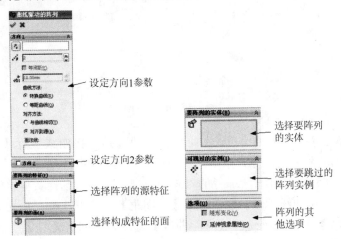

　　　　　　　　设定方向1参数

　　　　　　　　设定方向2参数　　　　　　　要阵列的实体(B)　　选择要阵列的实体

　　　　　　　　选择阵列的源特征　　　　　可跳过的实例(I)　　选择要跳过的阵列实例

　　　　　　　　选择构成特征的面　　　　　选项(O)　　阵列的其他选项

图 4-26　【曲线驱动的阵列】属性设置框

其中：

（1）旁的"阵列方向"选框：选择曲线、边线、草图实体或者在【特征管理器设计树】中选择草图作为阵列的路径。

（2）（反向）：改变阵列的方向。

（3）（实例数）：为阵列中源特征的实例数设置数值。

（4）【等间距】：使每个阵列实例之间的距离相等。

（5）（间距）：沿曲线为阵列实例之间的距离设置数值，曲线与要阵列的特征之间的距离垂直于曲线而测量。

（6）【曲线方法】：使用所选择的曲线定义阵列的方向。

- 【转换曲线】：为每个实例保留从所选曲线原点到源特征的 Δx 和 Δy 的距离。
- 【等距曲线】：为每个实例保留从所选曲线原点到源特征的垂直距离。

（7）【对齐方法】，有如下两个子选项：

- 【与曲线相切】：对齐所选择的与曲线相切的每个实例。
- 【对齐到源】：对齐每个实例以与源特征的原有对齐匹配。

（8）【面法线】：选择 3D 曲线所处的面以生成曲线驱动的阵列。

其他属性设置不再赘述。

2．生成曲线驱动的阵列的案例操作

【案例 4-2-5】将源特征复制到与指定曲线等距的位置，方向也由曲线控制，使源特征产生多个副本。

实例素材	实例素材\第 4 章\4-2-5 草图.SLDPRT
最终效果	最终效果\第 4 章\4-2-5 曲线驱动阵列.SLDPRT

具体操作步骤如下：

（1）打开"4-2-5 草图.SLDPRT"零件图，如图 4-27 所示。

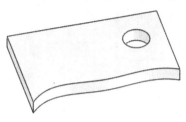

图 4-27　打开草图

（2）单击【特征】工具栏中的 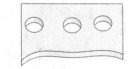（曲线驱动的阵列）按钮或执行【插入】|【阵列/镜像】| 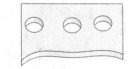（曲线驱动的阵列）命令，系统弹出曲线驱动的阵列属性管理器。

（3）在【方向 1】选项组下， 旁的"阵列方向"选框中选择实体模型上表面上的一条曲线，如图 4-28 中蓝色曲线所示，取消选中【等间距】复选框，（间距）文本框中输入值 35mm，【曲线方法】单选框处选择【等距曲线】选项，【对齐方法】单选框处选择【对齐到源】选项。在【要阵列的特征】选项组下， （要阵列的特征）文本框选择管理器设计树中的拉伸切除特征"拉伸 2"。

（4）单击 按钮，完成曲线驱动阵列特征的创建，如图 4-29 所示。

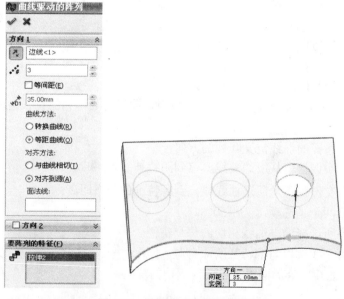

图 4-28　曲线驱动阵列属性设置

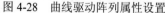

图 4-29　创建曲线驱动阵列特征

4.2.6　填充阵列

填充阵列是在限定的实体平面或者草图区域中进行的阵列复制。

1．填充阵列的功能

选择【插入】|【阵列/镜向】|【填充阵列】菜单命令，在【属性管理器】中弹出【填充阵列】的属性设置框，如图 4-30 所示。

其中：

（1）【填充边界】选项组下只有 1 个选择，即 ⊚（选择面或共平面上的草图、平面曲线）：定义要使用阵列填充的区域。

（2）【阵列布局】选项组：定义填充边界内实例的布局阵列，可以自定义形状进行阵列或者对特征进行阵列，阵列实例以源特征为中心呈同轴心分布。【阵列布局】选项组中有 4 个选项按钮，选择不同选项按钮会对应出现不同参数，分别介绍如下：

① ⠿（穿孔）：为钣金穿孔式阵列生成网格，其参数如图 4-31 所示。

- ⠿（实例间距）：设置实例中心之间的距离。

- ⠿（交错断续角度）：设置各实例行之间的交错断续角度，起始点位于阵列方向所使用的向量处。

- ⠿（边距）：设置填充边界与最远端实例之间的边距，可以将边距的数值设置为零。

- ⠿（阵列方向）：设置方向参考。如果未指定方向参考，系统将使用最合适的参考。

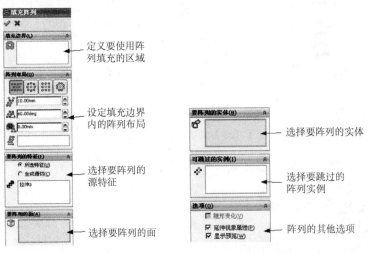

图 4-30 【填充阵列】属性设置框　　　　图 4-31 单击【穿孔】按钮

② ⠿（圆周）：生成圆周形阵列，其参数如图 4-32 所示。

- （环间距）：设置实例环间的距离。

 - 【目标间距】：设置每个环内实例间距离以填充区域。

 - 【每环的实例】：使用实例数（每环）填充区域。

- ⠿（实例数）（在选择【每环的实例】单选按钮时可用）：设置每环的实例数。

- ⠿（边距）：设置填充边界与最远端实例之间的边距，可以将边距的数值设置为零。

- ⠿（阵列方向）：设置方向参考。如果未指定方向参考，系统将使用最合适的参考。

 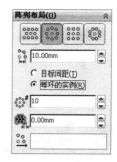

图 4-32　单击【圆周】按钮

③ ▦（方形）：生成方形阵列，其参数如图 4-33 所示。

- 　（环间距）：设置实例环间的距离。
- 　（实例间距）：设置每个环内实例中心间的距离。
- 　（实例数）：设置每个方形各边的实例数。
- 　（边距）：设置填充边界与最远端实例之间的边距，可以将边距的数值设置为零。
- ▦（阵列方向）：设置方向参考。

图 4-33　单击【方形】按钮

④ ▦（多边形）：生成多边形阵列，其参数如图 4-34 所示。

- 　（环间距）：设置实例环间的距离。
- 　（多边形边）：设置阵列中的边数。
- 　（实例间距）：设置每个环内实例中心间的距离。
- 　（实例数）：设置每个多边形每边的实例数。
- 　（边距）：设置填充边界与最远端实例之间的边距，可以将边距的数值设置为零。
- ▦（阵列方向）：设置方向参考。

（3）【要阵列的特征】选项组：

① 【所选特征】：选择要阵列的特征。

②【生成源切】：为要阵列的源特征自定义切除形状。

③ ▣（圆）：生成圆形切割作为源特征，其参数如图 4-35 所示。

- ⊘（直径）：设置直径。
- ⊙（顶点或草图点）：将源特征的中心定位在所选顶点或者草图点处，并生成以该点为起始点的阵列。

④ ▣（方形）：生成方形切割作为源特征，其参数如图4-36所示。

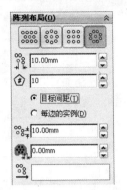
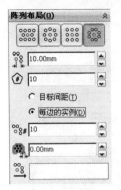

图4-34 单击【多边形】按钮

图4-35 单击【圆】按钮 　　　图4-36 单击【方形】按钮

- ▯▮（尺寸）：设置各边的长度。
- ▣（顶点或草图点）：将源特征的中心定位在所选顶点或者草图点处，并生成以该点为起始点的阵列。
- ◩（旋转）：逆时针旋转每个实例。

⑤ ◈（菱形）：生成菱形切割作为源特征，其参数如图4-37所示。

- ◇（尺寸）：设置各边的长度。
- ◈（对角）：设置对角线的长度。
- ◈（顶点或草图点）：将源特征的中心定位在所选顶点或者草图点处，并生成以该点为起始点的阵列。
- ◩（旋转）：逆时针旋转每个实例。

⑥ ⬠（多边形）：生成多边形切割作为源特征，其参数如图4-38所示。

- ⬠（多边形边）：设置边数。
- ⬠（外径）：根据外径设置阵列大小。
- ⬠（内径）：根据内径设置阵列大小。
- ⬠（顶点或草图点）：将源特征的中心定位在所选顶点或者草图点处，并生成以该点为起始点的阵列。
- ◩（旋转）：逆时针旋转每个实例。

⑦ 【反转形状方向】：围绕在填充边界中所选择的面反转源特征的方向。

图 4-37　单击【菱形】按钮

图 4-38　单击【多边形】按钮

2．生成填充阵列的案例操作

【案例 4-2-6】将源特征填充到指定的封闭草图区域内，使源特征产生多个副本。

	实例素材	实例素材\第 4 章\4-2-6 草图.SLDPRT
	最终效果	最终效果\第 4 章\4-2-6 填充阵列.SLDPRT

具体操作步骤如下：

（1）打开"4-2-6 草图.SLDPRT"零件图，如图 4-39 所示。

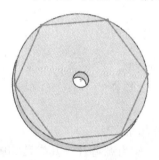

图 4-39　打开草图

（2）单击【特征】工具栏中的（填充阵列）按钮或执行【插入】|【阵列/镜像】|
（填充阵列）命令，系统弹出填充阵列属性管理器。

（3）设置填充阵列参数属性，如图 4-40 所示。

① 在【填充边界】选项组下，（草图、平面曲线）文本框中选择实体模型上表面的正六边形草图。

② 在【阵列布局】选项组下，布局方式选择（穿孔）选项，（实例间距）文本框中输入值 20mm，（交错断续角度）文本框中输入值 60deg，（边距）文本框中输入值 0。

③ 在【要阵列的特征】选项组下，选择【所选特征】单选框，（要阵列的特征）文本框选择管理器设计树中的拉伸切除特征"拉伸 2"。

（4）单击按钮，完成填充阵列特征的创建，如图 4-41 所示。

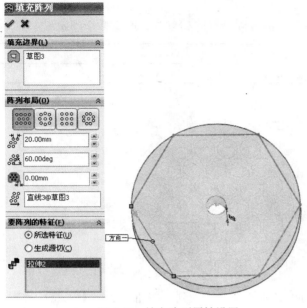

图 4-40　填充阵列属性设置　　　　　　图 4-41　创建填充阵列特征

4.3　零部件阵列

在装配体窗口中，零部件阵列包括 3 种形式，即线性阵列、圆周阵列和特征驱动。

4.3.1　零部件的线性阵列

零部件的线性阵列是在装配体中沿 1 个或者 2 个方向复制源零部件而生成的阵列。

选择【插入】|【零部件阵列】|【线性阵列】菜单命令，在【属性管理器】中弹出【线性阵列】的属性设置框，如图 4-42 所示。

图 4-42　【线性阵列】属性设置框

其属性设置不再赘述（在装配体窗口中才可以进行零部件线性阵列的操作）。

【案例 4-3-1】将一个零部件沿着指定的方向进行阵列复制，产生多个副本。

实例素材	实例素材\第 4 章\4-3-1\4-3-1 装配体草图.SLDASM
最终效果	最终效果\第 4 章\4-3-1\4-3-1 零部件线性阵列.SLDASM

具体操作步骤如下：

（1）打开"4-3-1 装配体草图.SLDASM"装配体，如图 4-43 所示。

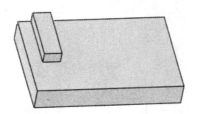

图 4-43 打开装配体

（2）单击【装配体】工具栏中的 （线性零部件阵列）按钮或执行【插入】|【零部件阵列】| （线性阵列）命令，系统弹出线性阵列属性管理器。

（3）设置零部件线性阵列属性参数，如图 4-44 所示。

① 在【方向 1】选项组下， （方向 1）文本框选择图形区域中大长方体上表面的一条横向边线， （间距）文本框中输入值 30mm， （数量）文本框中输入值 4。

② 在【方向 2】选项组下， （方向 2）文本框选择图形区域中大长方体上表面的另一条边线， （间距）文本框中输入值 70mm， （数量）文本框中输入值 2。

③ 在【要阵列的零部件】选项组下， （要阵列的零部件）选框选择图形区域中的小长方体方块即"4-3-1 草图（2）"零部件。

（4）单击 按钮，完成零部件线性阵列特征的创建，如图 4-45 所示。

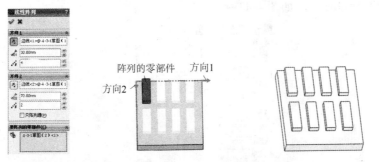

图 4-44 零部件线性阵列属性设置　　图 4-45 创建零部件线性阵列特征

4.3.2 零部件的圆周阵列

零部件的圆周阵列是在装配体中沿 1 个轴复制源零部件而生成的阵列。

选择【插入】|【零部件阵列】|【圆周阵列】菜单命令，在【属性管理器】中弹出【圆周阵列】的属性设置框，如图 4-46 所示。

其属性设置不再赘述（在装配体窗口中才可以进行零部件圆周阵列的操作）。

设定圆周阵列基本参数

选择阵列的源零部件

选择要跳过的阵列实例

图 4-46 【圆周阵列】属性设置框

【案例 4-3-2】将一个零部件沿着圆周方向进行阵列复制，产生多个副本。

实例素材	实例素材\第 4 章\4-3-2\4-3-2 装配体草图.SLDASM
最终效果	最终效果\第 4 章\4-3-2\4-3-2 零部件圆周阵列.SLDASM

具体操作步骤如下：

（1）打开"4-3-2 装配体草图.SLDASM"装配体，如图 4-47 所示。

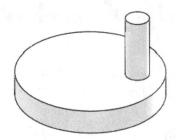

图 4-47 打开装配体

（2）单击【装配体】工具栏中的 （圆周零部件阵列）按钮或执行【插入】|【零部件阵列】|（圆周阵列）命令，系统弹出圆周阵列属性管理器。

（3）在【参数】选项组下，选择基准轴为阵列轴，（角度）文本框中输入值 360deg，（实例数）文本框中输入值 6，同时选中【等间距】复选框。在【要阵列的零部件】选项组下，（要阵列的零部件）选框中选择图形区域中的小圆柱体即"4-3-2 草图（2）"零部件，如图 4-48 所示。

（4）单击 按钮，完成零部件圆周阵列特征的创建，如图 4-49 所示。

图 4-48 零部件圆周阵列属性设置　　　　图 4-49 创建零部件圆周阵列特征

4.3.3 零部件的特征驱动

零部件的特征驱动是在装配体中根据 1 个现有阵列生成的零部件阵列。

1. 特征驱动的功能

选择【插入】|【零部件阵列】|【特征驱动】菜单命令，在【属性管理器】中弹出【特征驱动】的属性设置框，如图 4-50 所示。

图 4-50 【特征阵列】属性设置框

其中：

（1）【要阵列的零部件】选项组：选择源零部件。

（2）【驱动特征】选项组：在（特征管理器设计树）中选择阵列特征或者在图形区域中选择阵列实例的面。

（3）【可跳过的实例】选项组：在图形区域中选择实例的标志点以设置跳过的实例。

2. 生成特征驱动的案例操作

【案例 4-3-3】以装配体中某一零部件的阵列特征为参照进行部件的复制，产生多个副本。

⊙	实例素材	实例素材\第 4 章\4-3-3\4-3-3 装配体草图.SLDASM
	最终效果	最终效果\第 4 章\4-3-3\4-3-3 零部件特征驱动.SLDASM

具体操作步骤如下：

（1）打开"4-3-3 装配体草图.SLDASM"装配体，如图 4-51 所示。

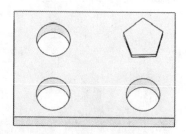

图 4-51 打开装配体

（2）单击【装配体】工具栏中的 按钮或执行【插入】|【零部件阵列】| 命令，系统弹出特征驱动属性管理器。

（3）在【要阵列的零部件】选项组下，（要阵列的零部件）选框选择图形区域中的六边形螺母或者在管理器设计树中选择零件"4-3-3 草图（2）"。在【驱动特征】选项组下，（驱动特征）文本框选择管理器设计树中零件"4-3-3 草图（1）"下的特征"阵列（线性）1"，预览如图 4-52 所示。

（4）单击 按钮，完成零部件特征驱动特征的创建，如图 4-53 所示。

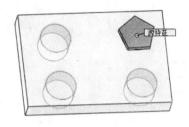
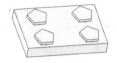

图 4-52　零部件特征驱动属性设置　　　　　图 4-53　创建零部件特征驱动特征

4.4　镜像

4.4.1　镜像草图

镜像（注：软件界面中显示为"镜向"）草图是以草图实体为目标进行镜像复制的操作。

1．镜像草图的功能

单击【草图】工具栏中的（镜向实体）按钮或者选择【工具】|【草图工具】|【镜向】菜单命令，在【属性管理器】中弹出【镜向】的属性设置框，如图 4-54 所示。

"信息"区域

选择镜像草图
和对称轴

图 4-54　【镜向】属性设置框

在【选项】选项组中：

- （要镜向的实体）：选择草图实体。
- （镜向点）：选择边线或者直线。

2．镜像草图的案例操作

【案例 4-4-1】以一条轴线为中心线复制所选中的草图实体，同时保存源草图。

	实例素材	实例素材\第 4 章\4-4-1 草图.SLDPRT
	最终效果	最终效果\第 4 章\4-4-1 镜像草图.SLDPRT

具体操作步骤如下：

（1）打开"4-4-1 草图.SLDPRT"零件图，移动鼠标指针到绘图区域选择草图 1 轮廓，或者在特征管理树中选中草图 1，此时被选中的草图 1 轮廓呈蓝色，鼠标右击，在下拉快捷菜单中选择 （编辑草图）选项，进入编辑草图环境，如图 4-55 所示。

图 4-55　打开草图

（2）单击【草图】工具栏中的 （镜像实体）按钮或执行【工具】|【草图工具】| （镜像）命令，系统弹出镜像属性管理器。

（3）在【选项】选项组下， （要镜像的实体）选框中选择图形区域中的样条曲线， （镜像点）文本框选择图形区域中的中心线，同时选中【复制】复选框，如图 4-56 所示。

（4）单击 按钮，完成镜像草图特征的创建，如图 4-57 所示。

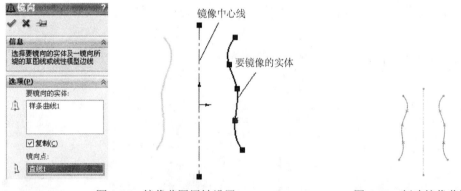

图 4-56　镜像草图属性设置　　　　　　　　图 4-57　创建镜像草图特征

4.4.2　镜像特征

镜像特征是沿面或者基准面镜像以生成 1 个特征（或者多个特征）的复制操作。

1. 镜像特征的功能

单击【特征】工具栏中的 （镜向）按钮或者选择【插入】|【阵列/镜向】|【镜向】菜单命令，在【属性管理器】中弹出【镜向】的属性设置框，如图 4-58 所示。

其中：

（1）【镜向面/基准面】选项组：在图形区域中选择 1 个面或基准面作为镜像面。

（2）【要镜向的特征】选项组：单击模型中 1 个或者多个特征，也可以在【特征管理器设计树】中选择要镜像的特征。

（3）【要镜向的面】选项组：在图形区域中单击构成要镜像的特征的面，此选项组参数对于在输入的过程中仅包括特征的面且不包括特征本身的零件很有用。

图 4-58　【镜向】属性设置框

2. 生成镜像特征的案例操作

【案例 4-4-2】将源特征相对一个平面进行镜像，从而得到源特征的一个副本。

	实例素材	实例素材\第 4 章\4-4-2 草图.SLDPRT
	最终效果	最终效果\第 4 章\4-4-2 镜像特征.SLDPRT

具体操作步骤如下：

（1）打开"4-4-2 草图.SLDPRT"零件图，如图 4-59 所示。

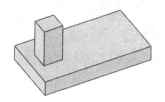

图 4-59　打开草图

（2）单击【特征】工具栏中的 （镜像）按钮或执行【插入】|【阵列/镜向】| （镜像）命令，系统弹出镜像属性管理器。

（3）在【镜向面/基准面】选项组下， （镜像面/基准面）文本框中选择管理器设计树中的"右视基准面"。在【要镜向的特征】选项组下， （要镜像的特征）选框中选择管理器设计树中的拉伸凸台特征"拉伸 2"，如图 4-60 中蓝色凸台实体所示。

（4）单击 按钮，完成镜像特征的创建，如图 4-61 所示。

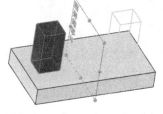
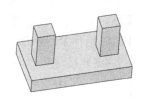

图 4-60　特征镜像属性设置　　　　　　图 4-61　创建镜像特征

4.4.3 镜像零部件

选择 1 个对称基准面以及零部件以进行镜像操作。

在装配体窗口中，选择【插入】|【镜向零部件】菜单命令，在【属性管理器】中弹出【镜向零部件】的属性设置框，如图 4-62 所示。

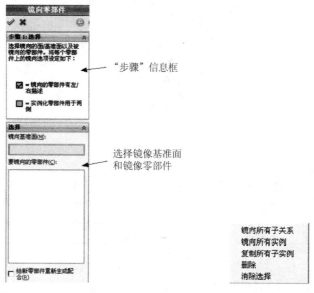

"步骤"信息框

选择镜像基准面和镜像零部件

镜向所有子关系
镜向所有实例
复制所有子实例
删除
消除选择

图 4-62　【镜向零部件】属性设置框　　　图 4-63　快捷菜单

为每个零部件设置状态，在☑和□之间切换。其中，☑表示零部件被复制，复制的零部件几何体同原件保持不变，只是零部件的方向不同；□表示零部件被镜像，镜像的零部件几何体发生变化，生成 1 个真实的镜像零部件。

在【选择】选项组中：
- 【镜向基准面】：选择基准面或者平面作为镜像的基准面。
- 【要镜向的零部件】：选择 1 个或者多个需要镜像（或者复制）的零部件。
- 【给新零部件重新生成配合】：保存在镜像 1 个以上零部件时所选零部件之间的任何配合。

用鼠标右击要镜像的零部件名称，在弹出的快捷菜单中进行选择，如图 4-63 所示，有如下选项：
- 【镜向所有子关系】：镜像子装配体及其所有子关系。
- 【镜向所有实例】：镜像所选零部件的所有实例。
- 【复制所有子实例】：复制所选零部件的所有实例。
- 【删除】：从要镜像的零部件中移除零部件。
- 【消除选择】：从要镜像的零部件中消除所有零部件。

【案例 4-4-3】将源零部件相对一个平面进行镜像复制，从而得到与源零部件相同的新零件。

实例素材	实例素材\第 4 章\4-4-3\4-4-3 装配体草图.SLDASM
最终效果	最终效果\第 4 章\4-4-3\4-4-3 镜像零部件.SLDASM

具体操作步骤如下：

（1）打开"4-4-3 装配体草图.SLDASM"装配体，如图 4-64 所示。

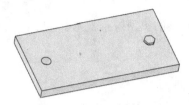

图 4-64　打开装配体

（2）单击【装配体】工具栏中的 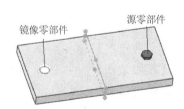（镜像零部件）按钮或执行【插入】|（镜像零部件）命令，系统弹出镜像零部件属性管理器。

（3）在【选择】选项组下，【镜像基准面】文本框中选择管理器设计树中的"右视基准面"，【要镜像的零部件】选框中选择图形区域中的螺母零件或管理器设计树中的"4-4-3 草图（2）"零部件，如图 4-65 所示。单击（下一步）按钮，系统弹出"镜向零部件-步骤3"属性管理器，选择【预览镜向的零部件】复选框。

图 4-65　镜像零部件属性设置

（4）单击 按钮，完成镜像零部件特征的创建，如图 4-66 所示。

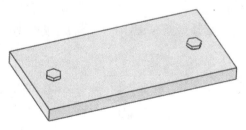

图 4-66　创建镜像零部件特征

4.5 弯曲特征

弯曲特征以直观的方式对复杂的模型进行变形。

4.5.1 弯曲特征的功能

1. 折弯

围绕三重轴中的红色 x 轴（即折弯轴）折弯 1 个或者多个实体，可以重新定位三重轴的位置和剪裁基准面，控制折弯的角度、位置和界限以改变折弯形状。

选择【插入】|【特征】|【弯曲】菜单命令，在【属性管理器】中弹出【弯曲】的属性设置框。在【弯曲输入】选项组中，单击【折弯】单选按钮，属性设置如图 4-67 所示。

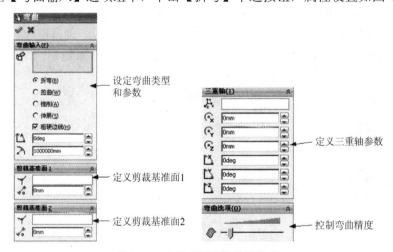

图 4-67　选择【折弯】单选按钮

其中：

（1）【弯曲输入】选项组：

- 【粗硬边线】：生成如圆锥面、圆柱面以及平面等的分析曲面，通常会形成剪裁基准面与实体相交的分割面。如果取消选择此选项，则结果将基于样条曲线，曲面和平面会因此显得更光滑，而原有面保持不变。
- （角度）：设置折弯角度，需要配合折弯半径。
- （半径）：设置折弯半径。

（2）【剪裁基准面 1】选项组：

- （为剪裁基准面 1 选择一参考实体）：将剪裁基准面 1 的原点锁定到模型上的所选点。
- （基准面 1 剪裁距离）：沿三重轴的剪裁基准面轴（蓝色 z 轴），从实体的外部界限移动到剪裁基准面上的距离。

（3）【剪裁基准面 2】选项组：该选项组的属性设置与【剪裁基准面 1】选项组基本相同，在此不做赘述。

（4）【三重轴】选项组：使用如下参数来设置三重轴的位置和方向。

- （为枢轴三重轴参考选择一坐标系特征）：将三重轴的位置和方向锁定到坐标系上。
- $\mathcal{C}_x$（X 旋转原点）、$\mathcal{C}_y$（Y 旋转原点）、$\mathcal{C}_z$（Z 旋转原点）：沿指定轴移动三重轴位置（相对于三重轴的默认位置）。
- $\boxtimes$（X 旋转角度）、$\boxtimes$（Y 旋转角度）、$\boxtimes$（Z 旋转角度）：围绕指定轴旋转三重轴，此角度表示围绕零部件坐标系的旋转角度，且按照 z、y、x 顺序进行旋转。

（5）【弯曲选项】选项组中只有 1 个选项，即 （弯曲精度）：控制曲面品质，提高品质还将会提高弯曲特征的成功率。

2．扭曲

扭曲特征是通过定位三重轴和剪裁基准面，控制扭曲的角度、位置和界限，使特征围绕三重轴的蓝色 z 轴扭曲。

选择【插入】|【特征】|【弯曲】菜单命令，在【属性管理器】中弹出【弯曲】的属性设置框。在【弯曲输入】选项组中，单击【扭曲】单选按钮，如图 4-68 所示。

其中的参数 （角度）用来设置扭曲的角度。其他选项组的属性设置不再赘述。

3．锥削

锥削特征是通过定位三重轴和剪裁基准面，控制锥削的角度、位置和界限，使特征按照三重轴的蓝色 z 轴的方向进行锥削。

选择【插入】|【特征】|【弯曲】菜单命令，在【属性管理器】中弹出【弯曲】的属性设置框。在【弯曲输入】选项组中，单击【锥削】单选按钮，如图 4-69 所示。

图 4-68　单击【扭曲】单选按钮　　　图 4-69　单击【锥削】单选按钮

其中的参数 （锥剃因子）用来设置锥削量。调整 （锥剃因子）时，剪裁基准面不移动。

其他选项组的属性设置不再赘述。

4．伸展

伸展特征是通过指定距离或者使用鼠标左键拖动剪裁基准面的边线，使特征按照三重轴的蓝色 z 轴的方向进行伸展。

选择【插入】|【特征】|【弯曲】菜单命令，在【属性管理器】中弹出【弯曲】的属性设置框。在【弯曲输入】选项组中，单击【伸展】单选按钮，如图 4-70 所示。

图 4-70　单击【伸展】单选按钮

其中的参数 （伸展距离）用来设置伸展量。其他选项组的属性设置不再赘述。

4.5.2　生成弯曲特征的案例操作

【案例 4-5-1】通过将一个实体零件绕一折弯轴折弯实现创建复杂的曲面形状。

	实例素材	实例素材\第 4 章\4-5-1 草图 1.SLDPRT
	最终效果	最终效果\第 4 章\4-5-1 弯曲 1.SLDPRT

具体操作步骤如下：

（1）打开"4-5-1 草图 1.SLDPRT"零件图，如图 4-71 所示。

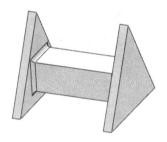

图 4-71　打开草图

（2）单击【特征】工具栏中的 （弯曲）按钮或执行【插入】|【特征】| （弯曲）命令，系统弹出弯曲属性管理器。

（3）设置弯曲属性参数，如图 4-72 所示。

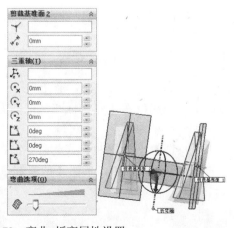

图 4-72　弯曲-折弯属性设置

① 在【弯曲输入】选项组中，🗃（弯曲的实体）选框中选择整个实体模型，选中【折弯】单选项，🗂（角度）文本框中输入值 30deg，选中【粗硬边线】复选框。

② 在【剪裁基准面 1】和【剪裁基准面 2】选项组中，📏（基准面剪裁距离）文本框中都输入值 0。

③ 在【三重轴】选项组中，🗂（Z 旋转角度）文本框中输入值 270deg，其余文本框都输入 0。

（4）单击✔按钮，完成弯曲-折弯特征的创建，如图 4-73 所示。

图 4-73 创建弯曲-折弯特征

【案例 4-5-2】通过两个基准面来定位扭曲的区域，将一个实体零件绕一旋转轴弯曲实现创建扭曲的曲面形状。

ⓞ	实例素材	实例素材\第 4 章\4-5-2 草图 2.SLDPRT
	最终效果	最终效果\第 4 章\4-5-2 弯曲 2.SLDPRT

具体操作步骤如下：

（1）打开"4-5-2 草图 2.SLDPRT"零件图，如图 4-74 所示。

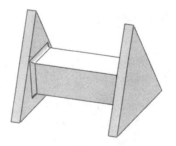

图 4-74 打开草图

（2）单击【特征】工具栏中的🗞（弯曲）按钮或执行【插入】|【特征】|🗞（弯曲）命令，系统弹出弯曲属性管理器。

（3）在【弯曲输入】选项组中，🗃（弯曲的实体）选框中选择整个实体模型，选中【扭曲】单选项，🗂（角度）文本框中输入值 45deg，选中【粗硬边线】复选框，其他属性设置如图 4-75 所示。

（4）单击✔按钮，完成弯曲-扭曲特征的创建，如图 4-76 所示。

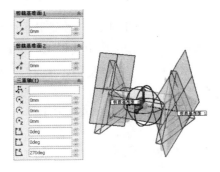

图 4-75　弯曲-扭曲属性设置　　　　　　　　图 4-76　创建弯曲-扭曲特征

【案例 4-5-3】定位三重轴和剪裁基准面，控制锥削的角度、位置和界限，按照三重轴的蓝色 Z 轴的方向进行锥削。

⊙	实例素材	实例素材\第 4 章\4-5-3 草图 3.SLDPRT
	最终效果	最终效果\第 4 章\4-5-3 弯曲 3.SLDPRT

具体操作步骤如下：

（1）打开"4-5-3 草图 3.SLDPRT"零件图，如图 4-77 所示。

（2）单击【特征】工具栏中的 （弯曲）按钮或执行【插入】|【特征】| （弯曲）命令，系统弹出弯曲属性管理器。

（3）在【弯曲输入】选项组中， （弯曲的实体）选框中选择整个实体模型，选中【锥削】单选项， （锥削因子）文本框中输入值 1，选中【粗硬边线】复选框，其他属性设置如图 4-78 所示。

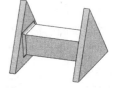

图 4-77　打开草图

（4）单击 按钮，完成弯曲-锥削特征的创建，如图 4-79 所示。

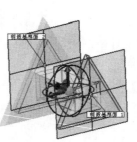

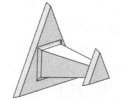

图 4-78　弯曲-锥削属性设置　　　　　　　　图 4-79　创建弯曲-锥削特征

【案例 4-5-4】通过指定剪裁基准面间的距离和伸展距离，将模型按照三重轴的 Z 轴方向在剪裁基准面间进行伸展。

实例素材	实例素材\第 4 章\4-5-4 草图.SLDPRT
最终效果	最终效果\第 4 章\4-5-4 弯曲 4.SLDPRT

具体操作步骤如下：

（1）打开"4-5-4 草图.SLDPRT"零件图，如图 4-80 所示。

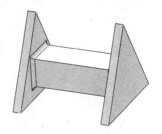

图 4-80　打开草图

（2）单击【特征】工具栏中的 （弯曲）按钮或执行【插入】|【特征】| （弯曲）命令，系统弹出弯曲属性管理器。

（3）在【弯曲输入】选项组中， （弯曲的实体）选框中选择整个实体模型，选中【伸展】单选项， （伸展距离）文本框中输入值 50mm，选中【粗硬边线】复选框，其他属性设置如图 4-81 所示。

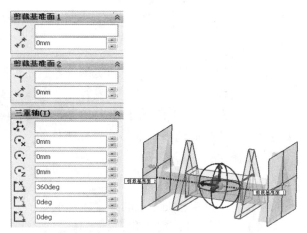

图 4-81　弯曲-伸展属性设置

（4）单击 按钮，完成弯曲-伸展特征的创建，如图 4-82 所示。

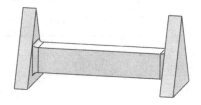

图 4-82　创建弯曲-伸展特征

4.6 压凹特征

压凹特征是通过使用厚度和间隙而生成的特征,其应用包括封装、冲印、铸模以及机器的压入配合等。根据所选实体类型,指定目标实体和工具实体之间的间隙数值,并为压凹特征指定厚度数值。

4.6.1 压凹特征的功能

选择【插入】|【特征】|【压凹】菜单命令,在【属性管理器】中弹出【压凹】的属性设置框,如图 4-83 所示。

图 4-83 【压凹】属性设置框

1. 【选择】选项组

(1) ▣(目标实体):选择要压凹的实体或者曲面实体。

(2) ▣(工具实体区域):选择 1 个或者多个实体(或者曲面实体)。

(3)【保留选择】、【移除选择】:选择要保留或者移除的模型边界。

(4)【切除】:选择此选项,则移除目标实体的交叉区域,无论是实体还是曲面,即使没有厚度,仍会存在间隙。

2. 【参数】选项组

(1) ᵃ(厚度):确定压凹特征的厚度。

(2)【间隙】:确定目标实体和工具实体之间的间隙。如果有必要,单击 ᵃ(反向)按钮。

4.6.2 生成压凹特征的案例操作

【案例 4-6-1】在目标实体上生成与所选工具实体的轮廓非常接近的等距凸起特征。

◎	实例素材	实例素材\第 4 章\4-6-1 草图.SLDPRT
	最终效果	最终效果\第 4 章\4-6-1 压凹.SLDPRT

具体操作步骤如下:

(1) 打开"4-6-1 草图.SLDPRT"零件图,如图 4-84 所示。

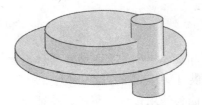

图 4-84　打开草图

（2）单击【特征】工具栏中的 （压凹）按钮或执行【插入】|【特征】| （压凹）命令，系统弹出压凹属性管理器。

（3）在【选择】选项组中，■（目标实体）选框中选择实体为目标实体，■（工具实体区域）选框中选择实体为工具实体，同时选中【移除选择】单选框。在【参数】选项组中，√⊤（厚度）文本框中输入值 5mm，其他属性设置如图 4-85 所示。

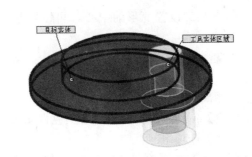

图 4-85　压凹属性设置

（4）单击 ✔ 按钮，完成压凹特征的创建。在管理器设计树中单击"实体（2）"前的"+"，展开实体，右击"拉伸 3"特征，从弹出的快捷菜单中选择 ☜（隐藏实体），如图 4-86 所示。

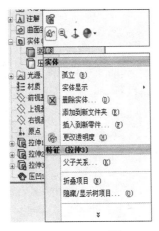

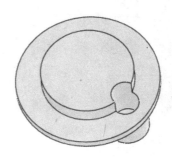

图 4-86　创建压凹特征

4.7 变形特征

变形特征是改变复杂曲面和实体模型的局部或者整体形状，无须考虑用于生成模型的草图或者特征约束。变形特征提供 1 种简单的方法虚拟改变模型，在生成设计概念或者对复杂模型进行几何修改时很有用，因为使用传统的草图、特征或者历史记录编辑需要花费很长的时间。

4.7.1 变形特征的功能

变形有 3 种类型，包括【点】、【曲线到曲线】和【曲面推进】。

1. 点

点变形是改变复杂形状的最简单的方法。选择模型面、曲面、边线、顶点上的点，或者选择空间中的点，然后设置用于控制变形的距离和球形半径数值。

选择【插入】|【特征】|【变形】菜单命令，在【属性管理器】中弹出【变形】的属性设置框。在【变形类型】选项组中，单击【点】单选按钮，其属性设置如图 4-87 所示。

（1）【变形点】选项组：

- （变形点）：设置变形的中心，可以选择平面、边线、顶点上的点或者空间中的点。
- 旁的"变形方向"选框：选择线性边线、草图直线、平面、基准面或者两个点作为变形方向。
- （变形距离）：指定变形的距离。
- 【显示预览】：使用线框视图或者上色视图预览结果。

（2）【变形区域】选项组：

- 【变形半径】：更改通过变形点的球状半径数值，变形区域的选择不会影响变形半径的数值。
- 【变形区域】：选择此选项，可以激活（固定曲线/边线/面）和（要变形的其他面）选项，如图 4-88 所示。

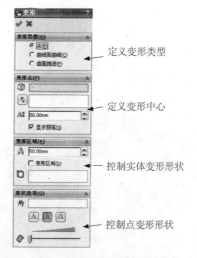

　　定义变形类型

　　定义变形中心

　　控制实体变形形状

　　控制点变形形状

图 4-87　单击【点】单选按钮后的属性设置　　图 4-88　选择【变形区域】选项后

- 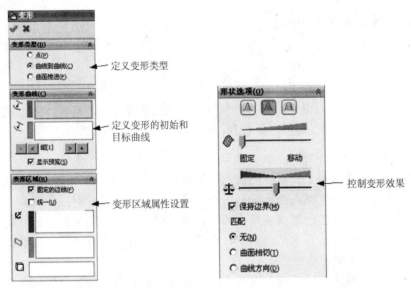（要变形的实体）：在使用空间中的点时，允许选择多个实体或者 1 个实体。

（3）【形状选项】选项组：

- （变形轴）：通过生成平行于 1 条线性边线或者草图直线、垂直于 1 个平面或者基准面、沿着两个点或者顶点的折弯轴以控制变形形状。

- 、、"刚度"：控制变形过程中变形形状的刚性。可以将刚度层次与其他选项（如 （变形轴）等）结合使用。刚度有 3 种层次，即 （刚度－最小）、（刚度－中等）、（刚度－最大）。

- （形状精度）：控制曲面品质。

2．曲线到曲线

曲线到曲线变形是改变复杂形状更为精确的方法。通过将几何体从初始曲线映射到目标曲线组而完成。

选择【插入】|【特征】|【变形】菜单命令，在【属性管理器】中弹出【变形】的属性设置框。在【变形类型】选项组中，单击【曲线到曲线】单选按钮，其属性设置如图 4-89 所示。

图 4-89　选择【曲线到曲线】单选按钮后的属性设置框

（1）【变形曲线】选项组：

- （初始曲线）：设置变形特征的初始曲线。

- （目标曲线）：设置变形特征的目标曲线。

- 【组[n]】（n 为组的标号）：允许添加、删除以及循环选择组以进行修改。曲线可以是模型的一部分（如边线、剖面曲线等）或者单独的草图。

- 【显示预览】：使用线框视图或者上色视图预览结果。如果要提高使用大型复杂模型的性能，在做了所有选择之后才选择此选项。

（2）【变形区域】选项组：

- 【固定的边线】：防止所选曲线、边线或者面被移动。

- 【统一】：尝试在变形操作过程中保持原始形状的特性，可以帮助还原曲线到曲线的变形操作，生成尖锐的形状。

- ⬚（固定曲线/边线/面）：防止所选曲线、边线或者面被变形和移动。

- ⬚（要变形的其他面）：允许添加要变形的特定面；如果未选择任何面，则整个实体将会受影响。

- ⬚（要变形的实体）：如果⬚（初始曲线）不是实体面或者曲面中草图曲线的一部分，或者要变形多个实体，则使用此选项。

（3）【形状选项】选项组：

- ⬚（重量）：控制如下影响度：对在⬚（固定曲线/边线/面）中指定的实体衡量变形；对在（变形曲线）选项组中指定为⬚（初始曲线）和⬚（目标曲线）的边线和曲线衡量变形。

- 【保持边界】：确保所选边界作为⬚（固定曲线/边线/面）是固定的；取消选择【保持边界】选项，可以更改变形区域、选择【仅对于额外的面】选项或者允许边界移动。

- 【仅对于额外的面】（在取消选择【保持边界】选项时可用）：使变形仅影响那些选择作为⬚（要变形的其他面）的面。

- 【匹配】：允许应用以下 4 个条件，将变形曲面或者面匹配到目标曲面或者面边线。

    - 【无】：不应用匹配条件。
    - 【曲面相切】：使用平滑过渡匹配面和曲面的目标边线。
    - 【曲线方向】：使用⬚（目标曲线）的法线形成变形，将⬚（初始曲线）映射到⬚（目标曲线）以匹配⬚（目标曲线）。

3．曲面推进

曲面推进变形通过使用工具实体的曲面，推进目标实体的曲面以改变其形状。目标实体曲面近似于工具实体曲面，但在变形前后每个目标曲面之间保持一对一的对应关系。可以选择自定义的工具实体（如多边形或者球面等），也可以使用自己的工具实体。在图形区域中使用三重轴标注可以调整工具实体的大小，拖动三重轴或者在【特征管理器设计树】中进行设置可以控制工具实体的移动。

与点变形相比，曲面推进变形可以对变形形状提供更有效的控制，同时还是基于工具实体形状生成特定特征的可预测的方法。使用曲面推进变形，可以设计自由形状的曲面、模具、塑料、软包装、钣金等，这对合并工具实体的特性到现有设计中很有帮助。

选择【插入】|【特征】|【变形】菜单命令，在【属性管理器】中弹出【变形】的属性设置框。在【变形类型】选项组中，单击【曲面推进】单选按钮，其属性设置如 图 4-90 所示。

（1）【推进方向】选项组：

- "变形方向"选框：设置推进变形的方向，可以选择 1 条草图直线或者直线边线、1 个平面或者基准面、两个点或者顶点。

- 【显示预览】：使用线框视图或者上色视图预览结果，如果需要提高使用大型复杂模型的性能，在做了所有选择之后才选择此选项。

（2）【变形区域】选项组：

- ⬚（要推进的工具实体）：设置对⬚（要变形的实体）进行变形的工具实体。

- 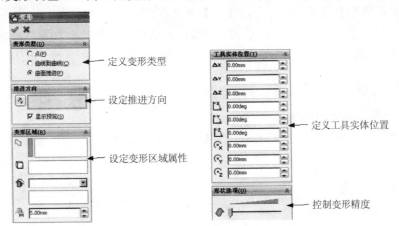 （变形误差）：为工具实体与目标面或者实体的相交处指定圆角半径数值。

— 定义变形类型

— 设定推进方向

— 设定变形区域属性

— 定义工具实体位置

— 控制变形精度

图 4-90   单击【曲面推进】单选按钮后的属性设置

（3）【工具实体位置】选项组。该选项组中的选项允许通过输入正确的数值重新定位工具实体，此方法比使用三重轴更精确。

- ΔX（Delta X）、ΔY（Delta Y）、ΔZ（Delta Z）：沿 x、y、z 轴移动工具实体的距离。
- （X 旋转角度）、（Y 旋转角度）、（Z 旋转角度）：围绕 x、y、z 轴以及旋转原点旋转工具实体的旋转角度。
- （X 旋转原点）、（Y 旋转原点）、（Z 旋转原点）：定位由图形区域中三重轴表示的旋转中心。

4.7.2 生成变形特征的案例操作

【案例 4-7-1】选择模型面、曲面、边线或顶点上的一点，或选择空间中的一点，然后选择用于控制变形的距离和球形半径，实现改变复杂曲面或实体模型的局部或整体形状。

⊙	实例素材	实例素材\第 4 章\4-7-1 草图 1.SLDPRT
	最终效果	最终效果\第 4 章\4-7-1 变形 1.SLDPRT

具体操作步骤如下：

（1）打开 "4-7-1 草图 1.SLDPRT" 零件图，如图 4-91 所示。

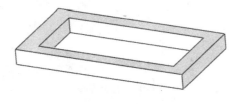

图 4-91   打开草图

（2）单击【特征】工具栏中的 （变形）按钮或执行【插入】|【特征】| （变形）命令，系统弹出变形属性管理器。

（3）设置变形属性参数，如图 4-92 所示。

① 在【变形类型】选项组中，选择【点】单选框。

② 在【变形点】选项组中，单击  （变形点）选框，然后选择图形区域中模型上表面中的一点。"变形方向"选框中选择模型竖直方向的一条边线。 ▲↕ （变形距离）文本框中输入值 20mm。

③ 在【变形区域】选项组中，单击 □ （要变形的实体）选框，然后选择整个模型实体。 ▲ （变形半径）文本框中输入值 100mm。

（4）单击 ✔ 按钮，完成变形-点特征的创建，如图 4-93 所示。

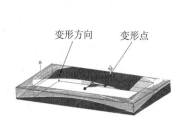

图 4-92　变形-点属性设置　　　　　　　图 4-93　创建变形-点特征

【案例 4-7-2】通过将几何体从初始曲线映射到目标曲线组，从而实现复杂曲面形状特征。

	实例素材	实例素材\第 4 章\4-7-2 草图 2.SLDPRT
	最终效果	最终效果\第 4 章\4-7-2 变形 2.SLDPRT

具体操作步骤如下：

（1）打开"4-7-2 草图 2.SLDPRT"零件图，如图 4-94 所示。

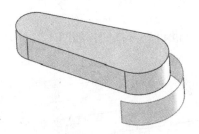

图 4-94　打开草图

（2）单击【特征】工具栏中的 （变形）按钮或执行【插入】|【特征】| （变形）命令，系统弹出变形属性管理器。

（3）设置变形属性参数，如图 4-95 所示。

① 在【变形类型】选项组中，选择【曲线到曲线】单选框。

② 在【变形曲线】选项组中，单击 （初始曲线）选框，然后选择图形区域中模型上的一条曲线。单击 （目标曲线）选框，然后选择图形区域中曲面上的一条曲线。

③ 在【变形区域】选项组中，单击 （要变形的实体）选框，然后选择整个模型实体。

（4）单击 按钮，完成变形-曲线特征的创建，如图 4-96 所示。

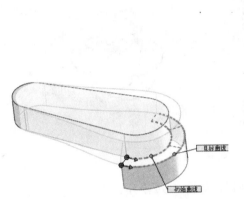

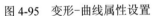

图 4-95　变形-曲线属性设置

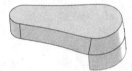

图 4-96　创建变形-曲线特征

【案例 4-7-3】通过使用工具实体曲面替换（推进）目标实体的曲面来改变其形状，在变形前后每个目标曲面之间保持一对一的对应关系。

	实例素材	实例素材\第 4 章\4-7-3 草图 3.SLDPRT
	最终效果	最终效果\第 4 章\4-7-3 变形 3.SLDPRT

具体操作步骤如下：

（1）打开"4-7-3 草图 3.SLDPRT"零件图，如图 4-97 所示。

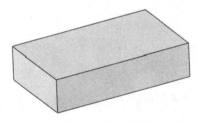

图 4-97　打开草图

（2）单击【特征】工具栏中的 （变形）按钮或执行【插入】|【特征】| （变形）命令，系统弹出变形属性管理器。

（3）设置变形属性参数，如图 4-98 所示。

① 在【变形类型】选项组中，选择【曲面推进】单选框。

② 在【推进方向】选项组中，单击选框，然后选择图形区域中模型上的一条边。

③ 在【变形区域】选项组中，单击（要变形的面）选框，然后选择模型实体的上表面。下拉列表框中选择"球形"选项。

④ 在【工具实体位置】选项组中，文本框中输入值 60mm，其他属性设置使用系统默认值。

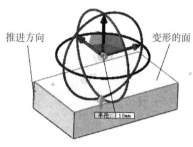

图 4-98　变形-曲面属性设置

（4）单击✔按钮，完成变形-曲面特征的创建，如图 4-99 所示。

图 4-99　创建变形-曲面特征

4.8　圆顶特征

圆顶特征可以在同一模型上同时生成 1 个或者多个圆顶。

4.8.1　圆顶特征的功能

选择【插入】|【特征】|【圆顶】菜单命令，在【属性管理器】中弹出【圆顶】的属性设置框，如图 4-100 所示。

在【参数】选项组中：

- 　（到圆顶的面）：选择 1 个或者多个平面或者非平面。
- "距离"文本框：设置圆顶扩展的距离。
- 　（反向）：单击该按钮，可以生成凹陷圆顶（默认为凸起）。
- 　（约束点或草图）：选择 1 个点或者草图，通过对其形状进行约束以控制圆顶。

当使用 1 个草图为约束时，"距离"文本框不可用。

- 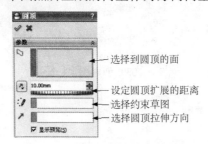（方向）：从图形区域选择方向向量以垂直于面以外的方向拉伸圆顶，可以使用线性边线或者由两个草图点所生成的向量作为方向向量。

图 4-100 【圆顶】属性设置框

4.8.2 生成圆顶特征的案例操作

【案例 4-8-1】添加一个圆顶特征到所选平面上。

	实例素材	实例素材\第 4 章\4-8-1 草图.SLDPRT
	最终效果	最终效果\第 4 章\4-8-1 圆顶.SLDPRT

具体操作步骤如下：

（1）打开"4-8-1 草图.SLDPRT"零件图，如图 4-101 所示。

图 4-101 打开草图

（2）单击【特征】工具栏中的 （圆顶）按钮或执行【插入】|【特征】| （圆顶）命令，系统弹出圆顶属性管理器。

（3）在【参数】选项组中，单击 （到圆顶的面）选框，然后选择模型实体的上表面和圆角面，在"距离"文本框中输入值 20mm，其他属性设置如图 4-102 所示。

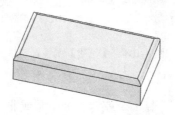

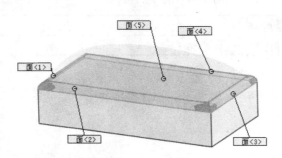

图 4-102 圆顶属性设置

（4）单击 按钮，完成圆顶特征的创建，如图 4-103 所示。

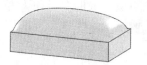

图 4-103　创建圆顶特征

4.9　包覆特征

包覆此特征可将草图包覆到平面或非平面上。

4.9.1　包覆特征的功能

选择【插入】|【特征】|【包覆】菜单命令，在【属性管理器】中弹出【包覆】的属性设置框，如图 4-104 所示。

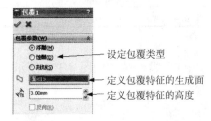

图 4-104　【包覆】属性设置框

在【包覆参数】选项组中：

- ◻（包覆草图的面）：选择 1 个或者多个平面或非平面。
- ◹（包覆高度）：设置包覆的高度。
- 【反向】：勾选该选项，可以反向生成包覆特征。

4.9.2　生成包覆特征的案例操作

【案例 4-9-1】　将已存在的闭合草图沿其基准面的法线方向投影到模型表面，然后将投影后曲线在模型表面生成凸起的形状。

◎	实例素材	实例素材\第 4 章\4-9-1 草图.SLDPRT
	最终效果	最终效果\第 4 章\4-9-1 包覆.SLDPRT

具体操作步骤如下：

（1）打开"4-9-1 草图.SLDPRT"零件图，绘制的文字草图如图 4-105 所示。

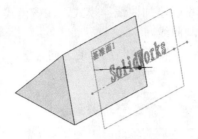

图 4-105　打开草图

（2）单击【特征】工具栏中的 （包覆）按钮或执行【插入】|【特征】| （包覆）命令，系统弹出包覆属性管理器。

（3）在【包覆参数】选项组中，选择【浮雕】单选按钮，单击 ☐（包覆草图的面）文本框，然后选择模型实体的上表面，如图 4-106 所示。在 ☌（厚度）文本框中输入值 3mm。

（4）单击 ✓ 按钮，完成包覆特征的创建，然后隐藏草图和基准面特征，如图 4-107 所示。

图 4-106　包覆属性设置　　　　　　　　　　　图 4-107　创建包覆特征

4.10　自由形特征

自由形特征用于修改曲面或实体的面。每次只能修改一个面，该面可以有任意条边线。

4.10.1　自由形特征的功能

选择【插入】|【特征】|【自由形】菜单命令，在【属性管理器】中弹出【自由形】的属性设置框，如图 4-108 所示。

（1）【面设置】选项组：

* ☐（到变形的面）：选择 1 个或者多个平面或非平面。
* 【方向 1 对称】（当零件在一个方向对称时可用）：在一个方向添加穿过面对称线的对称控制曲线。
* 【方向 2 对称】（当零件按网格所定义在两个方向对称时可用）：在第二个方向添加对称控制曲线。

（2）【控制曲线】选项组：

* 【控制类型】：设定可用于沿控制曲线添加的控制点的控制类型。
  * ■　【通过点】：在控制曲线上使用控制点。
  * ■　【控制多边形】：在控制曲线上使用控制多边形。

■ 【添加曲线】：切换"添加曲线"模式，在该模式中，将指针移到所选的面上，然后单击可添加控制曲线。

■ 【反向（标签）】：反转新控制曲线的方向。

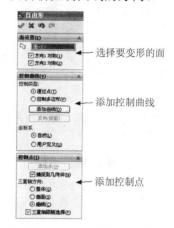

图 4-108 【自由形】属性设置框

● 【坐标系】：控制如何设定网格方向。

● 【自然】：在并行于边的方向生成网格。

● 【用户定义】：显示可拖动来定义网格方向的操纵杆。

（3）【控制点】选项组：

● 【添加点】：切换"添加点"模式，在该模式中可添加点到控制曲线。

● 【捕捉到几何体】：在移动控制点以修改面时将点捕捉到几何体。

● 【三重轴方向】：控制可用于精确移动控制点的二重轴的方向。

● 【整体】：定向三重轴以匹配零件的轴。

● 【曲面】：在拖动之前使三重轴垂直于曲面。

● 【曲线】：使三重轴与控制曲线上 3 个点生成的垂直线方向平行。

● 【三重轴跟随选择】：将三重轴移到当前选择的控制点。

4.10.2 生成自由形特征的案例操作

【案例 4-10-1】利用自由形特征功能，通过控制曲面上点的位置来修改曲面形状。

	实例素材	实例素材\第 4 章\4-10-1 草图.SLDPRT
	最终效果	最终效果\第 4 章\4-10-1 自由形.SLDPRT

具体操作步骤如下：

（1）打开"4-10-1 草图.SLDPRT"零件图，如图 4-109 所示。

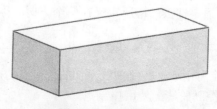

图 4-109 打开草图

（2）单击【特征】工具栏中的 （自由形）按钮或执行【插入】|【特征】| （自由形）命令，系统弹出自由形属性管理器。

（3）设置自由形属性参数。

① 在【面设置】选项组中，单击 （要变形的面）文本框，然后选择模型实体的上表面，同时选中【方向 1 对称】和【方向 2 对称】选项，如图 4-110 所示。

② 在【控制曲线】选项组中，【控制类型】中选择【通过点】单选项。单击【添加曲线】按钮，依照网格的分布，添加 4 条曲线，如图 4-111 所示。

③ 在【控制点】选项组中，单击【添加点】按钮，然后在刚刚添加的其中一条控制曲线处单击，鼠标右击完成第一个控制点的选择，用同样方法添加其余 3 个控制点，如图 4-112 所示。

④ 在第一个控制点上单击，出现三重轴，在【控制点】选项组中出现文本框，依次在 3 个文本框中输入值 0mm、5mm、0mm，如图 4-113 所示。用同样方法在第 2 个控制点的文本框中输入 0mm、15mm、0mm，第 3 个输入 0mm、15mm、0mm，第 4 个输入 0mm、5mm、0mm。

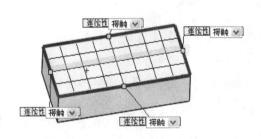

图 4-110 选择要变形的面

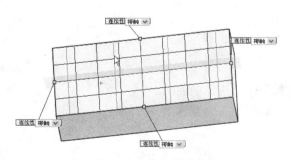

图 4-111 添加控制曲线

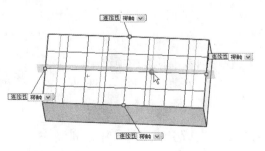

图 4-112 添加控制点

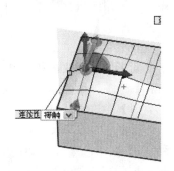
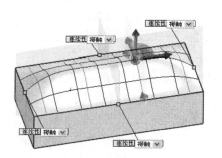

图 4-113　编辑控制点

（4）单击 ✔ 按钮，完成自由形特征的创建，如图 4-114 所示。

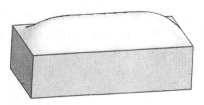

图 4-114　创建自由形特征

4.11　分割特征

分割特征可将现有的特征分割成多个实体。

4.11.1　分割特征的功能

选择【插入】|【特征】|【分割】菜单命令，在【属性管理器】中弹出【分割】的属性设置框，如图 4-115 所示。

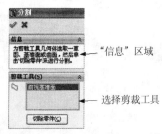

图 4-115　【分割】属性设置框

在【剪裁工具】选项组中：

- ◻（剪裁曲面）：选取用来将零件剪裁为多个实体的曲面。
- 【切除零件】：使用剪裁工具将几何体剪切为多个实体。

4.11.2　生成分割特征的案例操作

【案例 4-11-1】将原模型通过基准面分割成多个模型。

实例素材	实例素材\第 4 章\4-11-1 草图.SLDPRT
最终效果	最终效果\第 4 章\4-11-1 分割.SLDPRT

具体操作步骤如下：

（1）打开"4-11-1 草图.SLDPRT"零件图，如图 4-116 所示。

图 4-116　打开草图

（2）单击【特征】工具栏中的 （分割）按钮或执行【插入】|【特征】| （分割）命令，系统弹出分割属性管理器。

（3）在【剪裁工具】选项组中，单击 剪裁曲面文本框，然后在设计树中选择前视基准面，如图 4-117 所示。

（4）单击【切除零件】按钮，系统自动将模型分割成两个部分，如图 4-118 所示。

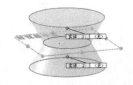

图 4-117　分割属性设置　　　　　图 4-118　创建分割特征

（5）在【所产生实体】选项组中，双击第一个文本框，弹出【另存为】对话框，输入文件名，保存第 1 个分割零件。双击第二个文本框，输入文件名，保存第二个分割零件，如图 4-119 所示。单击 按钮，完成分割特征的创建。

图 4-119　保存分割零件

4.12　拔模特征

拔模特征是用指定的角度斜削模型中所选的面，使型腔零件更容易脱出模具，可以在现有的零件中插入拔模，或者在进行拉伸特征时拔模，也可以将拔模应用到实体或者曲面模型中。

4.12.1　拔模特征的功能

在【手工】模式中，可以指定拔模类型，包括【中性面】、【分型线】和【阶梯拔模】。

1．中性面

选择【插入】|【特征】|【拔模】菜单命令，在【属性管理器】中弹出【拔模】的属性设置框。在【拔模类型】选项组中，单击【中性面】单选按钮，如图 4-120 所示。

（1）📐（拔模角度）：垂直于中性面进行测量的角度。

（2）【中性面】选框：选择 1 个面或者基准面。如果有必要，单击↗（反向）按钮向相反的方向倾斜拔模。

（3）【拔模面】选项组：

- 🔲（拔模面）：在图形区域中选择要拔模的面。
- 【拔模沿面延伸】：可以将拔模延伸到额外的面，其选项如图 4-121 所示，有如下几项：
  - "无"：只在所选的面上进行拔模。
  - "沿切面"：将拔模延伸到所有与所选面相切的面。
  - "所有面"：将拔模延伸到所有从中性面拉伸的面。
  - "内部的面"：将拔模延伸到所有从中性面拉伸的内部面。
  - "外部的面"：将拔模延伸到所有在中性面旁边的外部面。

图 4-120　选择【中性面】选项后的属性设置　　图 4-121　【拔模沿面延伸】选项

2．分型线

选择【插入】|【特征】|【拔模】菜单命令，在【属性管理器】中弹出【拔模】的属性设置框。在【拔模类型】选项组中，单击【分型线】单选按钮（如图 4-122 所示），可以

对分型线周围的曲面进行拔模。

如果要在分型线上拔模，可以先插入 1 条分割线以分离要拔模的面，或者使用现有的模型边线，然后再指定拔模方向。

选择【分型线】选项后的属性设置参数如下：

（1）【允许减少角度】：只可用于分型线拔模。在由最大角度所生成的角度总和与拔模角度为 90°或者以上时允许生成拔模。

（2）【拔模方向】选框：在图形区域中选择 1 条边线或者 1 个面指示拔模的方向。如果有必要，单击 （反向）按钮以改变拔模的方向。

（3）【分型线】选项组：

- （分型线）：在图形区域中选择分型线。如果要为分型线的每一条线段指定不同的拔模方向，单击选择框中的边线名称，然后单击 其它面 按钮。

- 【拔模沿面延伸】：可以将拔模延伸到额外的面，其选项如图 4-123 所示，如下两项：

  - "无"：只在所选的面上进行拔模。
  - "沿切面"：将拔模延伸到所有与所选面相切的面。

图 4-122　选择【分型线】选项后的属性设置　　　图 4-123　【拔模沿面延伸】选项

3．阶梯拔模

阶梯拔模为分型线拔模的变体，阶梯拔模围绕作为拔模方向的基准面旋转而生成 1 个面。

选择【插入】|【特征】|【拔模】菜单命令，在【属性管理器】中弹出【拔模】的属性设置框。在【拔模类型】选项组中，单击【阶梯拔模】单选按钮，如图 4-124 所示。

【阶梯拔模】的属性设置与【分型线】基本相同，在此不做赘述。

以上介绍了【拔模】属性设置框中【手工】模式下的各属性参数，下面来介绍【DraftXpert】模式。在【DraftXpert】模式中，可以生成多个拔模、执行拔模分析、编辑拔模以及自动调用 FeatureXpert 求解初始没有进入模型的拔模特征。

选择【插入】|【特征】|【拔模】菜单命令，在【属性管理器】中弹出【拔模】的属性设置框。在【DraftXpert】模式中，选择【添加】选项卡，如图 4-125 所示。

（1）【要拔模的项目】选项组：

- （拔模角度）：设置拔模角度（垂直于中性面进行测量）。
- "中性面"选框：选择 1 个平面或者基准面。如果有必要，单击（反向）按钮，可向相反的方向倾斜拔模。
- （要拔模的项目）：选择图形区域中要拔模的面。

图 4-124　选择【阶梯拔模】选项后的属性设置

图 4-125　【添加】选项卡

（2）【拔模分析】选项组：

- 【自动涂刷】：选择模型的拔模分析。
- 【颜色轮廓映射】：通过颜色和数值显示模型中拔模的范围以及【正拔模】和【负拔模】的面数。
- 在【DraftXpert】模式中，选择【更改】选项卡，如图 4-126 所示。

（1）【要更改的拔模】选项组：

- （拔模项目）：在图形区域中，选择包含要更改或者删除的拔模的面。
- "中性面"选框：选择 1 个平面或者基准面。如果有必要，单击（反向）按钮，向相反的方向倾斜拔模。如果只更改（拔模角度），则无须选择中性面。
- （拔模角度）：设置拔模角度（垂直于中性面进行测量）。

（2）【现有拔模】选项组只有 1 个选项，即【分排列表方式】：按照角度、中性面或者拔模方向过滤所有拔模，其选项如图 4-127 所示，可以根据需要更改或者删除拔模。

（3）【拔模分析】选项组的属性设置与【添加】选项卡中基本相同，在此不做赘述。

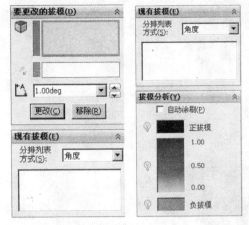

图 4-126 【更改】选项卡   图 4-127 【分排列表方式】选项

4.12.2 生成拔模特征的案例操作

【案例 4-12-1】使用中性面来决定生成模具的拔模方向，生成以指定角度斜削所选模型面的特征。

◎	实例素材	实例素材\第 4 章\4-12-1 草图 1.SLDPRT
	最终效果	最终效果\第 4 章\4-12-1 拔模 1.SLDPRT

具体操作步骤如下：

（1）打开"4-12-1 草图 1.SLDPRT"零件图，如图 4-128 所示。

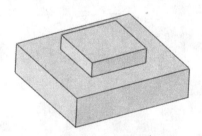

图 4-128 打开草图

（2）单击【特征】工具栏中的 按钮或执行【插入】|【特征】| 命令，在特征管理器设计树中单击【手动】选项卡，系统弹出拔模属性管理器。

（3）设置拔模属性参数，如图 4-129 所示。

① 在【拔模类型】选项组中，选择【中性面】单选按钮。

② 在【拔模角度】选项组中，文本框中输入值 15deg。

③ 在【中性面】选项组中，单击选框，然后选择模型实体的上表面。

④ 在【拔模面】选项组中，在【拔模沿面延伸】下拉列表框中选择"所有面"选项，其他属性设置使用系统默认值。

（4）单击 ![icon] 按钮，完成拔模-中性面特征的创建，如图 4-130 所示。

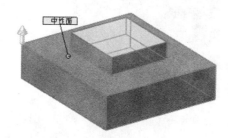

图 4-129　拔模-中性面属性设置　　　　　　图 4-130　创建拔模-中性面特征

【案例 4-12-2】使用现有的模型边线作为分型线，然后再指定拔模方向，也就是指定移除材料的分型线一侧，对分型线周围的曲面进行拔模。

⊙	实例素材	实例素材\第 4 章\4-12-2 草图 2.SLDPRT
	最终效果	最终效果\第 4 章\4-12-2 拔模 2.SLDPRT

具体操作步骤如下：

（1）打开"4-12-2 草图 2.SLDPRT"零件图，如图 4-131 所示。

图 4-131　打开草图

（2）单击【特征】工具栏中的 （拔模）按钮或执行【插入】|【特征】| （拔模）命令，在特征管理器设计树中单击【手动】选项卡，系统弹出拔模属性管理器。

（3）设置拔模属性参数，如图 4-132 所示。

① 在【拔模类型】选项组中，选择【分型线】单选按钮。

② 在【拔模角度】选项组中， （拔模角度）文本框中输入值 10deg。

③ 在【拔模方向】选项组中，单击选框，然后选择模型实体的下表面。

④ 在【分型线】选项组中， （分型线）选框选择模型外轮廓线。

（4）单击 按钮，完成拔模-分型线特征的创建，如图 4-133 所示。

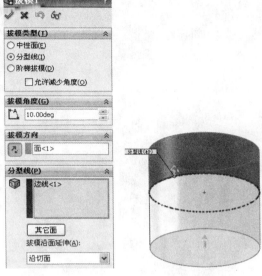

图 4-132　拔模-分型线属性设置　　　图 4-133　创建拔模-分型线特征

【案例 4-12-3】阶梯拔模绕作为拔模方向的基准面旋转而生成一个面，从而产生小面，代表阶梯。

实例素材	实例素材\第 4 章\4-12-3 草图 3.SLDPRT
最终效果	最终效果\第 4 章\4-12-3 拔模 3.SLDPRT

具体操作步骤如下：

（1）打开"4-12-3 草图 3.SLDPRT"零件图，如图 4-134 所示。

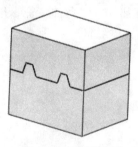

图 4-134　打开草图

（2）单击【特征】工具栏中的 （拔模）按钮或执行【插入】|【特征】| （拔模）命令，在特征管理器设计树中单击【手动】选项卡，系统弹出拔模属性管理器。

（3）设置拔模属性参数，如图 4-135 所示。

① 在【拔模类型】选项组中，选择【阶梯拔模】和【锥形阶梯】单选框。

② 在【拔模角度】选项组中， （拔模角度）文本框中输入值 10deg。

③ 在【拔模方向】选项组中，单击选框，然后选择模型实体的上表面。

④ 在【分型线】选项组中， （分型线）选框中选择模型侧面上的外轮廓线。

（4）单击 按钮，完成拔模-阶梯拔模特征的创建，如图 4-136 所示。

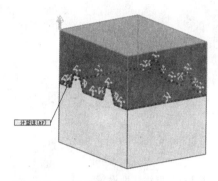

<table>
<tr><td>图 4-135　拔模-阶梯拔模属性设置</td><td>图 4-136　创建阶梯拔模特征</td></tr>
</table>

本 章 小 结

　　阵列和镜像都是按照一定规则复制源特征的操作。镜像操作是源特征围绕镜像轴或者面进行一对一的复制过程。阵列操作是按照一定规则进行一对多的复制过程。阵列和镜像的操作对象可以是草图、特征和零部件等。弯曲特征、压凹特征、变形特征等特征可以改变复杂曲面和实体模型的局部或者整体形状。

第 5 章 装配体设计

装配体设计是 SolidWorks 三大基本功能之一。装配体文件的首要功能是描述产品零件之间的配合关系，并提供了干涉检查、爆炸视图和装配统计等功能。

本章内容安排如下：

➢ 生成装配体
➢ 干涉检查
➢ 爆炸视图
➢ 轴测剖视图
➢ 装配体中零部件的压缩状态
➢ 装配体统计
➢ 范例
➢ 本章小结

5.1　生成装配体

装配体可以生成由许多零部件所组成的复杂装配体，这些零部件可以是零件或者其他装配体（被称为子装配体）。对于大多数操作而言，零件和装配体的行为方式是相同的。当在SolidWorks 中打开装配体时，将查找零部件文件以便在装配体中显示，同时零部件中的更改将自动反映在装配体中。

5.1.1　插入零部件的属性设置

选择【文件】|【从零件制作装配体】菜单命令，装配体文件会在【插入零部件】的属性设置框中显示出来，如图 5-1 所示。

图 5-1　【插入零部件】属性设置框

（1）【要插入的零件/装配体】选项组：通过单击【浏览】按钮打开现有零件文件。

（2）【选项】选项组：

【生成新装配体时开始命令】：当生成新装配体时，选择以打开此属性设置。

【图形预览】：在图形区域中看到所选文件的预览。

在图形区域中单击鼠标左键，将零件添加到装配体。在默认情况下，装配体中的第 1 个零部件是固定的，但是可以随时使之浮动。

5.1.2　生成装配体的方法

1．自下而上

"自下而上"设计法是比较传统的方法。先设计并造型零部件，然后将其插入到装配体中，使用配合定位零部件。如果需要更改零部件，必须单独编辑零部件，更改可以反映在装配体中。

"自下而上"设计法对于先前制造、现售的零部件，或者如金属器件、皮带轮、电动机等标准零部件而言属于优先技术。这些零部件不根据设计的改变而更改其形状和大小，除非选择不同的零部件。

2．自上而下

在"自上而下"设计法中，零部件的形状、大小及位置可以在装配体中进行设计。"自上而下"设计法的优点是在设计更改发生时变动更少，零部件根据所生成的方法而自我更新。

可以在零部件的某些特征、完整零部件或者整个装配体中使用"自上而下"设计法。设计师通常在实践中使用"自上而下"设计法对装配体进行整体布局，并捕捉装配体特定的自定义零部件的关键环节。

5.2　干涉检查

在 1 个复杂的装配体中，如果用视觉检查零部件之间是否存在干涉的情况是件困难的事情。在 SolidWorks 中，装配体可以进行干涉检查，其功能如下：

（1）决定零部件之间的干涉。

（2）显示干涉的真实体积为上色体积。

（3）更改干涉和不干涉零部件的显示设置以便于查看干涉。

（4）选择忽略需要排除的干涉，如紧密配合、螺纹扣件的干涉等。

（5）选择将实体之间的干涉包括在多实体零件中。

（6）选择将子装配体看成单一零部件，这样子装配体零部件之间的干涉将不被报告出。

（7）将重合干涉和标准干涉区分开。

5.2.1　干涉检查的属性设置

单击【装配体】工具栏中的（干涉检查）按钮或者选择【工具】|【干涉检查】菜单命令，在【属性管理器】中弹出【干涉检查】的属性设置框，如图 5-2 所示。

1．【所选零部件】选项组

（1）【要检查的零部件】选框：显示为干涉检查所选择的零部件。

（2）【计算】：单击此按钮，检查干涉情况。

检测到的干涉显示在【结果】选项组中，干涉的体积数值显示在每个列举项的右侧，如图 5-3 所示。

图 5-2　【干涉检查】属性设置框

图 5-3　被检测到的干涉

2．【结果】选项组

（1）【忽略】、【解除忽略】：为所选干涉在【忽略】和【解除忽略】模式之间进行转换。

（2）【零部件视图】：按照零部件名称而非干涉标号显示干涉。

在【结果】选项组中，可以进行如下操作：

（1）选择某干涉，使其在图形区域中以红色高亮显示。

（2）展开干涉以显示互相干涉的零部件的名称，如图 5-4 所示。

（3）用鼠标右键单击某干涉，在弹出的快捷菜单（如图 5-5 所示）中选择【放大所选范围】命令，在图形区域中放大干涉。

（4）用鼠标右键单击某干涉，在弹出的快捷菜单中选择【忽略】命令。

（5）用鼠标右键单击某忽略的干涉，在弹出的快捷菜单（如图 5-6 所示）中选择【解除忽略】命令。

图 5-4　展开干涉　　　　图 5-5　快捷菜单（一）　　　　图 5-6　快捷菜单（二）

3．【选项】选项组

（1）【视重合为干涉】：将重合实体报告为干涉。

（2）【显示忽略的干涉】：显示在【结果】选项组中被设置为忽略的干涉。

（3）【视子装配体为零部件】：取消选择此选项时，子装配体被看做单一零部件，子装配体零部件之间的干涉将不被报告。

（4）【包括多体零件干涉】：报告多实体零件中实体之间的干涉。

（5）【使干涉零件透明】：以透明模式显示所选干涉的零部件。

（6）【生成扣件文件夹】：将扣件（如螺母和螺栓等）之间的干涉隔离为在【结果】选项组中的单独文件夹。

4．【非干涉零部件】选项组

以所选模式显示非干涉的零部件，包括【线架图】、【隐藏】、【透明】、【使用当前项】4 个选项。

5.2.2　干涉检查的案例操作

【案例 5-2-1】对于组装完成的装配体，检查各个零部件之间的干涉情况。

实例素材	实例素材\第 5 章\5-21\5-2 装配体草图.SLDASM
最终效果	最终效果\第 5 章\5-21\5-2 干涉检查.SLDASM

具体操作步骤如下：

（1）打开"5-2 装配体草图.SLDASM"装配体，如图 5-7 所示。

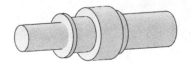

图 5-7　打开装配体

（2）单击【装配体】工具栏中的 [图] （干涉检查）按钮或执行【工具】| [图] （干涉检查）命令，系统弹出干涉检查属性管理器。

（3）设置装配体干涉检查属性，如图 5-8 所示。

① 在【所选零部件】选项组中，系统默认选择整个装配体为检查对象。

② 在【选项】选项组中，选中【使干涉零件透明】复选框。

③ 在【非干涉零部件】选项组中，选中【使用当前项】复选框。

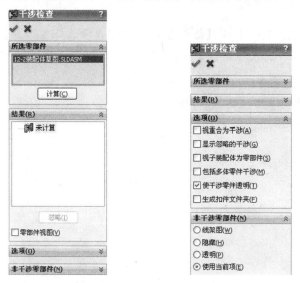

图 5-8　干涉检查属性设置

（4）完成上述操作之后，单击【所选零部件】选项组中的【计算】按钮，此时在【结果】选项组中显示检查结果，如图 5-9 所示。

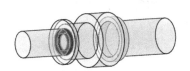

图 5-9　干涉检查结果

5.3 爆炸视图

出于制造的目的，经常需要分离装配体中的零部件以形象地分析它们之间的相互关系。装配体的爆炸视图可以分离其中的零部件以便查看该装配体。

1 个爆炸视图由 1 个或者多个爆炸步骤组成，每一个爆炸视图保存在所生成的装配体配置中，而每一个配置都可以有 1 个爆炸视图。在爆炸视图中可以进行如下操作：

（1）自动将零部件制成爆炸视图。

（2）附加新的零部件到另一个零部件的现有爆炸步骤中。

（3）如果子装配体中有爆炸视图，则可以在更高级别的装配体中重新使用此爆炸视图。

5.3.1 爆炸视图的属性设置

单击【装配体】工具栏中的 【爆炸视图】按钮或者选择【插入】|【爆炸视图】菜单命令，在【属性管理器】中弹出【爆炸】的属性设置框，如图 5-10 和图 5-11 所示。

1．【爆炸步骤】选项组

【爆炸步骤】选框：爆炸到单一位置的 1 个或者多个所选零部件。

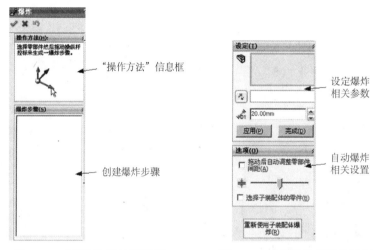

图 5-10 【爆炸】属性设置框 1   图 5-11 【爆炸】属性设置框 2

2．【设定】选项组

（1） （爆炸步骤的零部件）：显示当前爆炸步骤所选的零部件。

（2）"爆炸方向"选框：显示当前爆炸步骤所选的方向。

（3） （反向）：改变爆炸的方向。

（4） （爆炸距离）：设置当前爆炸步骤零部件移动的距离。

（5）【应用】：单击以预览对爆炸步骤的更改。

（6）【完成】：单击以完成新的或者已经更改的爆炸步骤。

3．【选项】选项组

（1）【拖动后自动调整零部件间距】：沿轴心自动均匀地分布零部件组的间距。

（2）　 （调整零部件链之间的间距）：调整【拖动后自动调整零部件间距】放置的零部件之间的距离。

（3）【选择子装配体的零件】：选择此选项，可以选择子装配体的单个零件；取消选择此选项，可以选择整个子装配体。

（4）【重新使用子装配体爆炸】：使用先前在所选子装配体中定义的爆炸步骤。

5.3.2　生成爆炸视图的案例操作

【案例 5-3-1】将装配体中的各零部件沿着直线运动，使各个零部件从装配体中分离出来。

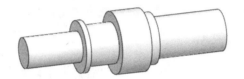

	实例素材	实例素材\第 5 章\5-31\5-3 装配体草图.SLDASM
	最终效果	最终效果\第 5 章\5-31\5-3 爆炸视图.SLDASM

具体操作步骤如下：

（1）打开"5-3 装配体草图.SLDASM"装配体，如图 5-12 所示。

图 5-12　打开装配体

（2）单击【装配体】工具栏中的　 （爆炸视图）按钮或执行【插入】|　 （爆炸视图）命令，系统弹出爆炸属性管理器。

（3）创建第一个零部件的爆炸视图。

① 在【设定】选项组中，定义要爆炸的零件，　 （爆炸步骤的零部件）选框选择图形区域中如图 5-13 所示的零件为要移动的零件。

② 确定爆炸方向。选取 Z 轴为移动方向，单击方向切换按钮　 （反向）使移动方向朝外。

③ 定义移动距离。　 （爆炸距离）文本框中输入值 100mm，单击【应用】按钮，出现预览视图，再单击【完成】按钮，完成第一个零部件的爆炸视图。

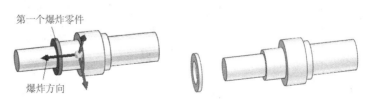

第一个爆炸零件

爆炸方向

图 5-13　创建第一个零部件的爆炸视图

（4）按照以上步骤，继续为第二个零部件创建爆炸视图，设置爆炸距离为 120mm，爆炸方向沿着 Z 轴，如图 5-14 所示。

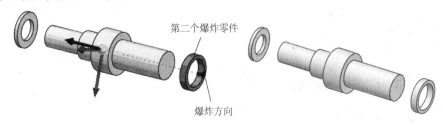

第二个爆炸零件

爆炸方向

图 5-14　创建第二个零部件的爆炸视图

5.4　轴测剖视图

隐藏零部件、更改零件透明度等是观察装配体模型的常用手段，但在许多产品中零部件之间的空间关系非常复杂，具有多重嵌套关系，需要进行剖切才能便于观察其内部结构。借助 SolidWorks 中的装配体特征可以实现轴测剖视图的功能。

5.4.1　轴测剖视图的属性设置

在装配体窗口中，选择【插入】|【装配体特征】|【切除】|【拉伸】菜单命令，在【属性管理器】中弹出【切除-拉伸】的属性设置框，如图 5-15 所示。

【特征范围】选项组通过选择特征范围以选择应包含在特征中的实体，从而应用特征到 1 个或者多个实体零件中。

（1）【所有零部件】：每次特征重新生成时，都要应用到所有的实体。

（2）【所选零部件】：应用特征到选择的实体。

（3）【自动选择】：当首先以多实体零件生成模型时，特征将自动处理所有相关的交叉零件。

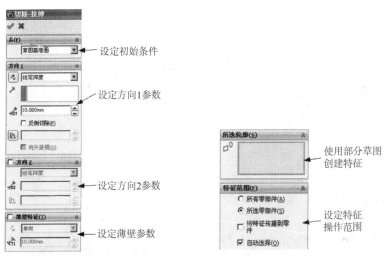

图 5-15　【切除-拉伸】属性设置框

5.4.2　生成轴测剖视图的方法

生成轴测剖视图的方法如下：

（1）单击【草图】工具栏中的□【矩形】按钮，在装配体的上表面绘制矩形草图。

（2）在装配体窗口中，选择【插入】|【装配体特征】|【切除】|【拉伸】菜单命令，在【属性管理器】中弹出【切除-拉伸】的属性设置框。在【方向 1】选项组中，设置"终止条件"为"完全贯穿"，装配体将生成轴测剖视图。

5.5　装配体中零部件的压缩状态

根据某段时间内的工作范围，可以指定合适的零部件压缩状态，这样可以减少工作时装入和计算的数据量。装配体的显示和重建速度会更快，也可以更有效地使用系统资源。

5.5.1　压缩状态的种类

装配体零部件共有 3 种压缩状态。

1. 还原

装配体零部件的正常状态。完全还原的零部件会完全装入内存，可以使用所有功能及模型数据并可以完全访问、选取、参考、编辑、在配合中使用其实体。

2. 压缩

（1）可以使用压缩状态暂时将零部件从装配体中移除（而不是删除），零部件不装入内存，也不再是装配体中有功能的部分，用户无法看到压缩的零部件，也无法选择这个零部件的实体。

（2）1 个压缩的零部件将从内存中移除，所以装入速度、重建模型速度和显示性能均有提高，由于减少了复杂程度，其余的零部件计算速度会更快。

（3）压缩零部件包含的配合关系也被压缩，因此装配体中零部件的位置可能变为"欠定义"，参考压缩零部件的关联特征也可能受影响，当恢复压缩的零部件为完全还原状态时，可能会产生矛盾，所以在生成模型时必须小心使用压缩状态。

3. 轻化

可以在装配体中激活的零部件完全还原或者轻化时装入装配体，零件和子装配体都可以为轻化。

（1）当零部件完全还原时，其所有模型数据被装入内存。

（2）当零部件为轻化时，只有部分模型数据被装入内存，其余的模型数据根据需要被装入。

通过使用轻化零部件，可以显著提高大型装配体的性能，将轻化的零部件装入装配体比将完全还原的零部件装入同一装配体速度更快，因为计算的数据少，包含轻化零部件的装配体重建速度也更快。

零部件的完整模型数据只有在需要时才被装入，所以轻化零部件的效率很高。只有受当前编辑进程中所做更改影响的零部件才被完全还原，可以对轻化零部件不还原而进行多项装配体操作，包括添加（或者移除）配合、干涉检查、边线（或者面）选择、零部件选择、碰撞检查、装配体特征、注解、测量、尺寸、截面属性、装配体参考几何体、质量属性、剖面视图、爆炸视图、高级零部件选择、物理模拟、高级显示（或者隐藏）零部件等。零部件压缩状态的比较如表 5-1 所示。

表 5-1　压缩状态比较表

	还　原	轻　化	压　缩	隐　藏
装入内存	是	部分	否	是
可见	是	是	否	否
在【特征管理器设计树】中可以使用的特征	是	否	否	否
可以添加配合关系的面和边线	是	是	否	否
解出的配合关系	是	是	否	是
解出的关联特征	是	是	否	是
解出的装配体特征	是	是	否	是
在整体操作时考虑	是	是	否	是
可以在关联中编辑	是	是	否	否
装入和重建模型的速度	正常	较快	较快	正常
显示速度	正常	正常	较快	较快

5.5.2　压缩零件的方法

压缩零件的方法如下：

（1）在装配体窗口中，在【特征管理器设计树】中右键单击零部件名称或者在图形区域中选择零部件。

（2）在弹出的菜单中选择【压缩】命令，选择的零部件被压缩，在图形区域中该零件被隐藏。

5.6　装配体统计

装配体统计可以在装配体中生成零部件和配合报告。

5.6.1　装配体统计的信息

在装配体窗口中，选择【工具】|【AssemblyXpert】菜单命令，弹出【AssemblyXpert】对话框，如图 5-16 所示。

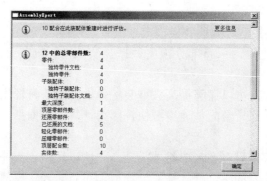

图 5-16　【AssemblyXpert】对话框

5.6.2 生成装配体统计的案例操作

【案例 5-6-1】AssemblyXpert 会分析装配体的性能，报告装配体中零部件和配合的统计，并会建议采取一些可行的操作来改进性能。请尝试操作。

⊚	实例素材	实例素材\第 5 章\5-6\5-6 装配体草图.SLDASM
	最终效果	最终效果\第 5 章\5-6\5-6 装配体统计.SLDASM

具体操作步骤如下：

（1）打开"5-6 装配体草图.SLDASM"装配体，如图 5-17 所示。

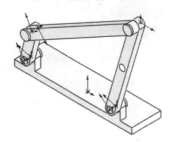

图 5-17 打开装配体

（2）单击【装配体】工具栏中的 🗗 （AssemblyXpert）按钮或执行【工具】| 🗗 （AssemblyXpert）命令，系统弹出 AssemblyXpert 对话框，如图 5-18 所示。

（3）在【AssemblyXpert】对话框中，ⓘ图标下列出了装配体的所有相关统计信息。

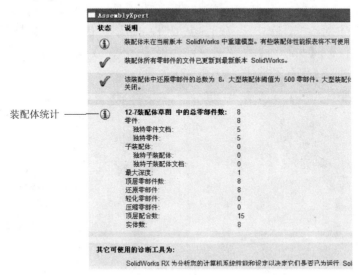

图 5-18 【AssemblyXpert】对话框

5.7 范例

吊灯装配体模型如图 5-19 所示。

图 5-19　吊灯模型

主要步骤如下：
● 　装配零件。
● 　干涉检查。
● 　计算装配体质量特性。
● 　装配体信息和相关文件。
具体操作步骤如下所述。

1．装配零件

（1）启动中文版 SolidWorks 2010，单击【标准】工具栏中的 🗋（新建）按钮，弹出【新建 SolidWorks 文件】对话框，单击【装配体】按钮，如图 5-20 所示，单击【确定】按钮。

（2）选择【文件】|【另存为】菜单命令，弹出【另存为】对话框，在【文件名】文本框中输入【吊灯】，单击【保存】按钮，如图 5-21 所示。

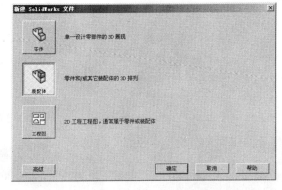

图 5-20　【新建 SolidWorks 文件】对话框　　　　图 5-21　【另存为】对话框

（3）单击【装配体】工具栏中的 🗃（插入零部件）按钮，弹出【插入零部件】的属性设置框。单击【浏览】按钮，选择配书光盘中的零件"3.SLDPRT"，单击【打开】按钮，插入零件，在视图区域合适位置单击，如图 5-22 所示。

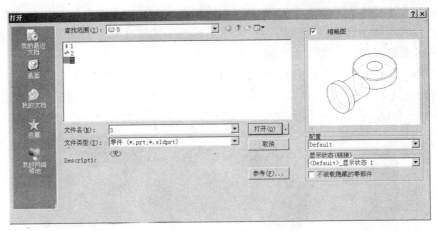

图 5-22　插入零件

（4）单击【装配体】工具栏中的 【插入零部件】按钮，弹出【插入零部件】的属性设置框。单击【浏览】按钮，选择配书光盘中的零件"2.SLDPRT"，单击【打开】按钮，插入零件，在视图区域合适位置单击，结果如图 5-23 所示。

（5）单击【装配体】工具栏中的 （配合）按钮，在 （要配合的实体）文本框中，选择零件 3 的内圆面和零件 2 的内圆面，单击弹出的【标准配合】选项下的 （同轴心）按钮，单击 （确定）按钮，完成同轴的配合，如图 5-24 所示。

图 5-23　插入零件　　　　　　　　图 5-24　同轴心配合

（6）单击【装配体】工具栏中的 （配合）按钮，在 （要配合的实体）文本框中，选择零件 3 的前端面和零件 2 的前端面，单击弹出的【标准配合】选项下的 （重合）按钮，单击 （确定）按钮，完成重合的配合，如图 5-25 所示。

（7）单击【装配体】工具栏中的 （插入零部件）按钮，弹出【插入零部件】的属性设置框。单击【浏览】按钮，选择配书光盘中的零件"1.SLDPRT"，单击【打开】按钮，插入零件，在视图区域合适位置单击，结果如图 5-26 所示。

图 5-25　重合配合　　　　　　　　图 5-26　插入零件

（8）单击【装配体】工具栏中的 （配合）按钮，在 （要配合的实体）文本框中，选择零件 1 凸台的前端面和零件 2 的前端面，单击弹出的【标准配合】选项下的 （重合）按钮，单击 ✔（确定）按钮，完成重合的配合，如图 5-27 所示。

（9）在 （要配合的实体）文本框中，选择零件 1 凸台的内圆柱孔面和零件 2 的内圆柱面，单击弹出的【标准配合】选项下的 （同轴心）按钮，单击 ✔（确定）按钮，完成同轴的配合，如图 5-28 所示。

图 5-27　重合配合　　　　　　　　图 5-28　同轴心配合

（10）单击【装配体】工具栏中的 （配合）按钮，在 （要配合的实体）文本框中，选择零件 1 凸台的上端面和零件 2 的下端面，单击弹出的【标准配合】选项下的 （重合）按钮，单击 ✔（确定）按钮，完成重合的配合，如图 5-29 所示。

图 5-29　重合配合

2．干涉检查

（1）在【工具】菜单栏中单击 （干涉检查）按钮，弹出【干涉检查】的属性设置框，如图 5-30 所示。在没有任何零件被选择的条件下，系统将使用整个装配体进行干涉检查。单击【计算】按钮。

（2）检查结果如图 5-31 所示，检查的结果列出在【结果】列表中，装配体中存在 1 处干涉现象。

图 5-30　【干涉检查】属性设置框　　　　　图 5-31　检查结果

（3）在干涉检查的【选项】选项组中，用户可以设定干涉检查的相关选项和零件的显示选项，如图 5-32 所示。

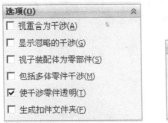

图 5-32　设定干涉选项

（4）在【结果】列表中选择一项干涉，可以在图形区域查看存在干涉的零件和部位，如图 5-33 所示，可以看出干涉存在于零件 1 和零件 2 之间。

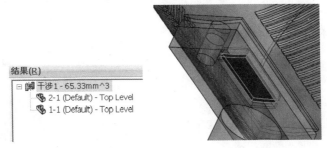

图 5-33　干涉的零件和位置

（5）在设计树中展开零件 1，单击 ⊞（吊灯中的配合），右击 ⊿（重合）配合，选择【删除】，单击【装配体】工具栏中的 ◍（配合）按钮，弹出【配合】的属性设置框。激活【标准配合】选项下的 ⊿（重合）按钮。在 ◍（要配合的实体）文本框中，选择如图 5-34 所示的面，其他保持默认，单击 ✔（确定）按钮，完成重合配合。

（6）使用相同的方法和选项再次进行干涉检查，如图 5-35 所示，在结果列表框中显示的检查结果为"无干涉"，说明装配体中不存在干涉（前面被忽略的干涉不显示在结果中）。保存装配体。

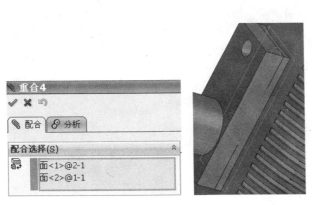

图 5-34　重合配合　　　　　　图 5-35　再次进行干涉检查

3．计算装配体质量特性

（1）选择【工具】|【质量特性】菜单命令，弹出【质量特性】对话框，系统将根据零件材料属性设置和装配单位设置，计算装配体的各种质量特性，如图 5-36 所示。

（2）图形区域显示了装配体的重心位置，重心位置的坐标以装配体的原点为零点，如图 5-37 所示。单击【关闭】按钮完成计算。

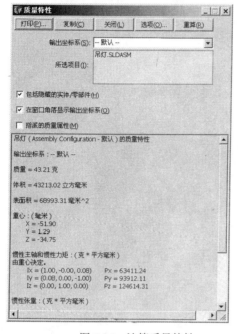

图 5-36　计算质量特性

图 5-37　重心位置

4．装配体信息和相关文件

（1）选择【工具】|【AssemblyXpert】菜单命令，弹出【AssemblyXpert】对话框，如图 5-38 所示，在【AssemblyXpert】对话框中显示了零件或子装配的统计信息。

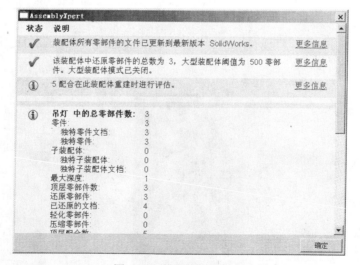

图 5-38　装配体统计信息

（2）选择【文件】|【查找相关文件】菜单命令，弹出【查找参考引用】对话框，如图 5-39 所示，在【查找参考引用】对话框中显示了装配体文件所使用的零件文件、装配体文件的文件详细位置和名称。

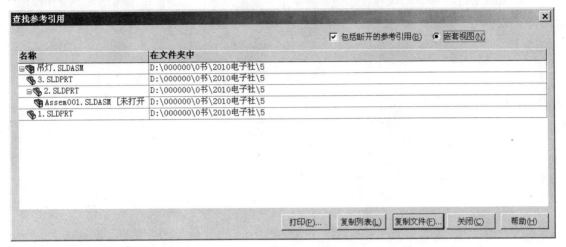

图 5-39　查找参考引用

　　（3）选择【文件】|【打包】菜单命令，弹出【打包】对话框，如图 5-40 所示，在【保存到文件夹】文本框中指定要保存文件的目录，也可以单击【浏览】按钮查找目录位置。如果用户希望将打包的文件直接保存为压缩文件（*.zip），选择【保存到 zip 文件】单选按钮，并指定压缩文件的名称和目录即可。

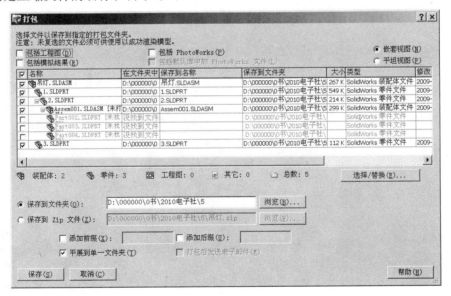

图 5-40　装配体文件打包

本 章 小 结

在 SolidWorks 中，可以在虚拟现实的情景下装配模型，并能运用干涉检查、爆炸视图、轴测剖视图、压缩状态和装配统计等功能对模型进行检验，为实际做样机节省成本。

第 6 章 工程图设计

工程图是机械领域用二维图形来表达三维模型的一种形式，通常包含视图、尺寸标注、技术要求、标题栏等内容。SolidWorks 工程图模块功能强大，可以方便地直接生成零件和装配体的工程图，并可以在 AutoCAD 软件中可以打开和编辑。

本章内容安排如下：
- 线型和图层
- 图纸格式
- 工程图文件
- 标准三视图
- 投影视图
- 辅助视图
- 剪裁视图
- 局部视图
- 剖面视图
- 旋转剖视图
- 断裂视图
- 尺寸标注
- 注释
- 范例
- 本章小结

6.1 线型和图层

利用【线型】工具栏可以对工程视图的线型和图层进行设置。

6.1.1 线型设置

对于视图中图线的线色、线粗、线型、颜色显示模式等，可以利用【线型】工具栏进行设置。【线型】工具栏如图 6-1 所示，其中的工具按钮介绍如下：

（1）📑（图层属性）：设置图层属性（如颜色、厚度、样式等），将实体移动到图层中，然后为新的实体选择图层。

（2）🖌（线色）：可以对图线颜色进行设置。

（3）☰（线粗）：单击该按钮，会弹出如图 6-2 所示的【线粗】菜单，可以对图线粗细进行设置。

图 6-1　【线型】工具栏　　　　　图 6-2　【线粗】菜单

（4）▦（线条样式）：单击该按钮，会弹出如图 6-3 所示的【线条样式】菜单，可以对图线样式进行设置。

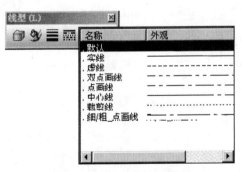

图 6-3　【线条样式】菜单

（5）⊾（颜色显示模式）：单击该按钮，线色会在所设置的颜色中进行切换。

在工程图中如果需要对线型进行设置，一般在绘制草图实体之前，先利用【线型】工具栏中的【线色】、【线粗】和【线条样式】按钮对将要绘制的图线设置所需的格式，这样可以使被添加到工程图中的草图实体均使用指定的线型格式，直到重新设置另一种格式为止。

6.1.2 图层

在工程图文件中，可以根据用户需求建立图层，并为每个图层上生成的新实体指定线条颜色、线条粗细和线条样式。新的实体会自动添加到激活的图层中。图层可以被隐藏或者显示。另外，还可以将实体从一个图层移动到另一个图层。创建好工程图的图层后，可以分别为每个尺寸、注解、表格和视图标号等局部视图选择不同的图层设置。

如果将*.DXF 或者*.DWG 文件输入到 SolidWorks 工程图中，会自动生成图层。在最初生成*.DXF 或者*.DWG 文件的系统中指定的图层信息（如名称、属性和实体位置等）将被保留。

如果输出带有图层的工程图作为*.DXF 或者*.DWG 文件，则图层信息包含在文件中。当在目标系统中打开文件时，实体都位于相同图层上，并且具有相同的属性，除非使用映射功能将实体重新导向新的图层。

6.1.3　图层的案例操作

【案例 6-1-1】在工程图环境下，添加一个图层，为线宽是 0.18mm、颜色是红色的中心线。

实例素材	实例素材\第 6 章\6-1 工程图 1.SLDDRW
最终效果	最终效果\第 6 章\6-1 图层 1.SLDDRW

具体操作步骤如下：

（1）打开"6-1 工程图 1.SLDDRW"，图形区域中出现一张空白的工程图。

（2）在工程图中，单击【线型】工具栏中的 （图层属性）按钮，弹出如图 6-4 所示的【图层】对话框。

（3）单击【新建】按钮，输入新图层名称"中心线"，如图 6-5 所示。

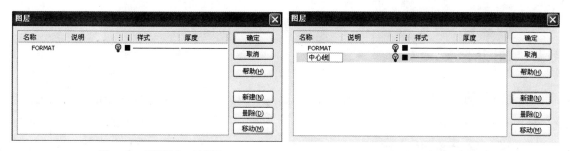

图 6-4　【图层】对话框　　　　　　　　图 6-5　新建图层

（4）更改图层默认图线的颜色、样式和粗细等。

① 【颜色】：单击【颜色】下的方框，弹出【颜色】对话框，可以选择或者设置颜色，这里选择红色，如图 6-6 所示。

② 【样式】：单击【样式】下的图线，在弹出的菜单中选择图线样式，这里选择"中心线"样式，如图 6-7 所示。

③ 【厚度】：单击【厚度】下的直线，在弹出的菜单中选择图线的粗细，这里选择"0.18mm"所对应的线宽，如图 6-8 所示。

（5）单击【确定】按钮，即完成为文件建立新图层的操作，如图 6-9 所示。

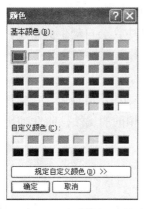

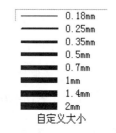

图 6-6 【颜色】对话框   图 6-7 选择样式   图 6-8 选择厚度

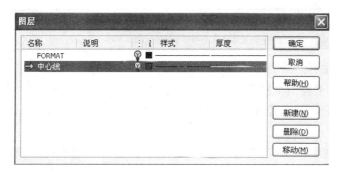

图 6-9 图层新建完成

6.2 图纸格式

当生成新的工程图时，必须选择图纸格式。图纸格式可以采用标准图纸格式，也可以自定义和修改图纸格式。通过对图纸格式的设置，有助于生成具有统一格式的工程图。

6.2.1 图纸格式的属性设置

1. 标准图纸格式

SolidWorks 提供了各种标准图纸大小的图纸格式。可以在【图纸格式/大小】对话框的【标准图纸大小】列表框中进行选择。单击【浏览】按钮，可以加载用户自定义的图纸格式。【图纸格式/大小】对话框如图 6-10 所示，其中勾选【显示图纸格式】选项可以显示边框、标题栏等。

2. 无图纸格式

【自定义图纸大小】选项可以定义无图纸格式，即选择无边框、无标题栏的空白图纸。此选项要求指定纸张大小，也可以定义用户自己的格式，如图 6-11 所示。

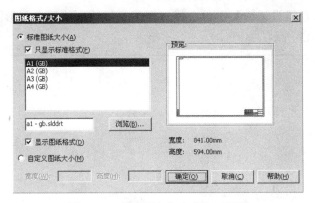

图 6-10 【图纸格式/大小】对话框

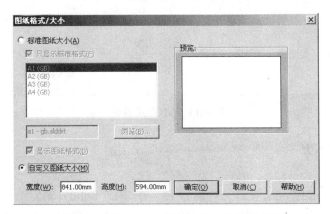

图 6-11 单击【自定义图纸大小】单选按钮

6.2.2 使用图纸格式的案例操作

【案例 6-2-1】在工程图环境下，使用标准图纸格式方法创建一张"A1"格式的图纸。

	实例素材	实例素材\第 6 章\6-2 工程图 1.SLDDRW
	最终效果	最终效果\第 6 章\6-2 图纸 1.SLDDRW

具体操作步骤如下：

（1）单击【标准】工具栏中的【新建】按钮，在【新建 SolidWorks 文件】对话框中选择【工程图】并单击【确定】按钮，弹出【图纸格式/大小】对话框，勾选【标准图纸大小】复选框，在列表框中选择"A1"，单击【确定】按钮，如图 6-12 所示。

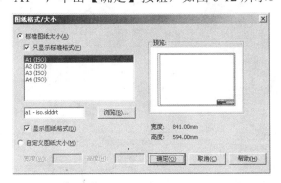

图 6-12 标准图纸格式设置

（2）在【特征管理器设计树】中单击✖（取消）按钮，然后在图形区域中即可出现 A1 格式的图纸，如图 6-13 所示。

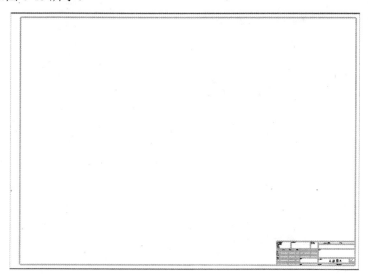

图 6-13　A1 格式图纸

6.3　工程图文件

工程图文件是 SolidWorks 设计文件的 1 种。在 1 个 SolidWorks 工程图文件中，可以包含多张图纸，这使得用户可以利用同一个文件生成 1 个零件的多张图纸或者多个零件的工程图，如图 6-14 所示。

工程图文件窗口可以分成两部分。左侧区域为文件的管理区域，显示了当前文件的所有图纸、图纸中包含的工程视图等内容；右侧图纸区域可以认为是传统意义上的图纸，包含了图纸格式、工程视图、尺寸、注解、表格等工程图样所必需的内容。

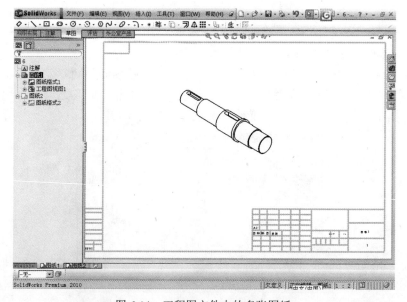

图 6-14　工程图文件中的多张图纸

6.3.1　设置多张工程图纸

在工程图文件中可以随时添加多张图纸。选择【插入】|【图纸】菜单命令（或者在【特征管理器设计树】中用鼠标右键单击如图 6-15 所示的图纸图标，在弹出的菜单中选择【添加图纸】命令），生成新的图纸。

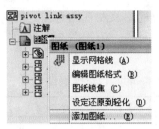

图 6-15　快捷菜单

6.3.2　激活图纸

如果需要激活图纸，可以采用如下方法之一：

（1）在图纸区域下方单击要激活的图纸的图标。

（2）用鼠标右键单击图纸区域下方要激活的图纸的图标，在弹出的菜单中选择【激活】命令，如图 6-16 所示。

（3）用鼠标右键单击【特征管理器设计树】中的图纸图标，在弹出的菜单中选择【激活】命令，如图 6-17 所示。

图 6-16　快捷菜单

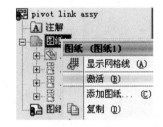

图 6-17　快捷菜单

6.3.3　删除图纸

删除图纸的方法如下：

（1）用鼠标右键单击【特征管理器设计树】中要删除的图纸图标，在弹出的菜单中选择【删除】命令。

（2）弹出【确认删除】对话框，单击【是】按钮即可删除图纸，如图 6-18 所示。

图 6-18　【确认删除】对话框

6.4 标准三视图

标准三视图可以生成 3 个默认的正交视图，其中主视图方向为零件或者装配体的前视，投影类型则按照图纸格式设置的第一视角或者第三视角投影法。

在标准三视图中，主视图、俯视图及左视图有固定的对齐关系。主视图与俯视图长度方向对齐，主视图与左视图高度方向对齐，俯视图与左视图宽度相等。俯视图可以竖直移动，左视图可以水平移动。

【案例 6-4-1】在工程图环境下，将一个零件模型投影生成标准的三视图。

	实例素材	实例素材\第 6 章\6-4 工程图 1.SLDDRW
	最终效果	最终效果\第 6 章\6-4 标准三视图 1.SLDDRW

具体操作步骤如下：

（1）打开 "6-4 工程图 1.SLDDRW"，图形区域中出现一张空白 A3 格式的工程图。

（2）单击【工程图】工具栏中的 (标准三视图) 按钮或执行【插入】|【工程视图】| (标准三视图) 命令，出现【标准三视图】窗口，单击【浏览】按钮打开一个零件文件，工程图中出现了三视图，如图 6-19 所示。

（3）单击【文件】|【另存为】选项，将标准三视图保存为 "6-4 标准三视图 1.SLDDRW"。

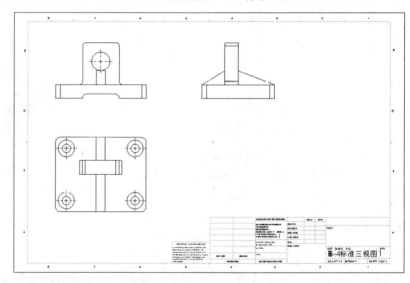

图 6-19 创建标准三视图

6.5 投影视图

投影视图是根据已有视图利用正交投影生成的视图。投影视图的投影方法是根据在【图纸属性】对话框中所设置的第一视角或者第三视角投影类型而确定。

6.5.1 投影视图的属性设置

单击【工程图】工具栏中的 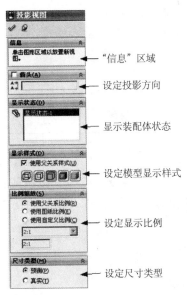 （投影视图）按钮（或者选择【插入】|【工程视图】|
【投影视图】菜单命令，在【属性管理器】中弹出【投影视图】的属性设置框，如图 6-20 所
示，鼠标指针变为 形状。

图 6-20　【投影视图】属性设置框

1. 【箭头】选项组

【标号】：表示按相应父视图的投影方向得到的投影视图的名称。

2. 【显示样式】选项组

【使用父关系样式】：取消选择此选项，可以选择与父视图不同的显示样式，显示样式包
括 （线架图）、 （隐藏线可见）、 （消除隐藏线）、 （带边线上色）和
（上色）。

3. 【比例缩放】选项组

（1）【使用父关系比例】选项：可以应用为父视图所使用的相同比例。

（2）【使用图纸比例】选项：可以应用为工程图图纸所使用的相同比例。

（3）【使用自定义比例】选项：可以根据需要应用自定义的比例。

6.5.2 生成投影视图的案例操作

【案例 6-5-1】　在工程图环境下，将一个方向视图投影生成正交方向的投影视图。

	实例素材	实例素材\第 6 章\6-5 工程图 1.SLDDRW
	最终效果	最终效果\第 6 章\6-5 投影视图 1.SLDDRW

具体操作步骤如下：

（1）打开"6-5 工程图 1.SLDDRW"，图形区域中出现一张工程图，如图 6-21 所示。

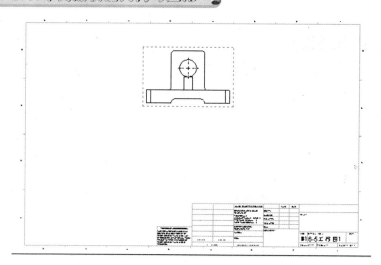

图 6-21 打开工程图文件

（2）单击【工程图】工具栏中的 ⌗（投影视图）按钮或执行【插入】|【工程视图】|⌗（投影视图）命令，出现【投影视图】窗口，点选要投影的视图，移动光标到视图放置，如图6-22 所示。

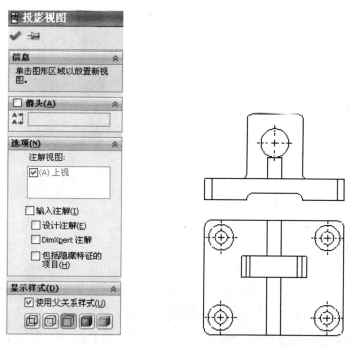

图 6-22 创建投影视图

6.6 辅助视图

辅助视图类似于投影视图，它的投影方向垂直于所选视图的参考边线，但参考边线一般不能为水平或者垂直，否则生成的就是投影视图。辅助视图相当于技术制图表达方法中的斜视图，可以用来表达零件的倾斜结构。

【案例 6-6-1】在工程图环境下，将一个方向的视图斜投影生成辅助视图。

实例素材	实例素材\第 6 章\6-6 工程图 1.SLDDRW
最终效果	最终效果\第 6 章\6-6 辅助视图 1.SLDDRW

具体操作步骤如下：

（1）打开"6-6 工程图 1.SLDDRW"，图形区域中出现一张工程图，如图 6-23 所示。

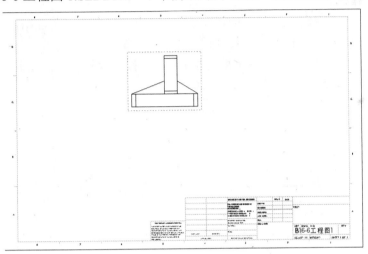

图 6-23　打开工程图文件

（2）单击【工程图】工具栏中的 （辅助视图）按钮或执行【插入】|【工程视图】| （辅助视图）命令，出现【辅助视图】窗口，然后单击参考视图的边线（参考边线不可以是水平或垂直的边线，否则生成的就是标准投影视图），移动光标到视图适当位置，然后单击左键放置，如图 6-24 所示。

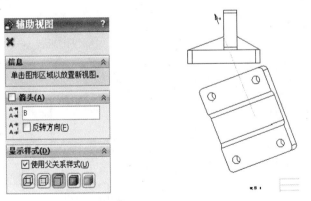

图 6-24　创建辅助视图

6.7　剪裁视图

在 SolidWorks 工程图中，剪裁视图是由除了局部视图、已用于生成局部视图的视图或者爆炸视图之外的任何工程视图经剪裁而生成的。剪裁视图类似于局部视图，但是由于剪裁视图没有生成新的视图，也没有放大原视图，因此可以减少视图生成的操作步骤。

【案例 6-7-1】在工程图环境下，在一个视图上绘制圆草图，然后将草图以外所包括的视图部分剪裁出去。

	实例素材	实例素材\第 6 章\6-7 工程图 1.SLDDRW
	最终效果	最终效果\第 6 章\6-7 剪裁视图 1.SLDDRW

具体操作步骤如下：

（1）打开"6-7 工程图 1.SLDDRW"，图形区域中出现一张工程图，使用草图绘制工具，在视图上绘制一个圆（也可以是其他封闭图形），如图 6-25 所示。

（2）单击【工程图】工具栏中的 （剪裁视图）按钮或执行【插入】|【工程视图】| （剪裁视图）命令，得到剪裁视图，如图 6-26 所示。

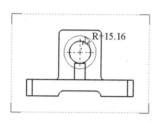
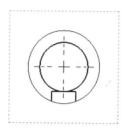

图 6-25　绘制草图圆　　　　　图 6-26　创建剪裁视图

（3）如果要取消剪裁，可用鼠标右键单击剪裁视图边框或【特征管理器设计树】中视图的名称，然后在快捷菜单中选择【剪裁视图】|【移除剪裁视图】命令，就可以取消剪裁操作，如图 6-27 所示。

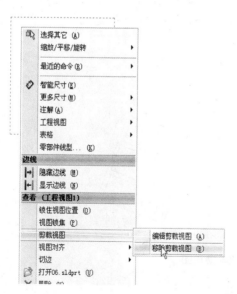
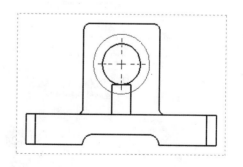

图 6-27　移除剪裁操作

6.8　局部视图

局部视图是 1 种派生视图，可以用来显示父视图的某一局部形状，通常采用放大比例显示。局部视图的父视图可以是正交视图、空间（等轴测）视图、剖面视图、裁剪视图、爆炸装配体视图或者另一局部视图，但不能在透视图中生成模型的局部视图。

6.8.1　局部视图的属性设置

单击【工程图】工具栏中的 （局部视图）按钮，或者选择【插入】|【工程视图】|【局部视图】菜单命令，在【属性管理器】中弹出【局部视图】的属性设置框，如图 6-28 所示。

1．【局部视图图标】选项组

（1） （样式）：可以选择 1 种样式，如图 6-29 所示，也可以单击【轮廓】单选项（必须在此之前已经绘制好 1 条封闭的轮廓曲线）。

（2） （标号）：编辑与局部视图相关的字母。

（3）【字体】：如果要为局部视图标号选择文件字体以外的字体，取消选择【文件字体】选项，然后单击【字体】按钮。

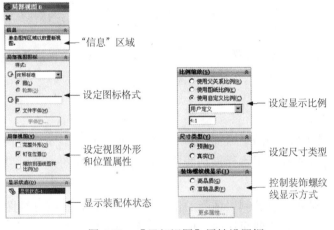

图 6-28　【局部视图】属性设置框　　　　　图 6-29　【样式】选项

2．【局部视图】选项组

（1）【完整外形】：局部视图轮廓外形全部显示。

（2）【钉住位置】：可以阻止父视图比例更改时局部视图发生移动。

（3）【缩放剖面线图样比例】：可以根据局部视图的比例缩放剖面线图样比例。

6.8.2　生成局部视图的案例操作

【案例 6-8-1】在工程图环境下，在一个视图上绘制圆草图，然后将草图内所包括的视图部分以一个放大的视图显示出来。

	实例素材	实例素材\第 6 章\6-8 工程图 1.SLDDRW
	最终效果	最终效果\第 6 章\6-8 局部视图 1.SLDDRW

具体操作步骤如下：

（1）打开"6-8 工程图 1.SLDDRW"，图形区域中出现一张工程图。

（2）单击【工程图】工具栏中的 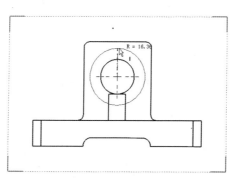（局部视图）按钮或执行【插入】|【工程视图】| 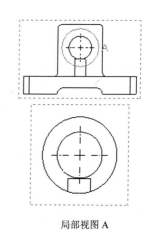（局部视图）命令，在需要放大的位置绘制一个圆，出现【局部视图】对话框，在【比列缩放】选项组中可以选择不同的缩放比例，这里选择"2：1"放大比例，如图 6-30 所示。

（3）移动光标，放置视图到适当位置，得到局部视图，如图 6-31 所示。

局部视图 A

比例 2：1

图 6-30　局部视图属性设置　　　　　　　　　　图 6-31　创建局部视图

6.9　剖面视图

剖面视图是通过 1 条剖切线切割父视图而生成，属于派生视图，可以显示模型内部的形状和尺寸。剖面视图可以是剖切面或者是用阶梯剖切线定义的等距剖面视图，并可以生成半剖视图。

生成剖面视图前必须先在工程视图中绘制出适当的剖切路径。在执行【剖面视图】命令时，系统按照指定的剖切路径产生对应的剖面视图。所绘制的路径可以是直线段、相互平行的线段，也可以是圆弧。

6.9.1　剖面视图的属性设置

单击【草图】工具栏中的 ┊（中心线）按钮，在激活的视图中绘制单一或者相互平行的中心线（也可以单击【草图】工具栏中的 ＼（直线）按钮，在激活的视图中绘制单一或者相互平行的直线段）。选择绘制的中心线（或者直线段），单击【工程图】工具栏中的 ┇（剖面视图）按钮（或者选择【插入】|【工程视图】|【剖面视图】菜单命令），在【属性管理器】中弹出【剖面视图 G-G】（根据生成的剖面视图，字母顺序排序）的属性设置框，如图 6-32 所示。

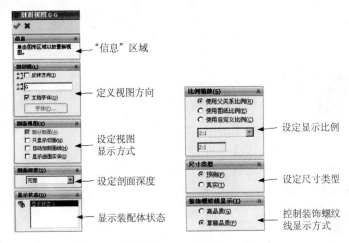

图 6-32 【剖面视图 G-G】属性设置框

1.【剖切线】选项组

（1） （反转方向）：反转剖切的方向。

（2） （标号）：编辑与剖切线或者剖面视图相关的字母。

（3）【字体】：如果剖切线标号选择文件字体以外的字体，取消选择【文档字体】选项，然后单击【字体】按钮，可以为剖切线或者剖面视图相关字母选择其他字体。

2.【剖面视图】选项组

（1）【部分剖面】：当剖切线没有完全切透视图中模型的边框线时，会弹出剖切线小于视图几何体的提示信息，并询问是否生成局部剖视图。

（2）【只显示切面】：只有被剖切线切除的曲面出现在剖面视图中。

（3）【自动加剖面线】：选择此选项，系统可以自动添加必要的剖面（切）线。

6.9.2 生成剖面视图的案例操作

【案例 6-9-1】在工程图环境下，在一个视图的剖面上绘制直线作为剖切线，然后在剖切线正交方向创建剖面视图。

	实例素材	实例素材\第 6 章\6-9 工程图 1.SLDDRW
	最终效果	最终效果\第 6 章\6-9 剖面视图 1.SLDDRW

具体操作步骤如下：

（1）打开"6-9 工程图 1.SLDDRW"，图形区域中出现一张工程图。

（2）单击【工程图】工具栏中的 （剖面视图）按钮或执行【插入】|【工程视图】| （剖面视图）命令，出现【剖面视图】对话框，在需要剖切的位置绘制一条直线，如图 6-33 所示。

（3）移动光标，放置视图到适当位置，得到剖面视图，如图 6-34 所示。

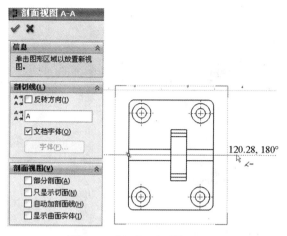

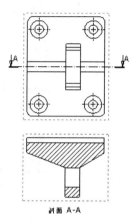

图 6-33 剖面视图属性设置　　　　　　　　图 6-34 创建剖面视图

6.10 旋转剖视图

旋转剖视图可以用来表达具有回转轴的零件模型的内部形状，生成旋转剖视图的剖切线，必须由两条连续的线段构成，并且这两条线段必须具有一定的夹角。

【案例 6-10-1】在工程图环境下，在一个视图的剖面上绘制折线作为剖切线，沿着剖切线将模型剖切开，然后将剖开的模型展开投影即为旋转剖视图。

实例素材	实例素材\第 6 章\6-10 工程图 1.SLDDRW
最终效果	最终效果\第 6 章\6-10 旋转剖视图 1.SLDDRW

具体操作步骤如下：

（1）打开"6-10 工程图 1.SLDDRW"，图形区域中出现一张工程图。使用草图工具栏中的 ＼（直线）或 ┊（中心线）按钮绘制折线，如图 6-35 所示。

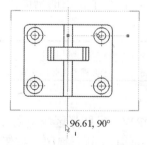

图 6-35 绘制折线段

（2）按住 Ctrl 键，选中两条线段，单击【工程图】工具栏中的 ⌐（旋转剖视图）按钮或执行【插入】|【工程视图】|⌐（旋转剖视图）命令，出现【剖面视图】对话框，移动光标，放置视图到适当位置，得到旋转剖视图，如图 6-36 所示。

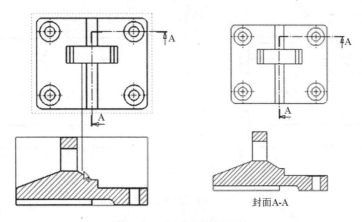

封面A-A

图 6-36　创建旋转剖视图

6.11　断裂视图

对于一些较长的零件（如轴、杆、型材等），如果沿着长度方向的形状统一（或者按一定规律）变化时，可以用折断显示的断裂视图来表达，这样就可以将零件以较大比例显示在较小的工程图纸上。断裂视图可以应用于多个视图，并可根据要求撤销断裂视图。

6.11.1　断裂视图的属性设置

单击【工程图】工具栏中的 （断裂视图）按钮，或者选择【插入】|【工程视图】|【断裂视图】菜单命令，在【属性管理器】中弹出【断裂视图】的属性设置框，如图 6-37 所示。

（1） （添加竖直折断线）：生成断裂视图时，将视图沿水平方向断开。

（2） （添加水平折断线）：生成断裂视图时，将视图沿竖直方向断开。

（3）【缝隙大小】：改变折断线缝隙之间的间距。

（4）【折断线样式】：定义折断线的类型，如图 6-38 所示，其效果如图 6-39 所示。

图 6-37　【断裂视图】属性设置框　　图 6-38　【折断线样式】选项

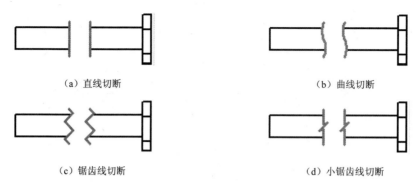

（a）直线切断　　　　　　　　　　　　　　　　（b）曲线切断

（c）锯齿线切断　　　　　　　　　　　　　　　　（d）小锯齿线切断

图 6-39　不同折断线样式的效果

6.11.2　生成断裂视图的案例操作

【案例 6-11-1】在工程图环境下，将一个具有相同截面的长轴形零件的视图从中间截断生成一个具有较短轴的视图。

实例素材	实例素材\第 6 章\6-11 工程图 1.SLDDRW
最终效果	最终效果\第 6 章\6-11 断裂视图 1.SLDDRW

具体操作步骤如下：

（1）打开"6-11 工程图 1.SLDDRW"，图形区域中出现一张工程图，如图 6-40 所示。

图 6-40　打开工程视图

（2）选择要断裂的视图，然后单击【工程图】工具栏中的 （断裂视图）按钮或执行【插入】|【工程视图】|（断裂视图）命令，出现【断裂视图】属性对话框，在【断裂视图设置】选项组中，选择 （添加竖直折断线）选项，在【缝隙大小】数值框中输入 10mm，【折断线样式】选择"锯齿线切断"，在图形区域中出现了折线，如图 6-41 所示。

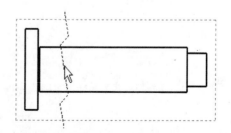

图 6-41　断裂视图属性设置

（3）移动光标，选择两个位置放置折断线，单击鼠标左键放置折断线，得到断裂视图，如图 6-42 所示。

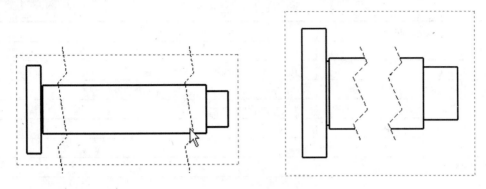

图 6-42 创建断裂视图

6.12 尺寸标注

6.12.1 绘制草图尺寸

工程图中的尺寸标注是与模型相关联的，而且模型中的变更将直接反映到工程图中。

（1）模型尺寸。通常在生成每个零件特征时即生成尺寸，然后将这些尺寸插入各个工程视图中。在模型中改变尺寸会更新工程图，在工程图中改变插入的尺寸也会改变模型。

（2）参考尺寸。也可以在工程图文档中添加尺寸，但是这些尺寸是参考尺寸，并且是从动尺寸，不能编辑参考尺寸的数值而更改模型。然而，当模型的标注尺寸改变时，参考尺寸值也会改变。

（3）颜色。在默认情况下，模型尺寸标注为黑色。还包括零件或装配体文件中以蓝色显示的尺寸（例如拉伸深度）。参考尺寸以灰色显示，并默认带有括号。可在工具、选项、系统选项、颜色中为各种类型尺寸指定颜色，并在工具、选项、文件属性、尺寸标注中指定添加默认括号。

（4）箭头。尺寸被选中时尺寸箭头上出现圆形控标。当单击箭头控标时（如果尺寸有两个控标，可以单击任一个控标），箭头向外或向内反转。用右键单击控标时，箭头样式清单出现。可以使用此方法单独更改任何尺寸箭头的样式。

（5）隐藏和显示尺寸。可使用工程图工具栏上的隐藏/显示注解，或通过视图菜单来隐藏和显示尺寸。也可以用右键单击尺寸，然后选择"隐藏"选项来隐藏尺寸。也可在注解视图中隐藏和显示尺寸。

添加尺寸标注的操作步骤如下：

（1）单击智能尺寸⬙（尺寸/几何关系工具栏），或单击【工具】|【标注尺寸】|【智能尺寸】菜单命令。

（2）单击要标注尺寸的几何体，如表 6-1 所示。

表 6-1　标注尺寸

标注项目	单击的对象
直线或边线的长度	直线
两直线之间的角度	两条直线或一直线和模型上的一边线
两直线之间的距离	两条平行直线，或一条直线与一条平行的模型边线
点到直线的垂直距离	点以及直线或模型边线
两点之间的距离	两个点
圆弧半径	圆弧
圆弧真实长度	圆弧及两个端点
圆的直径	圆周
一个或两个实体为圆弧或圆时的距离	圆心或圆弧/圆的圆周及其他实体 (直线、边线、点等)
线性边线的中点	用右键单击要标注中点尺寸的边线，然后单击选择中点；接着选择第二个要标注尺寸的实体

（3）单击以放置尺寸。

6.12.2　添加尺寸标注的案例操作

【案例 6-12-1】在工程图环境下，对一个视图进行尺寸标注。

	实例素材	实例素材\第 6 章\6-12 工程图 1.SLDDRW
	最终效果	最终效果\第 6 章\6-12 尺寸标注 1.SLDDRW

具体操作步骤如下：

（1）打开"6-12 工程图 1.SLDDRW"，图形区域中出现一张工程图，如图 6-43 所示。

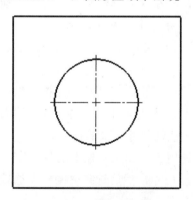

图 6-43　打开工程视图

（2）单击【注解】工具栏中的 ❖（尺寸标注）按钮，出现【尺寸标注】属性对话框，在【尺寸标注】选项组中，保持默认设置，在绘图区单击图纸的边线，将自动生成直线标注尺寸，如图 6-44 所示。

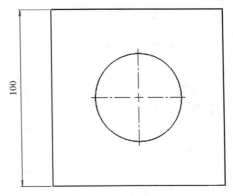

图 6-44　直线标注

（3）在绘图区继续单击圆形边线，将自动生成直径的标注线，如图 6-45 所示。

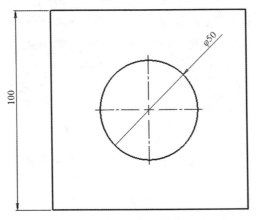

图 6-45　直径标注

6.13　注释

　　利用注释工具可以在工程图中添加文字信息和一些特殊要求的标注形式。注释文字可以独立浮动，也可以指向某个对象（如面、边线或者顶点等）。注释中可以包含文字、符号、参数文字或者超文本链接。如果注释中包含引线，则引线可以是直线、折弯线或者多转折引线。

6.13.1　注释的属性设置

　　单击【注解】工具栏中的 Ａ（注释）按钮，或者选择【插入】|【注解】|【注释】菜单命令，在【属性管理器】中弹出【注释】的属性设置框，如图 6-46 所示。

图 6-46 【注释】属性设置框

1. 【注释常用类型】选项组

（1） ◙ᴺ（将默认属性应用到所选注释）：将默认类型应用到所选注释中。

（2） ◙（添加或更新常用类型）：单击该按钮，在弹出的对话框中输入新名称，然后单击【确定】按钮，即可将常用类型添加到文件中，如图 6-47 所示。

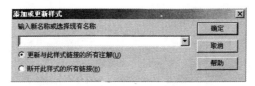

图 6-47 【添加或更新样式】对话框

（3） ◙（删除常用类型）：从【设定当前常用类型】中选择 1 种样式，单击该按钮，即可将常用类型删除。

（4） ◙（保存常用类型）：在【设定当前常用类型】中显示 1 种常用类型，单击该按钮，在弹出的【另存为】对话框中，选择保存该文件的文件夹，编辑文件名，最后单击【保存】按钮。

（5） ◙（装入常用类型）：单击该按钮，在弹出的【打开】对话框中选择合适的文件夹，然后选择 1 个或者多个文件，单击【打开】按钮，装入的常用尺寸出现在【设定当前常用类型】列表中。

2. 【文字格式】选项组

（1）文字对齐方式：包括 ▤（左对齐）、▤（居中）和 ▤（右对齐）。

（2） ◩（角度）：设置注释文字的旋转角度（正角度值表示逆时针方向旋转）。

（3） ◙（插入超文本链接）：单击该按钮，可以在注释中包含超文本链接。

（4） ◙（链接到属性）：单击该按钮，可以将注释链接到文件属性。

（5） ◙【添加符号】：将鼠标指针放置在需要显示符号的【注释】文本框中，单击【添加符号】按钮，弹出【符号】对话框，选择 1 种符号，单击【确定】按钮，符号显示在注释中，如图 6-48 所示。

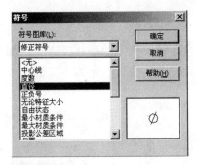

图 6-48 选择符号

（6）（锁定/解除锁定注释）：将注释固定到位。当编辑注释时，可以调整其边界框，但不能移动注释本身（只可用于工程图）。

（7）▦（插入形位公差）：可以在注释中插入形位公差符号。

（8）√（插入表面粗糙度符号）：可以在注释中插入表面粗糙度符号。

（9）▨（插入基准特征）：可以在注释中插入基准特征符号。

（10）【使用文档字体】：选择该选项，使用文件设置的字体；取消选择该选项，【字体】按钮处于可选择状态。单击【字体】按钮，弹出【选择字体】对话框，可以选择字体样式、大小及效果。

3. 【引线】选项组

（1）单击✓（引线）、↝（多转折引线）、✗（无引线）或者⌖（自动引线）按钮确定是否选择引线。如果单击⌖（自动引线）按钮，在注释到实体时会自动插入引线。

（2）单击↰（引线靠左）、↱（引线向右）、⋉（引线最近）按钮，确定引线的位置。

（3）单击↗（直引线）、↶（折弯引线）、⟋（下划线引线）按钮，确定引线样式。

（4）从【箭头样式】中选择 1 种箭头样式，如图 6-49 所示。如果选择▶★（智能箭头）样式，则应用适当的箭头（如根据出详图标准，将—•应用到面上、—▶应用到边线上等）到注释中。

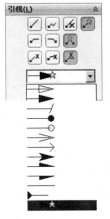

图 6-49 【箭头样式】选项

（5）【应用到所有】：将更改应用到所选注释的所有箭头。如果所选注释有多条引线，而自动引线没有被选择，则可以为每个单独引线使用不同的箭头样式。

4．【引线】选项组

（1）【样式】：指定边界（包含文字的几何形状）的形状或者无，如图 6-50 所示。

（2）【大小】：指定文字是否为【紧密配合】或者固定的字符数，如图 6-51 所示。

图 6-50　【样式】选项　　　　　　　图 6-51　【大小】选项

6.13.2　添加注释的案例操作

【案例 6-13-1】在工程图环境下，添加注释。

	实例素材	实例素材\第 6 章\6-13 工程图 1.SLDDRW
	最终效果	最终效果\第 6 章\6-13 注释 1.SLDDRW

具体操作步骤如下：

（1）打开"6-13 工程图 1.SLDDRW"，图形区域中出现一张工程图，如图 6-52 所示。

（2）单击【注解】工具栏中的 A（注释）按钮，出现【注释】属性对话框，在【注释】选项组中，保持默认设置，如图 6-53 所示。

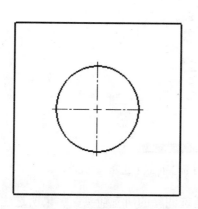

图 6-52　打开工程视图

图 6-53　注释属性设置

（3）移动光标，在绘图区单击空白处，出现文字输入框，在其内输入文字，形成注释，如图 6-54 所示。

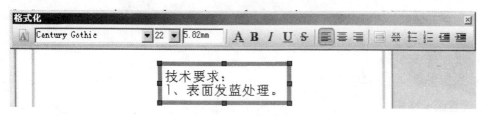

图 6-54　填写注释

6.14　范例

机械领域中常见的阶梯轴模型如图 6-55 所示。本范例要创建的阶梯轴的工程图如图 6-56 所示。

图 6-55　阶梯轴模型

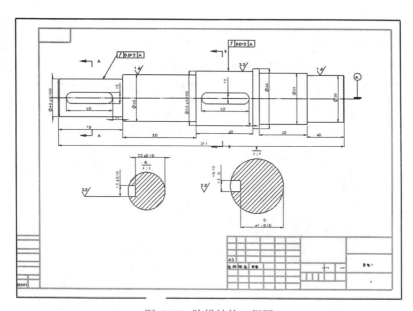

图 6-56　阶梯轴的工程图

创建此工程图的主要步骤是：

（1）设置图纸格式。

（2）创建视图。

（3）进行剖面填充，绘制中心线。

（4）进行尺寸标注。

具体操作步骤如下所述。

1．设置图纸格式

（1）选择【标准】工具栏上的"新建"按钮，新建工程图文件。

（2）根据所创建的零件图的大小选择合适的图纸大小，本例所需图纸为 A3（420×297mm）大小。在【标准图纸大小】中选择"A3（GB）"，单击【确定】按钮，如图 6-57 所示。

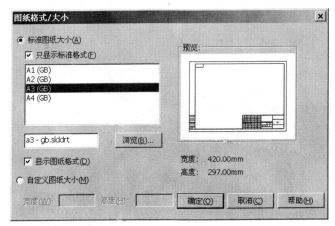

图 6-57　设置 A3 图纸

2．创建视图

1）创建主视图

（1）创建未剖视的主视图。单击菜单栏中的【插入】|【工程视图】|【相对于模型】命令，鼠标指针变为形状，并在特性管理器中出现"相对视图"的提示信息，如图 6-58 所示。在图纸区域单击鼠标右键，弹出快捷菜单，如图 6-59 所示，选择【从文件中插入】，在弹出的【打开】文件对话框中，选择配书光盘中的装配模型文件"6.SLDPRT"，如图 6-60 所示。

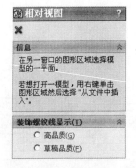

图 6-58　【相对视图】提示信息　　　图 6-59　快捷菜单

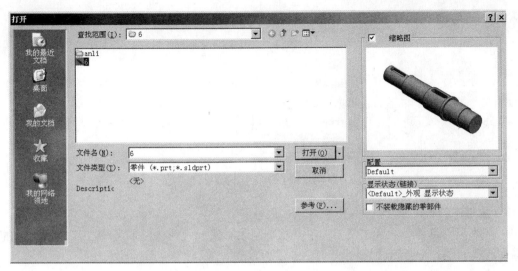

图 6-60　【打开】对话框

（2）打开模型文件后，在相对视图的属性栏中分别在【第一方向】和【第二方向】选框中选择模型的上视基准面和右视基准面，如图 6-61 所示，然后单击 ✔（确定）按钮。

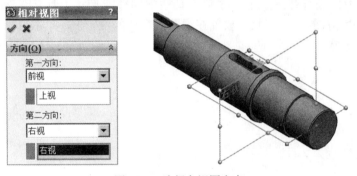

图 6-61　选择主视图方向

（3）在图纸区域会出现阶梯轴主视图的预览，单击鼠标左键将主视图放置于图纸中合适的位置，如图 6-62 所示。可单击需要修改的视图，在特性管理器中修改视图采用的比例。

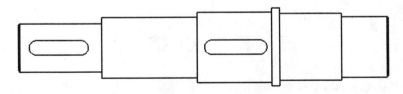

图 6-62　创建主视图

2）创建剖视图

选择主视图，单击草图工具栏中直线工具 ＼，在主视图键槽位置绘制一条直线。然后选择此直线，单击插入工程图工具栏中的剖面视图工具 ↗，弹出【剖面视图】对话框，如图 6-63 所示。

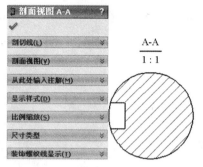

图 6-63 　【剖面视图】对话框

3. 添加中心线

单击草图工具栏中心线工具 ，在需要绘制中心线的视图中绘制各中心线，所绘制的主视图中心线如图 6-64 所示。

4. 尺寸标注

在零件图上标注尺寸，必须做到：正确、完整、清晰、合理。主要包括以下几类尺寸：外形尺寸、加工粗糙度、形位公差、技术要求等。

以键槽部分为例进行标注。单击注解工具栏中的智能尺寸工具 ，选择键槽两侧的边线，就会出现尺寸标注预览，将尺寸放置在视图中合适的位置上，单击鼠标左键，如图 6-65 所示。

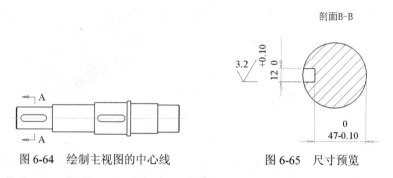

图 6-64 　绘制主视图的中心线

图 6-65 　尺寸预览

其他尺寸标注方法相同，最后即可得到如图 6-65 所示的工程图。

本 章 小 结

生成工程图是 SolidWorks 一项非常强大的功能，该功能可以快速、正确地为零件的加工等工程活动提供合格的工程图样。需要注意的是，用户在使用 SolidWorks 软件时，一定要注意与我国技术制图国家标准的联系和区别，以便正确使用软件提供的各项功能。

第 7 章　曲线和曲面设计

在工业产品设计中，经常出现复杂和不规则实体模型，SolidWorks 提供了强大的曲线和曲面的设计功能，使不规则实体的绘制更加灵活、快捷。

本章内容安排如下：
- ➤ 曲线
- ➤ 曲面
- ➤ 编辑曲面
- ➤ 本章小结

7.1　曲线

选择【插入】|【曲线】菜单命令可以选择绘制相应曲线的类型，如图7-1所示。

图 7-1　【曲线】菜单命令

7.1.1　投影曲线

投影曲线可以通过将绘制的二维曲线投影到模型面上的方式生成1条三维曲线。

1. 投影曲线的属性设置

单击【曲线】工具栏中的 (投影曲线) 按钮或者选择【插入】|【曲线】|【投影曲线】菜单命令，在【属性管理器】中弹出【投影曲线】的属性设置框，如图 7-2 所示。在【选择】选项组中，可以选择两种投影类型，即【草图上草图】和【面上草图】。

【草图上草图】投影类型

【面上草图】投影类型

图 7-2　【投影曲线】属性设置框

（1） (要投影的一些草图)：在图形区域选择曲线草图。

（2） (投影面)：在实体模型上选择想要投影草图的面。

（3）【反转投影】：设置投影曲线的方向。

2. 投影曲线的案例操作

【案例 7-1-1】将在基准面上绘制的曲线投影到选定的模型面上。

	实例素材	实例素材\第 7 章\7-1-1 草图 1.SLDPRT
	最终效果	最终效果\第 7 章\7-1-1 投影曲线 1.SLDPRT

具体操作步骤如下：

（1）打开"7-1-1 草图 1.SLDPRT"零件图，移动鼠标指针到绘图区域选择草图 2 轮廓，或者在特征管理树中选中草图 2，这就是要投影到面上的曲线，如图 7-3 所示。

图 7-3　打开草图

（2）单击【曲线】工具栏中的 ▥（投影曲线）按钮或执行【插入】|【曲线】| ▥（投影曲线）命令，系统弹出投影曲线属性管理器，如图 7-4 所示。

（3）在【选择】选项组下，【投影类型】单选框下选择【面上草图】选项，∥（要投影的草图）文本框中选择草图 2，▱（投影面）文本框中选择"面<1>"，同时选中【反转投影】选项。

（4）单击 ✔ 按钮，完成"投影曲线-面上草图"特征的创建，如图 7-5 所示。

图 7-4　"投影曲线-面上草图"属性设置　　　图 7-5　创建"投影曲线-面上草图"特征

【案例 7-1-2】在两个相交的基准面上分别存在着草图，此时将每一个草图沿所在基准面的垂直方向投影得到一个曲面，最后这两个曲面在空间中相交而生成一条 3D 曲线。

实例素材	实例素材\第 7 章\7-1-2 草图 2.SLDPRT
最终效果	最终效果\第 7 章\7-1-2 投影曲线 2.SLDPRT

具体操作步骤如下：

（1）打开"7-1-2 草图 2.SLDPRT"零件图，移动鼠标指针到绘图区域选择草图 3 和草图 4 轮廓，如图 7-6 所示。

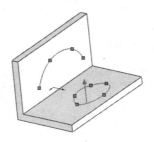

图 7-6　打开草图

（2）单击【曲线】工具栏中的 （投影曲线）按钮或执行【插入】|【曲线】| （投影曲线）命令，系统弹出投影曲线属性管理器，如图 7-7 所示。

（3）在【选择】选项组下，【投影类型】单选框下选择【草图上草图】选项， （要投影的一些草图）文本框中选择草图 3 和草图 4。

（4）单击  按钮，完成"投影曲线-草图上草图"特征的创建，如图 7-8 所示。

图 7-7　"投影曲线-草图上草图"属性设置

图 7-8　创建"投影曲线-草图上草图"特征

7.1.2　组合曲线

组合曲线通过将曲线、草图几何体和模型边线组合为 1 条单一曲线而生成。组合曲线可以作为生成放样特征或者扫描特征的引导线或者轮廓线。

1．组合曲线的属性设置

单击【曲线】工具栏中的 （组合曲线）按钮或者选择【插入】|【曲线】|【组合曲线】菜单命令，在【属性管理器】中弹出【组合曲线】的属性设置框，如图 7-9 所示。其中只有 1 个选项，即 （要连接的草图、边线以及曲线）：在图形区域中选择要组合曲线的项目（如草图、边线或者曲线等）。

图 7-9　【组合曲线】的属性设置框

2．生成组合曲线的案例操作

【案例 7-1-3】将模型实体的多个边线连接成一个整体形成一条曲线。

◎	实例素材	实例素材\第 7 章\7-1-3 草图.SLDPRT
	最终效果	最终效果\第 7 章\7-1-3 组合曲线.SLDPRT

具体操作步骤如下：

（1）打开"7-1-3 草图.SLDPRT"零件图，如图 7-10 所示。

（2）单击【曲线】工具栏中的 （组合曲线）按钮或执行【插入】|【曲线】| （组合曲线）命令，系统弹出组合曲线属性管理器，如图 7-11 所示。

（3）在【要连接的实体】选项组下，单击 （要连接的草图、边线以及曲线）文本框，然后在图形区域中选择实体的边线。

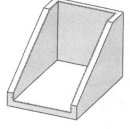

图 7-10　打开草图　　　　　图 7-11　【组合曲线】属性设置

（4）单击 ✔ 按钮，完成组合曲线特征的创建。

7.1.3　螺旋线和涡状线

　　螺旋线和涡状线可以作为扫描特征的路径或者引导线，也可以作为放样特征的引导线，通常用来生成螺纹、弹簧和发条等零件，也可以在工业设计中作为装饰使用。

1．螺旋线和涡状线的属性设置

　　单击【曲线】工具栏中的 ⑧（螺旋线/涡状线）按钮或者选择【插入】|【曲线】|【螺旋线/涡状线】菜单命令，在【属性管理器】中弹出【螺旋线/涡状线】的属性设置框。

　　（1）【定义方式】选项组：用来定义生成螺旋线和涡状线的方式，可以根据需要进行选择，如图 7-12 所示。

　　● 【螺距和圈数】：通过定义螺距和圈数生成螺旋线，其属性设置如图 7-13 所示。

图 7-12　【定义方式】选项　　图 7-13　选择【螺距和圈数】选项后的属性设置

　　● 【高度和圈数】：通过定义高度和圈数生成螺旋线，其属性设置如图 7-14 所示。
　　● 【高度和螺距】：通过定义高度和螺距生成螺旋线，其属性设置如图 7-15 所示。
　　● 【涡状线】：通过定义螺距和圈数生成涡状线，其属性设置如图 7-16 所示。

图 7-14 选择【高度和圈数】
选项后的属性设置

图 7-15 选择【高度和螺距】
选项后的属性设置

图 7-16 选择【涡状线】选项
后的属性设置

（2）【参数】选项组：

● 【恒定螺距】（在选择【螺距和圈数】和【高度和螺距】选项时可用）：以恒定螺距方式生成螺旋线。

● 【可变螺距】（在选择【螺距和圈数】和【高度和螺距】选项时可用）：以可变螺距方式生成螺旋线。

● 【区域参数】（在单击【可变螺距】单选按钮后可用）：通过指定圈数（Rev）或者高度（H）、直径（Dia）以及螺距率（P）生成可变螺距螺旋线，如图 7-17 所示。

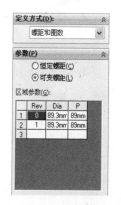 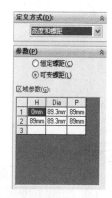

图 7-17 【区域参数】设置

● 【螺距】：为每个螺距设置半径更改比率。设置的数值必须至少为 0.001，且不大于 200000。

● 【圈数】：设置螺旋线及涡状线的旋转数。

● 【高度】：设置生成螺旋线的高度。

● 【反向】：用来反转螺旋线及涡状线的旋转方向。选择此选项，则将螺旋线从原点处向后延伸或者生成 1 条向内旋转的涡状线。

● 【起始角度】：设置在绘制的草图圆上开始初始旋转的位置。
● 【顺时针】：设置生成的螺旋线及涡状线的旋转方向为顺时针。
● 【逆时针】：设置生成的螺旋线及涡状线的旋转方向为逆时针。

2．生成螺旋线的案例操作

【案例 7-1-4】已知存在一个草图圆，在草图基础上创建一个等螺距的螺旋线。

|  | 实例素材 | 实例素材\第 7 章\7-1-4 草图 1.SLDPRT |
| | 最终效果 | 最终效果\第 7 章\7-1-4 螺旋线 1.SLDPRT |

具体操作步骤如下：

（1）打开"7-1-4 草图 1.SLDPRT"零件图，如图 7-18 所示。

（2）单击【曲线】工具栏中的 （螺旋线/涡状线）按钮或执行【插入】|【曲线】| （螺旋线/涡状线）命令，系统弹出螺旋线属性管理器。

（3）在【定义方式】选项组下，下拉列表框中选择【螺距和圈数】选项。在【参数】选项组下，选择【恒定螺距】单选项，【螺距】文本框中输入值 20mm，【圈数】文本框中输入值 5，【起始角度】文本框中输入值 0deg，选择【顺时针】单选项，如图 7-19 所示。

图 7-18　打开草图　　　　图 7-19　"螺旋线-恒定螺距"属性设置

（4）单击 按钮，完成"螺旋线-恒定螺距"特征的创建，如图 7-20 所示。

图 7-20　创建"螺旋线-恒定螺距"特征

【案例 7-1-5】已知存在一个草图圆，在草图基础上创建一个变螺距的螺旋线。

| | 实例素材 | 实例素材\第 7 章\7-1-5 草图 2.SLDPRT |
| | 最终效果 | 最终效果\第 7 章\7-1-5 螺旋线 2.SLDPRT |

具体操作步骤如下：

（1）打开"7-1-5 草图 2.SLDPRT"零件图，如图 7-21 所示。

图 7-21　打开草图

（2）单击【曲线】工具栏中的 （螺旋线/涡状线）按钮或执行【插入】|【曲线】| （螺旋线/涡状线）命令，系统弹出螺旋线属性管理器。

（3）在【定义方式】选项组下，下拉列表框中选择【螺距和圈数】选项。在【参数】选项组下，选择【可变螺距】单选项，【区域参数】值如图 7-22 属性管理器中所示，【起始角度】文本框中输入值 0deg，选择【顺时针】单选项。

（4）单击 按钮，完成"螺旋线-可变螺距"特征的创建，如图 7-23 所示。

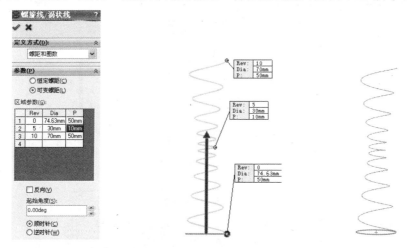

图 7-22　"螺旋线-可变螺距"属性设置　　图 7-23　创建"螺旋线-可变螺距"特征

7.1.4　通过 XYZ 点的曲线

可以通过用户定义的点生成样条曲线，以这种方式生成的曲线被称为通过 XYZ 点的曲线。在 SolidWorks 中，用户既可以自定义样条曲线通过的点，也可以利用点坐标文件生成样条曲线。

1. 通过 XYZ 点的曲线的属性设置

单击【曲线】工具栏中的 （通过 XYZ 点的曲线）按钮或者选择【插入】|【曲线】|【通过 XYZ 点的曲线】菜单命令，弹出【曲线文件】对话框，如图 7-24 所示。

（1）【点】、【X】、【Y】、【Z】：【点】的列坐标定义生成曲线的点的顺序；【X】、【Y】、【Z】的列坐标对应点的坐标值。双击每个单元格，即可激活该单元格，然后输入数值即可。

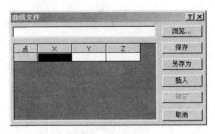

图 7-24　【曲线文件】对话框

（2）【插入】：用于插入新行。如果要在某一行之上插入新行，只要单击该行，然后单击【插入】按钮即可。

2. 生成通过 XYZ 点的曲线的案例操作

【案例 7-1-6】通过手工输入一系列点的 X、Y、Z 坐标，将这些点连接成一条曲线。

⊙	实例素材	实例素材\第 7 章\7-1-6 草图.SLDPRT
	最终效果	最终效果\第 7 章\7-1-6XYZ 点曲线.SLDPRT

具体操作步骤如下：

（1）打开"7-1-6 草图.SLDPRT"零件图，如图 7-25 所示。

（2）单击【曲线】工具栏中的 ℧（通过 XYZ 点的曲线）按钮或执行【插入】|【曲线】| ℧（通过 XYZ 点的曲线）命令，系统弹出曲线文件属性管理器。

（3）双击对话框中的 X、Y 和 Z 坐标列中的单元格，并在每个单元格中输入如图 7-26 所示的坐标值。

（4）单击 ✔ 按钮，完成通过 XYZ 点的曲线特征的创建，如图 7-27 中所示。

图 7-25　打开草图

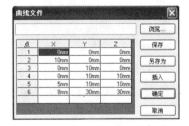
图 7-26　曲线文件对话框

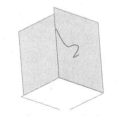
图 7-27　创建 XYZ 点的曲线

7.1.5　通过参考点的曲线

通过参考点的曲线是通过 1 个或者多个平面上的点而生成的曲线。

1. 通过参考点的曲线的属性设置

单击【曲线】工具栏中的 ⬡（通过参考点的曲线）按钮或者单击【插入】|【曲线】|【通过参考点的曲线】菜单命令，在【属性管理器】中弹出【通过参考点的曲线】的属性设置框，如图 7-28 所示。

（1）【通过点】：选择通过 1 个或者多个平面上的点。

（2）【闭环曲线】：定义生成的曲线是否闭合。选择此选项，则生成的曲线自动闭合。

图 7-28　【通过参考点的曲线】的属性设置框

2. 生成通过参考点的曲线的案例操作

【案例 7-1-7】通过将实体上的多个点连接起来，形成空间曲线。

	实例素材	实例素材\第 7 章\7-1-7 草图.SLDPRT
	最终效果	最终效果\第 7 章\7-1-7 参考点曲线.SLDPRT

具体操作步骤如下：

（1）打开"7-1-7 草图.SLDPRT"零件图，如图 7-29 所示。

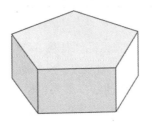

图 7-29　打开草图

（2）单击【曲线】工具栏中的 （通过参考点的曲线）按钮或执行【插入】|【曲线】| （通过参考点的曲线）命令，系统弹出曲线属性管理器。

（3）在【通过点】选项组下，单击文本框，然后依次单击五边形凸台上的顶点，如图 7-30 所示，同时选中【闭环曲线】复选框。

（4）单击 按钮，完成通过参考点的曲线特征的创建，如图 7-31 所示。

图 7-30　"通过参考点的曲线"属性设置　　　　图 7-31　创建"通过参考点的曲线"

7.1.6　分割线

分割线通过将实体投影到曲面或者平面上而生成。它将所选的面分割为多个分离的面，从而可以选择其中 1 个分离面进行操作。分割线也可以通过将草图投影到曲面实体而生成，投影的实体可以是草图、模型实体、曲面、面、基准面或者曲面样条曲线。

1. 分割线的属性设置

单击【曲线】工具栏中的 （分割线）按钮或者选择【插入】|【曲线】|【分割线】

菜单命令，在【属性管理器】中弹出【分割线】的属性设置框。在【分割类型】选项组中，选择生成的分割线的类型，如图 7-32 所示，有如下 3 种分割类型：

- 【轮廓】：在圆柱形零件上生成分割线。
- 【投影】：将草图线投影到表面上生成分割线。
- 【交叉点】：以交叉实体、曲面、面、基准面或者曲面样条曲线分割面。

（1）单击【轮廓】单选按钮，其属性设置如图 7-33 所示，有如下参数：

- （拔模方向）：在图形区域或者【特征管理器设计树】中选择通过模型轮廓投影的基准面。

图 7-32　【分割类型】选项组　　　图 7-33　单击【轮廓】单选按钮后的属性设置

- 　（要分割的面）：选择 1 个或者多个要分割的面。
- 【反向】：设置拔模方向。若选择此选项，则以反方向拔模。
- 【角度】：设置拔模角度，主要用于制造工艺方面的考虑。

（2）单击【投影】单选按钮，其属性设置如图 7-34 所示，有如下参数：

- 　（要投影的草图）：在图形区域选择草图，作为要投影的草图。
- 【单向】：以单方向进行分割以生成分割线。

（3）单击【交叉点】单选按钮，其属性设置如图 7-35 所示，有如下参数：

- 【分割所有】：分割线穿越曲面上所有可能的区域，即分割所有可以分割的曲面。
- 【自然】：按照曲面的形状进行分割。
- 【线性】：按照线性方向进行分割。

图 7-34　单击【投影】单选按钮后的属性设置　　　图 7-35　单击【交叉点】单选按钮后的属性设置

2．生成分割线的案例操作

【案例 7-1-8】利用基准面和空间曲面之间存在的交线，自动把曲面分割成几个部分。

	实例素材	实例素材\第 7 章\7-1-8 草图 1.SLDPRT
	最终效果	最终效果\第 7 章\7-1-8 分割线 1.SLDPRT

具体操作步骤如下：

（1）打开"7-1-8 草图 1.SLDPRT"零件图，如图 7-36 所示。

图 7-36　打开草图

（2）单击【曲线】工具栏中的 ▨（分割线）按钮或执行【插入】|【曲线】| ▨（分割线）命令，系统弹出分割线属性管理器。

（3）在【分割类型】选项组下，选择【轮廓】单选项。在【选择】选项组下，◈（拔模方向）文本框中选择管理器设计树中的"上视基准面"，▨（要分割的面）文本框中选择如图 7-37 中所示曲面，其他设置使用系统默认参数。

（4）单击 ✔ 按钮，完成"分割线-轮廓"特征的创建，如图 7-38 所示。

图 7-37　"分割线-轮廓"属性设置　　　　图 7-38　创建"分割线-轮廓"特征

【案例 7-1-9】把已经存在的草图轮廓投影到选定的曲面上，同时投影线把曲面分割成单独的几个区域。

	实例素材	实例素材\第 7 章\7-1-9 草图 2.SLDPRT
	最终效果	最终效果\第 7 章\7-1-9 分割线 2.SLDPRT

具体操作步骤如下：

（1）打开"7-1-9 草图 2.SLDPRT"零件图，蓝色曲线即为要投影到面上的曲线，如图 7-39 所示。

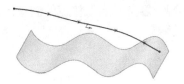

图 7-39　打开草图

（2）单击【曲线】工具栏中的 （分割线）按钮或执行【插入】|【曲线】| （分割线）命令，系统弹出分割线属性管理器。

（3）在【分割类型】选项组下，选择【投影】单选项。在【选择】选项组下，（要投影的草图）文本框中选择曲线草图，（要分割的面）文本框中选择如图 7-40 中所示曲面，其他设置使用系统默认参数。

（4）单击 按钮，完成"分割线-投影"特征的创建，如图 7-41 所示。

图 7-40　"分割线-投影"属性设置　　　　　图 7-41　创建分割线-投影特征

【案例 7-1-10】以两个空间曲面的交线作为分割线，将指定的曲面分成几个独立区域。

	实例素材	实例素材\第 7 章\7-1-10 草图 3.SLDPRT
	最终效果	最终效果\第 7 章\7-1-10 分割线 3.SLDPRT

具体操作步骤如下：

（1）打开"7-1-10 草图 3.SLDPRT"零件图，如图 7-42 所示。

图 7-42　打开草图

（2）单击【曲线】工具栏中的 （分割线）按钮或执行【插入】|【曲线】| （分割线）命令，系统弹出分割线属性管理器。

（3）在【分割类型】选项组下，选择【交叉点】单选项。在【选择】选项组下，（分割实体/面/基准面）文本框中选择曲面，（要分割的面/实体）文本框中选择如图 7-43 中所示曲面。在【曲面分割选项】选项组下，选中【分割所有】和【自然】复选框。

（4）单击 ✔ 按钮，完成"分割线-交叉点"特征的创建，如图 7-44 所示。

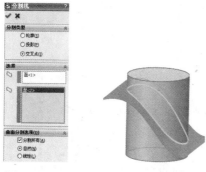

图 7-43　"分割线-交叉点"属性设置　　　　图 7-44　创建"分割线-交叉点"特征

7.2　曲面

曲面是 1 种可以用来生成实体特征的几何体（如圆角曲面等）。1 个零件中可以有多个曲面实体。

在 SolidWorks 中，生成曲面的方式如下：

（1）由草图或者基准面上的 1 组闭环边线插入平面。

（2）由草图拉伸、旋转、扫描或者放样生成曲面。

（3）由现有面或者曲面生成等距曲面。

（4）从其他程序输入曲面文件，如 CATIA、ACIS、Pro/ENGINEER、Unigraphics、SolidEdge、Autodesk Inverntor 等。

（5）由多个曲面组合成新的曲面。

SolidWorks 提供了生成曲面的工具栏和菜单命令。选择【插入】|【曲面】菜单命令可以选择生成相应曲面的类型，如图 7-45 所示。

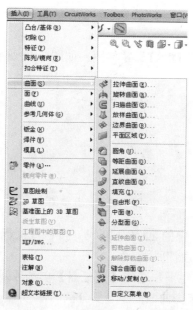

图 7-45　【曲面】菜单命令

7.2.1 拉伸曲面

拉伸曲面是将 1 条曲线拉伸为曲面。

1. 拉伸曲面的属性设置

单击【曲面】工具栏中的 （拉伸曲面）按钮或者选择【插入】|【曲面】|【拉伸曲面】菜单命令，在【属性管理器】中弹出【曲面-拉伸】的属性设置框，如图 7-46 所示。在【从】选项组中，可选择不同的"开始条件"，如图 7-47 所示。

图 7-46 【曲面-拉伸】属性设置框　　图 7-47 "开始条件"选项

（1）【从】选项组：选择拉伸曲面的开始条件，不同的开始条件对应不同的属性设置。
- "草图基准面"：以基准面为拉伸曲面的开始条件。
- "曲面/面/基准面"：选择 1 个面作为拉伸曲面的开始条件。
- "顶点"：选择 1 个顶点作为拉伸曲面的开始条件。
- "等距"：从与当前草图基准面等距的基准面上开始拉伸曲面，在数值框中可以输入等距数值。

（2）【方向 1】、【方向 2】选项组：
- "终止条件"下拉选项：决定拉伸曲面的方式，如图 7-48 所示。

图 7-48 "终止条件"下拉选项

- （反向）：可以改变曲面拉伸的方向。
- （拉伸方向）：在图形区域中选择方向向量以垂直于草图轮廓的方向拉伸草图。

● （深度）：设置曲面拉伸的深度。

● ⬛（拔模开/关）：设置拔模角度，主要用于制造工艺的考虑。

● 【向外拔模】：设置拔模的方向。

其他属性设置不再赘述。

2. 生成拉伸曲面的案例操作

【案例 7-2-1】已知存在一个草图曲线，沿着垂直于草图基准面的方向拉伸曲线，形成一个空间曲面。

	实例素材	实例素材\第 7 章\7-2-1 草图.SLDPRT
	最终效果	最终效果\第 7 章\7-2-1 拉伸曲面.SLDPRT

具体操作步骤如下：

（1）打开"7-2-1 草图.SLDPRT"零件图，选择草图 1，如图 7-49 所示。

图 7-49　打开草图

（2）单击【曲面】工具栏中的（拉伸曲面）按钮或执行【插入】|【曲面】|（拉伸曲面）命令，系统弹出【曲面-拉伸】属性管理器。

（3）在【从】选项组下，下拉列表框中选择"草图基准面"选项。在【方向 1】选项组下，"终止条件"下拉列表框中选择"给定深度"选项，（深度）文本框中输入值 50mm，预览如图 7-50 所示。

图 7-50　拉伸曲面属性设置

（4）单击按钮，完成拉伸曲面特征的创建，如图 7-51 所示。

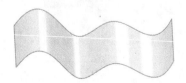

图 7-51　创建拉伸曲面特征

7.2.2　旋转曲面

从交叉或者非交叉的草图中选择不同的草图，并用所选轮廓生成的旋转的曲面，即为旋转曲面。

1．旋转曲面的属性设置

单击【曲面】工具栏中的 🜉（旋转曲面）按钮或者选择【插入】|【曲面】|【旋转曲面】菜单命令，在【属性管理器】中弹出【曲面-旋转】的属性设置框，如图 7-52 所示。

【旋转参数】选项组用来设置生成旋转曲面的各项参数：

（1） ⤶（旋转轴）：设置曲面旋转所围绕的轴，所选择的轴可以是中心线、直线，也可以是 1 条边线。

（2） 🔄（反向）：改变旋转曲面的方向。

（3）"旋转类型"下拉选框：设置生成旋转曲面的类型，如图 7-53 所示，有 3 种类型：

● 单向：从草图基准面开始以单一方向生成旋转曲面。

● 两侧对称：从草图基准面以顺时针和逆时针两个方向生成旋转曲面。

● 双向：从草图基准面以顺时针和逆时针两个方向生成旋转曲面，分别设置"方向 1 角度"和"方向 2 角度"数值，如图 7-54 所示。需要注意的是，两个方向的总角度之和不能超过 360°。

图 7-52　【曲面-旋转】属性设置框　图 7-53　"旋转类型"选项　图 7-54　设置"旋转类型"为"双向"

（4） 🜉（角度）：设置旋转曲面的角度。系统默认的角度为 360°，角度从所选草图基准面以顺时针方向开始。

2．生成旋转曲面的案例操作

【案例 7-2-2】将已存在的曲线草图绕中心线旋转形成曲面。

◉	实例素材	实例素材\第 7 章\7-2-2 草图.SLDPRT
	最终效果	最终效果\第 7 章\7-2-2 旋转曲面.SLDPRT

具体操作步骤如下：

（1）打开"7-2-2 草图.SLDPRT"零件图，选择草图 1，如图 7-55 中蓝色曲线所示。

图 7-55　打开草图

（2）单击【曲面】工具栏中的（旋转曲面）按钮或执行【插入】|【曲面】|（旋转曲面）命令，系统弹出【曲面-旋转】属性管理器。

（3）在【旋转参数】选项组下，系统自动选择草图中的中心线为 （旋转轴），"旋转类型"下拉选框中选择"单向"选项，（角度）文本框中输入值 180deg，预览如图 7-56 所示。

（4）单击 ✔ 按钮，完成旋转曲面特征的创建，如图 7-57 所示。

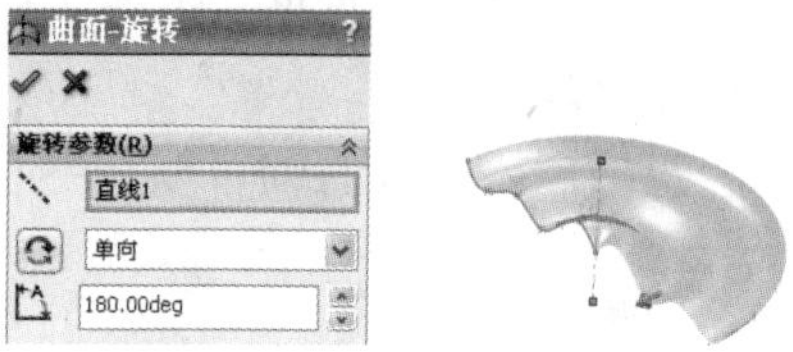

图 7-56　旋转曲面属性设置 　　　图 7-57　创建旋转曲面特征

7.2.3　扫描曲面

利用轮廓和路径生成的曲面被称为扫描曲面。扫描曲面和扫描特征类似，也可以通过引导线生成。

1. 扫描曲面的属性设置

单击【曲面】工具栏中的 （扫描曲面）按钮或者选择【插入】|【曲面】|【扫描曲面】菜单命令，在【属性管理器】中弹出【曲面-扫描】的属性设置框，如图 7-58 所示。

图 7-58　【曲面-扫描】属性设置框

（1）【轮廓和路径】选项组：

- ●　（轮廓）：设置扫描曲面的草图轮廓，扫描曲面的轮廓可以是开环的，也可以是闭环的。
- ●　（路径）：设置扫描曲面的路径。

（2）【选项】选项组：

- ●　【方向/扭转控制】：控制轮廓沿路径扫描的方向，其选项如图 7-59 所示。

- 【路径对齐类型】：当路径上出现少许波动和不均匀波动、使轮廓不能对齐时，可以将轮廓稳定下来，其选项如图 7-60 所示。

图 7-59　【方向/扭转控制】选项　　　图 7-60　【路径对齐类型】选项

- 【合并切面】：在扫描曲面时，如果扫描轮廓具有相切线段，可以使所产生的扫描中的相应曲面相切。
- 【与结束端面对齐】：将扫描轮廓延续到路径所遇到的最后面。扫描的面被延伸或者缩短以与扫描端点处的面相匹配，而不要求额外几何体（此选项常用于螺旋线）。

（3）【引导线】选项组：

- ↗（引导线）：在轮廓沿路径扫描时加以引导。
- ↑（上移）：调整引导线的顺序，使指定的引导线上移。
- ↓（下移）：调整引导线的顺序，使指定的引导线下移。
- 【合并平滑的面】：改进通过引导线扫描的性能，并在引导线或者路径不是曲率连续的所有点处进行分割扫描。

（4）【起始处/结束处相切】选项组：

- 【起始处相切类型】：如图 7-61 所示，有两个下拉选项：
  - "无"：不应用相切。
  - "路径相切"：路径垂直于开始点处而生成扫描。
- 【结束处相切类型】：如图 7-62 所示，有两个下拉选项：
  - "无"：不应用相切。
  - "路径相切"：路径垂直于结束点处而生成扫描。

图 7-61　【起始处相切类型】选项　　　图 7-62　【结束处相切类型】选项

2．生成扫描曲面的案例操作

【案例 7-2-3】　将已存在的曲线草图轮廓沿一条路径进行移动，生成复杂形状的面。

⊙	实例素材	实例素材\第 7 章\7-2-3 草图.SLDPRT
	最终效果	最终效果\第 7 章\7-2-3 扫描曲面.SLDPRT

具体操作步骤如下：

（1）打开"7-2-3 草图.SLDPRT"零件图，如图 7-63 所示。

图 7-63　打开草图

（2）单击【曲面】工具栏中的 （扫描曲面）按钮或执行【插入】|【曲面】| （扫描曲面）命令，系统弹出【曲面-扫描】属性管理器。

（3）在【轮廓和路径】选项组下， （轮廓）选择"草图 2"，即图形区域中的草图圆， （路径）选择"草图 1"，即图形区域中的圆弧，预览如图 7-64 所示。

（4）单击 按钮，完成扫描曲面特征的创建，如图 7-65 所示。

图 7-64　扫描曲面属性设置　　　　　　图 7-65　创建扫描曲面特征

7.2.4　放样曲面

通过曲线之间的平滑过渡生成的曲面被称为放样曲面。

1. 放样曲面的属性设置

单击【曲面】工具栏中的 （放样曲面）按钮或者选择【插入】|【曲面】|【放样曲面】菜单命令，在【属性管理器】中弹出【曲面-放样】的属性设置框，如图 7-66 所示。

（1）【轮廓】选项组：

● （轮廓）：设置放样曲面的草图轮廓。

● （上移）：调整轮廓草图的顺序，选择轮廓草图，使其上移。

● （下移）：调整轮廓草图的顺序，选择轮廓草图，使其下移。

（2）【起始/结束约束】选项组：【开始约束】和【结束约束】有相同的选项，如图 7-67 所示。

● "无"：不应用相切约束，即曲率为零。

● "方向向量"：根据方向向量所选实体而应用相切约束。

● "垂直于轮廓"：应用垂直于开始或者结束轮廓的相切约束。

（3）【引导线】选项组：

● （引导线）：选择引导线以控制放样曲面。

● （上移）：调整引导线的顺序，选择引导线，使其上移。

● （下移）：调整引导线的顺序，选择引导线，使其下移。

● 【引导线相切类型】：控制放样与引导线相遇处的相切。

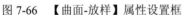

图 7-66　【曲面-放样】属性设置框　　　　图 7-67　【开始约束】和【结束约束】选项

（4）【中心线参数】选项组：

● （中心线）：使用中心线引导放样形状，中心线可以和引导线是同一条线。

● 【截面数】：在轮廓之间围绕中心线添加截面，截面数可以通过移动滑杆进行调整。

● （显示截面）：显示放样截面，单击箭头显示截面数。

（5）【草图工具】选项组：用于从同一草图（特别是 3D 草图）的轮廓中定义放样截面和引导线。

● 【拖动草图】：激活草图拖动模式。

● （撤销草图拖动）：撤销先前的草图拖动操作并将预览返回到其先前状态。

（6）【选项】选项组：

● 【合并切面】：在生成放样曲面时，如果对应的线段相切，则使在所生成的放样中的曲面保持相切。

● 【闭合放样】：沿放样方向生成闭合实体，选择此选项，会自动连接最后 1 个和第 1 个草图。

● 【显示预览】：显示放样的上色预览；若取消选择此选项，则只显示路径和引导线。

2．生成放样曲面的案例操作

【案例 7-2-4】　将两个不同的轮廓通过引导线连接生成复杂曲面。

	实例素材	实例素材\第 7 章\7-2-4 草图.SLDPRT
	最终效果	最终效果\第 7 章\7-2-4 放样曲面.SLDPRT

具体操作步骤如下：

（1）打开"7-2-4 草图.SLDPRT"零件图，如图 7-68 中蓝色曲线所示。

（2）单击【曲面】工具栏中的 （放样曲面）按钮或执行【插入】|【曲面】| （放样

曲面）命令，系统弹出【曲面-放样】属性管理器。

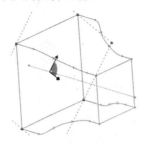

图 7-68　打开草图

（3）在【轮廓】选项组下，[□]（轮廓）选择草图 1 和草图 2，即图形区域中的两个正方形；在【引导线】选项组下，[□]（引导线）选框中选择图形区域中轮廓之间的 4 条空间曲线，预览如图 7-69 所示。

（4）单击✔按钮，完成放样曲面特征的创建，如图 7-70 所示。

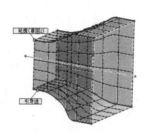

图 7-69　放样曲面属性设置　　　　　　　　　　　图 7-70　创建放样曲面特征

7.2.5　等距曲面

将已经存在的曲面以指定距离生成的另一个曲面被称为等距曲面。

1．等距曲面的属性设置

单击【曲面】工具栏中的 [□]（等距曲面）按钮或者选择【插入】|【曲面】|【等距曲面】菜单命令，在【属性管理器】中弹出【等距曲面】的属性设置框，如图 7-71 所示。

图 7-71　【等距曲面】属性设置框

（1）[□]（要等距的曲面或面）：在图形区域中选择要等距的曲面或者平面。

（2）（反转等距方向）：改变等距的方向。

2．生成等距曲面的案例操作

【案例 7-2-5】将选定的曲面沿其法线方向偏移生成曲面。

⊚	实例素材	实例素材\第 7 章\7-2-5 草图.SLDPRT
	最终效果	最终效果\第 7 章\7-2-5 等距曲面.SLDPRT

具体操作步骤如下：

（1）打开"7-2-5 草图.SLDPRT"零件图，如图 7-72 所示。

图 7-72　打开草图

（2）单击【曲面】工具栏中的 （等距曲面）按钮或执行【插入】|【曲面】| （等距曲面）命令，系统弹出等距曲面属性管理器。

（3）在【等距参数】选项组下， （要等距的曲面或面）选框中选择图中曲面。"距离"文本框输入值 50mm，预览如图 7-73 所示。

（4）单击 按钮，完成等距曲面特征的创建，如图 7-74 所示。

图 7-73　等距曲面属性设置 　　　　图 7-74　创建等距曲面特征

7.2.6　延展曲面

通过沿所选平面方向延展实体或者曲面的边线而生成的曲面被称为延展曲面。

1．延展曲面的属性设置

选择【插入】|【曲面】|【延展曲面】菜单命令，在【属性管理器】中弹出【延展曲面】的属性设置框，如图 7-75 所示。

（1） （反转延展方向）：改变曲面延展的方向。

（2） （要延展的边线）：在图形区域中选择 1 条边线或者 1 组连续边线。

（3）【沿切面延伸】：使曲面沿模型中的相切面继续延展。

（4） （延展距离）：设置延展曲面的宽度。

图 7-75   【延展曲面】属性设置框

2. 生成延展曲面的案例操作

【案例 7-2-6】通过沿所选平面方向延展实体的边线来生成曲面。

⊙	实例素材	实例素材\第 7 章\7-2-6 草图.SLDPRT
	最终效果	最终效果\第 7 章\7-2-6 延展曲面.SLDPRT

具体操作步骤如下：

（1）打开"7-2-6 草图.SLDPRT"零件图，如图 7-76 所示。

图 7-76   打开草图

（2）单击【曲面】工具栏中的 （延展曲面）按钮或执行【插入】|【曲面】| （延展曲面）命令，系统弹出延展曲面属性管理器。

（3）在【延展参数】选项组下，延展方向参考文本框中选择上视基准面， （要延展的边线）选框中选择如图 7-77 所示的红色边线， （距离）文本框输入值 50mm，同时单击   （反向）按钮，使得曲面延展方向沿法向朝外。

（4）单击 按钮，完成延展曲面特征的创建，如图 7-78 所示。

 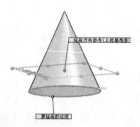 

图 7-77   延展曲面属性设置   图 7-78   创建延展曲面特征

7.3 编辑曲面

在 SolidWorks 中，既可以生成曲面，也可以对生成的曲面进行编辑。

7.3.1 圆角曲面

使用圆角将曲面实体中以一定角度相交的两个相邻面之间的边线进行平滑过渡，则生成的圆角被称为圆角曲面。

1．圆角曲面的属性设置

单击【曲面】工具栏中的 （圆角）按钮或者选择【插入】|【曲面】|【圆角】菜单命令，在【属性管理器】中弹出【圆角】的属性设置框，如图 7-79 所示。

图 7-79 【圆角】属性设置框

圆角曲面命令与圆角特征命令基本相同，在此不再赘述。

2．生成圆角曲面的案例操作

【案例 7-3-1】在指定的两组曲面之间建立光滑连接的过渡曲面。

	实例素材	实例素材\第 7 章\7-3-1 草图.SLDPRT
	最终效果	最终效果\第 7 章\7-3-1 圆角曲面.SLDPRT

具体操作步骤如下：

（1）打开"7-3-1 草图.SLDPRT"零件图，如图 7-80 所示。

图 7-80 打开草图

（2）单击【曲面】工具栏中的 （圆角）按钮或执行【插入】|【曲面】| （圆角）命令，系统弹出圆角属性管理器。

（3）在【圆角类型】选项组下，选择【等半径】单选项。在【圆角项目】选项组下，（边线、面、特征和环）选框中选择如图 7-81 中所示的 4 条边线，（半径）文本框中输入值 10mm。

（4）单击 按钮，完成圆角曲面特征的创建，如图 7-82 所示。

图 7-81　圆角曲面属性设置　　　　　　　　图 7-82　创建圆角曲面特征

7.3.2　填充曲面

在现有模型边线、草图或者曲线定义的边界内生成带任何边数的曲面修补，被称为填充曲面。填充曲面可以用来构造填充模型中缝隙的曲面。

1. 填充曲面的属性设置

单击【曲面】工具栏中的 （填充曲面）按钮或者选择【插入】|【曲面】|【填充】菜单命令，在【属性管理器】中弹出【填充曲面】的属性设置框，如图 7-83 所示。

（1）【修补边界】选项组：

- （修补边界）：定义所应用的修补边线。
- "交替面"下拉列表框：只在实体模型上生成修补时使用，用于控制修补曲率的反转边界面。
- "曲率控制"下拉列表框：在生成的修补上进行控制，可以在同一修补中应用不同的曲率控制，其选项如图 7-84 所示。
- 【应用到所有边线】：可以将相同的曲率控制应用到所有边线中。
- 【优化曲面】：用于对曲面进行优化，其潜在优势包括加快重建时间以及当与模型中的其他特征一起使用时增强稳定性。

（2）【约束曲线】选项组只有 1 个参数，即 （约束曲线）：在填充曲面时添加斜面控制。

（3）【选项】选项组：

- 【修复边界】：可以自动修复填充曲面的边界。
- 【合并结果】：如果边界至少有 1 条边线是开环薄边，那么选择此选项，则可以用边线所属的曲面进行缝合。

- 【尝试形成实体】：如果边界实体都是开环边线，可以选择此选项生成实体。在默认情况下，此选项以灰色显示。

- 【反向】：此选项用于纠正填充曲面时不符合填充需要的方向。

图 7-83　【填充曲面】属性设置框　　　　图 7-84　【曲率控制】选项

2．生成填充曲面的案例操作

【案例 7-3-2】根据模型的边线在其内部构建任意边数的曲面修补。

	实例素材	实例素材\第 7 章\7-3-2 草图.SLDPRT
	最终效果	最终效果\第 7 章\7-3-2 填充曲面.SLDPRT

具体操作步骤如下：

（1）打开"7-3-2 草图.SLDPRT"零件图，如图 7-85 所示。

图 7-85　打开草图

（2）单击【曲面】工具栏中的 （填充）按钮或执行【插入】|【曲面】| （填充）命令，系统弹出填充曲面属性管理器。

（3）在【修补边界】选项组下， （修补边界）选框中选择曲面中心漏洞的边线，在"曲率控制"下拉列表框中选择"相切"选项，预览如图 7-86 所示。

（4）单击 按钮，完成填充曲面特征的创建，如图 7-87 所示。

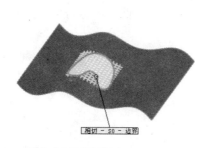

图 7-86　填充曲面属性设置　　　　　　　图 7-87　创建填充曲面特征

7.3.3　中面

在实体上选择合适的双对面，在双对面之间可以生成中面。

1．中面的属性设置

选择【插入】|【曲面】|【中面】菜单命令，在【属性管理器】中弹出【中间面】的属性设置框，如图 7-88 所示。

（1）【选择】选项组：

● 【面 1】：选择生成中间面的其中 1 个面。

● 【面 2】：选择生成中间面的另一个面。

● 【查找双对面】：单击此按钮，系统会自动查找模型中合适的双对面，并自动过滤不合适的双对面。

● 【识别阈值】：由【阈值运算符】和【阈值厚度】两部分组成，【阈值运算符】为数学操作符，【阈值厚度】为壁厚度数值。

● 【定位】：设置生成中间面的位置。

图 7-88　【中间面】属性设置框

（2）【选项】选项组中只有 1 个参数，即【缝合曲面】：将中间面和临近面缝合；若取消选择此选项，则保留单个曲面。

2. 生成中面的案例操作

【案例 7-3-3】两个同心圆柱面构成了一对双对面，在所选双对面之间生成一个面，距双对面的两面等距。

	实例素材	实例素材\第 7 章\7-3-3 草图.SLDPRT
	最终效果	最终效果\第 7 章\7-3-3 中面.SLDPRT

具体操作步骤如下：

（1）打开"7-3-3 草图.SLDPRT"零件图，如图 7-89 所示。

图 7-89　打开草图

（2）单击【曲面】工具栏中的 （中面）按钮或执行【插入】|【曲面】| （中面）命令，系统弹出中面属性管理器。

（3）在【选择】选项组下，【面 1】选框中选择圆柱实体外侧圆柱面，【面 2】选框中选择圆柱实体内侧圆柱面，【定位】文本框中输入值"50%"，如图 7-90 所示。

（4）单击 按钮，完成中面特征的创建，如图 7-91 所示。

图 7-90　中面属性设置　　　　　　图 7-91　创建中面特征

7.3.4　延伸曲面

将现有曲面的边缘沿着切线方向进行延伸所形成的曲面被称为延伸曲面。

1. 延伸曲面的属性设置

单击【曲面】工具栏中的 （延伸曲面）按钮（或者选择【插入】|【曲面】|【延伸

曲面】菜单命令），在【属性管理器】中弹出【延伸曲面】的属性设置框，如图 7-92 所示。

图 7-92 【延伸曲面】属性设置框

（1）【拉伸的边线/面】选项组只有 1 个参数，即 （所选面/边线）：在图形区域中选择延伸的边线或者面。

（2）【终止条件】选项组：

- 【距离】：按照设置的 （距离）数值确定延伸曲面的距离。
- 【成形到某一点】：在图形区域中选择某一顶点，将曲面延伸到指定的点。
- 【成形到某一面】：在图形区域中选择某一面，将曲面延伸到指定的面。

（3）【延伸类型】选项组：

- 【同一曲面】：以原有曲面的曲率沿曲面的几何体进行延伸。
- 【线性】：沿指定的边线相切于原有曲面进行延伸。

2．生成延伸曲面的案例操作

【案例 7-3-4】将已有的面沿着与选定的边线垂直方向延伸指定距离。

	实例素材	实例素材\第 7 章\7-3-4 草图.SLDPRT
	最终效果	最终效果\第 7 章\7-3-4 延伸曲面.SLDPRT

具体操作步骤如下：

（1）打开"7-3-4 草图.SLDPRT"零件图，如图 7-93 所示。

图 7-93 打开草图

（2）单击【曲面】工具栏中的 （延伸曲面）按钮或执行【插入】|【曲面】| （延伸曲面）命令，系统弹出延伸曲面属性管理器。

（3）在【拉伸的边线/面】选项组下， （所选面/边线）选框中选择曲面的一条边线，在【终止条件】选项组下，选择【距离】单选项， （距离）文本框中输入值 40mm，如图 7-94 所示。

（4）单击 按钮，完成延伸曲面特征的创建，如图 7-95 所示。

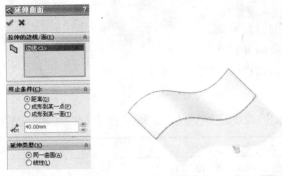

图 7-94　延伸曲面属性设置　　　　　　　　图 7-95　创建延伸曲面特征

7.3.5　剪裁曲面

可以使用曲面、基准面或者草图作为剪裁工具剪裁相交曲面，也可以将曲面和其他曲面配合使用，相互作为剪裁工具。

1.剪裁曲面的属性设置

单击【曲面】工具栏中的 （剪裁曲面）按钮（或者单击【插入】|【曲面】|【剪裁曲面】菜单命令），在【属性管理器】中弹出【剪裁曲面】的属性设置框，如图 7-96 所示。

图 7-96　【剪裁曲面】属性设置框

（1）【剪裁类型】选项组：

● 　【标准】：使用曲面、草图实体、曲线或者基准面等剪裁曲面。

● 　【相互】：使用曲面本身剪裁多个曲面。

（2）【选择】选项组：

● 　 （剪裁工具）：在图形区域中选择曲面、草图实体、曲线或者基准面作为剪裁其他曲面的工具。

● 　【保留选择】：设置剪裁曲面中选择的部分为要保留的部分。

● 　【移除选择】：设置剪裁曲面中选择的部分为要移除的部分。

（3）【曲面分割选项】选项组：

- 【分割所有】：显示曲面中的所有分割。
- 【自然】：强迫边界边线随曲面形状变化。
- 【线性】：强迫边界边线随剪裁点的线性方向变化。

2．生成剪裁曲面的案例操作

【案例 7-3-5】通过闭合曲线将相交的曲面进行剪裁，切除曲面上与曲线相交的区域。

实例素材	实例素材\第 7 章\7-3-5 草图.SLDPRT
最终效果	最终效果\第 7 章\7-3-5 剪裁曲面.SLDPRT

具体操作步骤如下：

（1）打开"7-3-5 草图.SLDPRT"零件图，如图 7-97 所示。

图 7-97　打开草图

（2）单击【曲面】工具栏中的 （剪裁曲面）按钮或执行【插入】|【曲面】| （剪裁曲面）命令，系统弹出【曲面-剪裁】属性管理器。

（3）在【剪裁类型】选项组下，选择【标准】单选项。在【选择】选项组下，【剪裁工具】选框选择图形区域中的封闭空间曲线，单击选中【保留选择】单选项， （保留的部分）选框选择图形区域中的曲面，如图 7-98 所示。

（4）单击 按钮，完成剪裁曲面特征的创建，如图 7-99 所示。

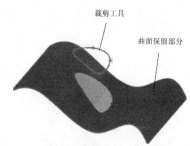

图 7-98　【曲面-剪裁】属性设置　　　　图 7-99　创建剪裁曲面特征

7.3.6　替换面

利用新曲面实体替换曲面或者实体中的面，这种方式被称为替换面。

1．替换面的属性设置

单击【曲面】工具栏中的 （替换面）按钮或者选择【插入】|【面】|【替换】菜单命令，在【属性管理器】中弹出【替换面】的属性设置框，如图 7-100 所示。

（1） （替换的目标面）：在图形区域中选择曲面、草图实体、曲线或者基准面作为要替换的面。

（2） （替换曲面）：选择替换曲面实体。

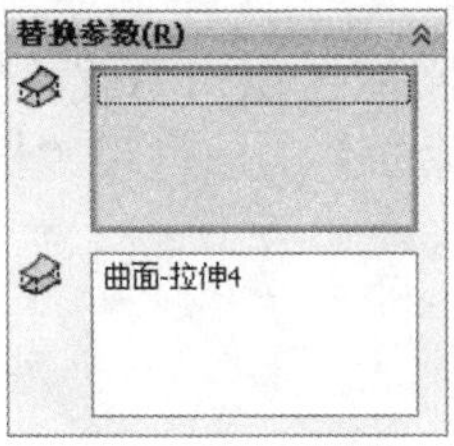

图 7-100　【替换面】属性设置框

2. 生成替换面的案例操作

【案例 7-3-6】用曲面去替换实体模型的表面。

	实例素材	实例素材\第 7 章\7-3-6 草图.SLDPRT
	最终效果	最终效果\第 7 章\7-3-6 替换面.SLDPRT

具体操作步骤如下：

（1）打开“7-3-6 草图.SLDPRT”零件图，如图 7-101 所示。

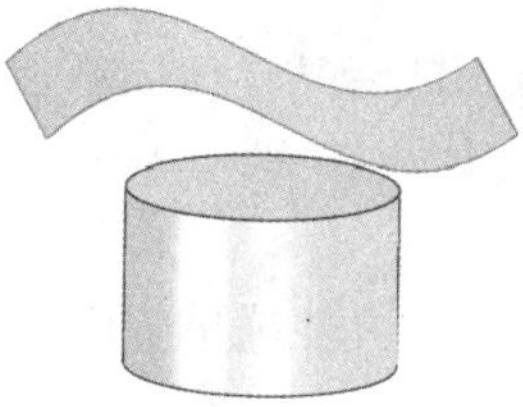

图 7-101　打开草图

（2）单击【曲面】工具栏中的（替换面）按钮或执行【插入】|【曲面】|（替换面）命令，系统弹出替换面属性管理器。

（3）在【替换参数】选项组下，（替换目标面）选框选择图形区域中圆柱实体的上表面，（替换曲面）选框选择图形区域中的空间曲面，如图 7-102 所示。

（4）单击按钮，完成替换面特征的创建，如图 7-103 所示。

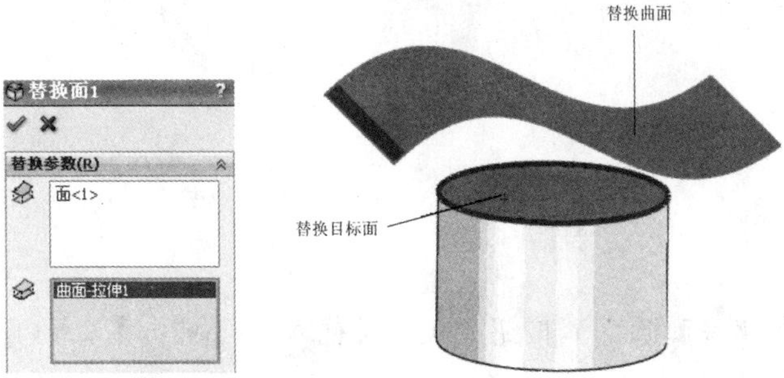

图 7-102　替换面属性设置

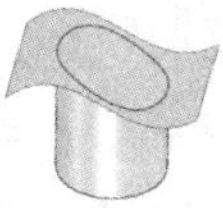

图 7-103　创建替换面特征

7.3.7　删除面

删除面是将存在的面删除并进行编辑。

1．删除面的属性设置

使用【曲面】工具栏中的 ⊗（删除面）按钮或者选择【插入】│【面】│【删除】菜单命令，在【属性管理器】中弹出【删除面】的属性设置框，如图 7-104 所示。

图 7-104　【删除面】属性设置框

（1）【选择】选择组中只有 1 个参数，即 ◻（要删除的面）：在图形区域中选择要删除的面。

（2）【选项】选项组：

● 【删除】：从曲面实体删除面或者从实体中删除 1 个或者多个面以生成曲面。

● 【删除并修补】：从曲面实体或者实体中删除 1 个面，并自动对实体进行修补和剪裁。

● 【删除并填补】：删除存在的面并生成单一面，可以填补任何缝隙。

2．删除面的案例操作

【案例 7-3-7】对于一个由几个独立的小曲面连接组成的曲面，删除其中一个小曲面。

	实例素材	实例素材\第 7 章\7-3-7 草图.SLDPRT
	最终效果	最终效果\第 7 章\7-3-7 删除面.SLDPRT

具体操作步骤如下：

（1）打开"7-3-7 草图.SLDPRT"零件图，如图 7-105 所示。

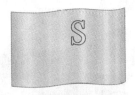

图 7-105　打开草图

（2）单击【曲面】工具栏中的 ⊗（删除面）按钮或执行【插入】│【曲面】│ ⊗（删除面）命令，系统弹出【删除面】属性管理器。

（3）在【选择】选项组下，◻（要删除的面）选框选择图形区域中文字所包括的面域。在【选项】选项组下，选择【删除】单选项，如图 7-106 所示。

（4）单击 ✔ 按钮，完成删除面特征的创建，如图 7-107 所示。

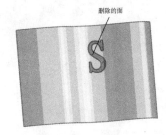

删除的面

图 7-106　删除面属性设置　　　　　　　　图 7-107　创建删除面特征

本 章 小 结

　　本章结合案例介绍了生成曲线、曲面以及编辑曲面的方法。曲线和曲面是三维曲面造型的基础。曲线的生成结合了二维线条及特征实体。曲面的生成及编辑与特征的生成及编辑非常类似，但特征模型是具有厚度的几何体，而曲面模型是没有厚度的几何体。

第 8 章 钣金及焊件设计

钣金是针对金属薄板（通常在6mm 以下）的一种综合冷加工工艺，包括剪、冲/切/复合、折、焊接、铆接、拼接、成型（如汽车车身）等。其显著的特征就是同一零件厚度一致。SolidWorks 可以独立设计钣金零件，也可以在包含此内部零部件的关联装配体中设计钣金零件。在 SolidWorks 中，运用【焊件】命令可以生成多种焊接类型的结构件组合。结构件可以选用 SolidWorks 自带的标准结构件，用户也可以根据需要自己制作结构件。

本章内容安排如下：

➢ 钣金设计特征
➢ 钣金编辑特征
➢ 成形工具
➢ 结构构件
➢ 剪裁/延伸
➢ 圆角焊缝
➢ 自定义焊件轮廓
➢ 子焊件
➢ 切割清单
➢ 本章小结

8.1 钣金设计特征

有两种基本方法可以生成钣金零件，一是利用钣金命令直接生成，二是将现有零件进行转换。下面介绍利用钣金命令直接生成钣金零件的方法。

8.1.1 基体法兰

基体法兰是钣金零件的第 1 个特征。当基体法兰被添加到 SolidWorks 零件后，系统会将该零件标记为钣金零件，并且在【特征管理器设计树】中显示特定的钣金特征。

单击【钣金】工具栏中的 （基体法兰/薄片）按钮或者选择【插入】|【钣金】|【基体法兰】菜单命令，在【属性管理器】中弹出【基体法兰】的属性设置框，如图 8-1 所示。

（1）【钣金规格】选项组：根据指定的材料，选择【使用规格表】选项定义钣金的电子表格及数值，如图 8-2 所示。

图 8-1　【基体法兰】属性设置框　　图 8-2　选择【使用规格表】选项

（2）【钣金参数】选项组：

【厚度】：设置钣金厚度。

【反向】：以相反方向加厚草图。

（3）【折弯系数】选项组：可以选择 "K 因子"、"折弯系数"、"折弯扣除" 和 "折弯系数表" 选项。

（4）【自动切释放槽】选项组：可以选择 "矩形"、"撕裂形" 和 "矩圆形"。

在【自动释放槽类型】中选择 "矩形" 或者 "矩圆形" 选项，其参数如图 8-3 所示。取消选择【使用释放槽比例】选项，则可以设置 W（释放槽宽度）和 ID（释放槽深度），如图 8-4 所示。

图 8-3 选择"矩圆形"选项 　图 8-4 取消选择【使用释放槽比例】选项

【案例 8-1-1】在已经存在的草图基础上，通过给定钣金壁厚度和深度值，将草图延伸至指定的深度，生成基体法兰特征。

实例素材	实例素材\第 8 章\8-1-1 草图.SLDPRT
最终效果	最终效果\第 8 章\8-1-1 基体法兰.SLDPRT

具体操作步骤如下：

（1）打开"8-1-1 草图.SLDPRT"零件图，移动鼠标指针到绘图区域选择草图 1 轮廓，或者在特征管理树中选中草图 1，此时被选中的草图 1 轮廓呈蓝色，如图 8-5 所示。

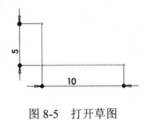

图 8-5 打开草图

（2）单击【钣金】工具栏中的 （基体法兰）按钮或执行【插入】|【钣金】| （基体法兰）命令，系统弹出基体法兰属性管理器。

（3）定义钣金参数属性，如图 8-6 所示。

① 在【方向 1】选项组下，在 旁的"方式"下拉列表框中选择"给定深度"， （深度）文本框中输入值 10mm。

② 在【钣金参数】选项组下， （厚度）文本框中输入值 0.5mm， （折弯半径）文本框中输入值 1mm。

③ 在【折弯系数】选项组下，下拉列表框中选择"K 因子"， K（K-因子）文本框中输入值 0.5。

④ 在【自动切释放槽】选项组下，下拉列表框中选择"矩形"，选中【使用释放槽比例】复选框，在【比例】文本框中输入值 0.5。

（4）单击 按钮，完成基体法兰特征的创建，如图 8-7 所示。

图 8-6　基体法兰属性设置　　　　　　　图 8-7　创建基体法兰特征

8.1.2　边线法兰

在 1 条或者多条边线上可以添加边线法兰。单击【钣金】工具栏中的  【边线法兰】按钮或者选择【插入】|【钣金】|【边线法兰】菜单命令，在【属性管理器】中弹出【边线-法兰】的属性设置框，如图 8-8 所示。

图 8-8　【边线-法兰】属性设置框

（1）【法兰参数】选项组：

（选择边线）：在图形区域中选择边线。

【编辑法兰轮廓】：编辑轮廓草图。

【使用默认半径】：可以使用系统默认的半径。

（折弯半径）：在取消选择【使用默认半径】选项时可用。

（缝隙距离）：设置缝隙数值。

（2）【角度】选项组：

（法兰角度）：设置角度数值。

（选择面）：为法兰角度选择参考面。

（3）【法兰长度】选项组：

"长度终止条件"下拉列表框：选择终止条件，其选项如图 8-9 所示。

（反向）：改变法兰边线的方向。

（长度）：设置长度数值，然后为测量选择 1 个原点，包括（外部虚拟交点）和（内部虚拟交点）。

（4）【法兰位置】选项组：

"法兰位置"：可以单击以下按钮之一，包括（材料在内）、（材料在外）、（折弯在外）、（虚拟交点的折弯）。

【剪裁侧边折弯】：移除邻近折弯的多余部分。

【等距】：选择此选项，可以生成等距法兰，其参数如图 8-10 所示。

（5）【自定义折弯系数】选项组：包括"折弯系数表""K 因子""折弯系数""折弯扣除"，如图 8-11 所示。

（6）【自定义释放槽类型】选项组：可以选择"矩形"、"矩圆形"和"撕裂形"，如图 8-12 所示。

图 8-9　"长度终止条件"选项

图 8-10　选择【等距】选项

图 8-11　"折弯系数类型"选项

图 8-12　"释放槽类型"选项

【案例 8-1-2】在已存在的钣金壁的边缘上创建出简单的折弯和弯边区域，厚度与原钣金厚度相同。

	实例素材	实例素材\第 8 章\8-1-2 草图.SLDPRT
	最终效果	最例素材\第 8 章\8-1-2 草图.SLDPRT

具体操作步骤如下：

（1）打开"8-1-2 草图.SLDPRT"零件图，出现一个基体法兰，如图 8-13 所示。

（2）单击【钣金】工具栏中的 （边线法兰）按钮或执行【插入】|【钣金】| （边线法兰）命令，系统弹出边线法兰属性管理器。

（3）选取模型边缘为边线法兰的附着边，如图 8-14 中蓝色边线所示。

图 8-13　打开草图　　　　图 8-14　选取边线法兰附着边

（4）定义法兰参数属性，如图 8-15 所示。

① 在【角度】选项组下，△（法兰角度）文本框中输入值 90deg。

② 在【法兰长度】选项组下，（方式）下拉列表框中选择"给定深度"，（长度）文本框中输入值 4mm，单击按钮（外部虚拟交点）。

③ 在【法兰位置】选项组下，单击按钮（材料在外），取消"剪裁侧边折弯"和"等距"复选框。

（5）单击 按钮，完成边线法兰特征的创建，如图 8-16 所示。

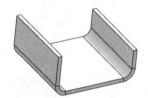

图 8-15　边线法兰属性设置　　　　图 8-16　创建边线法兰

8.1.3　斜接法兰

单击【钣金】工具栏中的（斜接法兰）按钮或者选择【插入】|【钣金】|【斜接法兰】菜单命令，在【属性管理器】中弹出【斜接法兰】的属性设置框，如图 8-17 所示。

（1）【斜接参数】选项组。（沿边线）：选择要斜接的边线。

（2）【启始/结束处等距】选项组。如果需要令斜接法兰跨越模型的整个边线，将（开始等距距离）和（结束等距距离）设置为零。

其他参数不再赘述。

图 8-17　【斜接法兰】属性设置框

【案例 8-1-3】　已存在以基体法兰为基础生成的草图，然后在基体法兰的一条边线上创建斜接法兰，并且以草图为轮廓。

	实例素材	实例素材\第 8 章\8-1-3 草图.SLDPRT
	最终效果	最终效果\第 8 章\8-1-3 斜接法兰.SLDPRT

具体操作步骤如下：

（1）打开"8-1-3 草图.SLDPRT"零件图，出现基体法兰和草图，如图 8-18 所示。

（2）单击【钣金】工具栏中的 ![icon]（斜接法兰）按钮或执行【插入】|【钣金】| ![icon]（斜接法兰）命令，系统弹出斜接法兰属性管理器。

（3）选取模型边缘上的圆弧草图为斜接法兰的轮廓，系统默认选中法兰边线，如图 8-19 所示。

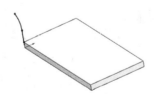

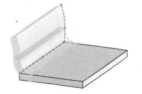

图 8-18　打开草图　　　　　　　图 8-19　定义斜接法兰轮廓

（4）定义法兰参数属性，如图 8-20 所示。

① 在【斜接参数】选项组下， ![icon]（折弯半径）文本框中输入值 0.2mm，【法兰位置】选项组中单击 ![icon]（材料在内），选中【剪裁侧边折弯】选项。

② 在【启始/结束处等距】选项组下， ![icon]（开始等距距离）文本框中输入值 2mm， ![icon]（结束等距距离）文本框中输入值 2mm。

③ 在【自定义折弯系数】选项组下，下拉列表框中选择"K 因子"， **K**【K-因子】文本框中输入值 0.5。

④ 在【自定义释放槽类型】选项组下，下拉列表框中选择"矩形"，选中【使用释放槽比例】复选框，在【比例】文本框中输入值 0.5。

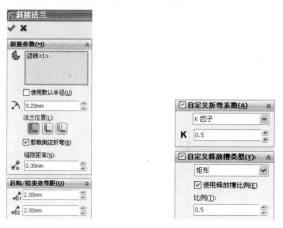

图 8-20 斜接法兰属性设置

（5）单击 ✔ 按钮，完成斜接法兰特征的创建，如图 8-21 所示。

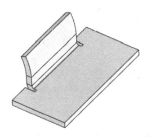

图 8-21 创建斜接法兰

8.1.4 褶边

单击【钣金】工具栏中的 ⌐ 【褶边】按钮或者选择【插入】|【钣金】|【褶边】菜单命令，在【属性管理器】中弹出【褶边】的属性设置框，如图 8-22 所示。

图 8-22 【褶边】属性设置框

（1）【边线】选项组。 （边线）：在图形区域中选择需要添加褶边的边线。

（2）【类型和大小】选项组：

● 选择褶边类型，包括 （闭环）、 （开环）、 （撕裂形）和 （滚轧），选择不同类型的效果如图 8-23 所示。

● （长度）：在选择 （闭环）和 （开环）选项时可用。

● （缝隙距离）：在选择（开环）选项时可用。

其他参数不再赘述。

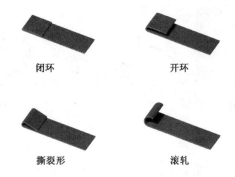

图 8-23　不同褶边类型的效果

【案例 8-1-4】在钣金模型的边线上添加卷曲，其厚度与基体法兰相同。

实例素材	实例素材\第 8 章\8-1-4 草图.SLDPRT
最终效果	最终效果\第 8 章\8-1-4 褶边.SLDPRT

具体操作步骤如下：

（1）打开"8-1-4 草图.SLDPRT"零件图，出现基体法兰，如图 8-24 所示。

（2）单击【钣金】工具栏中的 （褶边）按钮或执行【插入】|【钣金】| （褶边）命令，系统弹出褶边属性管理器。

（3）选取模型边线为褶边边线，如图 8-25 所示。

图 8-24　打开草图

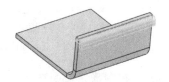

图 8-25　定义褶边边线

（4）定义褶边参数属性，如图 8-26 所示。

① 在【边线】选项组下，单击 （材料在内）选项。

② 在【类型和大小】选项组下，单击 （开环）选项，在 （长度）文本框中输入值 2mm。

③ 在【自定义折弯系数】选项组下，下拉列表框中选择"K 因子"，**K**（K-因子）文本框中输入值 0.5。

（5）单击 按钮，完成褶边特征的创建，如图 8-27 所示。

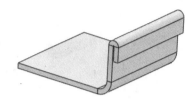

图 8-26　褶边属性设置　　　　　　　图 8-27　创建褶边特征

8.1.5　绘制的折弯

绘制的折弯在钣金零件处于折叠状态时将折弯线添加到零件，使折弯线的尺寸标注到其他折叠的几何体上。

单击【钣金】工具栏中的 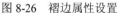（绘制的折弯）按钮或者选择【插入】|【钣金】|【绘制的折弯】菜单命令，在【属性管理器】中弹出【绘制的折弯】的属性设置框，如图 8-28 所示。

图 8-28　【绘制的折弯】属性设置框

（1） （固定面）：在图形区域中选择 1 个不因为特征而移动的面。

（2）【折弯位置】：包括 （折弯中心线）、 （材料在内）、 （材料在外）和 （折弯在外）。

其他参数不再赘述。

【案例 8-1-5】将钣金的平面区域以折弯线为基准弯曲给定的角度。

	实例素材	实例素材\第 8 章\8-1-5 草图.SLDPRT
	最终效果	最终效果\第 8 章\8-1-5 绘制的折弯.SLDPRT

具体操作步骤如下：

（1）打开 "8-1-5 草图.SLDPRT" 零件图，出现基体法兰，如图 8-29 所示。

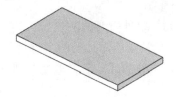

图 8-29　打开文件

（2）单击【钣金】工具栏中的（绘制的折弯）按钮或执行【插入】|【钣金】|（绘制的折弯）命令，系统弹出绘制草图对话框。

（3）定义特征的折弯线。

① 选取模型表面作为草图基准面，如图 8-30 所示。

② 在草图环境中绘制如图 8-31 所示的折弯线。

③ 单击（退出草图）命令按钮，系统弹出绘制的折弯属性管理器。

图 8-30　折弯线基准面

图 8-31　绘制折弯线

（4）绘制的折弯属性设置，如图 8-32 所示。

① 在【折弯参数】选项组中，（固定面）选择折弯线的右半边平面，在图中黑色点所在位置单击，确定折弯固定面。【折弯位置】选项组中单击（材料在内）选项，"角度"文本框输入值 60deg，（折弯半径）文本框输入值 0.2mm。

② 在【自定义折弯系数】选项组下，下拉列表框中选择"K 因子"，**K**（K-因子）文本框中输入值 0.5。

（5）单击按钮，完成折弯特征的创建，如图 8-33 所示。

图 8-32　绘制的折弯属性设置

图 8-33　创建折弯特征

8.1.6　闭合角

可以在钣金法兰之间添加闭合角。其功能包括：

- 通过为想闭合的所有边角选择面以同时闭合多个边角。

- 关闭非垂直边角。
- 将闭合边角应用到带有 90° 以外折弯的法兰。
- 调整缝隙距离，即由边界角特征所添加的两个材料截面之间的距离。
- 调整重叠/欠重叠比率（即重叠的部分与欠重叠的部分之间的比率），数值 1 表示重叠和欠重叠相等。
- 闭合或者打开折弯区域。

单击【钣金】工具栏中的 （闭合角）按钮或者选择【插入】|【钣金】|【闭合角】菜单命令，在【属性管理器】中弹出【闭合角】的属性设置框，如图 8-34 所示。

图 8-34   【闭合角】属性设置框

（1） （要延伸的面）：选择 1 个或者多个平面。

（2）【边角类型】：可以选择边角类型，包括 （对接）、 （重叠）、 （欠重叠）。

（3） （缝隙距离）：设置缝隙数值。

（4） （重叠/欠重叠比率）：设置比率数值。

其他参数不再赘述。

【案例 8-1-6】将法兰延伸至大于 90° 的法兰壁，使开放的区域闭合相关壁，并且在边角处进行剪裁以达到封闭边角的效果。

	实例素材	实例素材\第 8 章\8-1-6 草图.SLDPRT
	最终效果	最终效果\第 8 章\8-1-6 闭合角.SLDPRT

具体操作步骤如下：

（1）打开"8-1-6 草图.SLDPRT"零件图，如图 8-35 所示。

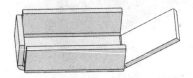

图 8-35   打开草图

（2）单击【钣金】工具栏中的 （闭合角）按钮或执行【插入】|【钣金】| （闭合角）命令，系统弹出闭合角属性管理器。

（3）选取模型两个侧平面为延伸面，如图 8-36 所示。

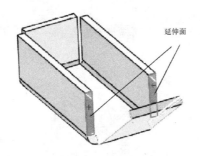

图 8-36 定义延伸面

（4）在【要延伸的面】选项组下，【边角类型】选项组中单击 （对接）选项，角度文本框输入值 60deg， （缝隙距离）文本框输入值 0.1mm.，如图 8-37 所示。

（5）单击 按钮，完成闭合角特征的创建，如图 8-38 所示。

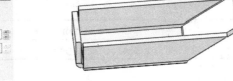

图 8-37 闭合角属性设置　　　　图 8-38 创建闭合角特征

8.1.7 转折

转折通过从草图线生成两个折弯而将材料添加到钣金零件上。在使用时要注意：

● 草图必须只包含 1 条直线。

● 直线不一定是水平或者垂直直线。

● 折弯线长度不一定与正折弯的面的长度相同。

单击【钣金】工具栏中的 （转折）按钮或者选择【插入】|【钣金】|【转折】菜单命令，在【属性管理器】中弹出【转折】的属性设置框，如图 8-39 所示。

（1）在【转折等距】选项组中：

● 为外部等距。

● 为内部等距。

● 为总尺寸。

（2）在【转折位置】选项组中：

● 为折弯中心线。

● 为材料在内。

● 为材料在外。

● 为折弯在外。

其他参数不再赘述。

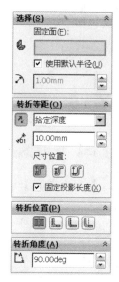

图 8-39　【转折】属性设置框

【案例 8-1-7】在平整钣金件上创建一条折弯线，将钣金折成两个成一定角度的折弯区域。

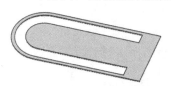

实例素材	实例素材\第 8 章\8-1-7 草图.SLDPRT
最终效果	最终效果\第 8 章\8-1-7 转折.SLDPRT

具体操作步骤如下：

（1）打开"8-1-7 草图.SLDPRT"零件图，出现基体法兰，如图 8-40 所示。

图 8-40　打开草图

（2）单击【钣金】工具栏中的（转折）按钮或执行【插入】|【钣金】|（转折）命令，系统弹出绘制草图对话框。

（3）定义特征的折弯线。

① 选取模型上表面作为草图基准面，如图 8-41 所示。

② 在草图环境中绘制如图 8-42 所示的折弯线。

③ 单击（退出草图）命令按钮，系统弹出绘制的折弯属性管理器。

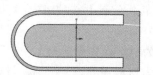

图 8-41　草图基准面　　　　　　　图 8-42　绘制折弯线

（4）属性设置，如图 8-43 所示。

① 在【选择】选项组中，![icon]（固定面）选择折弯线的右半边平面，在图中黑色点所在位置单击，确定折弯固定面，![icon]（折弯半径）文本框输入值 0.2mm。

② 在【转折等距】选项组下，![icon]旁的"方式"下拉列表框中选择"给定深度"，![icon]（等距距离）文本框中输入值 30mm，【尺寸位置】选项组中单击![icon]（外部等距）选项。

③ 在【转折位置】选项组下，选择![icon]（折弯中心线）选项。

④ 在【转折角度】选项组下，![icon]（转折角度）文本框中输入值 90deg。

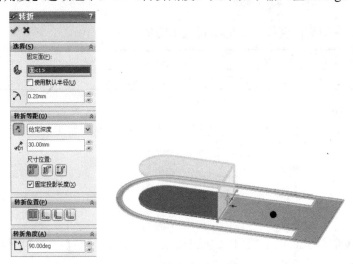

图 8-43 转折属性设置

（5）单击![icon]按钮，完成转折特征的创建，如图 8-44 所示。

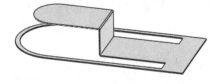

图 8-44 创建转折特征

8.1.8 断裂边角

单击【钣金】工具栏中的![icon]（断开边角/边角剪裁）按钮或者选择【插入】|【钣金】|【断裂边角】菜单命令，在【属性管理器】中弹出【断开边角】的属性设置框，如图 8-45 所示。

（1）![icon]（边角边线和/或法兰面）：选择要断开的边角、边线或者法兰面。

（2）【折断类型】：可以选择折断类型，包括![icon]（倒角）、![icon]（圆角），选择不同类型的效果如图 8-46 所示。

（3）![icon]（距离）：在单击![icon]（倒角）按钮时可用，为倒角的距离。

（4）![icon]（半径）：在单击![icon]（圆角）按钮时可用，为圆角的半径。

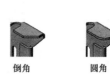

图 8-45 【断开边角】属性设置框　　　图 8-46　不同折断类型的效果

【案例 8-1-8】在平整钣金件上创建断裂边角特征。

⊙	实例素材	实例素材\第 8 章\8-1-8 草图.SLDPRT
	最终效果	最终效果\第 8 章\8-1-8 断裂边角.SLDPRT

具体操作步骤如下：

（1）打开"8-1-8 草图.SLDPRT"零件图，出现基体法兰，如图 8-47 所示。

图 8-47　打开草图

（2）单击【钣金】工具栏中的 (断裂边角) 按钮或执行【插入】|【钣金】| (断裂边角) 命令，系统弹出【断开边角】属性管理器。

（3）在图形区域中选择边线，定义边角边线，如图 8-48 所示。在【折断边角选项】选项组中，【折断类型】选项组中单击 (倒角) 选项， (距离) 文本框输入值 5mm。

（4）单击 按钮，完成断裂边角特征的创建，如图 8-49 所示。

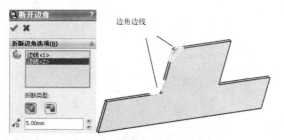

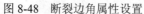

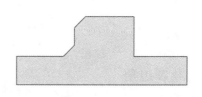

图 8-48　断裂边角属性设置　　　　　图 8-49　创建断裂边角特征

8.1.9　将现有零件转换为钣金零件

1. 使用折弯生成钣金零件

单击【钣金】工具栏中的 (插入折弯) 按钮或者选择【插入】|【钣金】|【折弯】菜单命令，在【属性管理器】中弹出【折弯】的属性设置框，如图 8-50 所示。

（1）【折弯参数】选项组。 (固定的面或边线)：选择模型上的固定面，当零件展开时该固定面的位置保持不变。

（2）【切口参数】选项组。 (要切口的边线)：选择内部或者外部边线，也可以选择线性草图实体。

图 8-50　【折弯】属性设置框

其他属性设置不再赘述

2．添加薄壁特征到钣金零件

具体操作步骤如下：

（1）在零件上选择 1 个草图。

（2）选择需要添加薄壁特征的平面上的线性边线，并单击【草图】工具栏中的 （转换实体引用）按钮。

（3）移动距折弯最近的顶点至一定距离，留出折弯半径。

（4）单击【特征】工具栏中的 （拉伸凸台/基体）按钮，在【属性管理器】中弹出【拉伸】的属性设置框。在【方向 1】选项组中，选择终止条件为"给定深度"，设置 （深度）数值；在【薄壁特征】选项组中，设置 （厚度）数值与基体零件相同，单击 （确定）按钮。

3．生成包含圆锥面的钣金零件

单击【钣金】工具栏中的 （插入折弯）按钮或者选择【插入】|【钣金】|【折弯】菜单命令，在【属性管理器】中弹出【折弯】的属性设置框。在【折弯参数】选项组中，单击 （固定的面或边线）选择框，在图形区域中选择圆锥面 1 个端面的 1 条线性边线作为固定边线，设置 （折弯半径）；在【折弯系数】选项组中，选择折弯系数类型并进行设置。

8.2　钣金编辑特征

8.2.1　切口

生成切口特征时要注意：

（1）沿所选内部或者外部模型边线生成切口。

（2）从线性草图实体上生成切口。

（3）通过组合模型边线在单一线性草图实体上生成切口。

切口特征通常用于生成钣金零件，但可以将切口特征添加到任何零件上。

【案例 8-2-1】一个具有相邻平面且厚度一致的零件，沿着这些相邻平面形成的一条或多条线性边线切除部分材料，形成切口特征。

	实例素材	实例素材\第 8 章\8-2-1 草图.SLDPRT
	最终效果	最终效果\第 8 章\8-2-1 切口.SLDPRT

具体操作步骤如下：

（1）打开"8-2-1 草图.SLDPRT"零件图，如图 8-51 所示。

图 8-51　打开草图

（2）单击【钣金】工具栏中的 （切口）按钮或执行【插入】|【钣金】| （切口）命令，系统弹出切口属性管理器。

（3）在图形区域中选择模型侧边线，定义要切口的边线，如图 8-52 所示。在【切口边线】选项组中， （切口缝隙）文本框输入值 1mm。

图 8-52　切口属性设置

（4）单击 按钮，完成切口特征的创建，如图 8-53 所示。

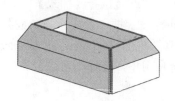
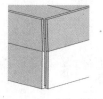

图 8-53　创建切口特征

8.2.2　展开

在钣金零件中，单击【钣金】工具栏中的 【展开】按钮或者选择【插入】|【钣金】|【展开】菜单命令，在【属性管理器】中弹出【展开】的属性设置框，如图 8-54 所示。

图 8-54 【展开】属性设置框

（1）（固定面）：在图形区域中选择 1 个不因为特征而移动的面。

（2）（要展开的折弯）：选择 1 个或者多个折弯。

其他属性设置不再赘述。

【案例 8-2-2】将钣金上选定的折弯特征展平，并且以选中的固定面为参考面。

	实例素材	实例素材\第 8 章\8-2-2 草图.SLDPRT
	最终效果	最终效果\第 8 章\8-2-2 展开.SLDPRT

具体操作步骤如下：

（1）打开"8-2-2 草图.SLDPRT"零件图，如图 8-55 所示。

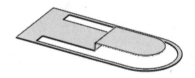

图 8-55 打开草图

（2）单击【钣金】工具栏中的 （展开）按钮或执行【插入】|【钣金】|（展开）命令，系统弹出展开属性管理器。

（3）在【选择】选项组下，（固定面）选择模型的上表面。（展开的折弯）选择模型中的两个折弯特征，如图 8-56 所示。

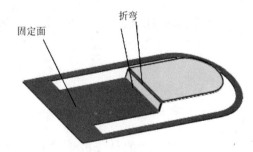

图 8-56 展开属性设置

（4）单击 按钮，完成展开特征的创建，如图 8-57 所示。

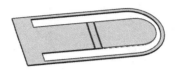

图 8-57　创建展开特征

8.2.3　折叠

单击【钣金】工具栏中的<img>（折叠）按钮或者选择【插入】|【钣金】|【折叠】菜单命令，在【属性管理器】中弹出【折叠】的属性设置框，如图 8-58 所示。

图 8-58　【折叠】属性设置框

（1）<img>（固定面）：在图形区域中选择 1 个不因为特征而移动的面。

（2）<img>（要折叠的折弯）：选择 1 个或者多个折弯。

其他属性设置不再赘述。

【案例 8-2-3】将展开的钣金零件折叠回到原件，作用与展开相反。

实例素材	实例素材\第 8 章\8-2-3 草图.SLDPRT	
最终效果	最终效果\第 8 章\8-2-3 折叠.SLDPRT	

具体操作步骤如下：

（1）打开"8-2-3 草图.SLDPRT"零件图，如图 8-59 所示。

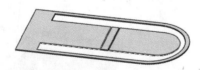

图 8-59　打开草图

（2）单击【钣金】工具栏中的<img>（折叠）按钮或执行【插入】|【钣金】|<img>（折叠）命令，系统弹出折叠属性管理器。

（3）在【选择】选项组下，<img>（固定面）选择模型的上表面。单击 收集所有折弯(A) 选项，系统自动选中所有的折弯特征，如图 8-60 所示。

（4）单击 <img> 按钮，完成折叠特征的创建，如图 8-61 所示。

图 8-60　折叠属性设置

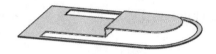

图 8-61　创建折叠特征

8.2.4　放样折弯

在钣金零件中，放样折弯使用由放样连接的两个开环轮廓草图，基体法兰特征不与放样折弯特征一起使用。

单击【钣金】工具栏中的 （放样折弯）按钮或者选择【插入】|【钣金】|【放样折弯】菜单命令，在【属性管理器】中弹出【放样折弯】的属性设置框，如图 8-62 所示。

图 8-62　【放样折弯】属性设置框

【折弯线数量】：为控制平板型式折弯线的粗糙度设置数值。

其他属性设置不再赘述。

【案例 8-2-4】已经存在两个不封闭的草图，对这两个草图通过放样的形式生成钣金壁。

	实例素材	实例素材\第 8 章\8-2-4 草图.SLDPRT
	最终效果	最终效果\第 8 章\8-2-4 放样折弯.SLDPRT

具体操作步骤如下：

（1）打开"8-2-4 草图.SLDPRT"零件图，如图 8-63 所示。

（2）单击【钣金】工具栏中的 （放样的折弯）按钮或执行【插入】|【钣金】| （放样的折弯）命令，系统弹出放样折弯属性管理器。

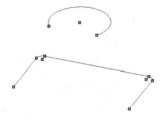

图 8-63　打开草图

（3）在【轮廓】选项组下，$\square^0$（轮廓）选择图形区域中绘制的草图 1 和草图 2，在【厚度】选项组中，在厚度文本框中输入值 2mm，如图 8-64 所示。

（4）单击 ✔ 按钮，完成放样折弯特征的创建，如图 8-65 所示。

图 8-64　放样折弯属性设置　　　　　　　图 8-65　创建放样折弯特征

8.3　成形工具

成形工具可以用作折弯、伸展或者成形钣金的冲模，生成一些成形特征，例如百叶窗、矛状器具、法兰和筋等。可以从【设计库】中插入成形工具，并将之应用到钣金零件。生成成形工具的许多步骤与生成 SolidWorks 零件的步骤相同。

1. 成形工具的属性设置

可以生成成形工具并将它们添加到钣金零件中。生成成形工具时，可以添加定位草图以确定成形工具在钣金零件上的位置，并应用颜色以区分停止面和要移除的面。

选择【插入】|【钣金】|【成形工具】菜单命令，在【属性管理器】中弹出【成形工具】的属性设置框，如图 8-66 所示。

图 8-66　【成形工具】属性设置框

（1）【停止面】：成形工具加工停止的表面。

（2）【要移除的面】：成形工具要删除的表面。

2．生成成形特征的案例操作

【案例 8-3-1】把一个实体上的形状印贴在钣金件上形成特定的特征。

⊙	实例素材	实例素材\第 8 章\8-3-1 草图.SLDPRT
	最终效果	最终效果\第 8 章\8-3-1 成形工具.SLDPRT

具体操作步骤如下：

（1）打开"8-3-1 草图.SLDPRT"零件图，如图 8-67 所示。

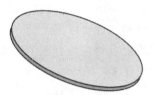

图 8-67　打开草图

（2）单击任务窗格中的按钮 （设计库），弹出设计库窗口，选择【forming tools】|
【embosses】|【circular emboss】文件，如图 8-68 所示。

（3）选择成形工具，将其从【设计库】任务窗口中拖动到需要改变形状的面上，如图
8-69 所示。

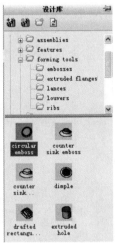

图 8-68　选择设计库文件　　图 8-69　拖放成形工具到平面

（4）系统弹出【放置成形特征】对话框，单击【完成】选项。进入编辑草图环境，添加
几何约束，修改草图，如图 8-70 所示。

（5）单击 （退出草图）命令按钮，完成成形特征的创建，如图 8-71 所示。

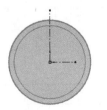

图 8-70　编辑草图　　　图 8-71　创建成形特征

8.4 结构构件

在零件中生成第 1 个结构构件时，（焊件）图标将被添加到【特征管理器设计树】中。
结构构件包含以下属性：

（1）结构构件都使用轮廓，例如角铁等。

（2）轮廓由【标准】、【类型】及【大小】等属性识别。

（3）结构构件可以包含多个片段，但所有片段只能使用 1 个轮廓。

（4）分别具有不同轮廓的多个结构构件可以属于同一个焊接零件。

（5）在 1 个结构构件中的任何特定点处，只有两个实体才可以交叉。

（6）结构构件生成的实体会出现在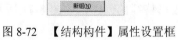（实体）文件夹下。

（7）可以生成自己的轮廓，并将其添加到现有焊件轮廓库中。

（8）可以在【特征管理器设计树】的（实体）文件夹下选择结构构件，并生成用于工程图中的切割清单。

1. 结构构件的属性设置

单击【焊件】工具栏中的（结构构件）按钮（或者选择【插入】|【焊件】|【结构构件】菜单命令），在【属性管理器】中弹出【结构构件】的属性设置框，如图 8-72 所示。

如果希望添加多个结构构件，在【结构构件】的属性设置中单击（保持可见）按钮。

【选择】选项组：

● 【标准】：选择先前所定义的 iso、ansi inch 或者自定义标准。

● 【类型】：选择轮廓类型，如图 8-73 所示。

● 【大小】：选择轮廓大小。

● 【组】：可以在图形区域中选择 1 组草图实体，作为路径线段。

图 8-72 【结构构件】属性设置框 图 8-73 【类型】选项

2. 生成结构构件的案例操作

【案例 8-4-1】将给定的草图用焊件工具生成结构构件。

◎	实例素材	实例素材\第 8 章\8-4-1 草图.SLDPRT
	最终效果	最终效果\第 8 章\8-4-1 结构构件.SLDPRT

具体操作步骤如下：

（1）打开"8-4-1 草图.SLDPRT"文件，移动鼠标指针到绘图区域选择草图 1 轮廓，或者在特征管理树中选中草图 1，如图 8-74 所示。

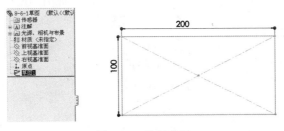

图 8-74　选择草图

（2）单击【焊件】工具栏中的 （结构构件）按钮（或者选择【插入】|【焊件】|【结构构件】菜单命令），在【属性管理器】中弹出【结构构件】的属性设置框。在【选择】选项组中，设置【标准】、【类型】和【大小】参数，单击【组】选择框，在图形区域中选择 1 组草图实体，如图 8-75 所示。

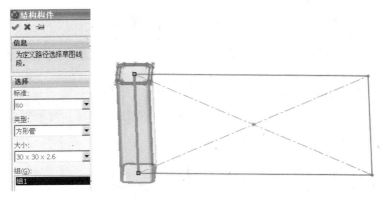

图 8-75　结构构件的预览

（3）选择草图中的其他 3 条边线，单击 （确定）按钮，生成结构焊件，如图 8-76 所示。

图 8-76　生成结构构件

8.5　剪裁/延伸

可以使用结构构件和其他实体剪裁结构构件，使其在焊件零件中可以正确对接。可以使用【剪裁/延伸】命令剪裁或者延伸两个在角落处汇合的结构构件、1 个或者多个相对于另一实体的结构构件等。

1. 剪裁/延伸的属性设置

单击【焊件】工具栏中的 （剪裁/延伸）按钮（或者选择【插入】|【焊件】|【剪裁/延伸】菜单命令），在【属性管理器】中弹出【剪裁/延伸】的属性设置框，如图 8-77 所示。

图 8-77　【剪裁/延伸】属性设置框

（1）【边角类型】选项组：可以设置剪裁的边角类型，包括▯（终端剪裁）、▯（终端斜接）、▯（终端对接 1）、▯（终端对接 2）。

（2）【要剪裁的实体】选项组：对于▯（终端斜接）、▯（终端对接 1）和▯（终端对接 2）类型，选择要剪裁的 1 个实体；对于▯（终端剪裁）类型，选择要剪裁的 1 个或者多个实体。

（3）【剪裁边界】选项组：

① 当单击▯（终端剪裁）按钮时，【剪裁边界】选项组如图 8-78 所示，选择剪裁所相对的 1 个或者多个相邻面，参数介绍如下：

● 【面/平面】：使用平面作为剪裁边界。

● 【实体】：使用实体作为剪裁边界。

② 当单击▯（终端斜接）、▯（终端对接 1）和▯（终端对接 2）边角类型按钮时，【剪裁边界】选项组如图 8-79 所示，选择剪裁所相对的 1 个相邻结构构件，参数介绍如下：

● 【预览】：在图形区域中预览剪裁。

● 【允许延伸】：允许结构构件进行延伸或者剪裁；取消选择此选项，则只可以进行剪裁。

图 8-78　单击【终端剪裁】按钮时的
【剪裁边界】选项组

图 8-79　单击其他边角类型按钮时的
【剪裁边界】选项组

2. 运用剪裁工具的案例操作

【案例 8-5-1】运用剪裁工具将给定的结构焊件进行修整。

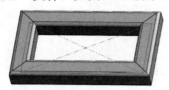

实例素材	实例素材\第 8 章\8-5-1 模型.SLDPRT
最终效果	最终效果\第 8 章\8-5-1 剪裁.SLDPRT

具体操作步骤如下：

（1）打开"8-5-1 模型.SLDPRT"文件，如图 8-80 所示。

图 8-80 打开文件

（2）单击【焊件】工具栏中的 （剪裁/延伸）按钮（或者选择【插入】|【焊件】|【剪裁/延伸】菜单命令），在【属性管理器】中弹出【剪裁/延伸】的属性设置框。在【边角类型】选项组中，单击 （终端对接 1）按钮；在【要剪裁的实体】选项组中，在图形区域中选择要剪裁的实体；在【剪裁边界】选项组中，在图形区域中选择作为剪裁边界的实体，在图形区域中显示出剪裁的预览，如图 8-81 所示。

（3）单击 （确定）按钮，完成剪裁操作，如图 8-82 所示。

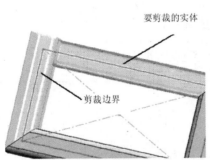

图 8-81 剪裁的预览   图 8-82 生成结构构件

8.6 圆角焊缝

可以在任何交叉的焊件实体（如结构构件、平板焊件或者角撑板等）之间添加全长、间歇或者交错的圆角焊缝。

1. 圆角焊缝的属性设置

单击【焊件】工具栏中的 （圆角焊缝）按钮（或者选择【插入】|【焊件】|【圆角焊缝】菜单命令），在【属性管理器】中弹出【圆角焊缝】的属性设置框，如图 8-83 所示。

（1）【箭头边】选项组：

"焊缝类型"下拉选框：可以选择"全长"、"间歇"、"交错"焊缝类型。

【焊缝长度】、【节距】：在设置"焊缝类型"为"间歇"或者"交错"时可用，如图 8-84 所示。

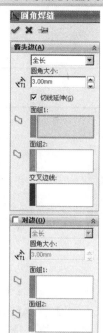

图 8-83 【圆角焊缝】属性设置框　　　　图 8-84 选择"交错"选项

其属性设置不再赘述。

2．生成圆角焊缝的案例操作

【案例 8-6-1】在指定的表面之间生成圆角焊缝。

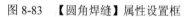	实例素材	实例素材\第 8 章\8-6-1 模型.SLDPRT
	最终效果	最终效果\第 8 章\8-6-1 圆角焊缝.SLDPRT

具体操作步骤如下：

（1）打开"8-6-1 模型.SLDPRT"文件，如图 8-85 所示。

图 8-85 打开文件

（2）单击【焊件】工具栏中的（圆角焊缝）按钮（或者选择【插入】|【焊件】|【圆角焊缝】菜单命令），在【属性管理器】中弹出【圆角焊缝】的属性设置框。在【箭头边】选项组中，选择"焊缝类型"为"全长"；设置（圆角大小）数值为 3mm；单击（面组1）选择框，在图形区域中选择 1 个面组；单击（面组 2）选择框，在图形区域中选择 1 个交叉面组，如图 8-86 所示。

（3）单击（确定）按钮，生成圆角焊缝，如图 8-87 所示。

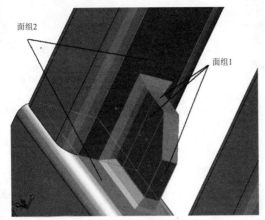

图 8-86　选择圆角焊缝面组

图 8-87　生成圆角焊缝

8.7　自定义焊件轮廓

可以生成自己的焊件轮廓以便在生成焊件结构构件时使用。将轮廓创建为库特征零件，然后将其保存于一个定义的位置即可。制作自定义焊件轮廓的步骤为：

（1）绘制轮廓草图。当使用轮廓生成 1 个焊件结构构件时，草图的原点为默认穿透点（穿透点可以相对于生成结构构件所使用的草图线段以定义轮廓上的位置），且可以选择草图中的任何顶点或者草图点作为交替穿透点。

（2）选择【文件】|【另存为】菜单命令，打开【另存为】对话框。

（3）在【保存在】选框中选择"<安装目录>\data\weldment profiles"，然后选择或者生成 1 个适当的子文件夹，在【保存类型】选框中选择库特征零件（*.SLDLFP），输入文件名，单击【保存】按钮。

8.8　子焊件

子焊件将复杂模型分为管理更容易的实体。子焊件包括列举在【特征管理器设计树】的 🔳（切割清单）中的任何实体，包括结构构件、顶端盖、角撑板、圆角焊缝，以及使用【剪裁/延伸】命令所剪裁的结构构件。生成子焊件的步骤为：

（1）在焊件模型的【特征管理器设计树】中，展开🔳（切割清单）。

（2）选择要包含在子焊件中的实体，可以使用键盘上的 Shift 键或者 Ctrl 键进行批量选择，所选实体在图形区域中呈高亮显示。

（3）用鼠标右键单击选择的实体，在弹出的快捷菜单中选择【生成子焊件】命令，如图 8-88 所示，包含所选实体的📁（子焊件）文件夹出现在🔳（切割清单）中。

（4）用鼠标右键单击📁（子焊件）文件夹，在弹出的快捷菜单中选择【插入到新零件】命令，如图 8-89 所示。子焊件模型在新的 SolidWorks 窗口中打开，并弹出【另存为】对话框。

（5）输入文件名，单击【保存】按钮，在焊件模型中所作的更改扩展到子焊件模型中。

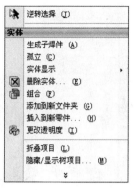

图 8-88　快捷菜单

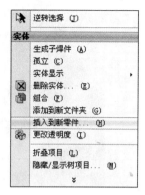

图 8-89　选择【插入到新零件】

8.9　切割清单

当第 1 个焊件特征被插入到零件中时，（实体）文件夹会重新命名为 （切割清单）以表示要包括在切割清单中的项目。图标表示切割清单需要更新，图标表示切割清单已更新。

8.9.1　生成切割清单的操作步骤

1．更新切割清单

在焊件零件的【特征管理器设计树】中，用鼠标右键单击 （切割清单）图标，在弹出的快捷菜单中选择【更新】命令，如图 8-90 所示，图标变为 。相同项目在 项目子文件夹中列组。

图 8-90　快捷菜单

2．将特征排除在切割清单外

焊缝不包括在切割清单中，可以选择其他也可排除在外的特征。如果需要将特征排除在切割清单之外，可以用鼠标右键单击特征，在弹出的快捷菜单中选择【制作焊缝】命令，如图 8-91 所示。

3．将切割清单插入到工程图中

具体操作步骤如下：

（1）在工程图中，单击【表格】工具栏中的 ▦（焊件切割清单）按钮（或者选择【插入】|【表格】|【焊件切割清单】菜单命令），在【属性管理器】中弹出【焊件切割清单】的属性设置框，如图 8-92 所示。

（2）选择 1 个工程视图，设置【焊件切割清单】属性，单击 ✔【确定】按钮。

图 8-91　快捷菜单　　　　　　　图 8-92　【焊件切割清单】属性设置框

8.9.2　自定义属性

焊件切割清单包括项目号、数量以及切割清单自定义属性。在焊件零件中，属性包含在使用库特征零件轮廓从结构构件所生成的切割清单项目中，包括【说明】、【长度】、【角度 1】、【角度 2】等，可以将这些属性添加到切割清单项目中。修改自定义属性的步骤如下：

（1）在零件文件中，用鼠标右键单击切割清单项目图标，在弹出的快捷菜单中选择【属性】命令，如图 8-93 所示。

图 8-93　快捷菜单

（2）在【<切割清单项目> 自定义属性】对话框（如图 8-94 所示的【垂直支架 自定义属性】对话框）中，设置【属性名称】、【类型】和【数值/文字表达】。

（3）根据需要重复前面的步骤，单击【确定】按钮完成操作。

图 8-94　【垂直支架 自定义属性】对话框

本 章 小 结

　　有多种方法可以生成和编辑钣金特征，焊件的设计工具也简便易用，熟练使用钣金命令和焊件工具，可以设计结构复杂的钣金零件和结构件。

第 9 章 模具及线路设计

Solidworks 为模具设计提供了专门的工具条，可以就给定的零件进行拔模分析，生成分型面，并生成型心和型腔零件。Solidworks 为线路设计提供了专门的插件 Routing，可以进行管路设计、软管设计和线路设计，并可生成相应的系列零件表。

本章内容安排如下：
- ➢ 模具设计
- ➢ 模具设计范例
- ➢ 线路设计
- ➢ 线路设计范例
- ➢ 本章小结

9.1 模具设计

9.1.1 模具设计简介

模具由型心和型腔组成。型心仿制模型的内部曲面，型腔仿制模型的外部曲面，型心和型腔之间由分型面分隔。模具在使用时，型心和型腔连接在一起，在它们之间的空隙注射入填充用的液体塑料或金属，在液体冷却并变硬后，型心和型腔相分离，并弹出零件。

SolidWorks 提供的模具设计工具栏如图 9-1 所示。

图 9-1　模具设计工具栏

其主要命令按钮的含义为：

- ● 　（拔模分析）：验证所有面都含有足够的拔模。
- ● 　（底切分析）：查找模型中不能从模具中排斥的被围困区域。
- ● 　（拔模）：拔模特征。
- ● 　（比例）：应用收缩因素，将塑料冷却时的收缩量考虑在内。
- ● 　（分型线）：用于检查拔模以及添加分型线，分型线将型心和型腔分离开来。
- ● 　（关闭曲面）：可沿分型线或形成连续环的边线生成曲面修补，以关闭通孔。
- ● 　（分型面）：拉伸自分型线，用于将模具型腔从型心分离开来。
- ● 　（切削分割）：使型心和型腔分离。
- ● 　（核心）：将制成的零件出模。

1．拔模分析功能

单击【模具工具】工具栏中的 　（拔模分析）按钮，在【属性管理器】中弹出【拔模分析】的属性设置框，如图 9-2 所示。

图 9-2　【拔模分析】属性设置框

（1）【分析参数】选项组：

- ● 　旁的"拔模方向"选框：选择一平面、线性边线或轴来定义拔模方向。

- （拔模角度）：输入参考拔模角度，用于与模型中现有的角度进行对比。
- 【调整三重轴】：操纵拔模方向，以直观地进行调整，从而避免或减少拔模角度出错的可能性。
- 【面分类】：将每个面归入颜色设定下的类别之一，然后对每个面应用相应的颜色，并提供每种类型的面的计数。

（2）【颜色设定】选项组。带有不同分类的面在图形区域中以不同颜色显示；更改拔模方向或拔模角度时，结果将实时更新。该选项组中的参数介绍如下：

- 【逐渐过渡】：以色谱形式显示角度范围。
- 【正拔模】：显示这样一些面：面的角度相对于拔模方向大于参考角度。
- 【需要拔模】：显示这样一些面：面的角度小于负参考角度或大于正参考角度。
- 【负拔模】：显示这样一些面：面的角度相对于拔模方向小于负参考角度。
- 【编辑颜色】：此选项可更改与类别相关联的颜色。

2．底切分析功能

单击【模具工具】工具栏中的（底切分析）按钮，在【属性管理器】中弹出【底切分析】的属性设置框，如图 9-3 所示。

（1）【分析参数】选项组：

- 【坐标输入】：为拔模设置 X、Y 和 Z 轴的数值。
- 旁的"拔模方向"选框：选取平面、线性边线或轴来定义拔模方向。
- （分型线）：分型线以上的面被评估以决定它们是否可从分型线以上看见。
- 【调整三重轴】：操纵拔模方向，以直观地进行调整，从而避免或减少底切区域出错的可能。
- 【高亮显示封闭区域】：对于仅部分封闭的面，分析可识别面的封闭区域和非封闭区域。

（2）【底切面】选项组。带有不同分类的面在图形区域中以不同颜色显示；更改拔模方向时，结果将实时更新。该选项组中的参数介绍如下：

- 【方向 1 底切】：从分型线以上不可见的面。
- 【方向 2 底切】：从分型线以下不可见的面。
- 【封闭底切】：从分型线以上或以下不可见的面。
- 【跨立底切】：双向底切的面。
- 【无底切】：没有底切。
- 【编辑颜色】：单击此选项可更改与类别相关联的颜色。

3．分型线功能

单击【模具工具】工具栏中的（分型线）按钮，在【属性管理器】中弹出【分型线】的属性设置框，如图 9-4 所示。

在【模具参数】选项组中：

- 【拔模分析】：单击以进行拔模分析并生成分型线。
- 【用于型心/型腔分割】：选择以生成一定义型心/型腔分割的分型线。
- 【分割面】：选择以自动分割在拔模分析过程中找到的跨立面。
- 【于 +/- 拔模过渡】：分割正负拔模之间过渡处的跨立面。

● 【于指定的角度】：按指定的拔模角度分割跨立面。

图9-3 【底切分析】属性设置框　　图9-4 【分型线】属性设置框

4．关闭曲面功能

单击【模具工具】工具栏中的（关闭曲面）按钮，在【属性管理器】中弹出【关闭曲面】的属性设置框，如图9-5所示。

（1）【边线】选项组：

● （边线）：列举为关闭曲面所选择的边线或分型线的名称。
● 【缝合】：将每个关闭曲面连接成型腔和型心曲面，这样型腔曲面实体和型心曲面实体分别包含一曲面实体。
● 【过滤环】：过滤似乎不是有效孔的环。
● 【显示预览】：在图形区域中显示修补曲面的预览。
● 【显示标注】：为每个环在图形区域中显示标注。

（2）【重设所有修补类型】选项组：

● 为全部不填充。
● 为全部相触。
● 为全部相切。

5．分型面功能

单击【模具工具】工具栏中的（分型面）按钮，在【属性管理器】中弹出【分型面】的属性设置框，如图9-6所示。

（1）【模具参数】选项组：

● 【相切于曲面】：分型面与分型线的曲面相切。
● 【正交于曲面】：分型面与分型线的曲面正交。
● 【垂直于拔模】：分型面与拔模方向垂直。

图 9-5 【关闭曲面】属性设置框　　图 9-6 【分型面】属性设置框

（2）【分型面】选项组：

● ⬥旁的"距离"文本框：为分型面的宽度设定数值。

● ⬥（反向）：单击以更改分型面从分型线延伸的方向。

● ⬤（角度）：拔模角度。

● 【平滑】：可在相邻曲面之间应用一更平滑的过渡。

● ⬥：尖锐。

● ⬥：平滑。

● ⬥（数值）：为相邻边线之间的距离设定一数值，高的值在相邻边线之间生成更平滑的过渡。

（3）【选项】选项组：

● 【缝合所有曲面】：选择以自动缝合曲面。

● 【显示预览】：选择在图形区域中预览曲面。

9.1.2　模具设计的一般步骤

在 SolidWorks 软件中，利用模具工具可以进行模具设计，其一般步骤为：

（1）创建模具模型。

（2）对模具模型进行拔模分析。

（3）对模具模型进行底切检查。

（4）缩放模型比例。

（5）创建分型线。

（6）创建分型面。

（7）对模具模型进行切削分割。

（8）创建模具零件。

9.2 模具设计范例

9.2.1 导入模具模型

启动中文版 SolidWorks 2010，单击【标准】工具栏中的 （打开）按钮，弹出【打开】对话框，打开配书光盘中"模型文件\9 模具设计"文件夹下的"9.SLDPRT"零件文件，单击 （确定）按钮，结果如图 9-7 所示。

图 9-7 打开零件

9.2.2 拔模分析

具体操作步骤如下：

（1）单击【模具工具】工具栏中的 （拔模分析）按钮，在【属性管理器】中弹出【拔模分析】的属性设置框。

（2）定义拔模参数。在【分析参数】选项组中，设置前视基准面为拔模方向，在 （拔模角度）中输入 1.00 deg，然后选中【面分类】选项，在【颜色设定】选项组中显示出各类拔模面的个数，如图 9-8 所示，同时，模型中对应显示不同的拔模面。最后单击 （确定）按钮。

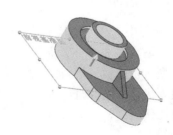

图 9-8 【拔模分析】属性设置

9.2.3 底切分析

具体操作步骤如下：

（1）单击【模具工具】工具栏中的 （底切分析）按钮，在【属性管理器】中弹出【底切分析】的属性设置框。

（2）在【分析参数】选项组中，设置前视基准面为拔模方向，并单击 （反向）按钮。在【底切面】选项组中显示出各类底切面的个数，如图 9-9 所示，单击 （确定）按钮。

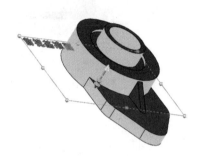

图 9-9　【底切分析】属性设置

9.2.4　设置比例缩放

具体操作步骤如下：

（1）单击【模具工具】工具栏中的 （比例缩放）按钮，在【属性管理器】中弹出【缩放比例】的属性设置框。

（2）定义比例参数。在【比例参数】选项组中，设置【比例缩放点】为"重心"，并选中【统一比例缩放】选项，在文本框中输入值 1.05，如图 9-10 所示，单击 （确定）按钮。

图 9-10　【缩放比例】属性设置

9.2.5　创建分型线

具体操作步骤如下：

（1）单击【模具工具】工具栏中的 （分型线）按钮，在【属性管理器】中弹出【分型线】的属性设置框。

（2）设定模具参数。在【模具参数】选项组中，设置前视基准面为拔模方向，在 （拔模角度）中输入 1.00 deg，并选中【用于型心/型腔分割】选项，然后单击 拔模分析(D) 按钮。

（3）定义分型线。在【分型线】选项组中，单击 （边线）选择框，然后在图形区域中选择模型最大外轮廓线，如图 9-11 所示。单击 ✔（确定）按钮，生成分型线。

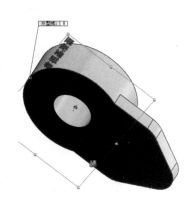

图 9-11　【分型线】属性设置

9.2.6　关闭曲面

具体操作步骤如下：

（1）单击【模具工具】工具中栏的 （关闭曲面）按钮，在【属性管理器】中弹出【关闭曲面】的属性设置框。

（2）确认闭合面。在【边线】选项组中，单击【撤销】按钮取消默认生成的闭合曲线，然后在图形区域中选择需要关闭孔的边界线，利用 🔲（添加所选边线）和 🔁（选择下一边线）两个按钮来控制选择边界线的方向，同时选中【缝合】选项，所选择的封闭环如图 9-12 所示。在【重设所有修补类型】选项组中，单击 ⬤（全部相触）选项。

（3）单击 ✔（确定）按钮，完成关闭曲面的创建。

图 9-12　生成封闭环

9.2.7　创建分型面

具体操作步骤如下：

（1）单击【模具工具】工具栏中的 ⬤（分型面）按钮，在【属性管理器】中弹出【分型面】的属性设置框。

（2）定义分型面。在【模具参数】选项组中，选择【垂直于拔模】选项。在【分型线】选项组中，系统默认刚刚生成的【分型线 1】。在【分型面】选项组中，在 ↗ 旁的"距离"

文本框中输入 3.00in。

（3）单击 ✅（确定）按钮，完成分型面的创建，如图 9-13 所示。

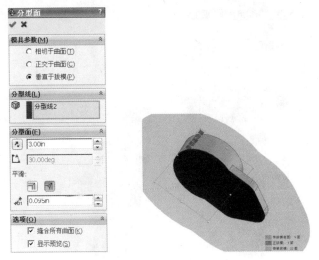

图 9-13　生成分型面

9.2.8　切削分割

具体操作步骤如下：

（1）单击【特征管理器设计树】的前视基准面，使其成为草图绘制平面。单击【标准视图】工具栏中的 ⬆（正视于）按钮，并单击【草图】工具栏中的 ✏️（草图绘制）按钮，进入草图绘制状态。

（2）单击【草图】工具栏中的 ▢（矩形）按钮绘制草图，如图 9-14 所示。然后再单击草图工具栏中的 ✏️（退出草图）按钮，退出草图。

图 9-14　绘制草图

（3）选择刚刚生成的草图，然后单击【模具工具】工具栏中的 ▨（切削分割）按钮，在【属性管理器】中弹出【切削分割】的属性设置框。

（4）在【块大小】选项组中，在 🔧（方向 1 深度）文本框中输入 2.8 in，在 🔧（方向 2 深度）文本框中输入 1.2 in，单击 ✅（确定）按钮，完成切削分割块的创建，如图 9-15 所示。

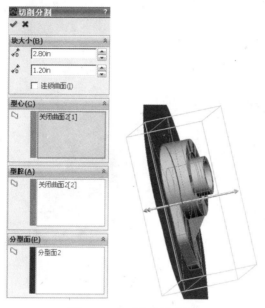

图 9-15　生成切削分割块

9.2.9　创建模具零件

具体操作步骤如下：

（1）选择【插入】|【特征】| （移动/复制）菜单命令，在【属性管理器】中弹出【移动/复制实体】的属性设置框。在【要移动/复制的实体】选项组中，选择型腔为移动对象，在【配合设定】选项组中，选择型腔和型心的上表面，在 （距离）文本框中输入6.5 in，单击 （确定）按钮，完成型腔的移动，如图 9-16 所示。

图 9-16　移动型腔

（2）选择【插入】|【特征】| （移动/复制）菜单命令，在【属性管理器】中弹出

【移动/复制实体】的属性设置框。在【要移动实体】选项组中，选择型心为移动对象，在【配合设定】选项组中，选择型腔和型心的上表面，在 （距离）文本框中输入 11 in，单击（确定）按钮，完成型心的移动，如图 9-17 所示。

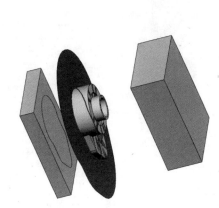

图 9-17　移动型心

（3）保存型腔。在【特征管理器设计树】下，右击 实体(3) 节点下的 实体-移动/复制1（即型腔实体），从弹出的快捷菜单中选择【插入到新零件】命令，在系统弹出的【另存为】对话框中，命名文件为"型腔.sldprt"，单击【保存】按钮，然后关闭此窗口，如图 9-18 所示。

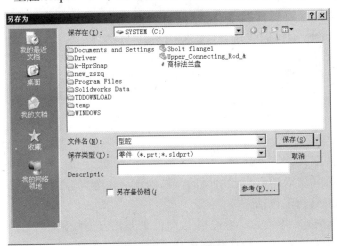

图 9-18　保存型腔

（4）保存型心。在【特征管理器设计树】下，右击 实体(3) 节点下的 实体-移动/复制2（即型心实体），从弹出的快捷菜单中选择【插入到新零件】命令，在系统弹出的【另存为】对话框中，命名文件为"型心.sldprt"，单击【保存】按钮，然后关闭此窗口，如图 9-19 所示。

（5）保存设计结果。选择菜单【文件】|【保存】命令，即可保存模具设计结果。

图 9-19 保存型心

9.3 线路设计

9.3.1 线路设计基础

SolidWorks 的线路设计模块 Routing 可以生成一特殊类型的子装配体，以在零部件之间创建管道、管筒或其他材料的路径。通过生成线路路径中心线的 3D 草图来造型线路，Routing 将沿中心线生成管道、管筒或电缆。

1. 工具栏简介

SolidWorks Routing 提供的线路工具栏如图 9-20 所示。

其按钮的含义如下：

图 9-20 线路工具栏

——Routing 快速提示。

——管道设计。

——软管。

——电气。

——Routing 工具。

其中，各工具按钮又对应有自己所属的一系列选项，分别介绍如下：

（1）管道设计工具选项包括：

● （通过拖/放来开始）：通过拖/放配件来开始管道线路。

● （起始于点）：通过给非线路设计零部件添加连接点来开始管道线路设计。

● （添加配件）：将配件添加到线路。

● （添加点）：给非线路设计零部件添加连接点，这样可给现有线路添加零部件。

● （编辑线路）：编辑现有管道线路。

● （线路属性）：为现有管道线路显示线路属性。

（2）软管设计工具选项包括：

● （通过拖/放来开始）：通过拖/放配件来开始管筒线路。

● （起始于点）：通过给非线路设计零部件添加连接点来开始管筒线路设计。

● （添加配件）：将配件添加到线路。

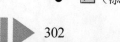

- （添加点）：给非线路设计零部件添加连接点，这样可给现有线路添加零部件。
- （编辑线路）：编辑现有管筒线路。
- （线路属性）：为现有管筒线路显示线路属性。

（3）电气工具选项包括：
- （按"从/到"开始）：通过输入"从/到"清单开始电气线路。
- （通过拖/放来开始）：通过拖/放接头来开始电气线路。
- （起始于点）：通过给非线路设计零部件添加连接点来开始电气线路设计。
- （重新输入"从/到"）：在列表中的项目更改时重新输入"从/到"列表。
- （插入接头）：插入电气接头的多个实例到现有线路中。
- （添加点）：给非线路设计零部件添加连接点，这样可给现有线路添加零部件。
- （编辑电线）：在电气线路中添加或编辑电线信息。
- （编辑线路）：编辑现有电气线路。
- （线路属性）：为现有电气线路显示线路属性。
- （平展线路）：为平展工程图准备线路。

（4）线路（Routing）工具工具选项包括：
- （Routing 快速提示）：显示 Routing 帮助主题。
- （生成连接点）：生成一连接点。
- （生成线路点）：生成线路点。
- （自动步路）：自动化线路生成和修改的工具。
- （覆盖层）：给线路段添加覆盖层。
- （旋转线夹）：旋转现有线夹。
- （步路通过线夹）：重新步路现有线路使其穿过线夹。
- （从线夹脱钩）：从线夹脱离线路。
- （更改线路直径）：修改线路属性，如直径、配件和规格。
- （修复线路）：修复折弯半径错误。
- （添加折弯）：添加折弯到 3D 线路接合处。
- （分割线路）：分割现有线路。

2. 自动步路功能

单击【步路工具】工具栏中的（自动步路）按钮，在【属性管理器】中弹出【自动步路】的属性设置框，如图 9-21 所示。

（1）【步路模式】选项组：
- 【自动步路】：在 3D 线路草图中选择以实现自动在现有几何体中步路。
- 【编辑（拖动）】：选择以更改到编辑模式，这样可调整线路而无须关闭 PropertyManager。
- 【重新步路样条曲线】：选择以更新线路，使之穿过所选线夹。

（2）【自动步路】选项组：
- 【正交线路】：生成一线路，其线段与 X、Y 和 Z 轴平行，线段之间存在右角度。
- 【交替路径】：显示交替有效正交线路。

（3）【选择】选项组：
- 【当前选择】：列举选择的实体。

- 【当前编辑点】：提供当前点的信息。
- 【穿越线夹】：反转线路穿越线夹的方向。

3．连接点功能

单击【步路工具】工具栏中的（生成连接点）按钮，在【属性管理器】中弹出【连接点】的属性设置框，如图9-22所示。

图9-21　【自动步路】属性设置框　图9-22　【连接点】属性设置框

（1）【选择】选项组：
- ：选择基准面或面和点。
- ：选择线路类型，包括"装配式管道"、"管筒"、"电气"。

（2）【参数】选项组：
- ：名义直径。
- 【端头长度】：指定在将接头或配件插入到线路中时从接头或配件所延伸的默认电缆端头长度。
- 【规格区域名称】：过滤带匹配规格的配合零部件的选择。
- 【规格数值】：输入与规格区域名关联的值。
- 【端口ID】：为此管脚输入识别信息。

9.3.2　线路设计基本步骤

1．生成管道或管筒线路的一般步骤

（1）在主装配体中执行以下操作：在步路选项中确定选择了在法兰/接头处自动步路；通过从设计库、文件探索器、打开的零件窗口或资源管理器拖动对象，或者通过单击插入零部件（装配体工具栏）来将法兰或另一端配件插入到主装配体中。

（2）在线路属性 PropertyManager 中设定选项，会出现以下情况：
- 3D 草图在新的线路子装配体中打开。

● 新线路子装配作为虚拟零部件生成，并在 FeatureManager 设计树中显示为"管道 <n> 或管筒<n>-<装配体名称>"。

● 有一管道或管筒的端头出现，从刚放置的法兰或配件延伸。

（3）使用直线绘制线路段的路径。对于灵活管筒线路，也可使用样条曲线。

（4）根据需要添加接头。

（5）退出草图。

2．生成电力线路子装配体的一般步骤

（1）通过以下操作生成线路子装配体：将一电接头插入到主装配体中；以"从-到"清单输入电力数据。

（2）根据需要插入额外接头和步路硬件到线路子装配体中，然后将之与想连接的零部件配合。

（3）在 3D 草图中定义接头之间的路径。

（4）（可选项）指定电线属性和线路的连接要求。

（5）关闭 3D 草图。

9.4　线路设计范例

9.4.1　创建第一条线路

具体操作步骤如下：

（1）启动中文版 SolidWorks 2010，单击【标准】工具栏中的 （打开）按钮，弹出【打开】对话框，打开配书光盘中"模型文件\9\线路设计"文件夹下的"guanlu.SLDASM"装配体文件，单击 （确定）按钮，如图 9-23 所示。

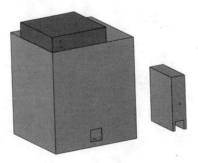

图 9-23　打开装配体

（2）选择【Routing】|【电力】| （通过拖/放来创建）菜单命令，系统弹出【信息】窗口和设计库。

（3）选择零部件。打开设计库中的"routing\electrical"文件夹，选择"plug-5pinndin.sldprt"插头为拖放对象。

（4）定义插头拖放位置。按住鼠标左键，将插头"plug-5pinndin.sldprt"放置于右边机顶盒上圆孔的上方，如图 9-24 所示，单击系统弹出的【自动步路】窗口中的 （取消）按钮。

（5）使用同样操作步骤，在电视机上右边圆孔位置添加插头，如图 9-25 所示，单击系统弹出的【插入零部件】窗口中的 （取消）按钮。

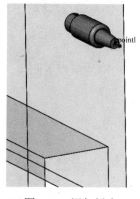

图 9-24　添加插头

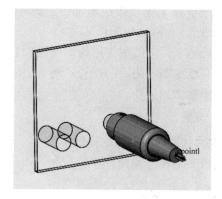

图 9-25　添加第二个插头

（6）创建自动步路。选择【Routing】|【Routing 工具】|（自动步路）菜单命令，系统弹出【自动步路】窗口。在【步路模式】选项组中，选择【自动步路】选项。在【选择】选项组中，单击【当前选择】选择框，然后在图形区域中分别选择刚刚拖放的两个电力插头上由连接点延伸出来的端点，即步路点。单击（确定）按钮，然后单击右上角的（退出草图）和（退出装配体）按钮，完成自动步路的创建，如图 9-26 所示。

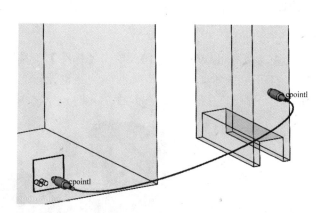

图 9-26　创建自动步路

9.4.2　创建第二条线路

具体操作步骤如下：

（1）选择【Routing】|【电力】|（通过拖/放来创建）菜单命令，系统弹出【信息】窗口和设计库。

（2）选择零部件。打开设计库中的"routing\electrical"文件夹，选择"plug-5pinndin.sldprt"插头为拖放对象。

（3）定义插头拖放位置。按住鼠标左键，将插头"plug-5pinndin.sldprt"放置于上边机顶盒上其中一个圆孔的上方，如图 9-27 所示，单击系统弹出的【自动步路】窗口中的（取消）按钮。

（4）使用同样操作步骤，在电视机上右边圆孔位置添加插头，如图 9-28 所示，单击系统弹出的【插入零部件】窗口中的 ✖ （取消）按钮。

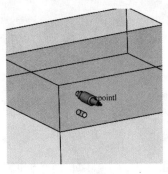

图 9-27 添加插头

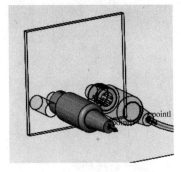

图 9-28 添加另一个插头

（5）创建自动步路。选择【Routing】│【Routing 工具】│ 🗗 （自动步路）菜单命令，系统弹出【自动步路】窗口。在【步路模式】选项组中，选择【自动步路】选项。在【选择】选项组中，单击【当前选择】选择框，然后在图形区域中分别选择刚刚拖放的两个电力插头上由连接点延伸出来的端点，即步路点。单击 ✔ （确定）按钮，然后单击右上角的 🖺 （退出草图）和 🖺 （退出装配体）按钮，完成自动步路的创建，如图 9-29 所示。

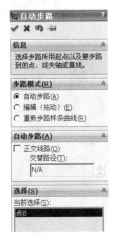

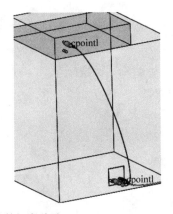

图 9-29 创建第二条线路

9.4.3 创建第三条线路

具体操作步骤如下：

（1）选择【Routing】│【电力】│ 🖼 （通过拖/放来创建）菜单命令，系统弹出【信息】窗口和设计库。

（2）选择零部件。打开设计库中的"routing\electrical"文件夹，选择"plug-5pinndin. sldprt"插头为拖放对象。

（3）定义插头拖放位置。按住鼠标左键，将插头"plug-5pinndin.sldprt"放置于电视上左侧圆孔的上方，如图 9-30 所示，单击系统弹出的【自动步路】窗口中的 ✖ 【取消】按钮。

（4）使用同样操作步骤，在电视机机顶盒上下端圆孔位置添加插头，如图 9-31 所示，单击系统弹出的【插入零部件】窗口中的 ✖ （取消）按钮。

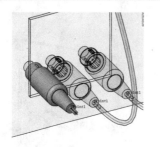

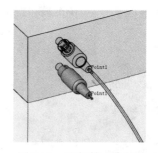

图 9-30　添加第一个插头　　　　　图 9-31　添加第二个插头

（5）创建第三条线路。选择【Routing】|【Routing 工具】| ✍（自动步路）菜单命令，系统弹出【自动步路】窗口。在【步路模式】选项组中，选择【自动步路】选项。在【选择】选项组中，单击【当前选择】选择框，然后在图形区域中分别选择刚刚拖放的两个电力插头上由连接点延伸出来的端点，如果自动创建的线路不满足要求，可以在【步路模式】选项组中选择【编辑（拖动）】选项，然后在图形区域中对样条曲线进行拖动。单击 ✔（确定）按钮，然后单击右上角的 ⬇（退出草图）和 🖐（退出装配体）按钮，完成自动步路的创建，如图 9-32 所示。

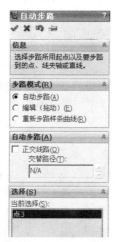

图 9-32　创建第三条线路

（6）添加线夹。打开设计库中的"routing\electrical"文件夹，选择"richco_hurc-4-01-clip_10.sldprt"线夹为拖放对象。

（7）定义拖放位置。将线夹拖放到底板上的孔处，但不放置。使用"Shift+方向键"，旋转该线夹，直到满足要求为止。在系统弹出的【选择配置】窗口中选择【4-01-6.4mm Dia】选项，然后单击【确定】按钮。单击系统弹出的【插入零部件】窗口中的 ✖（取消）按钮。添加后的结果如图 9-33 所示。

（8）将电线移到线夹。选择【Routing】|【Routing 工具】| 🔧（步路通过线夹）菜单命令，系统弹出【编辑线路】窗口。在【线路装配体】选项组中，选择上一步生成的线路。单击 ✔（确定）按钮，系统弹出【步路通过线夹】窗口，在【选择】选项组中，单击【当前选择】选择框，在图形区域中选择第四条电线和上一步放置的线夹的轴线，如图 9-34 所示。

图 9-33　添加线夹

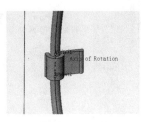

图 9-34　选取线路和线夹轴线

（9）单击 ✔（确定）按钮，然后单击右上角的 ⤴（退出草图）和 ⤴（退出装配体）按钮，完成将电线移到线夹中的操作，结果如图 9-35 所示。

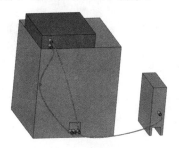

图 9-35　移动电线到线夹中

（10）保存文件。选择【文件】|【保存】菜单命令，完成线路设计。

本 章 小 结

　　模具设计工作主要是要得到型心和型腔零件，Solidworks 模具工具可以方便快捷地分析零件是否能够拔模，并能迅速地制作出型心和型腔零件。SolidWorks 提供的模具设计工具可以创建高价值的复杂模具，缩短研制周期，并降低整个模具设计过程中出现重大错误的可能性。线路设计工作主要是在部件接口处之间架设管路，Solidworks Routing 插件专门为完成此工作而开发，其功能强大、使用简单、界面直观，通过它用户可以非常快捷地生成自己需要的线路。

第 10 章 配置和系列零件设计表

配置提供简便的方法以开发与管理一组有着不同尺寸、零部件或者其他参数的模型，并可以在单一的文件中使零件或者装配体生成多个设计变化。可以手动生成配置，或者使用系列零件设计表同时生成多个配置。系列零件设计表提供了一种简便的方法，可以在简单、易用的工作表中生成和管理配置。

本章内容安排如下：

➢ 配置
➢ 系列零件设计表
➢ 系列零件设计表参数
➢ 范例
➢ 本章小结

10.1 配置

配置可以在单一的文件中使零件或者装配体生成多个设计变化。

10.1.1 手动生成配置的方法

手动生成配置的操作方法如下：

（1）在零件或者装配体文件中，单击 （配置管理器）选项卡，切换到【配置管理器】。

（2）在【配置管理器】中，用鼠标右键单击零件或者装配体的图标，在弹出的快捷菜单中选择【添加配置】命令，如图 10-1 所示，在【属性管理器】中弹出【添加配置】的属性设置框，如图 10-2 所示，输入【配置名称】并指定新配置的相关属性，单击 （确定）按钮。

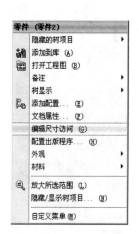

图 10-1　快捷菜单

图 10-2　【添加配置】属性设置框

10.1.2 激活配置的方法

激活配置的操作方法如下：

（1）单击 （配置管理器）选项卡，切换到【配置管理器】。

（2）在所要显示的配置图标上单击鼠标右键，在弹出的快捷菜单中选择【显示配置】命令（如图 10-3 所示）或者双击该配置的图标。

图 10-3　快捷菜单

配置成为激活的配置，模型视图立即更新以反映新选择的配置。

10.1.3 编辑配置

编辑配置主要包括编辑配置本身和编辑配置属性。

1. 编辑配置本身

激活所需的配置，切换到【特征管理器设计树】。

（1）在零件文件中，根据需要改变特征的压缩状态或者修改尺寸等。

（2）在装配体文件中，根据需要改变零部件的压缩状态或者显示状态等。

2. 编辑配置属性

切换到【配置管理器】中，用鼠标右键单击配置名称，在弹出的快捷菜单中选择【属性】命令，如图 10-4 所示，在【属性管理器】中弹出【配置属性】的属性设置框，如图 10-5 所示。根据需要，设置【配置名称】、【说明】、【备注】等属性，单击【自定义属性】按钮添加或者修改配置的自定义属性，设置完成后，单击 ✅（确定）按钮。

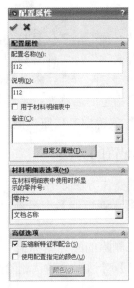

图 10-4 快捷菜单   图 10-5 【配置属性】属性设置框

10.1.4 派生配置的方法

派生配置允许在配置中生成父子关系。默认情况下，子配置中的所有参数被链接到父配置上。如果需要更改父配置参数，所做的更改将自动延伸到子配置。

（1）在【配置管理器】中，用鼠标右键单击某一配置图标，在弹出的快捷菜单中选择【添加派生的配置】命令，如图 10-6 所示，在【属性管理器】中弹出【添加配置】的属性设置框，如图 10-7 所示，根据需要，设置配置属性。

（2）在【材料明细表选项】选项组中，【在材料明细表中使用时所显示的零件号】有以下选项，如图 10-8 所示。

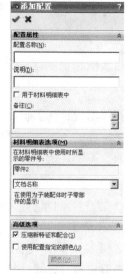

图 10-6　快捷菜单　　　　图 10-7　【添加配置】属性设置框　　　　图 10-8　选择零件号

- "文档名称"：零件号与文件名称相同。
- "配置名称"：零件号与配置名称相同。
- "链接到父配置"：零件号与父配置名称相同。
- "用户指定的名称"：零件号是输入的名称。

（3）单击 ✔（确定）按钮，派生配置被添加到【配置管理器】中其父配置下。

10.1.5　删除配置的方法

删除配置的操作方法如下：

（1）在【配置管理器】中激活 1 个想保留的配置（想要删除的配置必须是处于非激活状态）。

（2）在想要删除的配置图标上单击鼠标右键，在弹出的快捷菜单中选择【删除】命令，弹出【确认删除】对话框，确认删除配置的操作，如图 10-9 所示，单击【是】按钮，所选配置被删除。

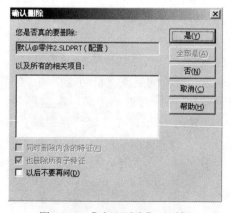

图 10-9　【确认删除】对话框

10.2 系列零件设计表

10.2.1 插入系列零件设计表的方法

通过在嵌入的 Microsoft Excel 工作表中指定参数，可以使用材料明细表构建多个不同配置的零件或者装配体。

插入【系列零件设计表】的方法为：

（1）在零件或者装配体文件中，单击【工具】工具栏中的 （系列零件设计表）按钮（或者选择【插入】|【系列零件设计表】菜单命令），在【属性管理器】中弹出【系列零件设计表】的属性设置框。

（2）在【源】选项组中，单击【空白】单选按钮。

（3）根据需要，设置【编辑控制】和【选项】选项组参数，单击 ✔（确定）按钮。根据所选择的设置，弹出【添加行和列】对话框，询问希望添加的配置或者参数，如图 10-10 所示。

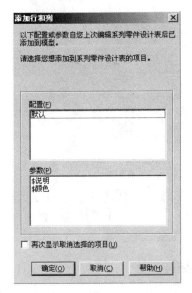

图 10-10 【添加行和列】对话框

（4）单击【确定】按钮，1 个嵌入的工作表出现在图形区域中。在【特征管理器设计树】中显示出 （系列零件设计表）图标，并且 Excel 工具栏会替换 SolidWorks 工具栏。单元格 A1 标识工作表为"系列零件设计表是为：<模型名称>"，单元格 A3 包含第 1 个新配置的默认名称，即"第一实例"，如图 10-11 所示。

图 10-11 设计表

（5）在行 2 可以输入想控制的参数，保留单元格 A2 为空白。

（6）在列 A（如单元格 A3、A4 等）中输入想生成的配置名称，名称可以包含数字，但不能包含正斜线"/"或者"@"字符。

（7）在工作表单元格中输入参数值。

（8）完成向工作表中添加信息后，在表格以外的任何地方（在图形区域中）单击鼠标左键以关闭系列零件设计表。

10.2.2　插入外部 Microsoft Excel 文件为系列零件设计表的方法

具体操作步骤如下：

（1）在零件或者装配体文件中，单击【工具】工具栏中的 （系列零件设计表）按钮（或者选择【插入】|【系列零件设计表】菜单命令），在【属性管理器】中弹出【系列零件设计表】的属性设置框。

（2）在【源】选项组中，单击【来自文件】单选按钮，再单击【浏览】按钮选择 Excel文件。如果需要将系列零件设计表链接到模型，选择【链接到文件】选项，链接的系列零件设计表可以从外部 Excel 文件中读取其所有信息，如图 10-12 所示。

图 10-12　来自文件选项

（3）根据需要，设置【编辑控制】和【选项】选项组参数，单击 （确定）按钮。1 个嵌入的工作表出现在图形区域中，并且 Excel 工具栏会替换 SolidWorks 工具栏。

（4）在表格以外的任何地方（在图形区域中）单击鼠标左键以关闭系列零件设计表。

10.2.3　编辑系列零件设计表的方法

具体操作步骤如下：

（1）在【特征管理器设计树】中，用鼠标右键单击【系列零件设计表】图标，在弹出的快捷菜单中选择【编辑表格】（或者【在单独窗口中编辑表格】）命令，则表格会出现在图形区域中，如图 10-13 所示。

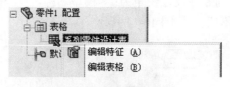

图 10-13　编辑表格

（2）根据需要，编辑表格。可以改变单元格中的参数值、添加行以容纳增加的配置或者添加列以控制所增加的参数等，也可以编辑单元格的格式，使用 Excel 功能修改字体、边框等。

（3）在表格以外的任何地方（在图形区域中）单击鼠标左键以关闭系列零件设计表。

（4）如果弹出系列零件设计表生成新配置的确认信息，单击【确定】按钮，此时配置被更新以反映更改。

10.2.4 保存系列零件设计表的方法

具体操作步骤如下：

（1）在包含系列零件设计表的文件中，单击【特征管理器设计树】中的【系列零件设计表】图标，再选择【文件】|【另存为】菜单命令，打开【保存系列零件设计表】对话框。

（2）输入文件名称，单击【保存】按钮，系列零件设计表保存为 Excel 文件（*.XLS）。

10.3 系列零件设计表参数

在系列零件设计表中使用的尺寸、特征、零部件和配置名称等，必须与模型中的名称匹配，如果要保证完全一致，可以从【特征管理器设计树】中复制和粘贴所选项目的名称。

1. 参数规格

（1）列标题单元格中显示的大多数参数包含关键字（如"$配置"或者"$备注"等），参数关键字不区分大小写。

（2）某些参数（如零部件的压缩状态或者参考配置等）中还包括零部件名称和实例编号，这些参数使用语法为"$关键字@零部件<实例>"。

2. 指定多个实例

可以在 1 个列标题单元格中指定多个零部件实例，实例编号使用以下语法：

（1）<*>所有实例。

（2）<1-4>实例范围。

（3）<1,3,6>不连续实例的清单，由逗号分隔。

（4）<1,3-6,8>组合，由逗号分隔。

3. 设置系列零件设计表参数

1）设置尺寸参数

● 格式：尺寸@特征，尺寸@草图<n>。

● 说明：在零件文件中，可以控制草图和特征定义的尺寸；在装配体文件中，可以控制属于装配体特征的尺寸，包括配合、装配特征切除和孔以及零部件阵列，不能控制装配体所包含的零部件的尺寸。

2）设置特征的压缩状态

● 格式：$状态@特征名称。

● 说明：在零件文件中，可以压缩任何特征；在装配体文件中，可以压缩属于装配体的特征，包括配合、装配特征孔和切除以及零部件阵列，草图和参考几何体也有可能属于装配体，对于属于个别装配体零部件的特征，不能控制其压缩状态。

3）设置基体零件

● 格式：$配置@<零件名>。

● 说明：可以使用系列零件设计表控制基体零件的配置，但只可以在零件文件中使用。

4）设置颜色参数

- 格式：$颜色。
- 说明：系列零件设计表可以包括 1 个配置特定颜色的列，其数值为 32 位指定 RGB（即红色、绿色、蓝色）的整数，如果没有指定数值，将使用零（即黑色）。

5）设置备注

- 格式：$备注。
- 说明：在【配置属性】的属性设置框中可以设置【备注】文本框（如图 10-14 所示），在其中输入说明或者其他相关配置的附加信息。

图 10-14　【配置属性】属性设置框

6）设置零部件配置

- 格式：$配置@零部件<实例>。
- 说明：在装配体文件中，可以在系列零件设计表单元格中输入配置的名称，该列中不允许有空白单元格。

7）设置零件编号

- 格式：$零件编号。
- 说明：在系列零件设计表中，允许为材料明细表列中的零件编号指定 1 个不同的数值；对于装配体文件，此为 1 个零件编号，当该装配体的配置作为子装配体在材料明细表中显示时被使用。

8）设置自定义属性

- 格式：$属性@属性。

说明：属性为自定义属性的名称，可以使用【摘要信息】对话框（选择【文件】|【属性】菜单命令，弹出【摘要信息】对话框，选择【自定义属性】选项卡）中列出的 1 种自定义属性。

9）设置说明

- 格式：$DESCRIPTION。
- 说明：在【配置属性】的属性设置框中可以设置【说明】文本框，在其中输入配置的说明。

10）设置配置中的显示状态

- 格式：$DISPLAYSTATE。
- 说明：可以为装配体的每个配置生成多个显示状态。

11）设置方程式

● 格式：$状态@方程式数@方程式。

● 说明：可以压缩或者解除压缩指定配置中的方程式。

12）设置系列零件设计表中的光源

● 格式：$状态@<光源名称>。

● 说明：可以在【特征管理器设计树】的 （光源、相机与布景）文件夹中为所选配置压缩和解除压缩（即关闭和打开）光源。

13）设置配置中的质量特性

● 格式：$SW-MASS，$SW-COG。

● 说明：在【质量特性】对话框（选择【工具】|【质量特性】菜单命令，弹出【质量特性】对话框，如图 10-15 所示）中，可以指定【质量】和【引力中心】的数值。

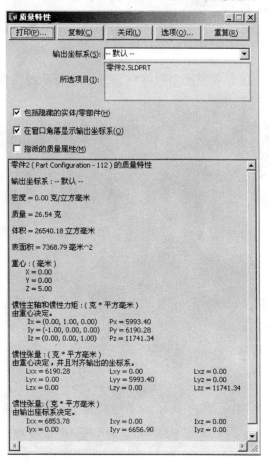

图 10-15　【质量特性】对话框

14）设置配置中的草图几何关系

● 格式：$状态@<草图几何关系>@<草图名称>。

● 说明：可以控制每个配置中草图几何关系的压缩状态。

15）设置分割零件

● 格式：$配置@<特征名称>。

● 说明：可以使用系列零件设计表控制分割零件的配置，但只可以在零件文件中使用。

16）设置零部件压缩状态

● 格式：$状态@零部件<实例>。

● 说明：在系列零件设计表单元格中输入所需的压缩状态，如压缩（S）或者还原（R），不能将零部件设置为轻化压缩状态。如果单元格为空，默认的压缩状态为还原。

17）设置配置公差

● 格式：$TOLERANCE@Dimension。

● 说明：在零件文件中，可以控制草图和特征定义中尺寸的公差；在装配体文件中，可以控制属于装配体特征的尺寸的公差，包括配合（如角度、距离等）、装配体特征切除和孔以及零部件阵列间距。

10.4　范例

本范例讲解如何在转接套上应用系列零件设计表生成系列零件的方法，最终效果如图10-16所示。

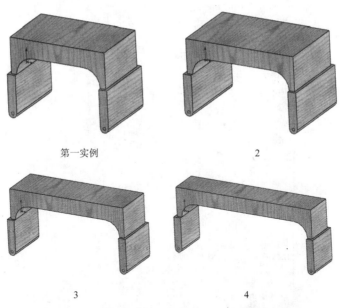

第一实例　　　　　　　　　　　　2

3　　　　　　　　　　　　4

图10-16　系列零件

10.4.1　显示特征尺寸

具体操作步骤如下：

（1）启动中文版 SolidWorks 2010，单击【标准】工具栏中的 （打开）按钮，弹出【打开】对话框，选择配书光盘中"模型文件\10 文件夹下"的"Table.SLDPRT"零件文件，单击【确定】按钮。

（2）在【特征管理器设计树】中，用鼠标右键单击 （注解）文件夹，在弹出的快捷菜单中选择【显示特征尺寸】命令，零件的所有尺寸均被显示出来，如图10-17所示。

图 10-17 显示特征尺寸

10.4.2 重新命名特征和尺寸

具体操作步骤如下：

（1）在图形区域中，用鼠标右键单击【切除】的尺寸标注（对其进行重新命名），在弹出的菜单中选择【属性】 命令。

（2）在弹出的【尺寸】属性对话框中，输入新名称"Len"，如图 10-18 所示，绘图区将显示特征的新名称，如图 10-19 所示，单击 （确定）按钮。

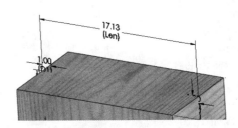

图 10-18 为特征重命名　　　　　图 10-19 重命名的特征尺寸

（3）按照同样的方法，将矩形的宽度命名为"Wid"，效果如图 10-20 所示。

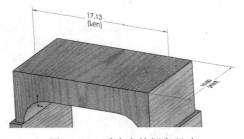

图 10-20 重命名特征和尺寸

10.4.3 生成系列零件设计表

具体操作步骤如下：

（1）选择【插入】|【表格】|【设计表】菜单命令，在【属性管理器】中弹出【系列零件设计表】的属性设置框。在【源】选项组中，单击【空白】单选按钮，插入 1 个空白的系列零件设计表。在【编辑控制】选项组中，单击【阻止更新系列零件设计表的模型编辑】单选按钮，这些更改将更新系列零件设计表，而不被允许更新模型。在【选项】选项组中，取消选择【新参数】和【新配置】选项，这样对模型所作的任何更改将不更新系列零件设计表，如图 10-21 所示，单击 ✔（确定）按钮，1 个 Excel 工作表出现在图形区域中。在默认情况下，单元格 A3 被命名为"第一实例"，列标题单元格 B2 处于激活状态，▣（系列零件设计表）图标出现在【特征管理器设计树】中。

（2）在图形区域中双击"Wid"尺寸的数值（1），尺寸名称被插入到单元格 B2 中，尺寸数值被插入到单元格 B3 中，继续双击"Len"，尺寸名称和数值将显示在相应的单元格中，如图 10-22 所示。

图 10-21 【系列零件设计表】属性设置框　　　图 10-22 特征名称被插入到单元格中

（3）命名单元格 A4～A6 为"2"、"3"、"4"，这些为即将生成的新配置的名称，并输入尺寸数值，如图 10-23 所示。

图 10-23 命名单元格并输入尺寸数值

（4）在表格以外的任何地方（在图形区域中）单击鼠标左键以将其关闭，1 个信息框出现，其中列出了系列零件设计表所生成的新配置，单击【确定】按钮关闭信息框，系列零件设计表被嵌入并保存在零件文件中。

10.4.4　显示零件的配置

具体操作步骤如下：

（1）单击【视图】工具栏中的□（带边线上色）按钮。

（2）单击🗗（配置管理器）选项卡，显示【配置管理器】，如图 10-24 所示。

图 10-24　配置管理器

（3）双击每个配置的图标，当显示每一个配置时，零件会使用所选配置的尺寸重新进行计算，如图 10-25 所示。

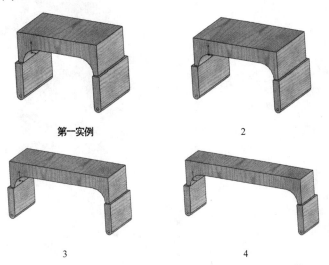

图 10-25　系列零件图

10.4.5　编辑系列零件设计表

具体操作步骤如下：

（1）单击🗒（特征管理器设计树）选项卡。用鼠标右键单击【特征管理器设计树】中的🗒（系列零件设计表）图标，在弹出的快捷菜单中选择【编辑表格】命令，在 SolidWorks 文件中打开系列零件设计表。

（2）根据需要进行修改，将"4"的直径尺寸"Wid"改为 3，如图 10-26 所示。

（3）如果需要关闭此系列零件设计表，在表格以外的任何地方（在图形区域中）单击鼠标左键，此时配置被更新以反映更改，如图 10-27 所示。

	A	B	C	D
1	系列零件设计表是为：	Table		
2		Len@Sketch1	Wid@Extrude1	
3	第一实例	17.125	10	
4	2	20	12	
5	3	25	8	
6	4	30	3	
7				
8				
9				
10				

图 10-26　更改尺寸数值　　　　　　　　　图 10-27　配置更改后的实例效果

本 章 小 结

　　SolidWorks 的配置功能可以开发和管理一组有着不同尺寸、零部件或者其他参数的模型，运用配置可以在单一的文件中对零件或者装配体生成多个设计变化。系列零件设计表可以通过在嵌入的 Microsoft Excel 工作表中指定参数对配置进行驱动以构建多个不同配置的零件或者装配体。

第11章　渲染输出

SolidWorks 中的插件 PhotoWorks 可以对三维模型进行光线投影处理，并可形成十分逼真的渲染效果图。

本章内容安排如下：
- ➢ 布景
- ➢ 光源
- ➢ 外观
- ➢ 贴图
- ➢ 渲染、输出图像
- ➢ 实例操作
- ➢ 本章小结

11.1 布景

布景是由环绕 SolidWorks 模型的虚拟框或者球形组成，可以调整布景壁的大小和位置。此外，可以为每个布景壁切换显示状态和反射度，并将背景添加到布景。

选择【视图】|【工具栏】|【PhotoWorks】菜单命令，调出【PhotoWorks】工具栏。单击【PhotoWorks】工具栏中的 （布景）按钮（或者选择【PhotoWorks】|【布景】菜单命令），弹出【布景编辑器】对话框，如图 11-1 所示。

图 11-1　【布景编辑器】对话框

1．【管理程序】选项卡

【管理程序】选项卡提供从布景库中可以选择的布景。其选项卡包括工具栏、布景树和布景选择区域。其中，工具栏可以复制布景、保存布景等；布景树可以以树视图的方式显示不同的布景文件夹（预定义的文件夹为黄色，自定义的文件夹为绿色）；布景选择区域可以在打开的布景文件夹中以缩略图像显示布景。

2．【房间】选项卡

【房间】选项卡（如图 11-2 所示）提供所选布景的大小、显示状态以及外观等的属性设置。

1）【大小/对齐】选项组

（1）【长度】：设置方形布景中楼板的长度。

（2）【宽度】：设置方形布景中楼板的宽度。

（3）【保留长度/宽度比例】：可以保留方形布景中楼板尺寸之间的比例。

（4）【高度】：设置方形布景中墙壁的高度。

（5）【楼板等距】：设置楼板相对于 SolidWorks 模型的位置。

（6）【自动调整大小】：调整房间大小以适合模型。

（7）【与之对齐】：设置房间的对齐方式。

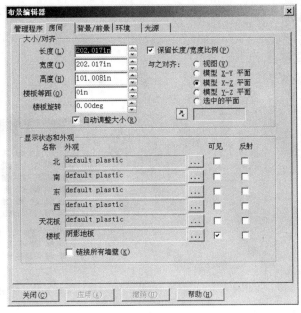

图 11-2 【房间】选项卡

2）【显示状态和外观】选项组

（1）【外观】：查看并编辑与所选布景的墙壁、天花板及楼板相关联的材质。

（2）【可见】：设置布景单独边侧是否显示。

（3）【反射】：设置布景单独边侧是否反射。

（4）【链接所有墙壁】：在北、南、东、西墙壁上使用相同外观。选择此选项，对 1 个墙壁上的外观所作的更改也将被应用到其他墙壁上。

3. 【背景/前景】选项卡

【背景/前景】选项卡（如图 11-3 所示）提供所选布景的背景和前景的属性设置。

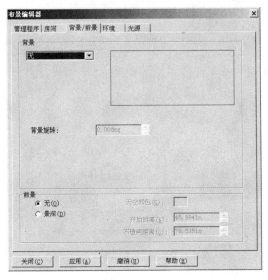

图 11-3 【背景/前景】选项卡

1）【背景】选项组

不被模型或者布景所遮盖的区域称为背景。可以选择背景类型，如图 11-4 所示。

（1）"无"：设置黑背景。

（2）"单色"：设置恒定的背景颜色。如果需要编辑背景颜色，单击颜色框，在弹出的【颜色】对话框中进行选择，如图 11-5 所示。

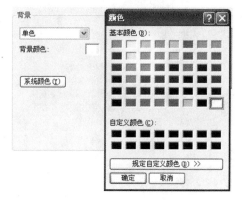

图 11-4　背景类型选项　　　　　　　　　图 11-5　选择【单色】选项

（3）"渐变"：在【顶部渐变颜色】和【底部渐变的颜色】两种背景颜色之间设置渐变混合色，如图 11-6 所示。如果需要编辑颜色，单击颜色框，从弹出的【颜色】对话框中进行选择。

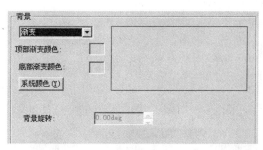

图 11-6　选择【渐变】选项

（4）"图象"：在文件中显示背景图像，如图 11-7 所示，背景图像根据参数的设置套合图形区域。

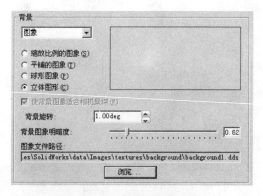

图 11-7　选择【图象】选项

2)【前景】选项组

前景可以模拟空气稀薄的效果。

（1）【无】：设置透明前景。

（2）【景深】：增强布景中的深度信息。

● 【天空颜色】：单击颜色框，从弹出的【颜色】对话框中进行选择，此颜色根据观者相对于模型的距离而变化。

● 【开始距离】：观者到天空颜色深度效果开始位置的距离。

● 【不透明距离】：观者到添加了天空颜色的位置的距离。在不透明距离之后的所有模型几何体和布景几何体均被天空颜色所遮盖。在【开始距离】和【不透明距离】之间所产生的颜色根据模型颜色与天空颜色的线性插值计算而来。

4.【环境】选项卡

【环境】选项卡（如图 11-8 所示）提供环境和反射的属性设置。

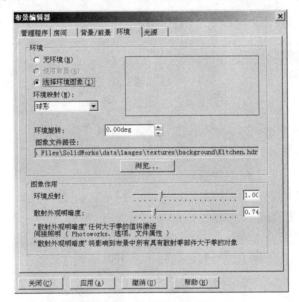

图 11-8 【环境】选项卡

（1）【无环境】：布景的背景可见，不从模型进行反射。

（2）【使用背景】：布景的背景可见，并从模型进行反射。

（3）【选择环境图象】：可以单击【浏览】按钮，选择环境图像。

（4）【环境映射】：包括"平面"、"球形"、"立体"等选项。

5.【光源】选项卡

【光源】选项卡（如图 11-9 所示）提供光源和整体阴影控制的属性设置。

1)【预先定义的光源】选项组

（1）【选择光源略图】：将预定义的光源从光源库添加到布景中。

（2）【保存光源】：保存当前的光源略图为 PhotoWorks 光源文件（*.P21）。

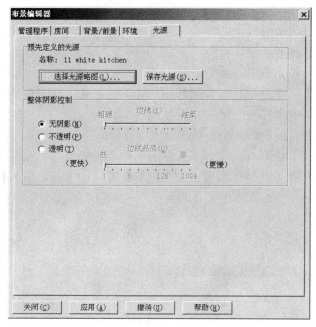

图 11-9   【光源】选项卡

2）【整体阴影控制】选项组

阴影可以增强渲染图像的品质。图像如果没有阴影，则看起来平淡且不真实，可以在 3 种不同的阴影控制之间进行选择。

（1）【无阴影】：光源无任何阴影显示。

（2）【不透明】：所有光源有简单不透明阴影显示。

（3）【透明】：所有光源有高品质阴影显示。在阴影计算过程中，透明外观被考虑在内。

如果单击【不透明】或者【透明】单选按钮，可以设置【边线】选项。

11.2   光源

SolidWorks 提供 3 种光源类型，即线光源、点光源和聚光源。

1. 线光源

在【特征管理器设计树】中，展开![](光源、相机与布景）文件夹，用鼠标右键单击【线光源 1】图标，在弹出的快捷菜单中选择【特征】命令，如图 11-10 所示。在【属性管理器】中弹出【线光源 1】的属性设置框（根据生成的线光源、数字顺序排序），如图 11-11 所示。

1）【基本】选项组

（1）![](开/关）：打开或者关闭模型中的光源。

（2）【编辑颜色】：单击此按钮，弹出【颜色】对话框，这样就可以选择带颜色的光源，而不是默认的白色光源。

（3）![](环境光源）：设置光源的强度。移动滑杆或者在 0～1 之间输入数值。数值越高，光源强度越强。

（4）（明暗度）：设置光源的明暗度。移动滑杆或者在 0～1 之间输入数值。数值越高，在最靠近光源的模型一侧投射越多的光线。

（5）（光泽度）：设置光泽表面在光线照射处显示强光的能力。移动滑杆或者在 0～1 之间输入数值。数值越高，强光越显著且外观更为光亮。

图 11-10　选择【特征】命令　　　　图 11-11　【线光源 1】属性设置框

2）【光源位置】选项组

（1）【锁定到模型】：选择此选项，相对于模型的光源位置被保留；取消选择此选项，光源在模型空间中保持固定。

（2）【经度】：光源的经度坐标。

（3）【纬度】：光源的纬度坐标。

2．点光源

在【特征管理器设计树】中，展开（光源、相机与布景）文件夹，用鼠标右键单击【点光源 1】图标，在弹出的快捷菜单中选择【属性】命令，在【属性管理器】中弹出【点光源 1】的属性设置框（根据生成的点光源按数字顺序排序），如图 11-12 所示。

（1）【基本】选项组与线光源的【基本】选项组属性设置相同，在此不再赘述。

（2）【光源位置】选项组：

● 【球坐标】：使用球形坐标系指定光源的位置。

● 【笛卡尔式】：使用笛卡尔式坐标系指定光源的位置。

● 【锁定到模型】：选择此选项，相对于模型的光源位置被保留；取消选择此选项，则光源在模型空间中保持固定。

3．聚光源

在【特征管理器设计树】中，展开（光源、相机与布景）文件夹，用鼠标右键单击【聚光源 1】图标，在弹出的菜单中选择【属性】命令，在【属性管理器】中弹出【聚光源 1】的属性设置框（根据生成的聚光源按数字顺序排序），如图 11-13 所示。

图 11-12 　【点光源 1】属性设置框 　　　图 11-13 　【聚光源 1】属性设置框

1）【基本】选项组

【基本】选项组与线光源的【基本】选项组属性设置相同，在此不再赘述。

2）【光源位置】选项组

（1）【坐标系】：

● 　【球坐标】：使用球形坐标系指定光源的位置。

● 　【笛卡尔式】：使用笛卡尔式坐标系指定光源的位置。

（2）　（目标 X 坐标）：聚光源在模型上所投射到的点的 x 轴坐标。

（3）　（目标 Y 坐标）：聚光源在模型上所投射到的点的 y 轴坐标。

（4）　（目标 Z 坐标）：聚光源在模型上所投射到的点的 z 轴坐标。

（5）　（圆锥角）：设置光束传播的角度，较小的角度生成较窄的光束。

3）【高级】选项组

（1）　（光强度）：控制光束的集中程度。较低的光强度值生成聚集并具有清晰边缘的锥形光束，光线强度在光束中心处及边缘处相同。光强度值越高，则光束中心越明亮，光线强度朝着光束边缘的方向减弱，光束边缘显得较柔和。

（2）【衰减系数】：在距离增加时降低光强度。

11.3 外观

外观是模型表面的材料属性，添加外观是使模型表面具有某种材料的表面属性。

单击【PhotoWorks】工具栏中的 　（外观）按钮（或者选择【PhotoWorks】|【外观】菜单命令），在【属性管理器】中弹出【外观】的属性设置框，如图 11-14 所示。

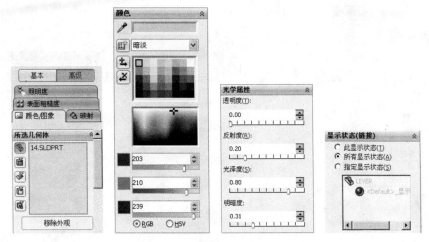

图 11-14　【外观】属性设置框

1.【颜色/图象】选项卡

1)【所选几何体】选项组

(1)【应用到零部件层】（仅用于装配体）：选择该单选按钮，则进行设置时，对于所选择的实体，更改颜色以所指定的配置应用到零部件文件。

(2)　（应用到零件文档层）：选择该单选按钮，则进行设置时，对于所选择的实体，更改颜色以所指定的配置应用到零件文件。

(3)　、　、　、　（过滤器）：可以帮助选择模型中的几何实体。

(4)【移除外观】：单击该按钮可以从选择的对象上移除设置好的外观。

2)【颜色】选项组

可以添加颜色到所选实体的所选几何体中所列出的外观。

2.【照明度】选项卡

在【照明度】选项卡中，可以选择显示其照明属性的外观类型，如图 11-15 所示，根据所选择的类型，其属性设置发生改变。

(1)【环境光源】：设置光源的强度。在模型的各个方向上，光源强度均等地改变，没有衰减或者阴影。

(2)【漫射度】：设置表面光源的强度，此属性依赖于其与光源的角度而独立于观者的位置。

(3)【光泽度】：设置表面光源的强度，此属性依赖于光源的位置及观者的位置。

(4)【光泽传播】：设置表面任何高亮显示的大小，也被称为光泽强度。增加此数值，可以使高亮显示范围更广阔且效果更柔和。

(5)【反射度】：设置外观的反射度。如果将数值设置为 0，表面将无反射可见；如果将数值设置为最大，外观将模拟完美镜子反射的效果。

(6)【透明度】：设置外观允许光源通过的度数。

3.【表面粗糙度】选项卡

在【表面粗糙度】选项卡中，可以选择表面粗糙度类型，如图 11-16 所示，根据所选择的类型，其属性设置发生改变。

图 11-15 【照明度】选项卡   图 11-16 【表面粗糙度】选项卡

1）表面粗糙度类型

"表面粗糙度类型"下拉列表中，有如下类型选项：

- "无"：未应用表面粗糙度。
- "从文件"：选择图像文件以应用图案。
- "铸造"：应用不规则的铸造图案。
- "粗糙"：应用粗糙、不均匀的图案。
- "防滑沟纹平板"：应用规则的防滑沟纹平板图案。
- "酒窝形"：应用规则的酒窝形图案。
- "节状凸纹"：应用规则的节状凸纹图案。
- "屑片"：应用不规则的屑片图案。
- "圆形"：应用重复的圆形图案。
- "粗糙/平滑"：应用粗糙或者平滑的混合图案。

2）表面粗糙度参数

（1）【高低幅度】：设置超过中性模型曲面的表面粗糙度高度。正值提高表面粗糙度；负值则将表面粗糙度压缩到中性模型曲面以下。

（2）【使用外观比例和映射】：使用属于外观的比例和映射数值。

（3）【比例】：设置表面粗糙度的图案。高比例减少图案的次数；低比例增加图案的次数或者元素。

（4）【细节】：设置任何表面粗糙度的颗粒状层次。设置到高细节，表面单元以清晰焦点显示；设置到低细节，表面单元以柔和焦点显示。

（5）【清晰度】：设置影响表面粗糙度的形状。清晰设置（拖动滑杆向左）保留隆起映射的原有形状；平滑设置（拖动滑杆向右）过滤隆起的细节。

（6）【混合】：设置每个隆起和表面之间的边界范围。

（7）【半径】：设置隆起的相对大小和间距。

（8）【高阈值】：设置外观表面隆起的程度。高阈值为距离中性曲面的绝对距离（【高低幅度】＝0）。对于正高低幅度，高阈值平展表面粗糙度的顶峰；对于负高低幅度，高阈值平展表面粗糙度的低谷。

（9）【低阈值】：设置外观表面凹陷的程度。低阈值为距离中性曲面的绝对距离（【高低幅度】＝0）。对于正高低幅度，低阈值平展表面粗糙度的低谷；对于负高低幅度，低阈值平展表面粗糙度的顶峰。

11.4　贴图

贴图是在模型的表面附加某种平面图形，一般多用于商标和标志的制作。

选择【PhotoWorks】|【贴图】菜单命令，在【属性管理器】中弹出【贴图】的属性设置框，如图 11-17 所示。

图 11-17　【贴图】属性设置框

1．【图像】选项卡

（1）【贴图预览】框：显示贴图预览。

（2）【浏览】：单击此按钮，选择浏览图形文件。

2．【映射】选项卡

【映射】选项卡如图 11-18 所示。

1）【映射】选项组

（1）"映射类型"下拉选框：根据所选类型的不同，其属性设置发生改变。

（2）　（投影方向）（或者【轴方向】）：将贴图参考轴的方向指定为"XY"、"ZX"、"YZ"、"当前视图"或者"所选参考"。

2）【大小/方向】选项组

可以选择【固定高宽比例】、【将宽度套合到选择】、【将高度套合到选择】3 种不同方式。

（1） ⬜（宽度）：指定贴图宽度。

（2） ⬜（高度）：指定贴图高度。

（3） ◇（旋转）：指定贴图的旋转角度。

（4）【水平镜向】：水平反转贴图。

（5）【竖直镜向】：竖直反转贴图。

（6）【重设到图象】：将高宽比例恢复为贴图的原始高宽比例。

3．【照明度】选项卡

【照明度】选项卡如图 11-19 所示。可以选择贴图对照明度的反应，根据选择的选项不同，其属性设置发生改变，在此不再赘述。

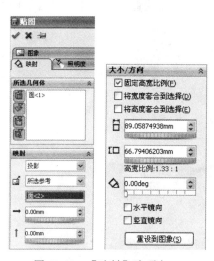

图 11-18　【映射】选项卡　　　　图 11-19　【照明度】选项卡

11.5　渲染、输出图像

PhotoWorks 能以逼真的外观、布景、光源等渲染 SolidWorks 模型，并提供直观显示渲染图像的多种方法。

1．渲染

单击【PhotoWorks】工具栏中的 🖼（渲染）按钮（或者选择【PhotoWorks】|【渲染】菜单命令），渲染过程开始，图像出现在 SolidWorks 图形区域。

2．渲染区域

选择 1 个实体（如零件上的面或者装配体中的零部件），单击【PhotoWorks】工具栏中的 🖼（渲染选择）按钮（或者选择【PhotoWorks】|【渲染选择】菜单命令）。

3．渲染上一个

选择【PhotoWorks】|【渲染上一个】菜单命令。PhotoWorks 在进行 SolidWorks 操作时将渲染上一次的区域。

4．渲染模型到文件

单击【PhotoWorks】工具栏中的<img>（渲染到文件）按钮（或者选择【PhotoWorks】|【渲染到文件】菜单命令）。

11.6　实例操作

为了便于读者综合应用本章所提到的零件渲染功能，本节将结合一个具体实例的操作步骤，详细介绍对模型进行渲染输出的过程，模型的渲染效果图如图 11-20 所示。

图 11-20　模型渲染效果图

创建效果图的主要步骤如下：
（1）创建布景。
（2）设置光源。
（3）设置外观。
（4）渲染输出。

11.6.1　创建布景

具体操作步骤如下：

（1）启动 SolidWorks2010，单击<img>（打开）按钮，弹出【打开 SolidWorks 文件】对话框，在配书光盘的"模型文件\11"文件夹下选择"11.SLDPRT"零件文件，单击【确定】按钮。

（2）选择【工具】|【插件】菜单命令，单击【PhotoWorks】前后的单选按钮，使之处于选择状态，如图 11-21 所示，启动 PhotoWorks 插件。

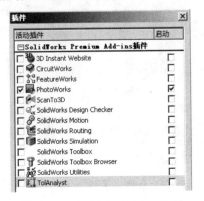

图 11-21　启动 PhotoWorks 插件

（3）单击 PhotoWorks 工具栏上的 ▓（布景）按钮，或选择【PhotoWorks】|【布景】菜单命令，弹出布景属性编辑器。

（4）单击【管理程序】标签，选择【基本布景】中的【单白色】，则单白色的效果将应用到渲染场景中，如图 11-22 所示。

图 11-22　设置管理程序属性

（5）单击【房间】标签，在【大小/对齐】选项组中设置【长度】为 202.017in，设置【宽度】为 202.017in，设置【高度】为 101.008in，设置【楼板等距】为 0in，设置【楼板旋转】为 0deg，勾选上【自动调整大小】，在【显示状态和外观】选项组中勾选【楼板】的【可见】单选按钮，如图 11-23 所示。

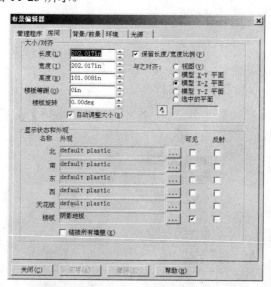

图 11-23　设置房间属性

（6）单击【背景/前景】标签，在【背景】选项组中的下拉菜单中选择"单色"，其他设置保持默认值；在【前景】选项组中勾选【无】的单选按钮，如图 11-24 所示。

图 11-24　设置背景/前景属性

（7）单击【环境】标签，在【环境】选项组中勾选【选择环境图象】，在【环境映射】下拉列表框中选择"球形"选项，设置【环境旋转】为 0deg；在【图象作用】选项组中设置【环境反射】数值为 1.00，设置【散射外观明细度】数值为 0.74，如图 11-25 所示。

图 11-25　设置环境属性

（8）单击【光源】标签，在【整体阴影控制】选项组中勾选【无阴影】单选按钮，其他保持默认设置不变，如图 11-26 所示。

图 11-26　设置光源属性

11.6.2　设置光源

具体操作步骤如下：

（1）右键单击窗体左侧特征管理树中 （光源与相机）文件夹，选择添加线光源，则【线光源】属性管理器将显示出来。在【基本】选项组中设置 🔅（环境光源）为 0，设置 🔅（明暗度）为 0.4，设置 🔅（光泽度）为 0.4；在【光源位置】中设置 🔅（经度）为 79.2deg，🔅（纬度）为 55.8deg，右侧绘图区中将显示出虚拟的线光源灯泡位置，同时光照的效果出现在预览窗口中，单击 ✔（确定）按钮，完成添加线光源的设置，如图 11-27 所示。

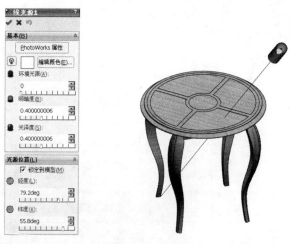

图 11-27　设置线光源

（2）右键单击窗体左侧特征管理树中 （光源与相机）文件夹，选择添加点光源，【点光源】属性管理器将显示出来。在【基本】选项组中设置 🔅（环境光源）为 0，设置 🔅（明暗度）为 0.5，设置 🔅（光泽度）为 0；在【光源位置】中设置 ✗（X 坐标）为 11.19in，✗（Y 坐标）为 49.492in，✗（Z 坐标）为 20.883in，右侧绘图区也将显示出一个虚拟的点光源位置，同时光照的效果也出现在预览窗口中，单击 ✔（确定）按钮，完成点光源的设置，如图 11-28 所示。

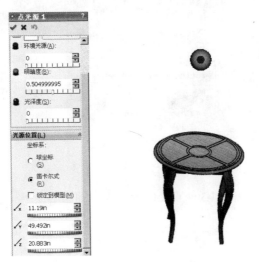

图 11-28　设置点光源

（3）右键单击窗体左侧特征管理树中 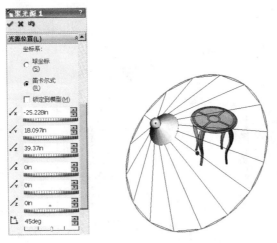（光源与相机）文件夹，选择添加聚光源，【聚光源】属性管理器将显示出来。在【光源位置】中设置 ✐（X 坐标）为-25.228in，✐（Y 坐标）为 18.097in，✐（Z 坐标）为 39.37in，右侧绘图区也将显示出一个虚拟的聚光源位置，同时光照的效果也出现在预览窗口中，单击 ✔（确定）按钮，完成聚光源的设置，如图 11-29 所示。

图 11-29　设置聚光源

11.6.3　设置外观

单击 PhotoWorks 工具栏中 ●（外观）按钮，或者选择【PhotoWorks】|【外观】菜单命令，在【外观】中选择【有机】|【木材】|【粗制樱桃木 2】，如图 11-30 所示。

图 11-30　设置 Photoworks 项目属性

11.6.4　渲染

具体操作步骤如下：

（1）选择【PhotoWorks】|【渲染】菜单命令，则绘图区中将出现渲染效果，如图 11-31 所示，完成渲染图的制作。

（2）选择【PhotoWorks】|【渲染到文件】菜单命令，【渲染到文件】的属性控制器将弹出，设置文件名为"11"，选择图片格式为"JPEG 图片"，其他的设置保持默认值不变，单击【渲染】按钮则渲染效果将保存成图像文件，如图 11-32 所示。

图 11-31　渲染效果图

图 11-32　设置保存文件属性

本 章 小 结

PhotoWorks 插件为模型设置特定的布景、外观、光源和贴图等属性，可以直接利用 SolidWorks 模型生成真实的效果图，希望读者能够认真学习，并应用到实践中。

第 12 章 动画制作

SolidWorks Motion 作为 SolidWorks 自带插件，主要用于制作产品的动画演示，可以制作产品设计的虚拟装配过程、虚拟拆卸过程和虚拟运行过程，使用户通过动画可以直观地理解设计师的意图。

本章内容安排如下：

- ➢ 简介
- ➢ 旋转动画
- ➢ 装配体爆炸动画
- ➢ 视像属性动画
- ➢ 距离或者角度配合动画
- ➢ 物理模拟动画
- ➢ 范例
- ➢ 本章小结

12.1　简介

运动算例是装配体模型运动的图形模拟，并可将诸如光源和相机透视图之类的视觉属性融合到运动算例中。

可从运动算例使用 MotionManager 运动管理器，此为基于时间线的界面，包括有以下运动算例工具：

（1）动画（可在核心 SolidWorks 内使用）：可使用动画来演示装配体的运动，例如：添加马达来驱动装配体一个或多个零件的运动；使用设定键码点在不同时间规定装配体零部件的位置。

（2）基本运动（可在核心 SolidWorks 内使用）：可使用基本运动在装配体上模仿马达、弹簧、碰撞，以及引力，基本运动在计算运动时考虑到质量。

（3）运动分析（可在 SolidWorks premium 的 SolidWorks Motion 插件中使用）：可使用运动分析装配体上精确模拟和分析运动单元的效果（包括力、弹簧、阻尼，以及摩擦）。运动分析使用计算能力强大的动力求解器，在计算中考虑到材料属性和质量及惯性。

12.1.1　时间线

时间线是动画的时间界面，它显示在动画【特征管理器设计树】的右侧。

当定位时间栏、在图形区域中移动零部件或者更改视像属性时，时间栏会使用键码点和更改栏显示这些更改。

时间线被竖直网格线均分，这些网络线对应于表示时间的数字标记。数字标记从 00:00:00 开始，其间距取决于窗口的大小。例如，沿时间线可能每隔 1 秒、2 秒或者 5 秒就会有 1 个标记，如图 12-1 所示。

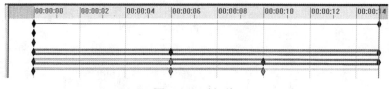

图 12-1　时间线

如果需要显示零部件，可以沿时间线单击任意位置，以更新该点的零部件位置。定位时间栏和图形区域中的零部件后，可以通过控制键码点来编辑动画。在时间线区域中用鼠标右键单击，然后在弹出的快捷菜单中进行选择，如图 12-2 所示。

（1）【放置键码】：添加新的键码点，并在指针位置添加 1 组相关联的键码点。

（2）【动画向导】：可以调出【动画向导】对话框。

沿时间线用鼠标右键单击任一键码点，在弹出的快捷菜单中可以选择需要执行的操作，如图 12-3 所示。

（1）【剪切】、【删除】：对于 00:00:00 标记处的键码点不可用。

（2）【替换键码】：更新所选键码点以反映模型的当前状态。

（3）【压缩】：将所选键码点及相关键码点从其指定的函数中排除。

（4）【插值模式】：在播放过程中控制零部件的加速、减速或者视像属性。

图 12-2　选项快捷菜单　　　图 12-3　操作快捷菜单

12.1.2　键码点和键码属性

每个键码画面在时间线上都包括代表开始运动时间或者结束运动时间的键码点。无论何时定位 1 个新的键码点，它都会对应于运动或者视像属性的更改。

键码点：对应于所定义的装配体零部件位置、视觉属性或模拟单元状态的实体。

关键帧：键码点之间可以为任何时间长度的区域，此定义为零部件运动或视觉属性发生更改时的关键点。

当将鼠标指针移动至任一键码点上时，零件序号将会显示此键码点的键码属性。如果零部件在动画【特征管理器设计树】中没有展开，则所有的键码属性都会包含在零件序号中，如表 12-1 所示。

表 12-1　键码属性

键码属性	描　　述
spider<1> 00:00:10	【特征管理器设计树】中的零部件 spider<1>
🔄	移动零部件
♫	爆炸步骤（运动）
▦=■	应用到零部件的颜色
☁=0%	透明度：表示 0% 透明度
◆	零部件显示：上色

12.2　旋转动画

通过单击 ⌖（动画向导）按钮，可以生成旋转动画，即模型绕着指定的轴线进行旋转的动画。

【案例 12-2-1】创建装配体动画，使装配体绕指定轴线并且按设定速度旋转。

◎	实例素材	实例素材\第 12 章\12-2\12-2 装配体草图.SLDASM
	最终效果	最终效果\第 12 章\12-2\12-2 旋转动画.avi

具体操作步骤如下：

（1）打开"12-2 装配体草图.SLDASM"装配体，如图 12-4 所示。

图 12-4　打开装配体

（2）单击图形区域下方的【运动算例】按钮，在下拉列表框中选择【动画】选项，在图形区域下方出现【SolidWorks Motion】工具栏和时间线，如图 12-5 所示。单击【SolidWorks Motion】工具栏中的 ⬚（动画向导）按钮，弹出【选择动画类型】对话框，如图 12-6 所示。

图 12-5　运动算例界面

➢

图 12-6　【选择动画类型】对话框

（3）单击【旋转模型】单选按钮，如果删除现有的动画序列，则选择【删除所有现有路径】选项，单击【下一步】按钮，弹出【选择一旋转轴】对话框，如图 12-7 所示。

（4）单击【Y-轴】单选按钮选择旋转轴，设置【旋转次数】为 1，单击【顺时针】单选按钮，单击【下一步】按钮，弹出【动画控制选项】对话框，如图 12-8 所示。

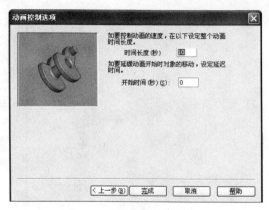

图 12-7　【选择一旋转轴】对话框　　　　　图 12-8　【动画控制选项】对话框

（5）设置动画播放的【时间长度（秒）】为 10 秒，运动延迟的【开始时间（秒）】为 0 秒（时间线含有相应的更改栏和键码点，具体取决于【时间长度（秒）】和【开始时间（秒）】的属性设置），单击【完成】按钮，完成旋转动画的设置。单击【SolidWorks Motion】工具栏中的 ▶（播放）按钮，观看旋转动画效果，如图 12-9 所示。

图 12-9　旋转动画完成效果

12.3　装配体爆炸动画

通过单击 （动画向导）按钮，可以生成爆炸动画，即将装配体的爆炸视图步骤按照时间先后顺序转化为动画形式。

【案例 12-3-1】创建装配体动画，模拟装配体的爆炸效果。

实例素材	实例素材\第 12 章\12-3\12-3 装配体草图.SLDASM
最终效果	最终效果\第 12 章\12-3\12-3 爆炸动画.avi

具体操作步骤如下：

（1）打开"12-3 装配体草图.SLDASM"装配体，已生成装配体爆炸视图，如图 12-10 所示。

（2）单击图形区域下方的【运动算例】按钮，在下拉列表框中选择【动画】选项，在图形区域下方出现【SolidWorks Motion】工具栏和时间线。单击【SolidWorks Motion】工具栏中的 （动画向导）按钮，弹出【选择动画类型】对话框，如图 12-11 所示。

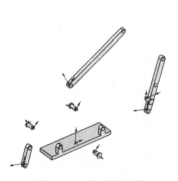

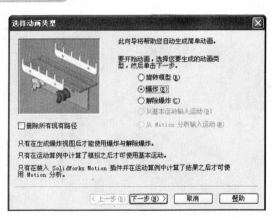

图 12-10　打开装配体　　　　　图 12-11　【选择动画类型】对话框

（3）单击【爆炸】单选按钮，单击【下一步】按钮，弹出【动画控制选项】对话框，如图 12-12 所示。

（4）在【动画控制选项】对话框中，设置【时间长度（秒）】为 2，单击【完成】按钮，完成爆炸动画的设置。单击【SolidWorks Motion】工具栏中的 ▷（播放）按钮，观看爆炸动画效果，如图 12-13 所示。

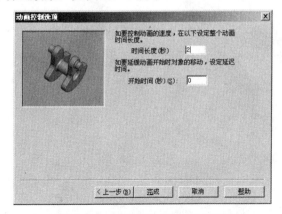

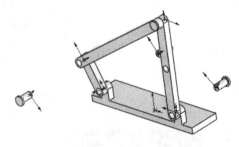

图 12-12　【动画控制选项】对话框　　　　图 12-13　爆炸动画完成效果

12.4　视像属性动画

可以动态改变单个或者多个零部件的显示，并且在相同或者不同的装配体零部件中组合不同的显示选项。如果需要更改任意 1 个零部件的视像属性，沿时间线选择 1 个与想要影响的零部件相对应的键码点，然后改变零部件的视像属性即可。单击【SolidWorks Motion】工具栏中的 ▷（播放）按钮，该零部件的视像属性将会随着动画的进程而变化。

1．视像属性动画的属性设置

在动画【特征管理器设计树】中，用鼠标右键单击想要影响的零部件，在弹出的菜单中进行选择。

（1）🖼（隐藏）：隐藏或者显示零部件。

（2）🖼（更改透明度）：向零部件添加透明度。如果已经添加了透明度，则选择【更改透明度】命令以删除透明度。

（3）【零部件显示】：更改零部件的显示方式，如图 12-14 所示。

（4）（以三重轴移动）：将参考轴添加到图形区域中的任意位置，使基于 x、y、z 轴的装配体移动和定向更加方便。

（5）【外观】：改变零部件的外观属性。

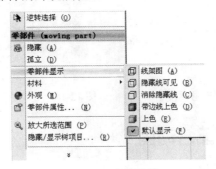

图 12-14 快捷菜单

2．生成视像属性动画的案例操作

【案例 12-4-1】更改单个或多个零部件的显示，并在相同或不同的装配体零部件中组合不同的显示选项。

	实例素材	实例素材\第 12 章\12-4\12-4 装配体草图.SLDASM
	最终效果	最终效果\第 12 章\12-4\12-4 动画视像属性.avi

具体操作步骤如下：

（1）打开"12-4 装配体草图.SLDASM"装配体，单击图形区域下方的【运动算例】按钮，在下拉列表框中选择【动画】选项，在图形区域下方出现【SolidWorks Motion】工具栏和时间线。首先利用【SolidWorks Motion】工具栏中的（动画向导）按钮制作装配体的爆炸动画，如图 12-15 所示。

（2）单击时间线上的最后时刻，如图 12-16 所示。

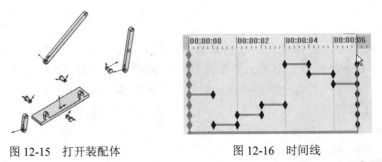

图 12-15 打开装配体   图 12-16 时间线

（3）用鼠标右键单击 1 个零件，在弹出的快捷菜单中选择【更改透明度】命令，如图 12-17 所示。

（4）按照上面的步骤可以为其他零部件更改透明度属性，单击【SolidWorks Motion】工具栏中的（播放）按钮，观看动画效果。被更改了透明度的零件在装配后变成了半透明效果，如图 12-18 所示。

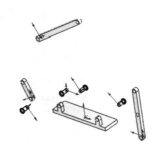

图 12-17　选择【更改透明度】命令　　　图 12-18　更改透明度后的效果

12.5　距离或者角度配合动画

在 SolidWorks 中可以添加限制运动的配合，这些配合也影响到 SolidWorks Motion 中的零件的运动。

【案例 12-5-1】通过改变装配体中的距离配合参数，生成直观、形象的动画。

	实例素材	实例素材\第 12 章\12-5\12-5 装配体草图.SLDASM
	最终效果	最终效果\第 12 章\12-5\12-5 配合动画.avi

具体操作步骤如下：

（1）打开"12-5 装配体草图.SLDASM"装配体，如图 12-19 所示。

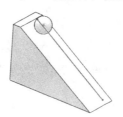

图 12-19　打开装配体

（2）单击图形区域下方的【运动算例】按钮，在下拉列表框中选择【动画】选项，在图形区域下方出现【SolidWorks Motion】工具栏和时间线。单击球零件，沿时间线拖动时间栏，设置动画顺序的时间长度，单击动画的最后时刻，如图 12-20 所示。

（3）在动画【特征管理器设计树】中，双击【距离 1】图标，在弹出的【修改】对话框中，更改数值为 100mm，如图 12-21 所示。

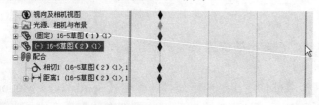

图 12-20　设定时间栏长度　　　　　　图 12-21　【修改】对话框

（4）单击【SolidWorks Motion】工具栏中的 ▶（播放）按钮，当动画开始时，球心和参考直线上端点之间距离是 10mm，如图 12-22 所示；当动画结束时，球心和参考直线上端点之间距离是 100mm，如图 12-23 所示。

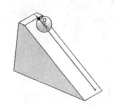

图 12-22　动画开始时

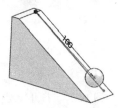

图 12-23　动画结束时

12.6　物理模拟动画

物理模拟可以允许模拟马达、弹簧及引力等在装配体上的效果。物理模拟将模拟成分与 SolidWorks 工具（如配合和物理动力等）相结合以围绕装配体移动零部件。物理模拟包括引力、线性或者旋转马达、线性弹簧等。

12.6.1　引力

引力是模拟沿某一方向的万有引力，在零部件自由度之内逼真地移动零部件。

1. 引力的属性设置

单击【模拟】工具栏中的 （引力）按钮（或者选择【插入】|【模拟】|【引力】菜单命令），在【属性管理器】中弹出【引力】的属性设置框，如图 12-24 所示。

（1）【引力参数】：选择线性边线、平面、基准面或者基准轴作为引力的方向参考。

（2） （反向）：改变引力的方向。

（3）"数字"选框：选择此选框，可以设置"数字引力值"，如图 12-25 所示。

图 12-24　【引力】的属性设置框

图 12-25　选择"数字"选框

2. 生成引力的案例操作

【案例 12-6-1】模拟沿某一方向的万有引力，在零部件自由度之内逼真地移动零部件。

	实例素材	实例素材\第 12 章\12-6-1\12-6-1 装配体草图.SLDASM
	最终效果	最终效果\第 12 章\12-6-1\12-6-1 引力.avi

具体操作步骤如下：

（1）打开"12-6-1 装配体草图.SLDASM"装配体，其中地板属性设置为固定的，如图 12-26 所示。

（2）单击图形区域下方的【运动算例】按钮，在下拉列表框中选择【基本运动】选项，在图形区域下方出现【SolidWorks Motion】工具栏和时间线。在【SolidWorks Motion】工具栏中单击（引力）按钮，弹出【引力】属性管理器，如图 12-27 所示。

图 12-26　打开装配体 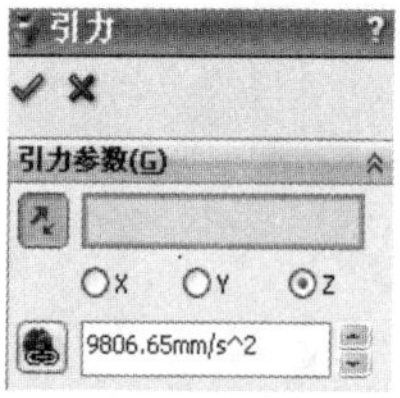　　　　图 12-27　【引力】属性管理器

（3）在【引力参数】选项组中，设置引力方向为【Z】轴，（数字引力值）使用默认值，单击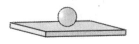（确定）按钮，完成引力的添加。

（4）单击【SolidWorks Motion】工具栏中的▷（播放）按钮，当动画开始时，球和地板之间有一段距离，如图 12-28 所示；当动画结束时，球和地板接触了，如图 12-29 所示。

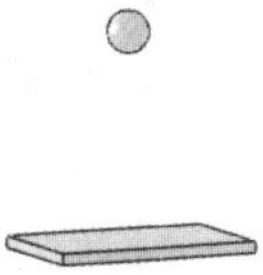

图 12-28　动画开始时　　　　　　　图 12-29　动画结束时

12.6.2　线性马达和旋转马达

线性马达和旋转马达为使用物理动力围绕 1 个装配体移动零部件的模拟成分。

1．线性马达

1）线性马达的属性设置

单击【模拟】工具栏中的（线性马达）按钮（或者选择【插入】|【模拟】|【线性马达】菜单命令），在【属性管理器】中弹出【线性马达】的属性设置框，如图 12-30 所示。

图 12-30　【线性马达】属性设置框

（1）"参考零件"选框：选择零部件的一个点。

（2）（反向）：改变线性马达的方向。

（3）"类型"下拉选框：为线性马达选择类型，包括"等速"、"距离"、"振荡"、"插值"、"表达式"和"伺服马达"。

（4）"数字"选框：选择此选框，可以设置速度数值。

2）生成线性马达的操作步骤

【案例 12-6-2】通过模拟线性马达的效果而绕装配体移动零部件。

实例素材	实例素材\第 12 章\12-6-2\12-6-2 装配体草图.SLDASM
最终效果	最终效果\第 12 章\12-6-2\12-6-2 线性马达.avi

具体操作步骤如下：

（1）打开"12-6-2 装配体草图.SLDASM"装配体，如图 12-31 所示。

图 12-31　打开装配体

（2）单击图形区域下方的【运动算例】按钮，在下拉列表框中选择【基本运动】选项，在图形区域下方出现【SolidWorks Motion】工具栏和时间线。在【SolidWorks Motion】工具栏中单击 （马达）按钮，弹出【马达】属性管理器。

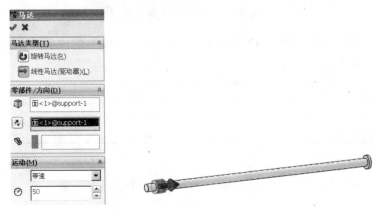

图 12-32　【马达】属性管理器

（3）在【马达类型】选项组下，选择 （线性马达）按钮。在【零部件/方向】选项组下，文本框中选择滑块的表面，单击 （反向）按钮，出现如图 12-32 中所示箭头。在【运动】选项组下，下拉选框中选择"等速"选项， （速度）设置为 200mm/s。单击 （确定）按钮，完成线性马达的添加。

（4）单击【SolidWorks Motion】工具栏中的 （播放）按钮，当动画开始时，滑块在滑竿的左侧，如图 12-33 所示；当动画结束时，滑块移动到滑竿的右侧，如图 12-34 所示。

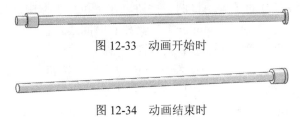

图 12-33　动画开始时

图 12-34　动画结束时

2. 旋转马达

1）旋转马达的属性设置

单击【模拟】工具栏中的  （旋转马达）按钮（或者选择【插入】|【模拟】|【旋转马达】菜单命令），在【属性管理器】中弹出【旋转马达】的属性设置框，如图 12-35 所示。

图 12-35　【旋转马达】属性设置框

【旋转马达】的属性设置与【线性马达】类似，这里不再赘述。

2）生成旋转马达的操作步骤

【案例 12-6-3】通过模拟旋转马达的效果而绕装配体旋转零部件。

	实例素材	实例素材\第 12 章\12-6-3\12-6-3 装配体草图.SLDASM
	最终效果	最终效果\第 12 章\12-6-3\12-6-3 旋转马达.avi

具体操作步骤如下：

（1）打开"12-6-3 装配体草图.SLDASM"装配体，如图 12-36 所示。

图 12-36　打开装配体

（2）单击图形区域下方的【运动算例】按钮，在下拉列表框中选择【基本运动】选项，在图形区域下方出现【SolidWorks Motion】工具栏和时间线。在【SolidWorks Motion】工具栏中单击 （马达）按钮，弹出【马达】属性管理器。

（3）在【马达类型】选项组下，选择 （旋转马达）按钮。在【零部件/方向】选项组下，文本框中选择曲柄上的一个面，如图 12-37 中所示。在【运动】选项组下，下拉选框中选择"等速"选项， （速度）设置为 50RPM。单击 （确定）按钮，完成旋转马达的添加。

图 12-37　【马达】属性管理器

（4）单击【SolidWorks Motion】工具栏中的 ▷（播放）按钮，可以看到曲柄在转动，摇杆在摆动，连杆在做平面运动，如图 12-38 所示。

图 12-38　动画运动时

12.6.3　线性弹簧

线性弹簧为使用物理动力围绕 1 个装配体移动零部件的模拟成分。

1．线性弹簧的属性设置

单击【模拟】工具栏中的 🔧（线性弹簧）按钮（或者选择【插入】|【模拟】|【线性弹簧】菜单命令），在【属性管理器】中弹出【线性弹簧】的属性设置框，如图 12-39 所示。

图 12-39　【线性弹簧】属性设置框

（1）【弹簧参数】选项组中：

⬒：为弹簧端点选取两个特征。

kx^e：根据弹簧的函数表达式选取弹簧力表达式指数。

k：根据弹簧的函数表达式设定弹簧常数。

⬕：设定自由长度，初始距离为当前在图形区域中显示的零件之间的长度。

（2）【阻尼】选项组中：

cv^e：选取阻尼力表达式指数。

C：设定阻尼常数。

2．生成线性弹簧的操作步骤

【案例 12-6-4】通过模拟线性弹簧的效果而绕装配体移动零部件。

实例素材	实例素材\第 12 章\12-6-4\12-6-4 装配体草图.SLDASM
最终效果	最终效果\第 12 章\12-6-4\12-6-4 线性弹簧.avi

具体操作步骤如下：

（1）打开"12-6-4 装配体草图.SLDASM"装配体，如图 12-40 所示。

图 12-40　打开装配体

（2）单击图形区域下方的【运动算例】按钮，在下拉列表框中选择【基本运动】选项，在图形区域下方出现【SolidWorks Motion】工具栏和时间线。首先在【SolidWorks Motion】工具栏中单击 ⬒（引力）按钮，给小球施加一个重力，然后再单击【SolidWorks Motion】工具栏中的 ⬓（弹簧）按钮，弹出【弹簧】属性管理器。

（3）在【弹簧类型】选项组中，单击 ➡（线性弹簧）按钮。在【弹簧参数】选项组中，单击 ⬒（弹簧端点）文本框，然后在图形区域中先选中平板的下表面，然后再选择球面，其他参数使用系统默认值，如图 12-41 所示。单击 ✔（确定）按钮，完成线性弹簧的添加。

图 12-41　【弹簧】属性管理器

（4）单击【SolidWorks Motion】工具栏中的▷（播放）按钮，可以看到小球随着弹簧上下运动，如图 12-42 所示。

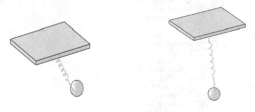

图 12-42 动画运动时

12.7 范例

本例将通过曲柄滑块机构的动画制作过程，详细介绍动画制作的方法，曲柄滑块机构如图 12-43 所示。

图 12-43 曲柄滑块机构

12.7.1 制作旋转动画

具体操作步骤如下：

（1）启动中文版 SolidWorks 2010，单击【标准】工具栏中的（打开）按钮，弹出【打开】对话框，选择配书光盘"模型文件\12"文件夹中的"3D fourbar Linkage.SLDASM"装配体文件，单击【确定】按钮，如图 12-44 所示。

图 12-44 【打开】对话框

（2）选择【工具】|【插件】菜单命令，弹出【插件】对话框，单击【SolidWorks Motion】前后的方框，使之处于被选择状态，如图 12-45 所示，启动 SolidWorks Motion 插件。

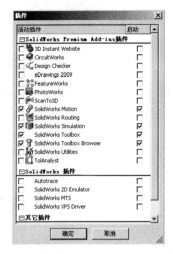

图 12-45　启动 SolidWorks Motion 插件

（3）选择【插入】|【新建运动算例】菜单命令，在图形区域下方出现【运动算例】 工具栏和时间线。单击【运动算例】工具栏中的 （动画向导）按钮，弹出【选择动画类型】对话框，单击【旋转模型】单选按钮，如图 12-46 所示。

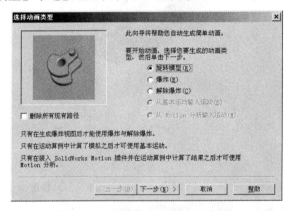

图 12-46　【选择动画类型】对话框

（4）单击【下一步】按钮，弹出【选择一旋转轴】对话框，单击【Y-轴】单选按钮，设置【旋转次数】为 1，单击【顺时针】单选按钮，如图 12-47 所示。

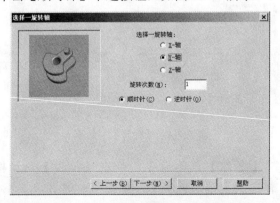

图 12-47　【选择一旋转轴】对话框

（5）单击【下一步】按钮，弹出【动画控制选项】对话框，设置【时间长度（秒）】为 10，如图 12-48 所示。

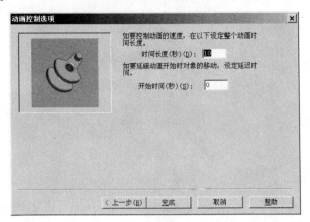

图 12-48 【动画控制选项】对话框

（6）单击【完成】按钮，完成旋转动画的设置。单击【运动算例】工具栏中的 ▶（播放）按钮，观看旋转动画的效果。

12.7.2 制作爆炸动画

具体操作步骤如下：

（1）单击【装配体】工具栏中的 （爆炸视图）按钮，生成爆炸视图。用鼠标右键单击【运动算例】图标，在弹出的菜单中选择【生成新运动算例】命令，在图形区域下方出现【运动算例 2】图标。

（2）单击【运动算例 2】工具栏中的 （动画向导）按钮，弹出【选择动画类型】对话框，单击【爆炸】单选按钮，如图 12-49 所示。

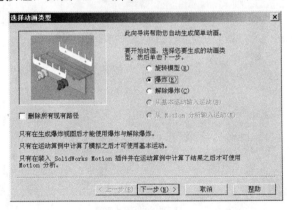

图 12-49 【选择动画类型】对话框

（3）单击【下一步】按钮，弹出【动画控制选项】对话框，设置【时间长度（秒）】为 6，如图 12-50 所示。

（4）单击【完成】按钮，完成爆炸动画的设置，时间栏如图 12-51 所示，曲柄摇杆机构的爆炸效果如图 12-52 所示。单击【运动算例】工具栏中的 ▶（播放）按钮，观看爆炸动画。

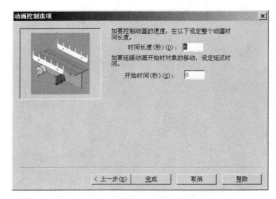

图 12-50 【动画控制选项】对话框

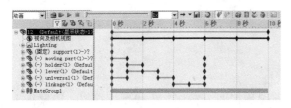

图 12-51 时间栏

图 12-52 爆炸效果

（5）继续单击【运动算例】工具栏中的 （动画向导）按钮，弹出【选择动画类型】对话框，单击【解除爆炸】单选按钮，如图 12-53 所示。

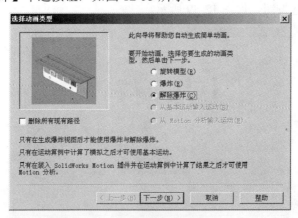

图 12-53 【选择动画类型】对话框

（6）单击【下一步】按钮，弹出【动画控制选项】对话框，设置【时间长度（秒）】为6，如图 12-54 所示。

（7）单击【完成】按钮，完成解除爆炸动画的设置，时间栏如图 12-55 所示。单击【运动算例】工具栏中的 （播放）按钮，观看爆炸动画和解除爆炸动画。

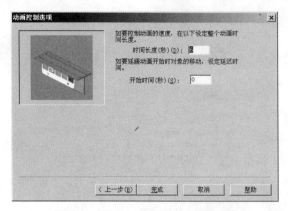

图 12-54 【动画控制选项】对话框

➤

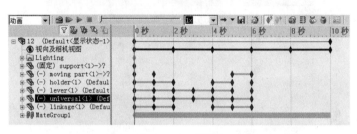

图 12-55 时间栏

12.7.3 制作物理模拟动画

具体操作步骤如下：

（1）打开 1 个装配体文件，单击【模拟】工具栏中的 （旋转马达）按钮，在【属性管理器】中弹出【旋转马达】的属性设置框。单击曲柄侧面，旋转马达的速度方向将垂直于该平面，设置【数字马达值】为 100RPM，如图 12-56 所示，单击 （确定）按钮，完成旋转马达的设置。

图 12-56 【旋转马达】的属性设置框

（2）单击【SolidWorks Motion】工具栏中的 （动画向导）按钮，弹出【选择动画类型】对话框，单击【从 Motion 分析输入运动】单选按钮，如图 12-57 所示。

（3）单击【下一步】按钮，弹出【动画控制选项】对话框，设置【时间长度（秒）】为 2，如图 12-58 所示。

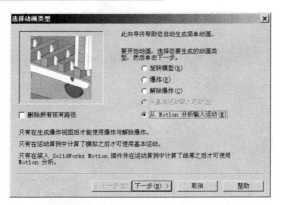

图 12-57　【选择动画类型】对话框

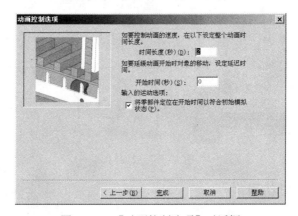

图 12-58　【动画控制选项】对话框

（4）单击【完成】按钮，完成动画的设置。单击【模拟】工具栏中的▷（播放）按钮，观察动画效果，滑块运动到左极限点时如图 12-59 所示，滑块运动到右极限点时如图 12-60 所示。

图 12-59　滑块运动到左极限点时　　　图 12-60　滑块运动到右极限点时

本 章 小 结

　　SolidWorks Motion 插件不仅可以快速地生成旋转动画和爆炸动画，还可以生成基于物理规律的运动模拟动画，其制作出的丰富的动画效果足以演示产品的外观和性能，从而增强设计者与企业之间的交流。

第13章 仿真分析

SolidWorks 为用户提供了多种仿真分析工具，包括 SimulationXpress（静力学分析）、FloXpress（流体分析）、TolAnalyst（公差分析）和 DFMXpress（数控加工），使用户可以在计算机中测试设计的合理性，无需进行昂贵而费时的现场测试，因此可以有助于减少成本、缩短时间。

本章内容安排如下：

➢ SimulationXpress

➢ FloXpress

➢ TolAnalyst

➢ 数控加工

➢ 本章小结

13.1 SimulationXpress

SimulationXpress 根据有限元法，使用线性静态分析从而计算应力。SimulationXpress 对话框向导将定义材质、约束、载荷、分析模型以及查看结果。每完成一个步骤，SimulationXpress 会立即将其保存。如果关闭并重新启动 SimulationXpress，但不关闭该模型文件，则可以获取该信息，必须保存模型文件才能保存分析数据。

选择【工具】|【SimulationXpress】菜单命令，弹出【SimulationXpress】对话框，如图13-1 所示。

图 13-1　【SimulationXpress】对话框

（1）【Fixtures】（约束）选项卡：应用约束到模型的面。
（2）【Loads】（载荷）选项卡：应用力和压力到模型的面。
（3）【Material】（材质）选项卡：指定材质到模型。
（4）【Run】（分析）选项卡：可以选择使用默认设置进行分析或者更改设置。
（5）【Results】（结果）选项卡：按以下方法查看分析结果。
（6）【Optimize】（优化）选项卡：根据特定准则优化模型尺寸。
使用 SimulationXpress 完成静力学分析需要以下 5 个步骤：
（1）应用约束。
（2）应用载荷。
（3）定义材质。
（4）分析模型。
（5）查看结果。

13.1.1 约束

在【Fixtures】（约束）选项卡中定义约束。每个约束可以包含多个面，受约束的面在所有方向上都受到约束，必须至少约束模型的 1 个面，以防止由于刚性实体运动而导致分析失败。在【SimulationXpress】对话框中，单击【添加夹具】按钮。在图形区域中单击希望约束的面（如图 13-2 所示），在屏幕左侧的标签栏中出现夹具的列表，如图 13-3 所示，即可完成约束的定义。

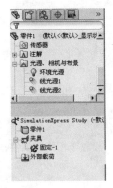

图 13-2　选择约束的面　　　　图 13-3　出现约束组的列表

13.1.2　载荷

在【Loads】（载荷）选项卡中，可以应用力和压力载荷到模型的面。

1. 施加力的方法

施加力的方法如下：

（1）在【SimulationXpress】对话框中，单击【下一步】按钮。单击【添加力】按钮。

（2）在图形区域中单击需要应用载荷的面，选择力的单位，输入力的数值，如果需要，选择【反向】选项以反转力的方向，如图 13-4 所示。

（3）在屏幕左侧的标签栏中出现外部载荷的列表，如图 13-5 所示。

图 13-4　设置【力】属性框　　　图 13-5　出现载荷组的列表

2. 施加压力的方法

可以应用多个压力到单个或者多个面。SimulationXpress 垂直于每个面应用压力载荷。具体操作方法如下：

（1）在【SimulationXpress】对话框中，单击【下一步】按钮。单击【添加压力】按钮。

（2）在图形区域中单击需要应用载荷的面，选择力的单位，输入压力的数值，如果需要，选择【反向】选项以反转力的方向，如图 13-6 所示。

（3）在屏幕左侧的标签栏中出现外部载荷的列表，如图 13-7 所示。

图 13-6　设置【压力】属性框　　　　图 13-7　出现载荷组的列表

13.1.3　材质

SimulationXpress 通过材质库给模型指定材质。如果指定给模型的材质不在材质库中，退出 SimulationXpress，将所需材质添加到库，然后重新打开 SimulationXpress。

材质可以是各向同性、正交各向异性或者各向异性，SimulationXpress 只支持各向同性材质。设定材质的对话框如图 13-8 所示。

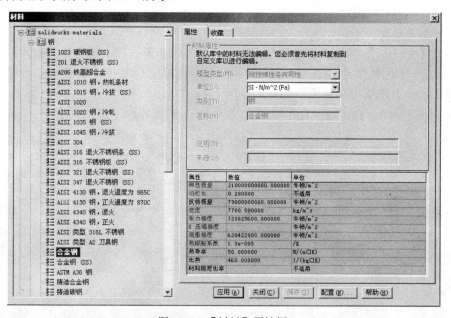

图 13-8　【材料】属性框

13.1.4　分析

在【SimulationXpress】对话框中，选择【Run】（分析）选项卡，可以选择【更改网格密度】。如果希望获取更精确的结果，可以向右（良好）拖动滑杆；如果希望进行快速估测，可以向左（粗糙）拖动滑杆，如图 13-9 所示。

图 13-9　更改网格密度

单击【运行模拟】按钮，进行分析运算，如图 13-10 所示。分析进行时，将动态显示分析进度，如图 13-11 所示。

图 13-10　单击【运行模拟】按钮

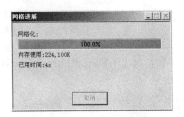

图 13-11　显示分析进度

13.1.5　结果

在【Results】（结果）对话框上显示出计算的结果，并且可以查看当前的材质、约束和载荷等内容，【结果】对话框如图 13-12 所示。

【结果】对话框可以显示模型所有位置的应力、位移、变形和最小安全系数。标准工程规则通常要求安全系数为 1.5 或者更大。对于给定的最小安全系数，SimulationXpress 会将可能的安全与非安全区域分别绘制为蓝色和红色，如图 13-13 所示，根据指定安全系数划分的非安全区域显示为红色（图中浅色区域）。

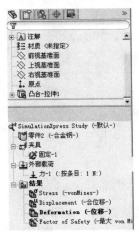

图 13-12　【结果】对话框

图 13-13　按安全区域绘图

【案例 13-1-1】对给定模型进行应力分析，评估其安全性，模型的表面承受 1000Pa（帕）的压力。

实例素材	实例素材\第 13 章\13-1\table.SLDPRT
最终效果	无

1．设置单位

具体操作步骤如下：

（1）打开"table.SLDPRT"模型图，如图 13-14 所示。

图 13-14　打开模型

（2）选择【工具】|【SimulationXpress】菜单命令，弹出【SimulationXpress】对话框，如图 13-15 所示。

（3）在【欢迎】对话框中，单击【选项】按钮，弹出【SimulationXpress 选项】设置界面，设置【单位系统】为【公制】，并指定文件保存的【结果位置】，如图 13-16 所示，最后单击【确定】按钮。

图 13-15　【SimulationXpress】对话框

图 13-16　设置单位系统

2．应用约束

具体操作步骤如下：

（1）选择【Fixtures】（约束）选项卡，出现应用约束界面，如图 13-17 所示。

（2）单击【添加夹具】按钮，出现定义约束组的界面，在图形区域中单击模型的 2 个内圆柱面，则约束固定符号显示在该面上，如图 13-18 所示。

图 13-17 选择【约束】选项卡

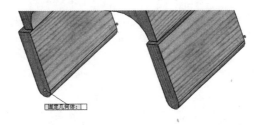

图 13-18 固定约束

（3）单击【确定】按钮，可以通过【添加夹具】按钮定义多个约束条件，如图 13-19 所示，单击【下一步】按钮。

图 13-19 定义约束组

3. 应用载荷

具体操作步骤如下：

（1）选择【Loads】（载荷）选项卡，出现应用载荷界面，如图 13-20 所示。

（2）单击【添加压力】按钮，弹出【压力】属性设置框，如图 13-21 所示。

图 13-20　选择【载荷】选项卡　　　图 13-21　【压力】属性设置框

　　（3）在图形区域中单击模型的上面，如图 13-22 所示，压力符号显示在表面上。单击 ✔ （确定）按钮，完成载荷的设置，如图 13-23 所示，单击【下一步】按钮。

图 13-22　支撑面　　　　　　　　　图 13-23　定义载荷组

4. 定义材质

在【材料】（Material）对话框中，可以选择 SolidWorks 预置的材质。这里选择【轻木】选项，单击【应用】按钮，轻木材质被应用到模型上，如图 13-24 所示，单击【关闭】按钮，完成材质的设定，如图 13-25 所示。

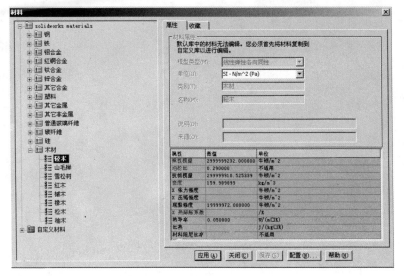

图 13-24　定义材质　　　　　　　　图 13-25　定义材质完成

5. 运行分析

选择【Run】（分析）选项卡，再单击【运行模拟】按钮，如图 13-26 所示，屏幕上显示出运行状态以及分析信息，如图 13-27 所示。

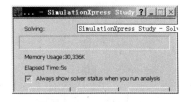

图 13-26　【分析】选项卡　　　　　　图 13-27　运行状态

6. 观察结果

具体操作步骤如下：

（1）运行分析完成，变形的动画将自动显示出来，如图 13-28 所示，单击【停止动画】按钮。

（2）在【Results】（结果）选项卡中，单击【是，继续】单选按钮，进入下一个页面，单击【显示 von Mises 应力】单选按钮，绘图区中将显示模型的应力结果，如图 13-29 所示。

图 13-28　【结果】选项卡

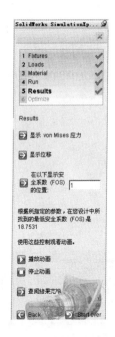

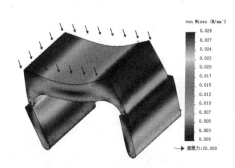

图 13-29　应力结果

（3）单击【显示位移】单选按钮，绘图区中将显示模型的位移结果，如图 13-30 所示。

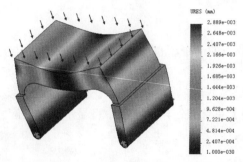

图 13-30　位移结果

（4）单击【在以下显示安全系数（FOS）的位置】单选按钮，并在文本框中输入 2000，绘图区中将显示模型在安全系数是 2000 时的危险区域，如图 13-31 所示。

图 13-31　显示危险区域

（5）在【结果】选项卡中，单击【生成 HTML 报表】单选按钮（如图 13-32 所示），进入下一个页面，如图 13-33 所示。

图 13-32　单击【生成 HTML 报表】按钮　　　　　图 13-33　生成报表

（6）单击图 13-32 中的【跳过报告】单选按钮，进入下一个页面，在【您想优化您的模型吗？】提问下，选择【No】，如图 13-34 所示。

（7）单击【下一步】按钮，完成应力分析，如图 13-35 所示。

图 13-34　优化询问界面　　　图 13-35　应力分析完成界面

13.2　FloXpress

SolidWorks FloXpress 是一个流体力学应用程序，可计算流体是如何穿过零件或装配体模型的。根据算出的速度场，可以找到设计中有问题的区域，以及在制造任何零件之前对零件进行改进。

使用 FloXpress 完成分析需要以下 5 个步骤：

（1）检查几何体。

（2）选择流体。

（3）设定边界条件。

（4）求解模型。

（5）查看结果。

13.2.1　检查几何体

SolidWorks FloXpress 可计算模型单一内部型腔中的流体流量。要进行 SolidWorks FloXpress 分析，软件会检查几何体，必须在模型内有完全封闭的单型腔。如果型腔内的流体体积为零，则该型腔不是完全封闭的，并且会出现一则警告，其注意事项有：

- 必须使用盖子闭合所有型腔开口。
- 要在装配体中生成盖子，请生成新零件以完全盖住入口和出口。
- 要在零件中生成盖子，请生成实体特征以完全盖住开口。
- 盖子必须由实体特征（如拉伸）组成，曲面对于作为盖子而言无效。

【检查几何体】的属性框如图 13-36 所示。

图 13-36　【检查几何体】属性框

其中，【流体体积】选项组中的参数介绍如下：

（1）　（查看流体体积）：将模型转为线架图视图，然后放大以显示流体体积。

（2）　（最小的流道）：定义用于最小的流道的几何体。

13.2.2　选择流体

可以选择水或空气作为计算的流体，但不可以同时使用不同的流体。选择流体的属性框如图 13-37 所示。

图 13-37 选择流体

13.2.3 设定边界条件

设定边界条件包括设定入口条件和设定出口条件。

1. 设定入口条件

必须指定应用入口边界条件和参数的面。设定入口条件的属性设置框如图 13-38 所示。

在【入口】选项组中：

（1）（压力）：使用压力作为流量公制单位。SolidWorks FloXpress 将此值假设为入口流量的总压力和出口流量的静态压力。

（2）（容积流量比）：将流量容积作为流量公制单位。

（3）（质量流量比）：将流量质量作为流量公制单位。

（4）（要应用入口边界条件的面）：设定用于入口边界的面。

（5）T（温度）：设定流进流体的温度。

2. 设定出口条件

必须选择应用出口边界条件和参数的面。设定出口条件的属性框如图 13-39 所示。

【出口】选项组中的属性与【入口】选项组的设置属性基本相同，在此不再赘述。

图 13-38 流量入口

图 13-39 流量出口

13.2.4 求解模型

运行分析以计算流体参数。其属性框如图 13-40 所示。

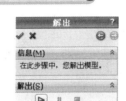

图 13-40 【解出】属性框

13.2.5 查看结果

SolidWorks FloXpress 完成分析后，可以检查分析结果。其结果属性框如图 13-41 所示。

图 13-41 查看结果

（1）【速度图表】选项组：

（轨迹）：显示轨迹的动态速度图解，图形区域会分色显示速度范围（米/秒），轨迹根据每点的速度值以不同颜色显示。

（2）【图解设定】选项组：

● 【入口】和【出口】：以入口或出口透视图视角展示流体在零件内的移动情况。

● （轨迹数）：轨迹的个数。

● （管道）：以管道代表轨迹。

● （滚珠）：以滚珠代表轨迹。

（3）【报表】选项组：

● （捕捉图像）：将流动轨迹快照保存为 JPEG 图像，图像会自动保存在名为 fxp1 的文件夹中，该文件夹与模型位于同一文件夹内。

● 报告：生成 Microsoft Word 报告，其中包含所有项目信息、最高流速和任何快照图像。

【案例 13-2-1】针对给定的模型，分析其内部的流体状态。

实例素材	实例素材\第 13 章\13-2\阀门.SLDPRT
最终效果	无

1. 检查几何体

具体操作步骤如下：

（1）启动中文版 SolidWorks 2010，单击【标准】工具栏中的 （打开）按钮，弹出【打开】对话框，选择配书光盘中的"阀门.SLDPRT"，单击【打开】按钮，打开零件如图 13-42 所示。

图 13-42　阀门模型

（2）选择【工具】|【FloXpress】菜单命令，弹出【检查几何体】对话框，如图 13-43 所示。

（3）在【流体体积】选项组中，单击【查看流体体积】按钮，绘图区将高亮度显示出流体的分布，并显示出最小的流道的尺寸，如图 13-44 所示。

图 13-43　【检查几何体】对话框

图 13-44　显示流体体积

2. 选择流体

单击 （下一步）按钮，如图 13-45 所示，提示用户选择具体的流体，在本例中选择【水】。

3. 设定流量入口条件

具体操作步骤如下：

（1）单击 （下一步）按钮，弹出【流量入口】属性框，如图 13-46 所示。

（2）在【入口】选项组中，选择"压力"按钮，在 （要应用入口边界条件的面）选框中选择绘图区中和流体相接触的端盖的内侧面，在 P（环境压力）中设置为 201325Pa，如图 13-47 所示。

图 13-45　选择流体类型

图 13-46　【流量入口】属性框

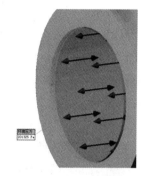

图 13-47　设置流量入口条件

4. 设定流量出口条件

具体操作步骤如下：

（1）单击 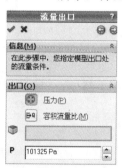（下一步）按钮，如图 13-48 所示，弹出【流量出口】属性框。

图 13-48　【流量出口】属性框

（2）在【出口】选项组中，选择"压力"按钮，在 （要应用出口边界条件的面）中选择绘图区中和流体相接触的端盖的内侧面，在 **P**（环境压力）中保持默认的设置，如图 13-49 所示。

图 13-49　设置流量出口条件

5．求解模型

具体操作步骤如下：

（1）单击 （下一步）按钮，如图 13-50 所示，弹出【解出】属性框。

（2）在【解出】属性框中，单击 ▶ 按钮，开始流体分析，屏幕上显示出运行状态及分析信息，如图 13-51 所示。

图 13-50　【解出】属性框　　　　图 13-51　求解进度

6．查看结果

具体操作步骤如下：

（1）运行分析完成，显示【观阅结果】属性框，如图 13-52 所示。

（2）在【速度图表】选项组中，单击 ▶ 按钮，绘图区中将显示出流体的速度分布，为了显示清晰，可以将阀体零件隐藏，如图 13-53 所示。

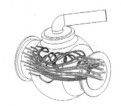

图 13-52　【观阅结果】属性框　　　　图 13-53　显示轨迹图

（3）在【图解设定】选项组中，单击"滚珠"按钮，绘图区中的流体将以滚珠形式显示出来，如图 13-54 所示。

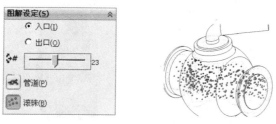

图 13-54 以滚珠形式显示轨迹图

（4）在【报表】选项组中，单击【生成报表】按钮，有关流体分析的结果将以 Word 形式显示出来，如图 13-55 所示。

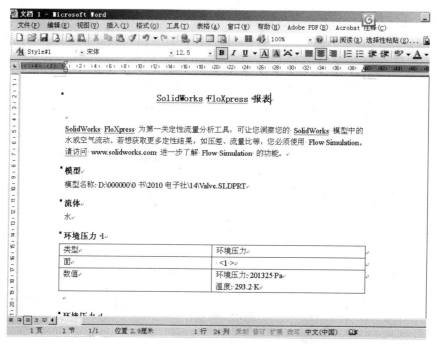

图 13-55 生成报表

13.3 TolAnalyst

TolAnalyst 是一种公差分析工具，用于研究公差和装配体方法对一个装配体的两个特征间的尺寸所产生的影响。每次研究的结果为一个最小与最大公差、一个最小与最大和方根（RSS）公差、以及基值特征和公差的列表。

使用 TolAnalyst 完成分析需要以下 4 个步骤：

（1）测量。

（2）装配体顺序。

（3）装配体约束。

（4）分析结果。

13.3.1 测量

测量指两个 DimXpert 特征之间的直线距离。【测量】的属性框如图 13-56 所示。

图 13-56 【测量】属性框

在【测量】属性框中：

（1）【从此处测量】：选择特征表面作为测量的基准面。

（2）【测量到】：选择特征表面作为测量的目标面。

（3）【测量方向】：在将测量应用于两个轴（包括切口轴）之间时，设定尺寸的方向。

其中：

- X、Y 和 Z：这些选项与坐标系相对，适用于每个与特征轴相垂直的轴。
- N：法向，确定垂直于两个轴的最短距离尺寸。
- U：用户定义，确定沿所选直线方向或垂直于所选平面区域的尺寸。

13.3.2 装配体顺序

定义装配体的安装顺序，其属性框如图 13-57 所示。

图 13-57 按安全区域绘图

在【公差装配体】选项组中：

（1） （基体零件）：定义简化装配体中的第一个 DimXpert 零件，基体零件是固定的，需设定要评估的测量的原点。

（2）【零部件和顺序】：定义简化装配体中的其余零件，以反映实际或计划的装配流程的顺序选择零件。

13.3.3 装配体约束

装配体约束与配合类似。约束依据 DimXpert 特征之间的几何关系，而配合则依据几何实体之间的几何关系。此外，约束按顺序应用，应用顺序非常重要，将对结果产生重大影响。装配体约束的属性框如图 13-58 所示。

图 13-58　按安全区域绘图

（1）【约束过滤器】选项组：使用约束过滤器可隐藏或显示约束类型。约束类型有：重合、同轴心、距离、相切。

（2）【显示阵列】：显示阵列约束，清除后，将显示阵列中每个实例的约束。

（3）【使用智能过滤器】：隐藏与所考虑特征距离较远的约束。

（4）【公差装配体】选项组：列出零件及其约束状态。

13.3.4 分析结果

【分析结果】的属性框如图 13-59 所示。

图 13-59　【分析结果】属性框

在【分析结果】属性框中：

（1）以下分析参数用于设定评估准则和结果的精度：

● 【方位公差】：将几何方位公差（尖角性、平行性和垂直度）以及角度加减位置公差加入最糟情形条件的评估中。

● 【垂直于原点特征】：更新测量向量，这里的测量向量指将垂直于基准面或测量 PropertyManager 中从此处测量特征的轴的向量。

● 【浮动扣件和销钉】：使用孔和扣件之间的间隙来增大最糟情形的最小和最大结果，每个零件可以在等于孔与扣件之间径向距离的范围内移动。

● 【公差精度】：设定分析摘要给出的结果的精度。

（2）【重算】：运行分析，在变更一个或多个基值公差的公差值（最小/最大促进值下）后，单击重算。

（3）【分析摘要】：显示结果。这些结果是可以输出的。

（4）【输出结果】：单击将结果保存为 Excel、XML 或 HTML 文件。

（5）【分析数据和显示】：列出促进值并管理图形区域的显示，可以设定最小和最大情形条件的数据和显示。

【案例 13-3-1】测量皮带轮中心线到底面之间的距离和公差。

⊙	实例素材	实例素材\第 13 章\13-3\tolAnalyst.SLDASM
	最终效果	无

1. 准备模型

具体操作步骤如下：

（1）启动中文版 SolidWorks 2010，单击【标准】工具栏中的 ⤢（打开）按钮，弹出【打开】对话框，选择配书光盘中的"tolAnalyst.SLDASM"文件，单击【确定】按钮，如图 13-60 所示。

图 13-60 打开模型

（2）选择【工具】|【插件】菜单命令，弹出【插件】对话框，单击【TolAnalyst】前后的选框，使之处于被选择状态，如图 13-61 所示，启动 TolAnalyst 公差分析插件。

图 13-61　启动 SolidWorks Motion 插件

（3）单击 ✛（DimXpertmanager）标签，属性管理器将切换到公差分析模块中，如图 13-62 所示。

图 13-62　选择公差分析标签

2. 测量

单击 ✛（DimXpertmanager）标签栏中的 ▥（TolAnalyst）菜单命令，弹出【测量】属性框，在【从此处测量】选项组中选择绘图区中皮带轮的轴颈，在【测量到】选项组中选择底面，按住鼠标左键将鼠标拉动到合适地点，释放左键，屏幕上将出现相应的测量数值，同时【信息】属性栏中将显示"测量已定义。从可用选项中作选择或单击下一步"文字提示，代表已经获得测量的数值，如图 13-63 所示。

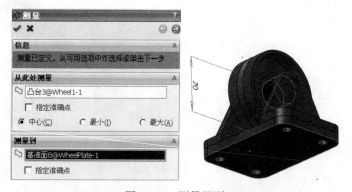

图 13-63　测量界面

3. 装配体顺序

具体操作步骤如下：

（1）单击【测量】属性框中的 （下一步）按钮，进入【装配体顺序】界面。在绘图区中单击皮带轮装配体中的底座，代表首先装配底座，底座的名称也相应地显示在【零部件和顺序】选框中，如图 13-64 所示。

图 13-64　装配底座

（2）在绘图区中单击皮带轮装配体中的侧支撑座，表示第二步装配侧支撑座，侧支撑座的名称也相应地显示在【零部件和顺序】选框中，如图 13-65 所示。

 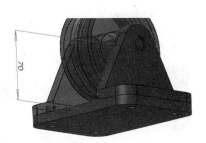

图 13-65　装配侧支撑座

（3）在绘图区中单击销轴，表示第三步装配销轴，销轴的名称也相应地显示在【零部件和顺序】选框中，如图 13-66 所示。

 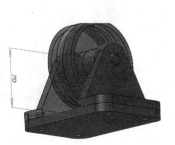

图 13-66　装配销轴

（4）在绘图区中单击皮带轮，表示第四步装配皮带轮，皮带轮的名称也相应地显示在【零部件和顺序】选框中，同时【信息】属性栏中将显示"测量特征之间的装配体顺序已定义"，如图 13-67 所示。

图 13-67　装配皮带轮

4．装配体约束

具体操作步骤如下：

（1）单击【测量】属性框中的 （下一步）按钮，进入【装配体约束】界面。在绘图区中单击选择侧支撑座小孔的同心配合为 $\boxed{1}$，表示侧支撑座的同心配合为第一约束，如图 13-68 所示。

（2）在绘图区中单击选择销轴的同心配合为 $\boxed{1}$，表示销轴的同心配合为第一约束，如图 13-69 所示。

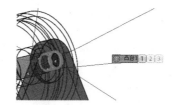

图 13-68　选定同心约束　　　　图 13-69　选定同心约束

（3）在绘图区中单击选择皮带轮的中心孔的同心配合为 $\boxed{1}$，表示皮带轮的同心配合为第一约束，同时【信息】属性栏中将显示"最小约束已应用到每个零件中。根据需要设定其它约束或单击下一步。"如图 13-70 所示。

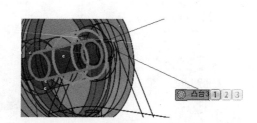

图 13-70　选定同心约束

5．分析结果

具体操作步骤如下：

（1）单击【测量】属性框中的 ⊕（下一步）按钮，进入【分析结果】界面。从【分析摘要】选项框中可见名义误差为 70，最大误差能达到 71，最小误差为 69.4，如图 13-71 所示。

（2）在【分析数据和显示】对话框中将显示出误差的主要来源，如图 13-72 所示，从该对话框中可见，误差来自于侧支撑座和底板，因此可以通过提高该零件的加工精度来减小误差。

图 13-71　分析结果　　　图 13-72　【分析数据和显示】对话框

13.4　数控加工

DFMXpress 是一种用于核准 SolidWorks 零件可制造性的分析工具。使用 DFMXpress 识别可能导致加工问题或增加生产成本的设计区域。其主要内容有：

● 规则说明。
● 配置规则。
● 核准零件。

13.4.1　规则说明

数控加工模块包括的加工规则有钻孔规则、碾磨规则、车削规则、钣金规则和标准孔大小，分别介绍如下：

（1）钻孔规则：

● 孔直径：具有较小直径（小于 3.0 mm）或深度-直径比率较高（大于 2.75）的孔较难加工，不推荐进行常规批量生产。
● 平底孔：盲孔应为锥底形状而非平底形状。
● 孔入口和出口曲面：钻孔的入口和出口曲面应与孔轴垂直。
● 孔与型腔相交：钻孔不应与型腔相交。

- 部分孔：当孔与特征边线相交时，至少 75% 的孔面积应位于材料之内。
- 线性和角度公差：公差不应过紧。

（2）碾磨规则：

- 深容套和槽缝：既深又狭窄的槽缝很难加工。
- 尖内角：尖内角无法通过传统碾磨工艺加工，需要采用如电火花加工（EDM）之类的非传统加工工艺。
- 外边线上的圆角：对于外部边角，倒角优先于圆角。

（3）车削规则：

- 最小边角半径（针对车削零件）：避免尖内角。
- 镗孔空隙（针对车削零件）：为盲镗孔的底部提供刀具空隙。

（4）钣金规则：

- 孔直径：避免设计孔很小的零件，小钻头容易断裂。
- 孔到边线距离：如果孔离零件边线或折弯太近，边线可能会扭曲。
- 孔间距：如果孔彼此太近，材料可能会扭曲。
- 弯曲半径：如果弯曲太严重，材料可能会断裂。

（5）标准孔大小：

- 为孔使用标准钻头和冲孔大小，不常见的孔直径会增加制造成本。
- DFMXpress 从 SolidWorks Toolbox 创建一标准孔大小列表，可以配置 DFMXpress 所识别的标准孔大小。

13.4.2 配置规则

【配置规则】的属性框如图 13-73 所示。

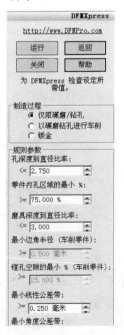

图 13-73 【配置规则】属性框

其中：

（1）【制造过程】选项组：指定为之设定规则参数的制造过程，选取如下一项：

● 【仅限碾磨/钻孔】：铣削和钻孔的规则。

● 【以碾磨钻孔进行车削】：铣削和钻孔规则以及车削零件的其他规则。

● 【钣金】：钣金零件的规则。

（2）【规则参数】选项组：为制造过程选择项列举参数。

13.4.3 核准零件

对需要加工的零件应用配置的规则，以判断其可制造性。

【案例 13-4-1】针对给定的模型介绍 DFMXpress 的工作流程。

实例素材	实例素材\第 13 章\13-4\ jiagong.SLDPRT
最终效果	无

具体操作步骤如下：

（1）启动中文版 SolidWorks 2010，单击【标准】工具栏中的 （打开）按钮，弹出【打开】对话框，选择配书光盘中的"jiagong.SLDPRT"文件，单击【打开】按钮，结果如图 13-74 所示。

图 13-74 打开模型

（2）启动 DFMXpress，单击【工具】|【DFMXpress】菜单命令，如图 13-75 所示。

（3）弹出 DFMXpress 属性设置框，如图 13-76 所示。

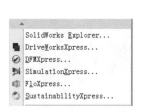

图 13-75 启动菜单

图 13-76 启动界面

（4）根据零件的形状，设定检查规则，单击【设定…】按钮，弹出设定属性框，设置相应的数据如图 13-77 所示。

（5）单击【返回】按钮，完成属性设置。单击【运行】按钮，进行可制造性分析，结果将自动显示出来，如图 13-78 所示，其中【规则失败】的将显示成红色，【规则通过】的将显示成绿色。

图 13-77　设定界面　　　图 13-78　运行结果

（6）单击失败规则下的"实例 1"，屏幕上将自动出现提示，提示具体失败原因为"使用传统碾磨很难取得尖内角。"，绘图区中将用高亮度来显示该实例对应的特征，如图 13-79 所示。

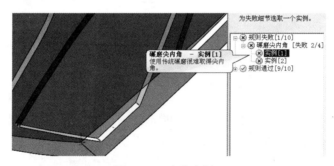

图 13-79　失败实例 1

（7）单击失败规则下的"实例 2"，屏幕上将自动出现提示，提示具体失败原因为"使用传统碾磨很难取得尖内角。"，绘图区中将用高亮度来显示该实例对应的特征，如图 13-80 所示。

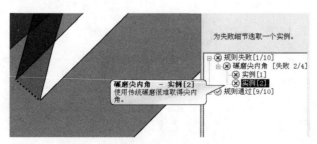

图 13-80　失败实例 2

（8）在"规则失败"之处可以增加过渡圆角来解决无法加工的问题。在规则失败提示之处增加半径为 0.01in 的圆角，再次运行加工分析，所有部分将都满足加工规则，如图 13-81 所示。

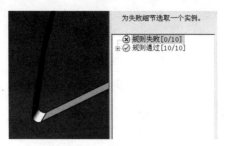

图 13-81　修改模型

本 章 小 结

　　SolidWorks 为用户提供的仿真分析工具有：SimulationXpress（静力学分析）模块，可以分析机械结构所受到的静应力，判断是否破坏；FloXpress（流体分析）模块，可以分析封闭空间中流体的运动规律；TolAnalyst（公差分析）模块，可以分析装配顺序对最终误差的影响；DFMXpress（数控加工）模块，可以分析零件制造的可行性。利用这些分析工具进行虚拟设计，减少了昂贵而费时的现场测试，有助于降低成本、缩短产品研发时间。

第 **14** 章 综合范例

本综合范例主要讲解装配体的建立以及干涉检查等功能操作，需要完成的人工搬运车装配体模型如图 14-1 所示。

主要步骤如下：

（1）装配支撑腿。

（2）装配人工搬运车。

（3）干涉检查。

（4）计算装配体质量特性。

（5）装配体信息和相关文件。

（6）图片渲染。

图 14-1　人工搬运车

下面分别介绍各步骤的具体操作。

14.1 装配支撑腿

具体操作步骤如下：

（1）启动中文版 SolidWorks 2010，单击【标准】工具栏中的 □ （新建）按钮，弹出【新建 SolidWorks 文件】对话框，单击【装配体】按钮，如图 14-2 所示，单击【确定】按钮。

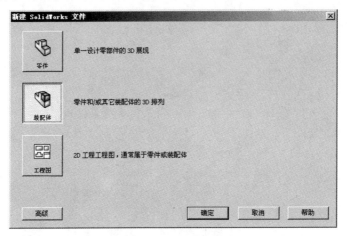

图 14-2 新建装配体窗体

（2）选择【文件】|【另存为】菜单命令，弹出【另存为】对话框，在【文件名】文本框中输入【支撑腿】，单击【保存】按钮，如图 14-3 所示。

图 14-3 【另存为】对话框

（3）单击前视基准面，使其处于被选择状态。单击【标准视图】工具栏中的 ↓ （正视于）按钮，并单击【草图】工具栏中的 ☑ （草图绘制）按钮，进入草图绘制状态。单击【草图】工具栏中的 ＼ （直线）和 ◇ （智能尺寸）按钮，绘制草图并标注尺寸，如图 14-4 所示。单击【草图】工具栏中的 ☑ （草图绘制）按钮，退出草图绘制状态。

（4）单击（参考几何体）工具栏中的（基准面）按钮，在【属性管理器】中弹出【基准面】的属性设置框。在（参考实体）选项中，选择边线靠近端点处，单击（垂直），如图 14-5 所示。单击（确定）按钮，生成基准面 1。

图 14-4　绘制草图　　　　　图 14-5　生成基准面

（5）单击【装配体】工具栏中的（插入零部件）按钮，弹出【插入零部件】的属性设置框。单击【浏览】按钮，在配书光盘中选择零件"低管.SLDPRT"，单击【打开】按钮，插入"低管"零件，在视图区域合适位置单击，如图 14-6 所示。

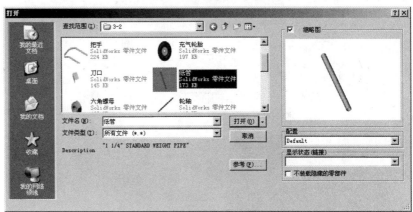

图 14-6　插入零部件

（6）为了便于进行配合约束，先调整"低管"零件，单击【装配体】工具栏中的（移动零部件）按钮和（旋转零部件）按钮，弹出【移动零部件】和【旋转零部件】的属性设置框，移动、旋转至合适位置，单击（确定）按钮，如图 14-7 所示。

图 14-7　调整零部件位置

（7）单击【装配体】工具栏中的 （配合）按钮，弹出【配合】的属性设置框。激活
【标准配合】选项下的 ◎（同轴心）按钮。在 （要配合的实体）选框中，选择如图 14-8 所
示的面和线，其他保持默认，单击 ✔（确定）按钮，完成同轴的配合。

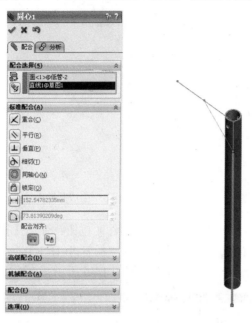

图 14-8　同轴配合

（8）继续进行约束，激活【标准配合】选项下的 ✔（重合）按钮。在 （要配合的实
体）选框中，选择如图 14-9 所示的面和点，其他保持默认，单击 ✔（确定）按钮，完成重合
配合。

图 14-9　重合配合

（9）继续进行约束，激活【标准配合】选项下的按钮。单击装配体特征树⊞图标，展开特征树，在选框中，选择装配体◇（前视基准面）和"低管"零件的◇（top），如图 14-10 所示的面，其他保持默认，单击按钮，完成重合的配合。

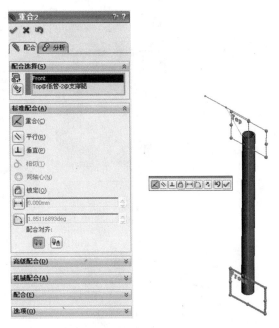

图 14-10　重合配合

（10）单击【装配体】工具栏中的按钮，弹出【插入零部件】的属性设置框。单击【浏览】按钮，在配书光盘中选择零件"轮轴支撑架.SLDPRT"，单击【打开】按钮，插入"轮轴支撑架"零件，在视图区域合适位置单击，如图 14-11 所示。

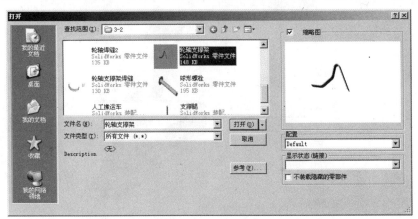

图 14-11　插入零部件

（11）为了便于进行配合约束，先调整"轮轴支撑架"零件位置，单击【装配体】工具栏中的按钮和按钮，弹出【移动零部件】和【旋转零部件】的属性设置框，移动、旋转至合适位置，单击按钮，如图 14-12 所示。

（12）单击【装配体】工具栏中的 🖉（配合）按钮，弹出【配合】的属性设置框。激活【标准配合】选项下的 ◎（同轴心）按钮。在 🎱（要配合的实体）选框中，选择如图 14-13 所示的面，其他保持默认，单击 ✔（确定）按钮，完成同轴的配合。

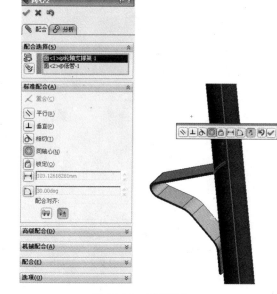

图 14-12　调整零部件位置　　　　　　　　　　　图 14-13　同轴配合

（13）继续进行约束，激活【标准配合】选项下的 ⌐（重合）按钮。在 🎱（要配合的实体）选框中，选择如图 14-14 所示的面，其他保持默认，单击 ✔（确定）按钮，完成重合配合。

图 14-14　重合配合

（14）继续进行约束，激活【标准配合】选项下的 ⌐（重合）按钮。单击装配体特征树⊞图标，展开特征树，在 🎱（要配合的实体）选框中，选择直线和"轮轴支撑架"零件的 ◇（front），如图 14-15 所示，其他保持默认，单击 ✔（确定）按钮，完成重合的配合。

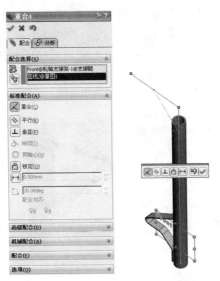

图 14-15　重合配合

（15）选择【插入】|【装配体特征】|【焊缝】菜单命令，弹出【焊缝类型】对话框，选择"填角焊接"，如图 14-16 示，单击【下一步】按钮，弹出【焊缝表面】对话框，选择"凸面"，其他设置如图 14-17 所示，单击【下一步】按钮，弹出【焊缝结合面】对话框，如图 14-18 所示，在【接触面】选框中选择如图 14-19 所示的两面，单击【下一步】按钮，再单击【完成】按钮。

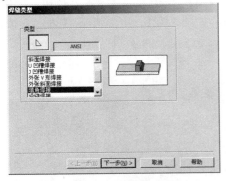

图 14-16　焊缝类型窗体

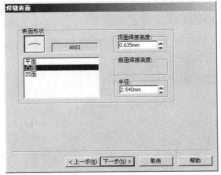

图 14-17　焊缝表面窗体

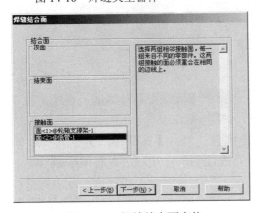

图 14-18　焊缝结合面窗体

图 14-19　选择面

（16）单击 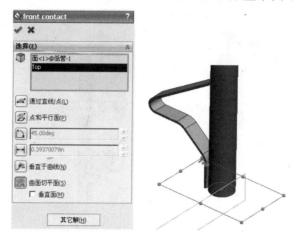（参考几何体）工具栏中的 （基准面）按钮，在【属性管理器】中弹出【基准面】的属性设置框。在 （参考实体）选项中，选择上视基准面和面 1，单击 （曲面切平面）选项，如图 14-20 所示。单击 （确定）按钮，生成基准面 2。

图 14-20　生成基准面

14.2　装配人工搬运车

具体操作步骤如下：

（1）启动中文版 SolidWorks 2010，单击【标准】工具栏中的 （新建）按钮，弹出【新建 SolidWorks 文件】对话框，单击【装配体】按钮，如图 14-21 所示，单击【确定】按钮。

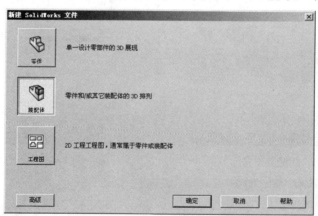

图 14-21　新建装配体对话框

（2）选择【文件】|【另存为】菜单命令，弹出【另存为】对话框，在【文件名】文本框中输入【人工搬运车】，单击【保存】按钮，如图 14-22 所示。

（3）单击右视基准面，使其处于被选择状态。单击【标准视图】工具栏中的 （正视于）按钮，并单击【草图】工具栏中的 （草图绘制）按钮，进入草图绘制状态。单击【草图】工具栏中的 （直线）、 （中心线）和 （智能尺寸）按钮，绘制草图并标注尺寸，如图 14-23 所示。单击【草图】工具栏中的 （草图绘制）按钮，退出草图绘制状态。

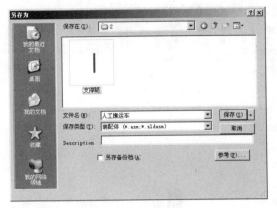

图 14-22 【另存为】对话框

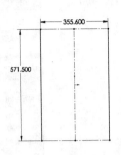

图 14-23 绘制草图

（4）单击【装配体】工具栏中的 （插入零部件）按钮，弹出【插入零部件】的属性设置框。单击【浏览】按钮，在配书光盘中选择子装配体文件"支撑腿.SLDASM"，单击【打开】按钮，插入"支撑腿"子装配体，在视图区域合适位置单击，如图 14-24 所示。

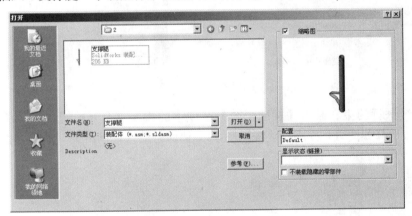

图 14-24 插入"支撑腿"

（5）为了便于进行配合约束，先调整"支撑腿"的位置，单击【装配体】工具栏中的 （移动零部件）按钮和 （旋转零部件）按钮，弹出【移动零部件】和【旋转零部件】的属性设置框，移动、旋转至合适位置，单击 （确定）按钮，如图 14-25 所示。

图 14-25 调整零部件位置

（6）单击【装配体】工具栏中的 （配合）按钮，弹出【配合】的属性设置框。激活

【标准配合】选项下的 ☒（重合）按钮。在 🔲（要配合的实体）选框中，选择如图 14-26 所示的基准轴和线，其他保持默认，单击 ✔（确定）按钮，完成重合的配合。

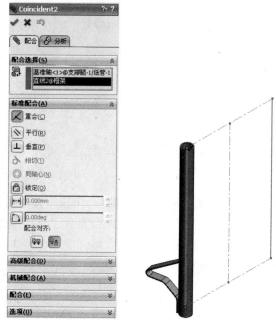

图 14-26　重合配合

（7）继续进行约束，激活【标准配合】选项下的 ☒（重合）按钮。在 🔲（要配合的实体）选框中，选择如图 14-27 所示的面和线，其他保持默认，单击 ✔（确定）按钮，完成重合配合。

图 14-27　重合配合

（8）继续进行约束，激活【标准配合】选项下的（重合）按钮。单击装配体特征树图标，展开特征树，在（要配合的实体）选框中，选择直线和“支撑腿”子装配体的（right），即如图 14-28 所示的面，其他保持默认，单击（确定）按钮，完成重合的配合。

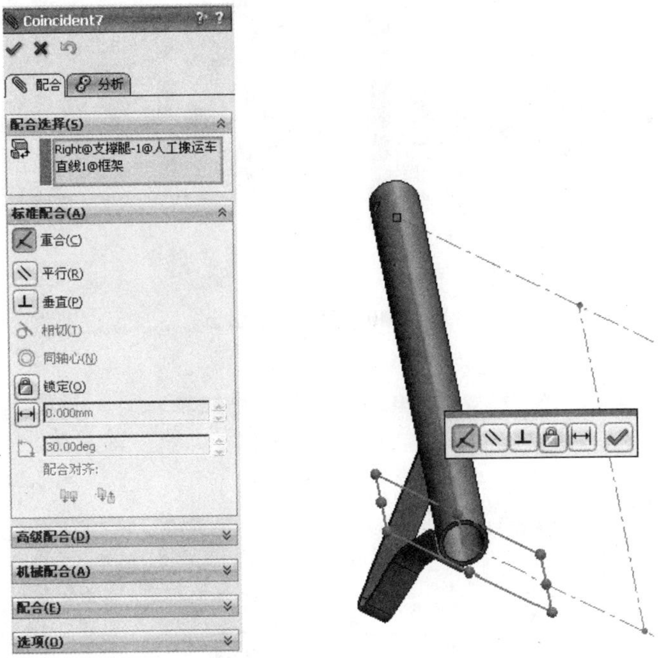

图 14-28　重合配合

（9）在特征树中单击子装配体“支撑腿”不放，并按下 Ctrl 键，拖到绘图区域释放，如图 14-29 所示，完成支撑腿 2 的插入。

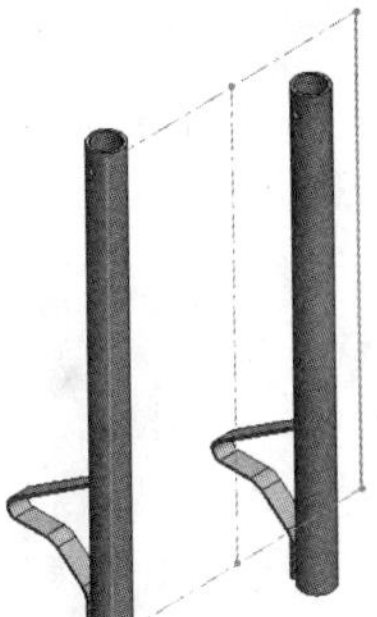

图 14-29　插入支撑腿 2

（10）重复步骤（6）～（8），完成对支撑腿 2 的约束，如图 14-30 所示。

（11）单击【装配体】工具栏中的（插入零部件）按钮，弹出【插入零部件】的属性设置框。单击【浏览】按钮，选择配书光盘中的零件“把手.SLDPRT”，单击【打开】按钮，插入“把手”零件，在视图区域合适位置单击，如图 14-31 所示。

（12）为了便于进行配合约束，先调整“把手”位置，单击【装配体】工具栏中的（移动零部件）按钮和（旋转零部件）按钮，弹出【移动零部件】和【旋转零部件】的属性设置框，移动、旋转至合适位置，单击（确定）按钮，如图 14-32 所示。

图 14-30　约束支撑腿 2

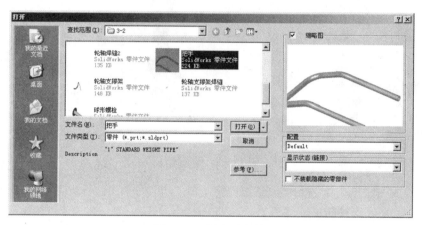

图 14-31　插入零部件

图 14-32　调整零部件位置

（13）单击【装配体】工具栏中的 （配合）按钮，弹出【配合】的属性设置框。激活【标准配合】选项组下的 （同轴心）按钮。在 （要配合的实体）选框中，选择如图 14-33 所示的面，其他保持默认，单击 （确定）按钮，完成同轴的配合。

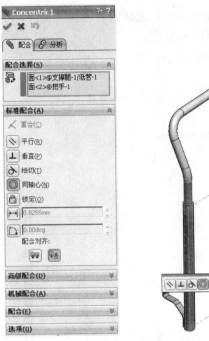

图 14-33　同轴配合

（14）继续进行约束，激活【标准配合】选项下的 （重合）按钮。在 （要配合的实体）选框中，选择如图 14-34 所示的基准轴和直线，其他保持默认，单击 ✔（确定）按钮，完成重合配合。

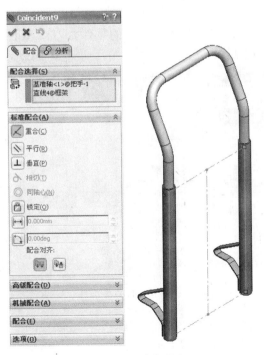

图 14-34　重合配合

（15）继续进行约束，激活【标准配合】选项组下的 ⊢⊣（距离）按钮。在文本框中输入尺寸值 152.400mm，在 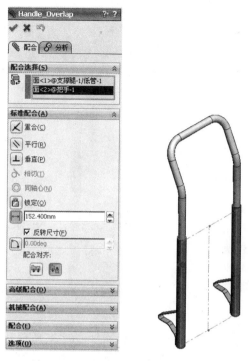（要配合的实体）选框中，选择如图 14-35 所示的面，其他保持默认，单击 ✔（确定）按钮，完成距离的配合。

图 14-35　距离配合

（16）单击【装配体】工具栏中的 📷（插入零部件）按钮，弹出【插入零部件】的属性设置框。单击【浏览】按钮，选择配书光盘中的零件"刀口.SLDPRT"，单击【打开】按钮，插入"刀口"零件，在视图区域合适位置单击，如图 14-36 所示。

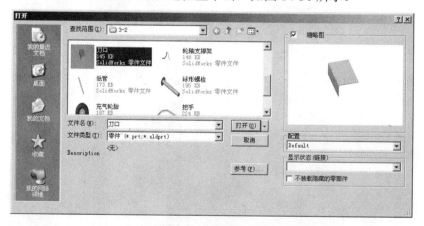

图 14-36　插入零部件

（17）为了便于进行配合约束，先调整"刀口"零件位置，单击【装配体】工具栏中的 📷（移动零部件）按钮和 🔄（旋转零部件）按钮，弹出【移动零部件】和【旋转零部件】的属性设置框，移动、旋转"刀口"至合适位置，单击 ✔（确定）按钮，如图 14-37 所示。

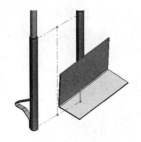

图 14-37 调整零部件位置

（18）单击【装配体】工具栏中的 （配合）按钮，弹出【配合】的属性设置框。激活【标准配合】选项组下的 （相切）按钮。在 （要配合的实体）选框中，选择如图 14-38 所示的面，其他保持默认，单击 （确定）按钮，完成相切的配合。

图 14-38 相切配合

（19）重复步骤（18），完成支撑腿 2 和刀口的相切，如图 14-39 所示。

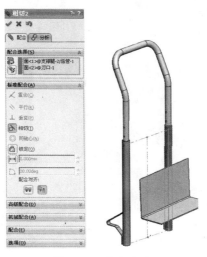

图 14-39 相切配合

（20）继续进行约束，激活【标准配合】选项组下的 ∠（重合）按钮。在 🔗（要配合的实体）选框中，选择如图 14-40 所示的面和线，其他保持默认，单击 ✔（确定）按钮，完成重合配合。

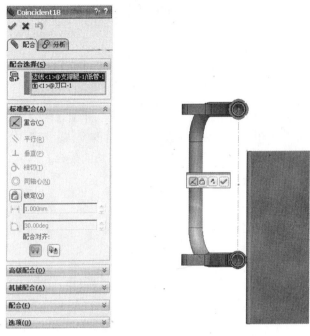

图 14-40　重合配合

（21）继续进行约束，激活【标准配合】选项下的 ∠（重合）按钮。在 🔗（要配合的实体）选框中，选择如图 14-41 所示的面和线，其他保持默认，单击 ✔（确定）按钮，完成重合配合。

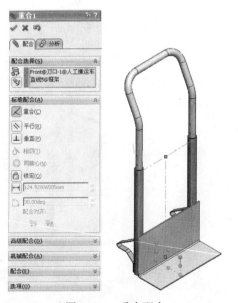

图 14-41　重合配合

（22）单击【装配体】工具栏中的 （插入零部件）按钮，弹出【插入零部件】的属性设置框。单击【浏览】按钮，选择配书光盘中的零件"轮轴.SLDPRT"；单击【打开】按钮，插入"轮轴"零件，在视图区域合适位置单击，如图 14-42 所示。

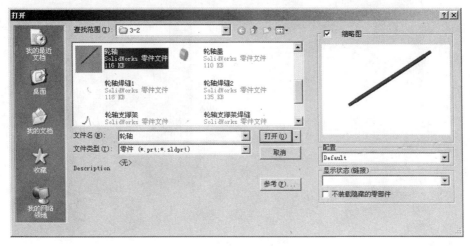

图 14-42　插入零部件

（23）为了便于进行配合约束，先调整"轮轴"零件位置，单击【装配体】工具栏中的 （移动零部件）按钮和 （旋转零部件）按钮，弹出【移动零部件】和【旋转零部件】的属性设置框，移动、旋转至合适位置，单击 （确定）按钮，如图 14-43 所示。

图 14-43　调整零部件位置

（24）单击【装配体】工具栏中的 （配合）按钮，弹出【配合】的属性设置框，激活【标准配合】选项组下的 （重合）按钮。在 （要配合的实体）选框中，选择如图 14-44 所示的面和线，其他保持默认，单击 （确定）按钮，完成重合配合。

图 14-44　重合配合

（25）继续进行约束，激活【标准配合】选项组下的 （重合）按钮。在 （要配合的实体）选框中，选择如图 14-45 所示的两面，其他保持默认，单击 （确定）按钮，完成重合配合。

图 14-45　重合配合

（26）继续进行约束，激活【标准配合】选项组下的 （平行）按钮。在 （要配合的实体）选框中，选择如图 14-46 所示的两面，其他保持默认，单击 （确定）按钮，完成平行配合。

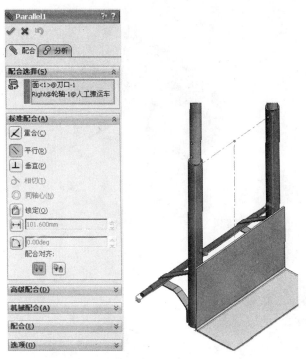

图 14-46 平行配合

（27）单击【装配体】工具栏中的 （插入零部件）按钮，弹出【插入零部件】的属性设置框。单击【浏览】按钮，选择配书光盘中的零件"充气轮胎.SLDPRT"，单击【打开】按钮，插入"充气轮胎"零件，在视图区域合适位置单击，如图 14-47 所示。

图 14-47 插入零部件

（28）为了便于进行配合约束，先调整"充气轮胎"零件位置，单击【装配体】工具栏中的 （移动零部件）按钮和 （旋转零部件）按钮，弹出【移动零部件】和【旋转零部件】的属性设置框，移动、旋转至合适位置框，单击 （确定）按钮，如图 14-48 所示。

（29）单击【装配体】工具栏中的 （配合）按钮，弹出【配合】的属性设置框，激活【标准配合】选项下的 （重合）按钮。在 （要配合的实体）选框中，选择如图 14-49 所示的面和线，其他保持默认，单击 ✔（确定）按钮，完成重合配合。

图 14-48　调整零部件位置

图 14-49　重合配合

（30）继续进行约束，激活【标准配合】选项组下的 ◢（重合）按钮。在 🔧（要配合的实体）选框中，选择如图 14-50 所示的两面，其他保持默认，单击 ✔（确定）按钮，完成重合配合。

（31）重复步骤（27）～（30），完成充气轮胎 2 的插入和装配，如图 14-51 所示。

（32）选择【插入】|【装配体特征】|【焊缝】菜单命令，弹出【焊缝类型】对话框，选择"填角焊接"，如图 14-52 所示；单击【下一步】按钮，弹出【焊缝表面】对话框，选择"凸面"，其他设置如图 14-53 所示；单击【下一步】按钮，弹出【焊缝结合面】对话框，如图 14-54 示，在【接触面】选框中选择如图 14-55 所示的两面，单击【下一步】按钮，再单击【完成】按钮，生成如图 14-56 所示的焊缝。

图 14-50 重合配合

图 14-51 充气轮胎 2 的配合

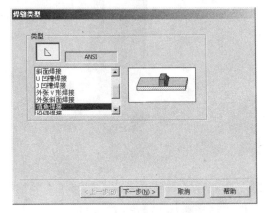

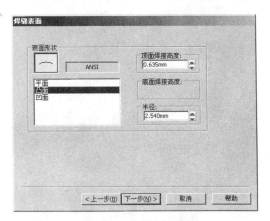

图 14-52 焊缝类型窗体

图 14-53 焊缝表面窗体

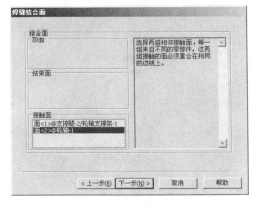

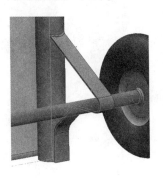

图 14-54 焊缝结合面窗体

图 14-55 选择面

（33）重复步骤（32），生成另一侧焊缝，如图 14-57 所示。

图 14-56　生成焊缝

图 14-57　生成另一侧焊缝

（34）单击刀口前面，然后选择【插入】|【装配体特征】|【孔】|【向导】菜单命令，在【属性管理器】中弹出【基准面】的属性设置框。孔类型选择"孔"，孔规格大小选择"3/8"，终止条件选择"完全贯穿"，特征范围选择【所选零部件】，清除自动选择前的对钩，在"影响到的零部件"选框中选择如图 14-58 所示的绿色零部件。单击【位置】标签，绘制如图 14-59 所示草图。单击 ✔（确定）按钮，生成异型孔。

图 14-58　孔类型

图 14-59　选择面

（35）单击【装配体】工具栏中的 （插入零部件）按钮，弹出【插入零部件】的属性设置框。单击【浏览】按钮，选择配书光盘中的零件"球形螺栓.SLDPRT"，单击【打开】按钮，插入"球形螺栓"零件，在视图区域合适位置单击，如图 14-60 所示。

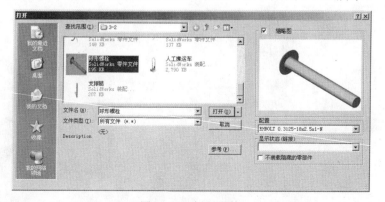
图 14-60　插入零件

（36）为了便于进行配合约束，先调整"球形螺栓"零件的位置，单击【装配体】工具栏中的 （移动零部件）按钮和 （旋转零部件）按钮，弹出【移动零部件】和【旋转零部件】的属性设置框，移动、旋转至合适位置，单击 （确定）按钮，如图 14-61 所示。

图 14-61　调整零部件位置

（37）单击【装配体】工具栏中的 （配合）按钮，弹出【配合】的属性设置框。激活【标准配合】选项组下的 （同轴心）按钮。在 （要配合的实体）选框中，选择如图 14-62 所示的两面，其他保持默认，单击 （确定）按钮，完成同轴的配合。

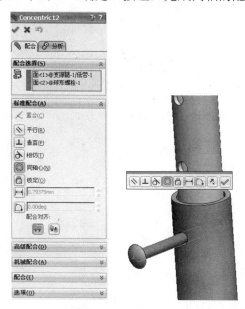

图 14-62　同轴配合

（38）继续进行约束，激活【标准配合】选项组下的 （相切）按钮。在 （要配合的实体）选框中，选择如图 14-63 所示的两面，其他保持默认，单击 （确定）按钮，完成相切配合。

（39）重复步骤（35）～（38），完成另一球形螺栓的装配，如图 14-64 所示。

（40）单击【装配体】工具栏中的 （插入零部件）按钮，弹出【插入零部件】的属性设置框。单击【浏览】按钮，选择配书光盘中的零件"球形螺栓.SLDPRT"，单击【打开】按钮，插入"球形螺栓"零件，在视图区域合适位置单击，如图 14-65 所示。

（41）为了便于进行配合约束，先调整"球形螺栓"零件的位置，单击【装配体】工具栏中的 （移动零部件）按钮和 （旋转零部件）按钮，弹出【移动零部件】和【旋转零部件】的属性设置框，移动、旋转至合适位置，单击 （确定）按钮，如图 14-66 所示。

图 14-63　相切配合　　　　　　　　　　　　图 14-64　球形螺栓配合

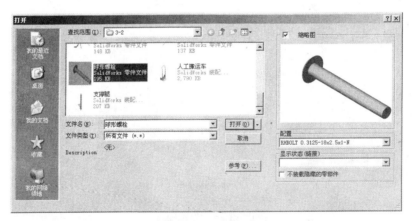

图 14-65　插入零件

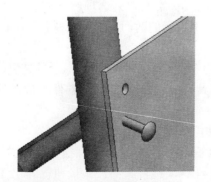

图 14-66　调整零部件位置

（42）单击【装配体】工具栏中的 （配合）按钮，弹出【配合】的属性设置框。激活【标准配合】选项组下的 ◎（同轴心）按钮。在 （要配合的实体）选框中，选择如图 14-67 所示的两面，其他保持默认，单击 ✔（确定）按钮，完成同轴的配合。

图 14-67 同轴配合

（43）继续进行约束，激活【标准配合】选项组下的 ✓（重合）按钮。在 （要配合的实体）选框中，选择如图 14-68 所示的两面，其他保持默认，单击 ✔（确定）按钮，完成重合配合。

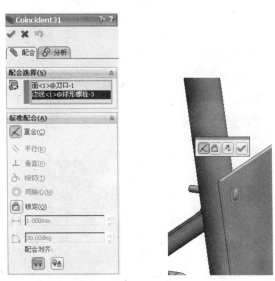

图 14-68 重合配合

（44）重复步骤（40）～（43），完成另 3 个球形螺栓的装配，如图 14-69 所示。

（45）单击【装配体】工具栏中的 （插入零部件）按钮，弹出【插入零部件】的属性设置框。单击【浏览】按钮，选择配书光盘中的零件"六角螺母.SLDPRT"，单击【打开】按钮，插入"六角螺母"零件，在视图区域合适位置单击，如图 14-70 所示。

图 14-69　螺栓配合

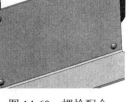

图 14-70　插入零件

（46）为了便于进行配合约束，先调整"六角螺母"的位置，单击【装配体】工具栏中的
（移动零部件）按钮和（旋转零部件）按钮，弹出【移动零部件】和【旋转零部件】
的属性设置框，移动、旋转至合适位置，单击（确定）按钮，如图 14-71 所示。

图 14-71　调整零部件位置

（47）单击【装配体】工具栏中的（配合）按钮，弹出【配合】的属性设置框。激活
【标准配合】选项组下的（同轴心）按钮。在（要配合的实体）文本框中，选择如图 14-72
所示的两面，其他保持默认，单击（确定）按钮，完成同轴的配合。

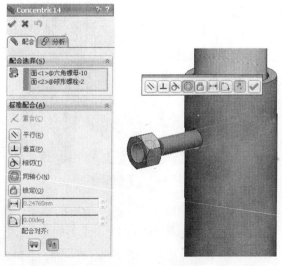

图 14-72　同轴配合

（48）继续进行约束，激活【标准配合】选项组下的（相切）按钮。在（要配合的实体）文本框中，选择如图 14-73 所示的两面，其他保持默认，单击（确定）按钮，完成相切配合。

图 14-73　相切配合

（49）重复步骤（45）～（48），完成另一六角螺母的装配，如图 14-74 所示。

图 14-74　另一六角螺母装配

（50）单击【装配体】工具栏中的（插入零部件）按钮，弹出【插入零部件】的属性设置框。单击【浏览】按钮，选择配书光盘中的零件"六角螺母.SLDPRT"，单击【打开】按钮，插入"六角螺母"零件，在视图区域合适位置单击，如图 14-75 所示。

图 14-75　插入零件

（51）为了便于进行配合约束，先调整"六角螺母"零件的位置，单击【装配体】工具栏中的 （移动零部件）按钮和 （旋转零部件）按钮，弹出【移动零部件】和【旋转零部件】的属性设置框，移动、旋转至合适位置，单击 （确定）按钮，如图 14-76 所示。

图 14-76　调整零部件位置

（52）单击【装配体】工具栏中的 （配合）按钮，弹出【配合】的属性设置框。激活【标准配合】选项组下的 （同轴心）按钮。在 （要配合的实体）选框中，选择如图 14-77 所示的两面，其他保持默认，单击 （确定）按钮，完成同轴的配合。

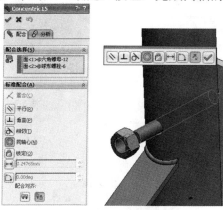

图 14-77　同轴配合

（53）继续进行约束，激活【标准配合】选项组下的 （相切）按钮。在 （要配合的实体）选框中，选择如图 14-78 所示的两面，其他保持默认，单击 （确定）按钮，完成相切配合。

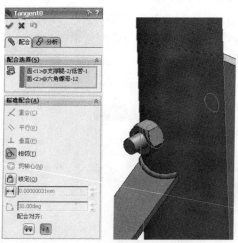

图 14-78　相切配合

（54）重复步骤（50）～（53），完成另 3 个六角螺母的装配，如图 14-79 所示。

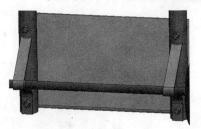

图 14-79 六角螺母装配

（55）单击【装配体】工具栏中的 （插入零部件）按钮，弹出【插入零部件】的属性设置框。单击【浏览】按钮，选择配书光盘中的零件"轮轴盖.SLDPRT"，单击【打开】按钮，插入"轮轴盖"零件，在视图区域合适位置单击，如图 14-80 所示。

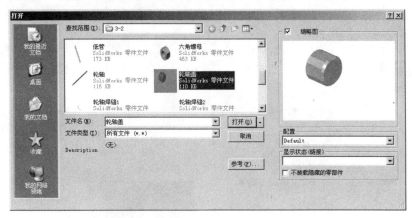

图 14-80 插入零部件

（56）为了便于进行配合约束，先调整"轮轴盖"零件位置，单击【装配体】工具栏中的 （移动零部件）按钮和 （旋转零部件）按钮，弹出【移动零部件】和【旋转零部件】的属性设置框，移动、旋转至合适位置，单击 （确定）按钮，如图 14-81 所示。

图 14-81 调整零部件位置

（57）单击【装配体】工具栏中的 （配合）按钮，弹出【配合】的属性设置框，激活【标准配合】选项组下的 （同轴心）按钮。在 （要配合的实体）选框中，选择如图 14-82 所示的面和线，其他保持默认，单击 （确定）按钮，完成重合配合。

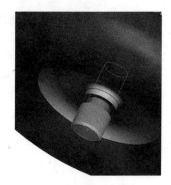

图 14-82　同轴配合

（58）继续进行约束，激活【标准配合】选项组下的✕（重合）按钮。在（要配合的实体）选框中，选择如图 14-83 所示的两面，其他保持默认，单击✔（确定）按钮，完成重合配合。

图 14-83　重合配合

（59）重复步骤（55）～（58），完成轮轴盖 2 的插入和装配，如图 14-84 所示。

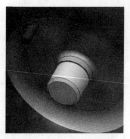

图 14-84　轮轴盖配合

14.3 干涉检查

具体操作步骤如下：

（1）在【装配体】工具栏中单击 （干涉检查）按钮，弹出【干涉检查】的属性设置框。如图 14-85 所示，在没有任何零件被选择的条件下，系统将使用整个装配体进行干涉检查。单击【计算】按钮。

图 14-85 【干涉检查】的属性设置

（2）检查结果如图 14-86 所示，检查的结果列出在【结果】列表中，装配体中存在 6 处干涉现象。

图 14-86 检查结果

（3）在干涉检查的【选项】选项组中，用户可以设定干涉检查的相关选项和零件的显示选项，如图 14-87 所示。

图 14-87 设定干涉选项

（4）在【结果】列表中选择一项干涉，可以在图形区域查看存在干涉的零件和部位，如图 14-88 所示。这里的"干涉 6"存在于零件"轮轴-1"和"轮轴盖-1"之间。

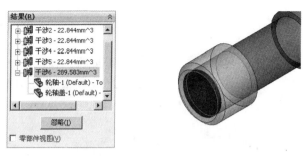

图 14-88　干涉的零件和位置

（5）在【结果】列表框中，选择一个干涉结果，单击【忽略】按钮，干涉列表中将不再显示被忽略的干涉。如图 14-89 所示，只保留"干涉 6"，忽略其他所有干涉。

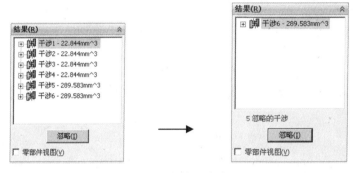

图 14-89　忽略干涉结果

（6）通过对"干涉 6"的分析和检查图形区域，可以看出干涉存在于"轮轴"和"轮轴盖"零件之间。如图 14-90 所示，这是由于零件中存在"轴长孔短"的问题而造成的干涉。单击【确定】按钮，完成干涉检查并关闭设计树。

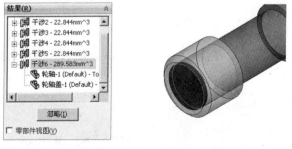

图 14-90　干涉问题

（7）在设计树中展开"轮轴盖"零件，单击 ⊞（人工搬运车中的配合），右击 ⟋（重合）配合，选择【删除】，在"充气轮胎"上单击鼠标右键，选择【隐藏】，单击【装配体】工具栏中的 ◎（配合）按钮，弹出【配合】的属性设置框。激活【标准配合】选项组下的 ⟋（重合）按钮，在 ⬚（要配合的实体）选框中，选择如图 14-91 所示的面和线，其他保持默认，单击 ✔（确定）按钮，完成重合配合。

（8）使用相同的方法和选项再次进行干涉检查，如图 14-92 所示，在结果列表框中显示的检查结果为"无干涉"，说明装配体中不存在干涉（前面被忽略的干涉不显示在结果中）。最后保存装配体。

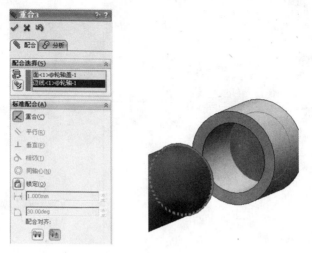

图 14-91 重合配合

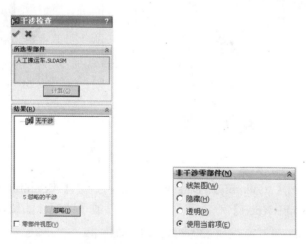

图 14-92 再次进行干涉检查

14.4 计算装配体质量特性

具体操作步骤如下：

（1）选择【工具】|【质量特性】菜单命令，弹出【质量特性】对话框，系统将根据零件材料属性设置和装配单位设置，计算装配体的各种质量特性，如图 14-93 所示。

（2）图形区域显示了装配体的重心位置，重心位置的坐标以装配体的原点为零点，如图 14-94 所示。单击【关闭】按钮完成计算。

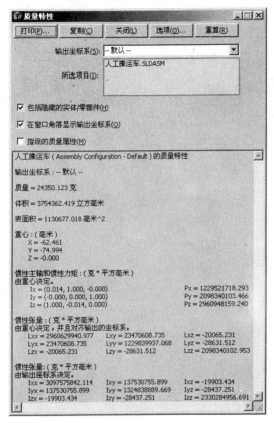

图 14-93　计算质量特性

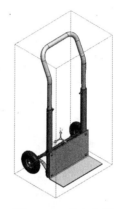

图 14-94　重心位置

14.5　装配体信息和相关文件

具体操作步骤如下：

（1）选择【工具】|【AssemblyXpert】菜单命令，弹出【AssemblyXpert】对话框，如图 14-95 所示，在【AssemblyXpert】对话框中显示了零件或子装配体的统计信息。

图 14-95　装配体统计信息

（2）选择【文件】|【查找相关文件】菜单命令，弹出【查找参考引用】对话框，如图 14-96 所示，在【查找参考引用】对话框中显示了装配体文件所使用的零件文件、装配体文

件的详细位置和名称。

图 14-96　查找参考引用

（3）在【查找参考引用】对话框中单击【复制文件】按钮，弹出【打包】对话框，如图 14-97 所示，在【打包】对话框中选中【包括工程图】复选框，使打包的文件包含工程图。

（4）在【保存到文件夹】文本框中指定要保存文件的目录，也可以单击【浏览】按钮查找目录位置。如果用户希望将打包的文件直接保存为压缩文件（*.zip），选择【保存到 zip】单选按钮，并指定压缩文件的名称和目录即可。单击【保存】按钮，并关闭【查找参考引用】对话框。

图 14-97　装配体文件打包

14.6　图片渲染

具体操作步骤如下：

（1）选择【工具】|【插件】菜单命令，单击【PhotoWorks】左、右的单选按钮，使之处于选择状态，如图 14-98 所示，启动 PhotoWorks 插件。

（2）单击 PhotoWorks 工具栏上的 （布景）按钮，或选择【PhotoWorks】|【布景】菜单命令，弹出布景属性编辑器。

（3）单击【管理程序】标签，选择【基本布景】中的"院落"，则院落的效果将应用到渲染场景中，如图14-99所示。

图 14-98　启动 PhotoWorks 插件

图 14-99　设置管理程序属性

（4）单击【房间】标签，在【大小/对齐】选项组中设置【长度】为 5176.244mm，设置【宽度】为 5176.244mm，设置【高度】为 2588.122mm，设置【楼板等距】为 0mm，设置【楼板旋转】为 0deg，勾选【自动调整大小】，在【显示状态和外观】选项中勾选【楼板】后的【可见】单选按钮，如图14-100所示。

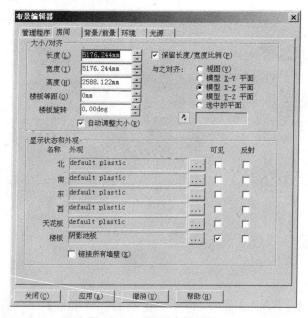

图 14-100　设置房间属性

（5）单击【背景/前景】标签，在【背景】选项组中的下拉菜单中选择"图象"，其他设置保持默认值；在【前景】选项组中勾选【无】的单选按钮，如图14-101所示。

图 14-101　设置背景/前景属性

（6）单击【环境】标签，在【环境】选项组中勾选【选择环境图象】，在【环境映射】中选择"球形"选项，设置【环境旋转】为 0deg；在【图象作用】选项组中设置【环境反射】数值为 1.00，设置【散射外观明细度】数值为 0.50，如图 14-102 所示。

图 14-102　设置环境属性

（7）单击【光源】标签，在【整体阴影控制】选项组中勾选【透明】单选按钮，其他保持默认设置不变，如图 14-103 所示。

图 14-103　设置光源属性

（8）右键单击窗体左侧特征管理树中 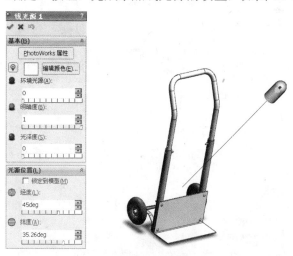（光源与相机）文件夹，选择添加线光源，则【线光源】属性管理器将显示出来。在【基本】选项组中设置 （环境光源）为 0，设置 （明暗度）为 1，设置 （光泽度）为 0；在【光源位置】中设置 （经度）为 45deg， （纬度）为 35.26deg，右侧绘图区中将显示出虚拟的线光源灯泡位置，同时光照的效果出现在预览窗口中，单击 （确定）按钮，完成添加线光源的设置，如图 14-104 所示。

图 14-104　设置线光源

（9）右键单击窗体左侧特征管理树中 （光源与相机）文件夹，选择添加点光源，【点光源】属性管理器将显示出来。在【基本】选项组中设置 （环境光源）为 0，设置 （明暗度）为 1，设置 （光泽度）为 0；在【光源位置】中设置 （X 坐标）为 0、 （Y 坐标）为 0、 （Z 坐标）为 20mm，右侧绘图区也将显示出一个虚拟的点光源位置，同时光照的效果也出现在预览窗口中，单击 （确定）按钮，完成点光源的设置，如图 14-105 所示。

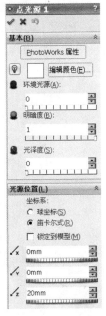

图 14-105　设置点光源

（10）右键单击窗体左侧特征管理树中 （光源与相机）文件夹，选择添加聚光源，【聚光源】属性管理器将显示出来。在【光源位置】中设置 ◢× （X 坐标）为 0、◢ （Y 坐标）为 0、◢z（Z 坐标）为 1000mm，右侧绘图区将显示出一个虚拟的聚光源位置，同时光照的效果也出现在预览窗口中，单击 ◢（确定）按钮，完成聚光源的设置，如图 14-106 所示。

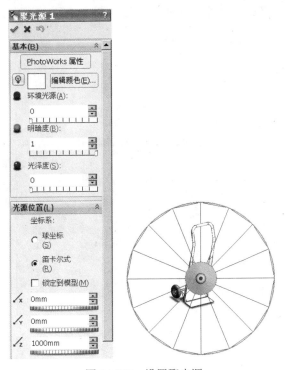

图 14-106　设置聚光源

（11）单击 PhotoWorks 工具栏中的 ● （外观）按钮，或者选择【PhotoWorks】|【外观】菜单命令，在【外观】中选择【橡胶】|【无光泽】，如图 14-107 所示。

（12）选择【PhotoWorks】|【渲染】菜单命令，则绘图区中将出现渲染效果，如图 14-108 所示，到此即完成渲染图的制作。

图 14-107　设置 Photoworks 项目属性

图 14-108　渲染效果图

（13）选择【PhotoWorks】|【渲染到文件】菜单命令，【渲染到文件】的属性控制器将弹出，设置文件名为"14"，选择图片格式为"JPEG 图片"，其他的设置保持默认值不变，单击【渲染】按钮则渲染效果将保存成图像文件，如图 14-109 所示。

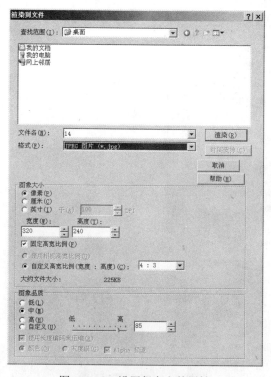

图 14-109　设置保存文件属性

反侵权盗版声明

电子工业出版社依法对本作品享有专有出版权。任何未经权利人书面许可，复制、销售或通过信息网络传播本作品的行为；歪曲、篡改、剽窃本作品的行为，均违反《中华人民共和国著作权法》，其行为人应承担相应的民事责任和行政责任，构成犯罪的，将被依法追究刑事责任。

为了维护市场秩序，保护权利人的合法权益，我社将依法查处和打击侵权盗版的单位和个人。欢迎社会各界人士积极举报侵权盗版行为，本社将奖励举报有功人员，并保证举报人的信息不被泄露。

举报电话：（010）88254396；（010）88258888

传　　真：（010）88254397

E-mail：　dbqq@phei.com.cn

通信地址：北京市万寿路 173 信箱

　　　　　电子工业出版社总编办公室

邮　　编：100036